edition suhrkamp 2408

W0056015

BRD, 1965. Auf einem Fortbildungslehrgang für Journalisten lernen sich zwei junge Männer kennen, die gleich spüren, daß sie Großes miteinander vorhaben. Doch noch bremst der Muff der Zeit: Die Schlammstrecke der allgemeinen Wehrpflicht will durchrobbt sein, der dahinter liegende Morast aus bürgerlicher Paarbeziehung und Provinzreporterdasein ebenso.

Dann aber geht es Schlag auf Schlag: nach Düsseldorf, ins Beuys-Umfeld, die beiden Freunde gründen eine Hippie-Gartenlaubenfirma, in durchwachten Nächten wird das erste discoreife Stroboskop-Blitzlicht gebaut, Premiere in Hamburgs coolstem Psychedelic-Club, euphorische Verzükkung, weiter zu den Essener Songtagen, Frank Zappa, Freakout-Pfingsten, fette Aufträge und der Traum vom antikapitalistischen Betrieb im Kapitalismus – das »Geschäftsjahr 1968/69« kommt in Fahrt . . .

Mit präziser Lakonie zeigt Bernd Cailloux die 68er in grellem, aber um so realistischerem Licht: nicht als Polit-, sondern als Start-up-Unternehmen, dessen Visionen, Illusionen, Drogen- und Finanzcrashs unvermutet an die Neunziger erinnern – wie das Technoflimmern an die Flickershows der Sixties.

Bernd Cailloux lebt in Berlin. Von ihm erschienen im Suhrkamp Verlag: *Intime Paraden*. Erzählungen (1986), *Die sanfte Tour*. Erzählungen (1989) und *Der gelernte Berliner* (1991).

Auf seinem Schreibtisch stand noch immer dasselbe kleine Ding – dieser stählerne Würfel, aus dem ein streichholzgroßes, an silbrige Drähte gelötetes Glasröhrchen ragte. Es sah wie besserer Bürokitsch aus und war das einzige im Raum, das an die alten Zeiten erinnerte. Das Ding hatte es in sich.

Damals in der Firma wurde es Jumping Jack Flash genannt – der Blitz, der aus der Kiste springt.

Technisch gesehen war es das Ergebnis einer elektronischen Spielerei, ein aus purem Spaß gebasteltes Flashlight im Kleinstformat, die Miniatur eines der starken Lichtblitzgeräte aus dem Herstellungsprogramm. Die Jungs aus der Werkstatt hatten es gebaut und eines Morgens im Büro loszittern lassen. Eine kleine Aufmerksamkeit als Dank für die erfolgreiche Arbeit der Geschäftsleitung, hieß es im gewohnt flapsigen Ton, und doch hatten alle seltsam gerührt in die blitzzerrissene Luft überm Schreibtisch geschaut, in das so schwache wie bedeutsame Geflacker – bis irgendein Scherzkeks feststellte, das wäre der Einstieg in die psychedelische Pädagogik, so ein niedlich vor sich hin zuckender Puppenstubenblitz. Aus dem einzigartigen Jumping Jack war mittlerweile ein Briefbeschwerer geworden, etwas blamabel für ein Geschenk aus den guten Gewittertagen gegen Ende '68, diesem jahrelangen Jahr, das mindestens ein Jahrzehnt währte. In dieser Zeit wäre – unter uns – das Unmögliche noch möglich gewesen. Etwas Besseres jedenfalls als das haarsträubende Chaos, das wir tatsächlich veranstalteten – wir, die untergegangenen Erfinder des Blitzes. Nur er selbst hat alles überdauert.

Auf meinem Schreibtisch zu Hause stand exakt das gleiche, kleine Ding.

Ich brauche Geld, hatte ich am Telefon gesagt und sein sekundenkurzes Schweigen genossen – ich stehe im Flughafen mit nichts in der Tasche, Scheckkarten, Bares, alles in Spanien liegengelassen.

Kein Problem, hatte er gesagt.

Eine ärgerliche Marotte, unterwegs die Wertsachen an idiotischen Stellen zu verstecken, und noch ärgerlicher, dann ohne sie mit einem spontanen Billigflug in Düsseldorf statt in Hamburg landen zu müssen. Ich kam nicht runter von diesem einmal gelernten, rauhen Reisestil, der einem das unangenehme Gefühl, ein gewöhnlicher Tourist zu sein, ersparen sollte – eine der hartnäckig beibehaltenen Selbsttäuschungen, auch bei diesem einwöchigen Trip nach, nun ja, Ibiza. In Düsseldorf gestrandet, war mir gar nichts anderes übriggeblieben, als meinen ehemaligen Partner anzurufen, auch wenn wir uns seit fast zwanzig Jahren nicht mehr gesehen hatten.

In der Feldmauer abgelegt, hinter einem losen Stein, und vergessen.

Dat jibbet doch jar nich, hatte er gesagt.

Das Haus war nicht richtig abschließbar, kein Strom, kein fließend Wasser, eine einfache, mit der Steppe verwachsene Finka, noch in Hippiezeiten per Handschlag vom Bauern gemietet und zum Glück bis heute behalten.

Du warst bei alten Hippies? Auf ein Pfeifchen, wieder mal mit Blick aufs Meer, bei Sonnenuntergang?

Ach Quatsch, zum Tee bei einem alten Freund.

Natürlich mußte er noch ein paar mokante Bemerkungen dranhängen, nichts Neues bei ihm. Schon damals, beim Entstehen dieser Szenerien, war seine anfängliche Bewunderung nach kurzer Zeit in Ignoranz umgeschlagen. Sich von ihrem verführerischen Drumherum aus Wahn und Weltanschauung nicht beirren zu lassen sparte Energie und verhalf ihm dazu, zumindest dem Anschein nach einen Gedankenschritt voraus zu sein – die Hippies, den Underground, marxistische Ideen und Drogen hielt er im Grunde für Ablenkungsmanöver. Dabei verdankte er diesen Phänomenen alles.

Ich hol dich ab, hatte er gesagt, dauert aber ein bißchen.
Okay, dann füge ich meinen zwei hier verbrachten Jahren noch zwei Stunden hinzu.

Er wohnte nach wie vor in seiner Geburtsstadt Düsseldorf, beneidenswert so was. Hier hatten wir uns vor Urzeiten auch kennengelernt – auf einem Fortbildungslehrgang am Institut für Publizistik. Das müßte '65 gewesen sein, ja, im Herbst 1965. Mein

damaliger Arbeitgeber hatte mich dorthin geschickt, ein Provinz-
blatt, das in einem Kaff an der Nordseeküste erschien, samstags
immer mit einer plattdeutschen Beilage. Soweit ich mich erinnere,
machte mich schon der erste Punkt der Tagesordnung nervös:
»Die Teilnehmer stellen sich und ihre Zeitungen vor« – die meisten kamen von namhaften Großstadt-Blättern. Einer wie er, der
sich beim abendlichen Vorstellungstreffen mit Albernheiten zu-
rückhielt und sogar desinteressiert wirkte, mußte mir einfach auf-
fallen. Er hieß Büdinger, Andreas Büdinger von den »Düsseldorfer Nachrichten«, und konnte als einziger von seiner selbstverant-
worteten Jugendseite und einem soeben in London geführten
Beatles-Interview erzählen; seltsamerweise hatte seine Person bereits Wochen zuvor beim Lesen der Teilnehmerliste meine Phantasie beschäftigt. Als wir dann das erste Mal im Schulungssaal zu-
sammenfanden und ein paar Worte wechselten, wäre keiner drauf-
gekommen, was für eine ungeheure Wucht, was für positive und
auch zerstörerische Kräfte in unserer Begegnung lagen. Keiner
konnte ahnen, daß in diesen Minuten eine Geschichte anfing, die
dem Leben aller Beteiligten einen irrealen Drall verpassen sollte.

Womöglich war ich es, der gleich bei Kursbeginn seine Nähe gesucht hatte; doch letztlich weiß man nie genau, wie und warum
ein Impuls zwei Leute dazu bringt, die Köpfe zusammenzustek-
ken. Offenbar brauchten wir einander, um die sich über uns ergie-
ßende, klumpige Soße des Lehrstoffs mit kritischen Kommentaren nachzuwürzen. Von Anfang an saßen wir in den Seminaren
zusammen, zogen an den dünnen Stellen der Vorträge die Brauen
hoch und lästerten über Lächerlichkeiten wie den »Kleinen
Knigge für Journalisten« mit dem ernstgemeinten Tip: ›auf keinen
Fall angebrochene Zigarettenschachteln mitnehmen!‹ Die Do-
zenten langweilten uns mit Übungen, »Wir schreiben eine Lokal-
spitze«, oder mit grundsätzlichen Zeitungslehren, »Sie sollten
auch vage Eindrücke gut formulieren!«. Wir guckten uns vage an,
und einer sagte, jaja, im Börsenteil. Die Zukunftsmusik machte
der Institutsleiter, ein greiser, im Vatermörder dirigentenhaft am
Pult gestikulierender Professor namens Dovifat, der aussah wie
der alte Kellner-Gott in Bergmans »Schweigen«. Er schwärmte
von der ›Ashai Shimbun‹, ihren schnellen Techniken der Nach-
richtenübermittlung – mit Hubschraubern! in Tokio! –, und
schickte noch der simpelsten Erklärung seinen obligaten Hochruf

hinterher: »Aber da muß man erst einmal draufkommen, meine Herren!«

Aus den Seminaren waren wir immer öfter in die Altstadt geflüchtet, in intelligente Kneipenrunden, in Galerien, und versuchten in stundenlangen Gesprächen herauszukriegen, was das sein könnte, wo speziell wir beide erst einmal draufkommen mußten. Eines dürfte jedenfalls klar sein, hatte Andreas bereits nach wenigen Tagen gesagt – aus dem Kaff da oben an der Küste solltest du so bald wie möglich abhauen. An einem der letzten Abende fuhren wir spätnachts in die Nachbarstadt Neuss, weil er mir dort unbedingt etwas zeigen wollte – einen kleinen grauen Hund, der wie aus der Steppe entlaufen im Gebüsch vor einer Realschule stand. Es war ein Metallguß in Naturgröße, die erste öffentliche Skulptur eines mir unbekannten Bildhauers namens Joseph Beuys. Wir verbrachten dort einige Minuten, befingerten den jungen Kojoten und lächelten uns ein paar Streicheleinheiten verlegen an – ein, wie mir erst viel später klar wurde, Moment von entscheidender Bedeutung, eine Art Initiation, ein Transfer im Innersten, ein Hauch von Schwur auch. Spätestens dort mußte Andreas meine Bereitschaft gespürt haben, die spirituelle Blindheit loszuwerden und mich ins Ungewisse treiben zu lassen. Ihm war damals schon klar, wie er schlummernde Idealisierungsbedürfnisse bei anderen wecken konnte. Er hatte mich einfach schneller durchschaut als ich ihn.

Nach dem gemeinsam verbrachten Monat war alles Weitere nur noch eine Frage der Zeit. Auch der Journalisten-Fortbildungslehrgang erfüllte letztlich seinen Zweck – an seinem Ende dämmerte uns beiden die Erkenntnis, daß wir nicht länger Journalisten bleiben wollten. Wir wollten etwas zusammen machen – das war's. Wer von uns beiden das als erster zum anderen gesagt hat oder ob so ein Satz überhaupt gesagt wurde, spielte eigentlich keine Rolle. Etwas zusammen zu machen war der verborgene Sinn unserer Begegnung, weniger als ausdrücklich gegebenes Versprechen, vielmehr als eine wie selbstverständlich beschlossene Sache.

Von dem Abend, an dem wir uns kennenlernten, gibt es sogar zwei kleine, seit Ewigkeiten von mir mitgeschleppte Schwarzweißfotos. Auf diesen typischen Lehrgangseröffnungsbildern stehen wir bereits nebeneinander und verfolgen die Erklärungen eines rundlichen Mannes vor einer Landkarte. Wir sehen nicht gerade aus wie die frühen Beatles – eher wie Leute vom seriösen Fach, wie junge Bankangestellte oder angehende Vermessungsingenieure. Wir sind beide Anfang Zwanzig und in der gleichen Mode wie der Referent, ein Mittfünfziger, gekleidet, es gab wohl keinen anderen Stil, nur dunkle Sakkos, dunkle Hosen und unauffällig gemusterte, dafür faustgroß geknotete Schlipse. Mit seinen Einmeterneunzig überragt der schlaksige Büdinger alle im Saal, mich mindestens um einen halben Kopf – er wirkt ziemlich selbstsicher, den rechten Fuß lässig einen halben Schritt rausgestellt, eine Hand in die Hüfte gestützt. Wenn im Laufe der Jahre jemand Interesse an meiner Vergangenheit zeigte, wurden aus einer achtlos mit Erinnerungsfotos vollgestopften Klarsichthülle manchmal auch diese Bilder herausgekramt.

Guck dir den an, sagte ich in solchen Momenten, das ist der Junge, mit dem ich damals die Muße-Gesellschaft gegründet habe, in dem Kursus haben wir uns kennengelernt. Was für eine Gesellschaft? Na ja, eine Firma, eine Gartenlaubenfirma, die elektronische Geräte herstellte und sich wahnsinnig schnell entwickelte, ein Unternehmen mit Millionenumsätzen. Dieses biographische Detail kam für die meisten überraschend. Sie hatten Schwierigkeiten, sich im Zusammenhang mit mir Millionenumsätze vorzustellen, und waren auf Anhieb auch nicht in der Lage, sie aus meinem verfalteten Gesicht oder meinem gar nicht so selten herausplatzenden Dreckszynismus hochzurechnen. Der eine oder die andere verglich die folgenden, willkürlich erzählten Episoden mit meiner mageren Gegenwart und hielt das Gerede für eine etwas überdrehte Selbstmystifikation. Daß bei einem kaum gegründeten, noch dazu subversiven Unternehmen schon im Geschäftsjahr 1968/69 so viel Geld herauskommen sollte, hatten wir uns vorher auch nicht vorstellen können. Was denn davon übriggeblieben wäre? Na ja, sagte ich dann, diese Fotos.

Die erste Verlegenheit, der kleine Schock, in gealterte Gesichter zu schauen, war schnell verflogen. Büdinger sah weniger verändert aus, als zu erwarten gewesen wäre – er hatte schon als junger Mann nicht besonders jung gewirkt, ein Umstand, der ihn jetzt, in seinen Fünfzigern, weniger gealtert scheinen ließ als andere. Er

war schlank geblieben, das Gesicht zwar etwas voller, doch blaßbleich wie immer; auch die mit sechzehn oder siebzehn einmal gefundene, leicht verwuschelte Jungsfrisur hatte er beibehalten. Sogar sein Jackett ähnelte dem auf den über dreißig Jahre alten Fotos
– Fischgrätenmuster wie eh und je, er mußte sein halbes Leben in
Fischgrätensakkos verbracht haben. Auf der Fahrt vom Flughafen redeten wir Belangloses und nicht einmal in Anspielungen
von der Vergangenheit, obwohl sie in jedem unserer Blicke und
Gedanken enthalten war. Er schlug vor, die ein, zwei Stunden bis
zur Abfahrt meines Zuges bei ihm zu Hause zu verbringen, in
einem Altbau in Bahnhofsnähe, gerade renoviert.

Das ist also eins deiner vielen Häuser, hatte ich gesagt, ein schöner
Klotz.

Büdinger war einige Male in seinem Chefsessel hin- und herge-
pendelt und hatte dann gesagt, nein, die zwei dort gegenüber gehören mir.

Genauso hübsch, diese alten Bürgerhäuser, hellgelbe Front,
schick aufgepeppt durch die von unten bis oben hochgezogene,
aus dunklem Glas bestehende Verblendung der Balkone, der Stil
der Achtziger für urban modernisierte Gründerzeitbauten. Doch
was gelernt bei den potemkinschen Basteleien unserer Firma,
beim Bau von Messeständen und Showkulissen. Und das rechnete
sich auch, oder?

Er war etwas mühsam vom Schreibtisch aufgestanden und hatte
mit Blick hinüber vom monatelangen Bauschlamassel, vom ewi-
gen Instandhaltungsschlamassel, vom Abgaben- und Mieter-
schlamassel erzählt – ein zigmal durchgemachter Riesenärger das
Ganze, da er jetzt im Gegensatz zu früher auf der Auftraggeber-
seite stünde.

Bei soviel Streß wäre die sofortige Enteignung wahrscheinlich das
Beste für dich, oder?

Büdinger lachte kurz auf und versuchte, mit noch mehr Haus-
besitzergejammer die Sache soweit wie möglich herunterzuspielen. Er wollte sein Immobiliengeschacher banalisieren, den
finstern Blicken, den toten Momenten vorbauen, die ihn vielleicht doch hätten erschüttern können, wenn auch nur sekundenlang. Schließlich wußte er, daß Geschäfte dieser Art nach

meiner Auffassung einen erheblichen Mangel an Großartigkeit aufwiesen.

Wenn man's genau nimmt, hatte er in dem Augenblick gesagt, gehören mir auch dort drüben nur noch die Hausflure.

Wir standen eine Weile nebeneinander am Fenster der von einem, wie er ironisch betonte, Kollegen aus dem Haus- und Grundstücksbesitzerverein sehr günstig gemieteten Dachetage und schauten hinüber auf seine – zumindest als Skelette – eigenen Gebäude. Trotz allem, was zwischen uns geschehen war, fühlte ich mich in seiner Gegenwart so wohl wie in den alten Zeiten. Nach wie vor mochte ich seine Art, sich in Doppeldeutigkeiten zu winden und mit pathetischen Stoßseufzern vom eigenen, kalt durchgezogenen Handeln zu distanzieren. Er tat wenigstens so, als müßte er ein immer noch gelegentlich murrendes Gewissen beruhigen, auch wenn seine Bemühungen am Ende nur mit nackten Hausfluren belohnt wurden.

Aber eins leuchtet mir nicht ein, hatte ich ihn ganz ernst gefragt, wo liegt für jemanden wie dich eigentlich der Witz bei dieser Sache?

Der Witz ist ganz einfach der, sagte er, daß ich rübergucke und weiß, daß ich für ein ganzes Haus so viel bezahlt habe, wie mir der Verkauf von nur einer Etage einbringt.

Eine schlichte Rechnung – aus eins mach vier, aus vier sechzehn und so weiter. Einer meiner Vermieter besaß sechsundneunzig Häuser, auf einem der Hinterhöfe saß er in seinem mickrigen Wohnwagen und ließ die Leute antanzen.

Dein berühmter Altbau-König in Hamburg?

Ganz Hamburg ist ja eine einzige Immobilie, sagte ich, eine der schönsten ... was mich nicht gehindert hat, diesem Herrn nach irgendeiner Schweinerei ne Ladung Buttersäure durch sein Wohnwagenschlüsselloch zu spritzen. Das hab ich damals in unserer Firma gelernt, beim Umgang mit stinkigen Kunden, die Kleckerei kostete mich seinerzeit ne brandneue Lederjacke. War das nicht sogar deine Idee? Hattest du nicht mal mit deinem Schülerfilmclub im Kino Buttersäure versprüht, bei diesem Kriegsfilm mit John Wayne, ›Green Barets‹ hieß der, oder?

Büdinger winkte ab – alles lange her.

Längst vorbei war auch die Zeit der heuchlerischen Versuche, seine Immobiliengeschäfte, seinen verschachtelt zusammengetricksten Besitz mit großem rhetorischen Brimborium zu verschleiern. Die Lügen vom Großvater, dessen Lebensversicherung ihm den Kauf des ersten Mietshauses ermöglicht hätte, die Mär vom großen Spielfilm, seinem Lebenstraum, den er mit der ersten klaren Million nach Steuer realisieren wollte, ohne Rücksicht auf Verluste. Mit solchen Behauptungen hatte er versucht, seine Ehre zu retten, alles speziell auf mich gemünzte Manöver, die den Verdacht entkräften sollten, daß das nötige Startkapital in Wahrheit aus den von uns gemeinsam erarbeiteten Gewinnen der Muße-Gesellschaft stammte. Wenn einer wie er seit zwanzig Jahren Häuser sammelte und scheibchenweise als Eigentumswohnungen verticke, gab es keine Zweifel mehr an seiner Orientierung. Aber wer noch einen Schreibtisch hatte, dachte ich, der war so weit auch wieder nicht gekommen.

Jugendliche Irrtümer, hatte er gesagt, wie so vieles.

Du hast deine Irrtümer ja auf beeindruckende Weise korrigiert, sagte ich.

Was zählt, is aufm Konto.
Schade nur, daß nicht bei jedem dasselbe rauskommt.
Ja, ausgesprochen schade.

Wir wußten beide, daß sich die Konflikte, die von uns fast ein Jahrzehnt lang ausgetragen worden waren, auch in dieser womöglich letzten Begegnung nicht mehr auflösen ließen. Um die Sache für sich zu vereinfachen, sah er in mir weiterhin den krausen Sozialromantiker, eine Art Hippie im Herzen, der wider besseres Wissen krampfhaft am Gleichheitsprinzip festhielt. Und im Gegenzug wurde er von mir zum Profitjäger runtergerechnet, der sich gegen all seine Talente aufs bloße Abkassieren verlegt hatte. Für mich war das, was er seit dem Ende unserer Muße-Gesellschaft machte, ein viel größerer Irrtum als alle früheren zusammen.

Wir haben damals doch bewiesen, daß es ohne Kapital geht.

Nicht wirklich, sagte er.

Mit den Fingerspitzen hatte er aufreizend langsam ein paar Staub-körner von der Schreibtischplatte getupft, eine seiner Lieblings-gesten. Damit suggerierte er dem Gesprächspartner, paß auf, die Dinge liegen nicht zwangsläufig so, wie du denkst, versuch noch mal ganz anders an die Sache heranzugehen, dann könnten wir vielleicht weiter reden. Schließlich hatte er wie geistesabwesend auch gegen den kleinen Stahlwürfel gestupst, als wollte er dessen Position um Millimeter zurechtrücken.

Funktioniert der noch?
Selbstverständlich, deutsche Wertarbeit, das Licht unseres Le-bens.

Es war sofort da – hell und schnell schraffierte der Miniblitz die Luft überm Schreibtisch, ein härteres, weißeres Licht als das des Tages zuckte im Büro auf.

Zimmerleuchtstärke, sagte Büdinger, genau der richtige Blitz für unser Alter, bei den Mordsstroboskopen in den heutigen Clubs würden wir doch sofort umkippen.

Über den Tisch gebeugt, gebannt wie Kinder vor einer Wunder-kerze, schauten wir in das Gezitter und ließen die zarten Reflexe durch unsere spielerisch schlenkernden Hände schießen, die sich im Lichtkegel beinahe berührten – nicht anders als damals beim allerersten, vor über dreißig Jahren in der Gartenlaube fertigge-bauten Gerät. In seinem Flackern wirbelte die lange Geschichte noch einmal hoch, eine mehr als nur flüchtige Erscheinung leuch-tete auf. Das kleine Ding erinnerte uns an die verlorene Zeit, an eine Weltsekunde der Begeisterung, an Jahre wüsten Eifers – ein Proustsches Blitzchen war's, was da zuckte. In diesen Momenten war alles daran richtig, die hellen wie die dunklen Phasen, unser wildes Licht arbeitete weiter – hier drinnen und überall sonstwo in den großen Hallen, den kleinen Clubs und auf den Bildschir-men. Wir blickten einander an, nickten beide mehrere Male. Auf unseren Gesichtern lag ein zufriedenes Lächeln.

Ich lag flach auf dem Rücken, wach wie die ganze Nacht schon und angeekelt vom dichter gewordenen Mief, als an verschiedenen Stellen des Gebäudes ein irrwitziger Lärm ausbrach. Pfiffe aus Trillerpfeifen, die sich in schrillen Schleifen zu übertönen suchten, das Gebrüll von Männerstimmen, das näher kam und verständlicher wurde, das Geschepper von Türen, die jemand in rhythmischen Intervallen aufknallen ließ, als spielte er einen vorgegebenen Paukenschlag vom Blatt. Die Zeit stimmte, fünf Uhr dreißig. Auch unsere Tür sprang auf, und ein hereingeschnellter Mann beugte sein speckbackiges Gesicht nur eine Handbreit über meines, als gehörten wir zu einer Familie. Der Mann in der hellgrauen Uniform war mir unbekannt. Ich lag nicht in meinem Appartement wie gestern noch, sondern in einem kleineren, mit drei Doppelstockbetten möblierten Raum.

Alle aufstehen, brüllte der Mann, aber ein bißchen plötzlich, alles raus!

Wie meinen Sie das, fragte ich ihn.

Alles raus, wiederholte er – wohin, fragte ich.

Auf dem Flur angetreten, schrie er. Das hatte ich bereits von anderen Schreihälsen aus dem Lärm herausgehört. Wie meine aufgeschreckten Schlafgenossen auch zog ich den neuen, schwarzen Trainingsanzug an und nahm mein Waschzeug.

Sie sind Journalist? raunzte der Uniformierte, der zackigen Trittes das Zimmer durchkreuzte und wieder vor mir stand. Sein drohender Ton ließ den sonst bei dieser Frage kurz aufkommenden Stolz nicht zu. Heftige Zuckungen durchfuhren alle paar Sekunden seinen Oberarm.

Bin ich, ja, sagte ich.

Das glaub ich nicht, brüllte er zurück.

Nach Lage der Dinge hatte er sogar recht. Heute wäre der erste Arbeitstag als Jungredakteur gewesen. Statt dessen war ich seit einigen Stunden Panzergrenadier der Bundeswehr und daher kaserniert – unter zunächst ungewohnten Etiketten. Der Uniformierte stellte sich erst draußen auf dem Flur vor: Stabsunteroffizier Wagner, Ihr Gruppenführer für die Grundausbildung. Wieder eine Ausbildung, nahtlos angeschlossen an die soeben be-

endete Volontärzeit; nur daß die jetzt auf mich zukommende unfreiwillig und spätestens mit diesem Überraschungsangriff eher
freudlos begonnen wurde. Militärische Handlungen lagen mir auf
keinen Fall. Da mochten die Leute hier brüllen, soviel sie wollten.
Ich war doch erwachsen und bis gestern frei in meinen Entscheidungen, dachte ich, mit mir könnt ihr das nicht machen, verdammt noch mal. Vor einem Jahr hatte ich den Bundesverkehrs-
minister interviewt, ganz allein! Ich hatte eine Menge Arbeit und
eine Publizistik-Fortbildung hinter mir und wollte gerade mit
meinem Freund Büdinger etwas Neues anfangen.

Als sich die Gruppe, noch mehrfach zusammengeschrien, auf
dem Flur aufstellte, war der Schock des Überfalls jedem anzumerken. Einige starrten wie paralysiert auf die Vorgesetzten, ohne deren einfache Befehle gleich befolgen zu können. Lautstarke Wiederholungen hemmten sie erst recht. Mit kaltem Reporterblick
sah ich Gesichter erbleichen, Knie weich werden. Zwei, drei Rekruten zitterten sogar am ganzen Körper, als stünde etwas Unge-
heuerliches bevor, gegen das nichts, aber auch gar nichts unter-
nommen werden konnte. Aus Angst – wovor bloß? – ließen sich
die Burschen auf Reihe bringen, nicht aus Respekt oder Einsicht
in eine Pflicht. Physisch eingeschüchtert, vergaßen sie ihren Verstand und kapitulierten vor der klappernden Macht – das ent-
täuschte mich mehr als alles andere. Aber wer keine Angst hatte,
wer dies einsichtsvoll als nicht zu umgehende Demütigung er-
trug, würde dadurch vermutlich auch nichts gewinnen. Sich fügen
also? Im Gänsemarsch mit auf den Hof trotten, überallhin mitlau-
fen? Nur die Führenden hier wollten mehr. Vorwärts marsch,
Brust raus, gerade gehen, rief dieser Wagner über die Köpfe hin-
weg – wir werden noch viel Spaß zusammen haben.
Das glaub ich nicht, sagte ich zu meinem Nebenmann.
Ruhe da hinten! Das Quatschen wird euch noch vergehen!
Einen Ton hat der am Hals, sagte ich – ja, unmöglich, sagte mein
Nebenmann.

Was am Abend zuvor mit dumpfem Unbehagen begonnen hatte,
verwandelte sich binnen weniger Augenblicke in strikte Ablehnung. Darüber würde ich gar nicht mit mir reden lassen, das ähnelte meinen Vorstellungen vom Leben nicht im geringsten. Klar
war jedenfalls sofort, daß der Grad der Ablehnung des Dienstes
darüber entscheiden würde, mit wem ich mich hier zum Über-

dauern absondern könnte. Der Spielraum für Proteste schien nicht besonders groß zu sein.

Das nennt sich Vergatterung, schrieb ich ein paar Wochen später an Büdinger, drei, vier bellende Feldwebel sausen um uns herum, und die Jungs bibbern vor Angst. Ein paar Abiturienten standen von der ersten Minute an stramm, als hätten sie das mit irgendeinem Lehrer-Nazi nach Schulschluß geübt. Wahrscheinlich sollte die Quälerei dem dialektischen Denken auf die Sprünge helfen – wir werden hier ja eingesperrt, um der freiheitlichen Grundordnung zu dienen. Aber ansonsten geht es mir gut: Ich wohne im Grünen, habe so viele neue Anzüge und Schuhe wie noch nie, werde täglich ausführlichst bekocht und besitze ein Gewehr für den Ernstfall, von dem wir alle wissen, daß er jederzeit eintreten kann, und von dem wir dennoch alle hoffen, daß er niemals eintreten möge. Wenn der Russe aber doch käme, wäre er allerdings verdammt schnell bei uns im Harz. Und würde, zweifellos enttäuscht, sofort durchstarten zu Dir ins schöne Düsseldorf. Aber wir werden Deine Freiheit verteidigen und ihn hier aufhalten, versprochen. Deswegen müssen wir besonders viel exerzieren, marschieren und schießen, ja, lieber Freund, auch schießen. Einen Stabsunteroffizier (Stuffz) haben wir auch schon getroffen, ein Glücksschuß für ihn, von vorne glatt durch Arm und Bauch nach hinten in den Hintern. Er hat mir drei Tage später das Loch mit der noch drinsteckenden Kugel gezeigt, sah aus wie Schweinsauge auf Arsch in Aspik. Ich war's übrigens nicht, meine Gewehrschüsse landen bestenfalls in den Füßen der Pappkameraden, und die mit der Pistole, diesem wahren, durchs Kino verklärten Rätsel, setze ich trotz unzähliger aufgezwungener Versuche immer in den Sand, wohin mich selbst jedesmal auch der Rückstoß beim Abfeuern der Panzerfaust wirft. Am Abend, müde und kaputt, hören wir auf den Betten liegend Feindpropaganda aus dem Transistorradio. Nach wiederholtem, tief dröhnendem Paukenschlag-Dreiklang sagt eine Kriegswochenschau-Stimme ›Hier spricht der deutsche Soldatensender Neunhundertvier‹, dann rauscht und knackt es schön konspirativ, als stünde der Sender in Sibirien, aber vom Brocken runter kommt gute Musik, Beatles und so. Sie berichten über Schweinereien in der Bundeswehr und stellen den ›Schleifer der Woche‹ vor, mit Namen und Spezialität. Bisher hofften wir vergeblich, daß unsere Kompanie mal drankommt.

Stuffz Wagner wäre ein Kandidat, Feldwebel Tempel auch, ein ungemütlicher Bayer, der mich wegen jeder Kleinigkeit zusammenscheißt. Der will doch unbedingt in die Presse, dieser doofe Anstreicher, der bestimmt keinen Dreispalter zu Ende lesen kann! Ein Desaster, diese Bundeswehr, so schloß mein Brief an Büdinger – beim Barras wäre tatsächlich alles genau so, wie vorher gehört und befürchtet.

Die erzieherische Wucht der ersten Tage hatte Wirkung hinterlassen. Danach fiel es den Ausbildern nicht schwer, ihre Absichten durchzusetzen. Sie wollten jedem Rekruten vor allem eines sagen: Für wen auch immer du dich halten solltest, dein bisheriges Leben zählt hier nicht, all deine kleinen Errungenschaften und Träume kannst du bei uns vergessen, du bist eine Null, aus der wir, und nur wir, vielleicht einen Eins A Kerl machen können. Einige Frischlinge schienen das von Haus aus zu glauben, andere kuschten mit leichtem Widerwillen, wieder andere wie ich unterdrückten ihre notgedrungen kalt bleibende Wut. Warum diese Stuffze hier die Herrschaft ausüben durften, war einfach nicht einzusehen.

Hab-ich-ja-immer-schon-gesagt, schrieb Büdinger in seinem Antwortbrief. Etwas schofel, fand ich. So wie der Rat, den er mir für die nächste Zeit gab: Lerne die Leute kennen, du sitzt ihnen so nah auf der Pelle wie bestimmt so bald nicht mehr, schau ihnen aufs Maul und überallhin. Der Gedanke, etwas zusammen zu machen, fiel unter diesen Umständen erst einmal flach.

Noch 449 Tage...

Büdinger konnte sein süßes Journalistenleben weiterführen – ein Leben, das mich körperlich offenbar bereits hatte erschlaffen lassen. Das spürte ich jetzt während der Zehn-Kilometer-Läufe, auf ersten Märschen, schwer bepackt mit meinem gesamten kriegerischen Hausstand. Doch erstaunlicherweise kehrten die Kräfte binnen kürzester Zeit zurück; bei den Dauerläufen, wo wir wie Leichtathleten im Sportdreß um eine Talsperre liefen, endete ich dank einer lustvollen Zähigkeit in der Spitzengruppe; auf Märschen jedoch machte ich den Fußkranken, der das Tempo partout nicht halten wollen können mochte und mit zweistündiger Verspätung am Ziel anlahmte. Zu meiner Verteidigung erklärte ich, wir lebten schließlich in einer Demokratie, wie alle Staatsbürger hätten auch Wehrpflichtige das Recht auf den alltäglichen Trott. Die Herren sahen in meinem Verhalten insgesamt einen Widerspruch, allen voran Stuffz Wagner. In der Nacht vor unserem größten Zusammenprall träumte ich seltsame Dinge – eine Art Unterwasser-Revue, in der rosige Garnelen wilde Tänze aufführten und sich kurz vor dem Zugriff im Grund einbuddelten. Zum Schluß faltete sich eine schwimmende, graue Monsterzunge mehrfach zusammen zu einem futuristischen U-Boot-Flatschen und fuhr auf ihrer Oberseite eine Sehnase wie einen Höcker aus. Das Unterbewußtsein, so meine Deutung, war demnach bereits militarisiert.

Es hatte die ganze Nacht geregnet, ein schwerer Frühjahrsregen. Morgens ging es mit Stuffz Wagner hinaus zur Gruppenübung im Feld. Wenn man sich ihn und die Ausrüstung wegdachte, bot der höchstens etwas zu früh unternommene Spaziergang in die Natur einigen Trost. Hin und wieder mußten wir uns hinlegen, dann brüllte Wagner das aus Film, Funk und Fernsehen bekannte ›Sprung auf, marsch, marsch!‹, und wir wanderten auf dem durch Panzer breit und breiig gefahrenen Weg weiter. Als ich gerade eine fast teichgroße Schlammpfütze durchschritt, rief der Stuffz: ›Volle Deckung!‹ Demzufolge sollte ich mich sofort in diese Pfütze werfen – wegen eines rein hypothetischen Kugelhagels, dessen heimtückisches Niedergehen der Mann aus dem Nichts herbeiphantasierte. Da nach meinem Eindruck der Angriff persönlich gemeint war, blieb ich stehen. Das ist ein Befehl, schrie Wagner. Ich schaute zum trockenen Waldrand, nur zehn, zwölf Meter entfernt und fragte ihn, ob ich mich nicht auch dort drüben hinlegen könnte. Wegen dieser Frage wurde es ein bißchen turbulent, weil ich mich während seines tobsüchtigen Gebrülls vorsichtig hinunterließ und mit den gespreizten Fingerspitzen im Schlamm aufstützte. Der Hintern stand hochgereckt im Luftraum – ganz runter damit, schrie er, so ist es falsch, falsch. Warum Herr Stabsunteroffizier, fragte ich, warum sollen ausgerechnet wir hier alles richtig machen? Die anderen, verstreut im Moos liegend, kicherten. Jetzt ist der Arsch ab, sagte er, das gibt eine Meldung wegen Befehlsverweigerung.

Vier im Arrest verbrachte Wochenenden sorgten dafür, daß ich meine militante Fragerei vorsichtiger dosierte. Den Leuten aber nur so wenig wie möglich entgegenkommen, meinte auch mein Lieblingsnebenmann, Rainer, ein schwächlicher, dafür ideal blondmähniger Arztsohn aus Detmold. Er las alles von Max Frisch und sagte Sachen wie: Die Frage als solche ist schon das, was bleibt. Gemeinsam fanden wir eine Haltung, uns dem Dienst an der untersten Grenze zur Befehlsverweigerung anzunähern. Wir zwei waren, besonders bei Nachtübungen draußen im Wald, fest verknüpft; jeder Soldat besaß nur die Hälfte eines Zeltes und brauchte einen anderen. Auch beim gefürchteten NATO-Alarm, nach dessen Ausrufung das gesamte Bataillon mit Sack und Pack binnen Minuten aus der Kaserne verschwinden mußte. Um diesen Alarm herrschte große Geheimniskrämerei – er galt als gefährlichste Situation, vom realen Ernstfall nicht zu unterscheiden; obwohl wir nur Fersengeld gaben und uns zwölf bis vierundzwanzig Stunden im Wald versteckten. Das härtete ab. Und gegen Ende der Grundausbildung sagte ich, wenn jetzt ein Krieg ausbräche, wäre es rein körperlich für uns der beste Zeitpunkt.

Aber es kam nur der Befehl, ich solle mich beim Kompaniechef melden. Der Hauptmann zeigte sich nur selten, ein Mann mit der weichgesessenen Figur eines Schreibtischoffiziers. Einmal pro Woche baute er sich vor der Truppe auf, um wie ein Grüßaugust ›Guten Morgen, Soldaten‹ zu sagen und wieder im Büro zu verschwinden. Wir fragten uns, welche verborgenen Motive solche Leute bewogen hatten, zur Bundeswehr zu gehen. Er drückte mir freundlich lächelnd die Hand und fragte – Was haben Sie in Zukunft eigentlich so vor?

In meinem Beruf arbeiten, wenn das hier mal vorbei ist.

Das geht doch auch bei uns, sagte er, werden Sie Presseoffizier, verpflichten Sie sich als Zeitsoldat, Z 4 Jahre, Z 8 und länger, alles ist möglich.
Mmmh, sagte ich.
Sie könnten auch für immer bei uns bleiben.

Ich arbeite jetzt hier im Untergrund, schrieb ich an Büdinger, mittags und abends in der Kantine, mit anderen Widerständlern, sozusagen als fünfte Kolonne. Wenn's geht, wollen wir ein paar der Jungs umdrehen. Unser Zug ist ja ein sogenannter ROA-Zug, das läßt den Bund hoffen auf sechzig blutjunge, zu allem bereite Reserveoffiziersanwärter. Von denen hat aber erst ein Drittel den Vertrag unterfegt, ein Drittel zögert noch mit der Unterschrift, und mein Drittel lehnt eine Verpflichtung ums Verrecken ab. Seit Wochen wird um das zaudernde Drittel Mann um Mann gekämpft, mit allen Mitteln. Die Offiziere reden mit Engelszungen von der Karriere im Dienst mit der Waffe, wo doch jeder Wankelmütige sehen kann, was für einen blöden Job die machen. Natürlich ist es verlockend, seinen Wilhelm unter einen Wisch zu setzen und damit in zehn Sekunden den Sold zu verzehnfachen. Aber dieser Geist hier, Freunde, sag ich denen. Frieden entsteht in den Köpfen und nicht in den Gewehrläufen, die Vernunft und so weiter. Und die vertane, schöne Zeit! Und Geld gibt's draußen auch, in Hülle und Fülle. Ein paar Seelen, glaub ich, haben wir schon gerettet. Ansonsten, lieber Andreas, befinde ich mich in einer Art Emigration. Meine Freundin sieht das leider auch so und will von der Wehrpflicht an sich nichts mehr wissen. Nach fünf überfüllten Jahren hat Susanne mich mehr oder weniger verlassen, weil mein Arm zur Zeit nicht bis in die Jazzkeller von Hannover reicht. Sie widmet sich neuerdings einem bereits gedienten Fußballprofi namens Freddy Zeiser. Aber der Soldat kennt keinen Schmerz, er kennt nur die Sehnsucht, die Löcher in die harten Kissen brennt. Jede Nacht steh ich unter der Laterne und jaule bis zum Zapfenstreich…

Sei nicht traurig, kleiner Soldat, stand auf der Postkarte von Büdinger, beeil Dich lieber.

Wenn ich den Nachtwachen-Pfad abwanderte, immer schön am Außenzaun entlang, stiegen seine Geschichten wie Leuchtmunition vor meinem geistigen Auge auf. Ihnen nachzusinnen bewahrte mich vor der einzig wirklichen Gefahr hier, der bedrohlich zunehmenden Schrumpfköpfigkeit. Zwei Leute aus New York hatten ihn besucht – mit einem walfischähnlichen, von Hand rosa gestrichenen Cadillac in Germany unterwegs. Was für eine Vorstellung, ein handbemalter Straßenkreuzer aus New York! Und dazu das Gesicht von Stuffz Wagner, wenn er die Karre vor unserem Kasernentor entdecken würde. Jawohl, Herr Stuffz, melde gehorsamst: mein Besuch, der Besuch aus einer anderen Welt, aus einem Leben jenseits des großen Harzkrieges. Die Rockmode da draußen lag inzwischen 25 Zentimeter über dem

Knie, und Büdinger hatte mit seinem Fotoreporter zwei Girls oben ohne auf der Kö erwischt – die Passanten hätten sich nicht mal umgedreht. Ganz nah auf der Pelle saß er auch einem gewissen Sascha, seinem Fotografen. Verrückt sollte der sein, aber niemals lästig und mit einem Schuß ins Perverse, im knallroten Samtjackett und lindgrün seidenen Rüschenhemd – alles sehr geschmackvoll, wie Büdinger in Klammern geschrieben hatte. Auf meinen Wachgängen gab es keine besonderen Vorkommnisse. Der Wald lag schwarz auf den Bergkämmen, das Kasernenkarree erstrahlte wie eine tote Stadt, acht Stunden dauerte die Nacht.

Noch 351 Tage...

Du spinnst, sagte Rainer im Stadtcafé, wo wir am frühen Abend für zwei Stunden als Bürger in Uniform saßen. Ich hatte wieder mal eine Jammerarie abgelassen, einen Rundumschlag ins Nichts: leid wär ich es, so leid; als Kind wollte ich so schnell wie möglich aus dem Kindsein raus, als Schüler aus der Schule, als Kleinstadtreporter aus dem Kaff, und jetzt wäre es nicht mal möglich, ans Rauswollen nur zu denken! Nur der Russe, die letzte Hoffnung, könnte uns aus dieser verfluchten Kaserne befreien. Hier würden wir mit fadenscheinigen Argumenten um unser Leben betrogen wie noch nie zuvor. Was könnte man nicht alles tun während dieser Zeit! Ein Instrument lernen, sich weiter in den Beruf hineinrobben statt in den Dreck, mit dem Fahrrad um die Welt gondeln wie Heinz Helfgen, unser Jugendheld, achtzehn Monate würden fürs erste reichen. Später, meinte Rainer, später geht das alles. Für ihn änderte der Barras nichts, er blieb im Plan – Medizin studieren, Vaters Praxis übernehmen, in Detmold leben und sterben. Später, meinte ich, später kommt wer weiß was.

Am meisten beunruhigte mich, daß Büdinger im Monatsrhythmus neue Pläne präsentierte. Meine neue Wohnung bezogen, schrieb er, zentral gelegen, nur zehn Minuten zu Fuß bis zur Redaktion. Was konnte schöner sein, als zehn Minuten durch eine belebte Innenstadt über die Königsallee in eine richtige Redaktion zu gehen! Und so ein Zivilist beschwerte sich noch über die miesen Ziersträucher in seinem Hinterhof, keine Atmosphäre, aber die Schubladen voller Ideen. Von einer permanenten Suche nach Entdeckungen angetrieben, überhäufte er mich mit Möglichkeiten – Möglichkeiten für uns? Er kniete sich in Filmtexte, Bildbandtexte und große Stoffe für Zeitschriften, er jubelte gerade ›seinen Bildhauer‹ hoch bis auf die Plakatsäulen und in eine Ausstellung im größten Warenhaus – alles neu für Deutschland und seine Initiative. Wegen seiner radikalen Filmkritiken war er bei den »Nachrichten« rausgeflogen, aber nach vier Wochen im, wie er betonte, Triumphzug zurückgekehrt. Auch »sascha-press« würde bald beginnen, es fehlten nur zwei, drei Karikaturisten.

Auch ich habe einen neuen Posten, schrieb ich an Büdinger, den wichtigsten im ganzen Bataillon, den des alleinigen Herrn über das höchste Gut der Soldaten, das Recht zur Abwesenheit von der Truppe – ich führe die Urlaubskartei!

Es hatte einige Wochen gedauert, bis mir die Bedeutung meiner Versetzung in das sogenannte Geschäftszimmer klargeworden war. Und noch etwas länger dauerte es, bis ich merkte, welche Befriedigung mir diese einfache Arbeit verschaffen konnte. Barsche Anpfiffe, finstere Drohungen oder gar das Wacheschieben mußte ein Schreibstubenbulle kaum mehr befürchten; vor allem derjenige nicht, der die Urlaubskartei führte. Wer hier mit seinem Antrag hereinkam, der wußte, daß ich bei der Bearbeitung über gewisse Spielräume verfügen konnte. Wenn Stuffz Wagner den Raum betrat, rief ich ihm vom Schreibtisch zu, Sekunde, komme gleich, und ließ ihn erst mal einige Minuten stehen. So ein Geschäftszimmerauftritt war nicht seine Stärke. Er legte seinen Zettel auf den Tresen, klimperte mit den Fingern darauf herum und zuckte in böser Vorahnung ein paarmal mit der Schulter. In meiner Hand lag, worauf er nicht zu hoffen wagte – zwei, drei Heimattage, zwei, drei Nächte beim Frauchen mehr, die nirgends zu Buche schlügen, geschenkt. Zu Recht fürchtete er die Abrechnung – ich konnte hart zählen, ich konnte weich zählen, ich konnte mich auch verzählen. Samstag war ein Tag oder vielleicht auch keiner, zwei Wochen machten vierzehn oder neun Tage minus auf dem Urlaubskonto, je nach Konfession, Bundesland oder meinem Gusto. Für den Stuffz gabs keinen Rabatt. Allen anderen von der Schlammfront erging es nicht besser. Auch wenn Feldwebel Tempel seine Schiffchenmütze abnahm und nervös mit den Händen knetete – er kriegte die Quittung und wußte gar nicht, wie zeitraubend sie sich auf seiner Karteikarte niederschlug.

Endlich hatte ich eine Methode gefunden, um meine Haltung auszudrücken. Die hart ausgezählten Kerle durften nicht einmal auf-
mucken – die Hoffnung auf Gnade bei der nächsten Ausrechnung
zwang sie, den Ärger hinunterzuschlucken. Bei guter Laune
spendierte ich dem einen oder anderen harmlos-idiotischen Un-
teroffizier zwei, drei Kreuzchen in meiner gekästelten Liste. Dabei spielte der irrationale Gedanke hinein, diese Spezies innerhalb
des Heeres stärken zu wollen, aber auch eine gewisse Rührung
wie bei dem Stuffz mit der Kugel im Hintern. Das Ergebnis rechnete ich jedem einzelnen am Tresen so langsam vor, daß er entweder das Gefühl von unterdrückter Wut in aller Ruhe auskosten
konnte oder entspannt zu grienen begann, weil er die ihn begün-
stigende Zählweise begriff. Die Logik meines Berechnungs-
systems war jedem leicht verständlich – soldatische Soldaten bekamen nicht eine Stunde geschenkt, die unsoldatischen bekamen
so viele Zusatztage wie nur irgend möglich aus dem Kalender her-
auspreßbar.

Ansonsten, lieber Andreas, passiert beim Bund nicht mehr viel,
eine stupide Angelegenheit der einschläfernden Sorte, nie allein
und immer einsam, da helfen keine Pillen.

Zum ersten Mal hatte ich das Gefühl, in einer Gegenwelt zu leben,
in einer Ungleichzeitigkeit mit allen anderen Menschen und Ge-
schehnissen außerhalb der Kaserne. Und da draußen schien sich
etwas Geheimnisvolles anzubahnen. Die beiden New Yorker
Cadillac-Fahrer beispielsweise befanden sich die meiste Zeit im
Rausch einer neuen Droge, LDS, LSD oder ähnlich – von der
dunkelbraunen Frau namens Mara würde, wie Büdinger andeu-
tete, in Zukunft noch die Rede sein. Ich will sofort hier raus, sagte
ich, wenn beim Abendbrottisch mit dem zum Sanitäter gemachten Zeltteiler Rainer die Rede auf ganz andere Sachen kam: auf
den ewig dünnen Kaffee und die labbrigen Kohlrouladen, auf den
bei jeder Gelegenheit hektoliterweise ausgeschenkten roten Tee.
Das ist kein Hagebuttentee, sagte ich, Hagebutten schmecken
völlig anders. Rainer glaubte, das Gebräu enthielte eine unter-
gemischte Substanz, ein ganz gezielt bis zur Duldungsstarre wir-
kendes Beruhigungsmittel. Ein Geheimrezept zum Triebabbau in
der Truppe? Sicher, sagte er, deshalb heißt das Gesöff ja Hängolin.
LSD und Hängolin, dachte ich, da lagen doch Welten dazwischen.
Aber die chemische Zusammensetzung des anderswo unbekann-

ten Tees war genauso rätselhaft wie die eines neuen New Yorker Rauschmittels.

Noch 289 Tage...

Und dann kam eines Morgens das Päckchen mit der Badehose. Eine rote Badehose mit einem vom Schritt zu den Hüften hochgeschwungenen weißen V, sehr dynamisch. Was für ein flottes Geschenk! Büdinger ließ mich hier wirklich nicht verkommen – vielleicht wollte er verhindern, daß ich mit all den Landsern im feldgrauen, staatlichen Höschen schwimmen müßte. Es gäbe, wie er im Begleitbrief schrieb, als mögliches Zubehör für diese Badehose einen überdimensionalen, elastischen Gürtel mit etwa vier sehr großen Schlaufen, sechs Zentimeter lang, zwei breit, im farblichen Kontrast, in dem Fall schwarz. Die Spange des Gürtels bestünde aus einem dicken Schmuckemblem aus Messing. Er könne so einen Gürtel auf Wunsch besorgen, seines Erachtens wäre das aber im Augenblick nicht notwendig.

Nein danke, im Augenblick nicht.

2.

Nach Büroschluß in unsere Wohnung zurückgekehrt, bevorzugte Susanne Stehplätze. Zuerst verschwand sie ins Badezimmer, um sich in einer ausgedehnten Prozedur die Haare zu waschen. In den drei, fast vier Monaten, seit wir hier lebten, hatte sie daraus ein immer länger dauerndes, mir immer rätselhafter werdendes Abendritual gemacht. In Bademantel und Handtuchturban gehüllt, kam sie nach etlichen Viertelstunden ins Wohnzimmer und stellte sich mit frisch gefestigtem Pessimismus an die Fensterfront vor dem Balkon. Den Blick hinausgesenkt, nippte sie gelegentlich an ihrer Teetasse und erreichte rasch den Tiefpunkt.

Du hast mich überredet, sagte sie, und jetzt bin ich hier – hier.
Das hatten wir gestern schon, sagte ich, und vorgestern auch schon.
Ja, und morgen kommt es wieder.

Ich saß am anderen Ende des Zimmers, sortierte verstreut auf dem Schreibtisch liegende Zeitungsartikel, kleine, ausgeschnittene Meldungen, bei denen ich eventuell nachfassen wollte, sollte nichts Interessanteres passieren, das Telefon nicht klingeln, um irgendein dickes Ding zu melden; ein lausiges Geschäft, klar.

Wir sind beide in der Fremde, sagte ich.
Aber dir gefällt's.
Jedenfalls besser als mein letzter Einsatzort.

Sie blieb wie jeden Abend am Fenster stehen, ging wieder ins Bad, kehrte zurück, schwieg minutenlang; unterm Bademantel schon im fleischfarbenen Negligé, dem rüschigen Babydoll, das kein Zeichen von Sehnsucht, von Verführung sein sollte, sondern nur eines der Mode. Traumhaft, diese Rückkehr in die Zivilisation, hatte ich geglaubt, ein neuer Job, eine eigene Wohnung und darin die Frau, deren Foto von mir in toten Soldatennächten beguckt worden war, mein Lieblingsbild vom Strand in Blanes, das Bikini-Foto einer spanisch aussehenden Schönheit, ihr lachendes Gesicht, der Busen wölbte sich angriffslustig ins Blaue, schwarzbraun ist die Haselnuß; »verwegenen Taten entgegen«, hatte ich in darbender Sorge hinten draufgeschrieben.

Du hast mich überredet, sagte sie, weil du nicht weiterwußtest, weil dein großer Freund und Meister Büdinger nichts zu bieten hatte und weil du keine andere Stelle gefunden hast als diese komische Sache hier.

Nein, zum hundertsten Mal, sagte ich, weil ich mit dir zusammensein will, weil wir uns seit Jahren nur jedes zweite Wochenende, wenn überhaupt, gesehen haben, damit das vorbei ist, wollte ich, daß du mit hierherkommst.

Zusammensein. Was du dir wohl darunter vorstellst.
Daß du da bist. Jeden Tag, jeden Abend, jede Nacht.
Und dann?
Ich werd verrückt, sagte ich.

Seit sechs Jahren unterwegs als ein zwischen Streitereien, Trennungen und Versöhnungen hin und her gerissenes Paar, wagten wir beide nicht, von einem letzten Versuch zu sprechen – schließlich war es der erste eines Zusammenlebens. Susanne hatte ihr geliebtes Hannover verlassen, um in Oldenburg mit mir gemeinsam ein Neubauappartement zu beziehen. Etwas Aufregenderes als das konnte man doch 1967 in Oldenburg gar nicht machen! Sogar ihre Eltern hatten den Kampf gegen mich aufgegeben, weil sie das Zusammenwohnen als Vorstufe einer Ehe ansahen. Sie kamen mit einem Haufen Geld angefahren, kauften ein ganzes Schaufenster ›Junges-Wohnen‹-Möbel und stellten sie in unser Anderthalb-Zimmer-Versuchslabor; nie mehr im Leben sollte ich so modern wohnen. Ansonsten hatten sie nicht viel Vernünftiges darüber zu sagen, wie man in dieser Einrichtung ein Zusammenleben gestalten könnte.

Einfach widerlich, sagte Susanne, das ist doch alles wi-der-lich.
Silbe für Silbe in die Länge gezogen, war das ihr Lieblingsempörungswort.

Wie du dich hier an die Leute heranschmeißt. Wie scharf du auf jede Einladung bist, auf jede Party. Wie du glotzt und zugreifst, wenn diese Weiber mit ihren bis zum Nabel ausgeschnittenen Kleidern antanzen, wenn eine dieser Ehefrauen sich in der Küche mit dem ganzen Körper an dich drückt.

Wir wollten doch nur mal schnell zusammen in einen Topf gukken, sagte ich.

Einfach wi-der-lich.

Wir wußten beide, daß es ihr nicht um eifersüchtige Klagen über größere Dekolletés ging. Sie stellte keine Vergleiche an. Es war schlimmer. Ihr Widerwillen gegenüber unserer neuen Umgebung hatte etwas Grundsätzliches. Die Stadt, die Arbeit, die erlebnisgierigen, von ersten Rock-'n'-Roll-Stürmen aufgewühlten Provinzler – dies alles entsprach nicht ihren Vorstellungen. Und wir, das hier zusammengefügte Paar einer Jugendliebe, entsprachen ihnen ebensowenig.

Einfach nur widerlich, sagte sie.

Sie stand vor den mit Op-art-Mustern bedruckten Vorhängen, zu ihrer rechten Seite hingen die Elemente der Schrankwand bis zu meinem Platz in der dunkelsten Ecke des Raums. Zu ihrer linken hätte sie sich auf das große Bett legen können, eine eher ihr als mir gehörende, sündhaft teure Liege im Bauhausstil von der Firma Bofinger. Die weißen Wände, die Möbel, das gebeizte Holz des übertrieben rustikalen Balkons, der Rasen draußen – alles sah aus wie gestern fertig geworden. Der Erstbezug eines neuen Hauses, einer Wohnung mit komplett neuer Einrichtung hatte etwas penetrant Optimistisches.

Wie du am Telefon hinschmachtest, wenn dein Freund Büdinger dran ist, sagte Susanne, dieser Traumtänzer.
Und wie arrogant du dagegen deine alten Freunde abkanzelst, weil sie dir angeblich nichts mehr bringen.
Wie du hier Tag für Tag sitzt und auf Schiffsuntergänge und Liebespaarmörder lauerst, für diese fiesen Zeitungen. Diese Herumschnüffelei in den Dorfblättern, um irgendeinen Blödsinn daraus zu verkaufen, deine Art zu recherchieren, wenn du mit einem Strauß Blumen die heulende Frau eines Mörders besuchst, damit sie was ausplaudert und möglichst noch ein Foto aus glücklichen Zeiten herausrückt.

Das hatte ich nur erzählt, aber selbst nie wirklich gemacht.

Du bist völlig runtergekommen, sagte Susanne schließlich, du denkst nur ans Geld.

Das hörte sich mal wieder gar nicht gut an.
Einiges ließ sich entkräften, anderes nicht. Daß dieser Korrespon-

dentenplatz nur eine Notlösung sei, das wisse sie doch, daß es bald woanders weiterginge, daß Büdinger auch für sie nach einem Job in Düsseldorf Ausschau hielte, damit wir zusammen weiterziehen könnten. Doch daß sie plötzlich ein Herz für meine alten Freunde entdeckte, obwohl sie Roland, Geyer, Schmiddel und die anderen nicht besonders mochte, das überraschte schon sehr.

Du weißt doch, sagte ich, daß Geld nicht der Grund für die Wahl dieses Berufs war, und du weißt auch, daß ich mich seit dem Tod meines Vaters, seit ich siebzehn bin, allein durchschlagen muß und mir gar nichts übrigblieb, als selbst mein Geld zu verdienen. Du gehst über Leichen, sagte sie.

Sie wußte genausogut wie ich, was lukrativ war; die Dramen absaufender Schiffe, Kindesentführungen, besonders zur Weihnachtszeit, und natürlich Morde mit Qualität. Die wollte jede Zeitung, ein einziger nur würde mich über den nächsten Monat retten. Einem Jungjournalisten ohne feste Stelle blieb keine andere Wahl.

Ich gehe ins Bett, sagte Susanne.

Das bedeutete, wie fast jeden Abend um dieselbe Zeit, daß sie erneut im Bad verschwand, um sich ›fertigzumachen‹, wie sie es nannte. Meiner Meinung nach gab es nichts ›fertigzumachen‹, schon gar nichts, was ein oder auch zwei Badezimmerstunden lang dauerte. Susannes Äußeres stimmte vollkommen, da gab es nichts zu verbessern. Das sagten mir meine Augen, meine Fingerkuppen, das wußte ich seit langem. Aber daß mein schönes Mädchen zu oft schlecht gelaunt war, wußte ich erst seit ein paar Wochen.

Eine halbe Ewigkeit lag ich allein auf dem Bofinger-Ding und lauschte auf das Geglucker des nur schwach aufgedrehten Wassers im Handwaschbecken. Da wohnten wir endlich in der eigenen Wohnung, und sie ließ länger auf sich warten als je zuvor. Oder schlimmer noch: Es war gar kein Wartenlassen – es war ein Rückzug. Sie flüchtete in die Kosmetik, um meine Erwartungen an sie verpuffen zu lassen. Was hatte ich mir eigentlich vorgestellt unter unserem Zusammenleben? Einen endlosen Honeymoon, einen zärtlichen Dauerclinch, eine problemlose Vögelei, die sich jederzeit wie von selbst ergeben würde. Nichts einfacher als das, hatte ich gedacht, ins Kino, dann nach Hause gehen, eine Flasche nachweislich ejakulationsverzögernden Château-neuf-du-Pape und immer wieder von vorn beginnen. Vorbei das Leben auf der Besucherritze, in urlaubsfreien Elternbetten, in Angst vor Entdeckung oder traurig, weil man sich zu schnell trennen mußte. Endlich zusammenzuleben, das war doch ein Traum. Susannes Bedenken, daß wir, sobald wir eine Wohnung teilten, in hergebrachte Rollenvorstellungen verfallen würden, hatte ich schließlich zerstreut. Der Akt, unverheiratet zusammenzuziehen, wäre schon Beweis genug dafür, vom alten Denken, Mann macht Geld, Frau macht Haushalt, frei zu sein. Ich fühlte mich jedenfalls frei von diesem rollendiktierten Würgegriff; Susanne hielt immer wieder das Schreckbild ihrer Eltern dagegen. Aber was hatten wir mit diesem älteren Ehepaar zu tun?

Dieses sinnlose Nebeneinanderherleben, hatte sie gesagt.

Ich bin einundzwanzig, hatte ich gesagt, da kann man noch gar nicht sinnlos nebeneinanderherleben.

Trotzdem gefiel mir der Gedanke nicht, mehr und mehr in diese familiäre Spießigkeit eingewoben zu werden. Susanne hing an ihrer Mutter und klagte über den Alten – zwei sagenhaft verschiedene Menschen. Die Mutter schien nur mit Mühe ständig größere Heiterkeitsausbrüche zurückzuhalten, der Vater hatte noch nie einen gehabt. Ein Mann von Ende Fünfzig, den massiven Schädel durch die Ausrasur des Hinterkopfs altdeutsch betont und in schwer deutbarer, innerer Abgeschiedenheit lebend. Seine Schweigsamkeit ließ durchaus die Vermutung zu, daß er aus braunen Zeiten etwas auf dem Kerbholz hatte. Bei Wohnzimmergesprächen hakte er manchmal ein, um sich schon während der erbetenen Erklärung des Zusammenhangs so rasch wieder auszuklinken, als wäre ihm plötzlich bewußt geworden, daß er längst aus dem Verkehr gezogen sei. Nur der beständig durchs Haus fließende Kleingeld- und Zigarettenstrom seines Großhandels schien ihm etwas zu bedeuten; zwischen Lager, Hof und Auto drehte er unzählige Pirouetten mit hoch gestapelten Stangen in den Händen – eine Säule im drögen Tabakreich. Auf Verkaufstour, einmal zufällig von mir begleitet, war er ein völlig anderer: Klatsch, Stammtischparolen, Witze, alles parat. Ansonsten sprach er keine längeren Sätze, sondern flüsterte, summte ein permanentes Geschäftsmantra vor sich hin, einen von Geächz und Gestöhn unterlegten Zahlengesang, dem er in kurzen Momenten der Aufheiterung durch die Lippen geblasene Marschlieder folgen ließ. Warum sollte so ein Vater im Seelenhaushalt seiner Tochter eine Rolle spielen?

Unmöglich der Kerl, sagte Susanne nach jedem Besuch oder Telefonat, so kann man doch nicht leben! Statt dieses nikotingetriebenen Brummkreisels hätte sie lieber einen Pianisten zum Vater gehabt. Vielleicht auch zum Mann?

Wenn Susanne aus dem Bad zurückkam, war ihre Gesichtsfarbe eine andere. Blaßbleich war dann die Haselnuß, ein milchigstumpfer Glanz lag auf Stirn und Wangen, als hätte sie in stundenlanger Arbeit eine Hautschicht abgetragen. Die Brauen, die Wimpern, von Schwärze befreit, wie wegretuschiert. Für Momente schockierte mich das Auftauchen ihres zweiten Gesichts noch immer. Es war besser, darüber nichts mehr zu sagen – wer zuerst im Bett lag, hatte nach meinem Erkenntnisstand ohnehin schon verloren, wenn er noch etwas vom anderen wollte. Der zuerst Lagernde verriet seine aufgeschobene Sehnsucht mit jedem Blick, mit jeder Geste und konnte sich nicht als der vom Erscheinen des anderen spontan Hingerissene geben. Er hatte schon alles mögliche in Gedanken durchlebt und sich in eine gefährlich schwankende Stimmung geräkelt. Er wußte nicht, was mit der Frau in dieser Wartestunde geschehen war, und er wußte genausowenig, wie er sie jetzt noch überraschen sollte. Der Mann, der zu lange lag, hatte sich einige Ideen abgeschminkt. Das verärgerte und verunsicherte ihn zugleich – war die Kriegsbemalung erst einmal weg, konnte ein Krieg sehr leicht beginnen.

Susanne zupfte die Vorhänge zurecht und schlüpfte in ihre Betthälfte. Sie hatte mit dem Tag abgeschlossen, irgendeinem Tag, für sie so flach wie das Oldenburger Land. Dem blies sie ein paar hörbare Stöße Luft durch die Nase hinterher.
Was hast du?
Nichts, sagte sie.
Wie groß ist dieses Nichts, fragte ich, was wiegt es, wo liegt es, ist es eßbar?
Sie lächelte über den kleinen Einfall – lang genug für mich, um unter die Decke zu kommen und mit leisem Scherzgebrumm mein

Gesicht auf ihren Bauch zu drücken. Das war ein Anfang. Der schwache Druck ihrer Arme in meinem Rücken genügte als Zustimmung, noch war nicht alles verloren. Auf unsere gewohnte unperfekte Art schliefen wir miteinander – weil du es wolltest, hatte sie danach gesagt.

Weil du es wolltest.
Und sie etwa nicht?

Da nichts mehr auf widrige Umstände oder die jugendliche Ahnungslosigkeit abzuschieben war, zweifelte Susanne jetzt, mit 24 Jahren, offener als zuvor am Sinn der Sexualität. Sie würde nicht verstehen, warum dies für alle so eine Riesenbedeutung hätte, meinte sie, und von einem Genuß, wie ich ihn ihr mit immer umständlicheren Erklärungen beschrieb, könne sie nicht sprechen. Es bewirkte bei ihr auch keinen Stimmungswandel, wenn wir miteinander schliefen. Nach allem, was ich gehört hatte, sollte das eigentlich der Fall sein. Sie schien einfach den Faden nicht zu finden, der sie aus dem Geflecht der Spannungen hätte herausführen können. Was ihr blieb, war nur eine Anstrengung, deren Sinn ihr nicht einleuchtete, ein gemeines Rätsel ohne Lösungschance. Aber meine Annahme, der Akt sei für sie rätselhaft, konnte durchaus ein Irrtum und damit bereits Teil des Rätsels sein. Vorwürfe machte sie mir keine mehr. Sie gab mir lediglich das Gefühl, sie zu etwas Unnützem überredet, wenn nicht gar überlistet zu haben.

Susanne hatte sich längst weggedreht und schlief, während meine Gedanken erst richtig in Schwung kamen. Mein Hirn riß sich um Probleme, die man ihm nur hinzuwerfen brauchte wie Knochen dem Hund – das unablässig arbeitende Denken gab mir mehr als alles andere ein Gefühl von Intensität. Aufs heftigste beschäftigte mich eine ihrer letzten Bemerkungen, in der sie meine Zärtlichkeit anzweifelte: Du benutzt sie nur, hatte sie gesagt, um unsere Konflikte zu überspielen. Den Knochen, garniert mit etlichen Beispielen, warf sie mir hin für die Nacht. Die letzte Bastion unseres Zusammenseins griff sie an – die Zärtlichkeit, die unsere Sprache war, von Anfang an, seit wir uns auf endlosen Spaziergängen durch Wälder und Felder die Worte aus den Mündern geküßt hatten; sechs Wochen war Susanne von mir gesiezt worden, sechs Jahre geküßt. Wir hatten vieles überstanden, die gegenseitige Entjungferung, eine frühe, mörderische Abtreibung, die uns ein ganzes Jahr Liebe und mehr kostete, das zärtliche Gefühl war niemals gestorben und sollte ausgerechnet im Zusammenleben verschwinden? Jahrelang hatten wir uns die Zukunft ausgemalt; und jetzt war sie da. Das Zusammenleben war kein Honeymoon – eine Denkaufgabe war es, eine Geduldsprobe, ein Liegemarathon.

Auch morgens brauchte Susanne mindestens eine Badezimmerstunde, um sich in ihre Tagesform zu bringen. Schon im Mantel, mit Handtasche und Hut, dem schmalkrempigen beigen Damenbowler, blieb sie einen Moment im Türrahmen stehen. Mit unbewegtem Gesicht schaute sie auf meine halbschläfrigen Wiedersehenswinke und dann für einige letzte Blicke in den Raum, als fragte sie sich, ob dieses Zimmer von ihr überhaupt benutzt worden war.

3

Auf brauchbare Anrufe wartend, saß ich am Nachmittag in meiner Korrespondentenecke und spielte mit dem Gedanken, schon jetzt nach dem Tütchen mit marokkanischem Gras zu greifen – nur noch ein paar Krumen, die seit Tagen in der Schreibtischschublade lagen. Ich hatte jeden, der wollte, davon probieren lassen (auch ein paar ältere Gymnasiasten und gelangweilte Ehefrauen aus dem Bekanntenkreis, was zu einem für Susanne unkontrollierbaren Tagesbetrieb in der Wohnung führte). Der grasende Reporter, höhnte sie allabendlich, wenn sie mich zusammengesunken in der umwölkten Nachrichtenecke hocken sah. Einer der Vorteile des Jobs war jedoch der, etwas zu tun, was einem genug Zeit zum Nachdenken darüber ließ, was man nicht tat. Denn nach sechs, sieben Monaten bestanden kaum mehr Zweifel daran, daß in Oldenburg nichts, aber auch gar nichts von dem passierte, was in diesem Sommer anderswo im Gange war. Gerade deshalb hatte das marokkanische Kraut hier eine um so größere Bedeutung – wer auf dem flachen Land wenigstens sein Pfeifchen rauchen konnte, fühlte sich allein dadurch den rumorenden Bewegungen in den Metropolen ein bißchen näher. Das halbgefüllte Tütchen war ein Geschenk Büdingers, eine Kostbarkeit zum Abschied nach meinem letzten Besuch in Düsseldorf.

Komm ein paar Tage herunter, hatte er am Telefon gesagt, er hätte das beste Programm für meinen Kummer, tagsüber Museen und Schlösser, nachts Altstadt und Kneipen. Endlich eine richtige Großstadt, ein anderes Leben, eins mit Kunst, nicht bloß zum Angucken, sondern als atmosphärisches Element – die Kunst war offenbar in Düsseldorf und nirgends sonst zu Hause. Und dazu ein Freund, der mir im rheinischen Tonfall die Berührungsängste nahm und alles mit wohltuender Respektlosigkeit kommentieren konnte. Noch am ersten Abend hatte ich eine Galerie betreten wie ein Reh die Lichtung; weit und breit keine bösen Bilder zu sehen – statt dessen bedeckte ein Ledersack den Fußboden von Wand zu Wand, einen halben Meter hoch, gefüllt mit Wasser. Der Augenblick war das Bild, ein bewegendes, hörbares, es gluckste, gurgelte, schwappte meerisch, auf Schritt und Tritt hoben sich die Wellen und senkten sich wieder zu Tälern. Frauen versuchten ohne Sektverschütten übers Wasser zu staksen, Vernissagegöttinnen, schön und unerreichbar wie große Kunst. Gymnastisch gefordert, kletterten sie über den Ledersack, gaben im Straucheln bis zum Nabel reichende Einblicke, manch eine zog die Reißleine und warf sich in die Arme des nächstbesten, fest stehenden Mannes. Mich begeisterte die Idee dieses Bildlegers. In einer anschließend besuchten Kneipe hingen falsch herum festgeklebte, komplette Tischgedecke mit Speisen und Getränken an der Decke; wie ein Tortenwurf im Film, hatte ich gesagt, der Vorgeschmack des bald vom Himmel fallenden Kunstmannas, meinte Büdinger.

Der Boden wankt tatsächlich, dachte ich nach der Rückkehr, nur zwei, drei Autostunden entfernt lauerte der garantierte Taumel. Drei Tage lang hatte Büdinger mir seine momentane Lieblingsidee beschrieben. Er wollte einen Traumort schaffen, ein Lokal, das Kunst, Technik und lebendigen Alltag zusammenführte. Das wär's. Und zumindest ansatzweise gäb's das bereits hier in der Altstadt, hatte er erklärt, im neueröffneten Cream Cheese – eine Kneipe, die mir mit ihrer betörenden Sofortwirkung die Sinne verwirrte. Was für ein Schauspiel – noch nie gesehen, nicht mal in amerikanischen Filmen. Ein stumpfer Glanz aus Metallen, Spiegeln, zwei, drei Dutzend kunstvoll zugenagelten Fernsehern, ein schlauchartiger Höhlenraum mit langer Bar, Podesten und Stahlgerüsten, ein elektrischer Zirkus mit Tanz, der blendete, eine Ad-hoc-Galerie mit Hunderten Leuten und Hunderten über den Köpfen schwimmenden Gummi-Enten, das erheiterte. Im hinteren Teil des Lokals blähte sich eine Lichtblase voller Flirren und Flackern, die Wände dienten als Leinwände für projizierte Landschaften und Fotoserien. So ungefähr, hatte Büdinger gesagt, und ungefähr darüber dachte ich jetzt nach.

Der Journalismus schien ihm kaum noch etwas zu bedeuten – unseren Einstieg in diesen Beruf hielten wir beide für mehr oder minder unglücklich. Nur wenig sprach dafür, daß wir in naher Zukunft etwas zusammen machen würden; seine Zeitung ließ ihn bereits im zweiten Jahr als Landkreisredakteur in Kempen-Krefeld versauern. Sich selbst reproduzieren, dat isset, meinte er. Keiner meiner anderen Freunde konnte so erstaunliche Sachen sagen: Die Welt würde mehr als je zuvor von wenigen Produzenten für den großen Rest der Konsumenten geplant, und zwar mit so perfekten Produkten, daß die Konsumenten völlig in ihrer Funktion als Verbraucher aufgingen und weder den Wunsch haben noch in der Lage sein würden, etwas anderes zu tun als genießen; seine Londonreise hätte es ihm klargemacht, die dortige Popszene würde die Alltagswelt von morgen sein. Und – auch das sagte keiner – ihm fehlten nur schlappe fünfzigtausend Mark, um einen Plan endlich umsetzen zu können. Noch fünf Jahre als Sex-and-crime-Reporter in Grönland, hatte ich ihm gesagt, dann könnte ich mit so einer Summe aushelfen.

Gegen Abend klingelte das Telefon doch noch. Aber keiner der Kriminalkommissare, die von mir flaschenweise Weinbrand für vorab gegebene Informationen bekamen, meldete sich – auch keiner der Reporterkumpel aus den umliegenden Kleinstädten, die mir öfter Stories erzählten, die sie in ihren Blättern nicht bringen durften. Einer der Hausbewohner war dran. Soweit ich seine in Bruchstücken erzählte Geschichte verstand, berichtete er von einem gerade überstandenen Vorfall in der Villa eines Schnapsfabrikanten. Dort hatte er eins seiner Geräte verkaufen wollen, wobei er reingelegt und sogar verhaftet worden sei – der verdammte Gauner, brüllte er hallverstärkt in der Telefonzelle, diese Niedertracht mußt du unbedingt in die Zeitung bringen! Es hätte ihn so gefreut, endlich mal einem örtlichen Unternehmer seine Hilfe anbieten zu können – und dann so eine üble Sauerei.

Daß der Kerl aus dem ersten Stock in die Presse wollte, wunderte mich.
Klaus-Peter Olldorp hieß er, ein Endzwanziger, der keiner Arbeit nachzugehen schien und mir unter den Mietern des Hauses sofort aufgefallen war – schon allein durch seinen grauen Jaguar-Sportwagen, der meist neben meinem angedetschten R 4 geparkt stand. Als Autofahrer nahm ich's gelassen, als Reporter brachte mich so eine Hunderttausendmarkskarre vor der eigenen Haustür ins Grübeln. Allzulange konnte mir keiner eine derart undurchsichtige Nummer vormachen. Wollte Olldorp auch gar nicht. Er langweilte sich, redselig wie ich an nachrichtenarmen Tagen, aber auf höherem finanziellen Niveau. Der Mann handelte mit elektronischen Minispionen – eine saubere Sache, wie er von vornherein mit allen Details klarstellte. Demnach war der Verkauf dieser Abhörwanzen nicht strafbar, nur ihr Betrieb durch die Käufer verstieß gegen das Fernmeldegesetz. Olldorp inserierte chiffriert in der »Zürcher« und der »Welt«, und nach dem Versand winziger

Päckchen regneten Unsummen Schwarzgeld auf ihn nieder. Er war ein Meister des Geschäfts in der Tabuzone, halblegal und unangreifbar. Die Behörden hätten ihn, wie er meinte, seit langem zu Unrecht auf dem Kieker, die halbe Stadt sei hinter ihm her, aber keiner hätte auch nur das Geringste gegen ihn in der Hand. Bis dieser Schnapsfabrikant auf die Idee gekommen sei, ihm eine Falle zu stellen.

Der hat nur vorgespiegelt, daß er eine Wanze kaufen wollte, erzählte Olldorp später, in der Firma wär da was und so weiter. Ich sollte ihm das Ding zu Hause einmal vorführen, seine Frau las im Schlafzimmer aus Grimms Märchen vor, wir hörten uns das in astreiner Übertragungsqualität im Wohnzimmer an, und hinter den Vorhängen standen die Bullen. Eine Niedertracht, mich vor den Kadi zu zerren, kriminell das Ganze – das mußt du unbedingt in die Zeitung bringen.

Kein Problem.

Für Susanne stand das Urteil bereits fest. Eingesperrt gehörte der Mann, was sonst. Wenn ihr jemand unsympathisch war, spielten Einzelheiten seines Tuns keine Rolle mehr. Das technisch Neue, ein Sender, klein wie ein Knopf, das Finanzielle, klar doch, ein Jungmillionär, und das rechtlich Komplizierte des Falles Olldorp interessierten sie nicht. Weil sie diesmal die Hauptfigur kannte, entrüstete sie sich noch mehr als bei den anderen Geschichten, die über meinen Korrespondententisch gingen.

Allein wie der aussieht, sagte sie, mit seiner mickrigen Schmalztolle, dem verfriemelten, vom Bauchspeck prall sitzenden Anzug, und wie der mich anglotzt im Hausflur, bevor er sich in seine Angeberkarre fläzt. Das ist doch das Fieseste, was man sich vorstellen kann, diese Abhörwanzen, widerliche, gemeine Erpressungswerkzeuge.

Die Leute vom »Spiegel« waren ganz Ohr. Eine ganze Seite von mir dort untergebracht, zum ersten Mal. Die Moral von der Geschicht in bigotter Schwebe gehalten, war der Ton sogar leichter zu treffen als der anderer Blätter.

Ein schmieriger Gangster ist das, sagte Susanne, nichts anderes. Der verstößt doch nur gegen das Funkgesetz, sagte ich, dem brummen sie zehntausend Mark Geldstrafe auf, und auf dem

Heimweg winkt er aus seinem langsam rollenden Jaguar dem vorbeiradelnden Richter zu.

Das ist ja das Schlimme. Und noch viel schlimmer ist, daß du solche Leute bewunderst. Irgend etwas zieht dich zu denen hin, doch doch. Ich glaube, du hast einen ziemlich starken Hang zu diesen Schmuddeltypen.

Susannes Verkennungen führten schon vor der Haarwäsche zum versöhnungslosen Streit. Sie rechnete wieder einmal ab, angetrieben von ihrer Rundummoral und dem seit Wochen angestauten Hierseinsekel. Dabei hatte sie in mancher Hinsicht recht; auch damit, daß keiner ständig seinen Beruf vorschieben und sich mit Verweis auf dessen Zwänge herausreden könne, wenn es um seine charakterlichen Mängel ging. Zwischen dem Beruf und dem Mann, der ihn gewählt hatte, gäbe es schließlich Parallelen, die sich nicht erst im Unendlichen träfen. Aber mir die Augen öffnen zu wollen für das, was ich tat, war überflüssig.

Daß ich hier nur miese Tricks lernte, hatte Büdinger eher belustigt als verwundert. Die meisten dieser Übungen waren im Lehrstoff des Instituts für Publizistik nicht vorgekommen – das schwierige Gefummel in der Manteltasche, um im Gerichtssaal heimlich Mörder zu fotografieren, die exakt gesetzten Schubser, die den Konkurrenten die einzige Gelegenheit zum Schnappschuß vermasselten, oder die heuchlerische Tour, das Gesicht in tausend Betroffenheitsfalten zu legen und unter Schock stehenden Leuten Aussagen aus der Nase zu ziehen, die sie eine Stunde später bereuten. Immer bluffen, lügen, bestechen, gar klauen, um an etwas heranzukommen – das konnte es nicht gewesen sein. Am Ende hatte der gute Andreas nur gesagt: Na dann goodbye, cruel Reporterwelt.

Und Susanne, die einzige Zeugin des Dilemmas, nahm mir das Unbehagen an der Arbeit nicht einmal ab. Sie hielt es für das Gejammer eines Zukurzkommenden, der seine Skrupel aufblies, um seine Minderwertigkeitskomplexe zu verschleiern. Einer, der sich mit Kritik tarnte und in Wahrheit genau dorthin gehörte, wo er war.

Am Abend teilten höchst unterschiedliche Duftmarken unser Wohnzimmer in zwei Gebiete – in Susannes Tee-Deo-Bereich an der Balkontür und in meine von marokkanischen Geruchswolken verhängte Schreibtischecke. Nicht einfach, ihr Erlebnisse zu berichten, von denen sie ausgeschlossen war und denen sie erfahrungsgemäß Widerstand entgegensetzen mochte. Der ungeheure Reiz, den Büdinger und dessen Szenerie auf mich ausübten, blieb da besser im verborgenen.

Ich hör immer nur produzieren, Ideen umsetzen, fanatisch sein, sagte Susanne, was soll das überhaupt bedeuten?
Das werden wir noch sehen, sagte ich.
Neue Erlebniswelten, Ledersäcke, Kunstkneipe, wie soll das Kind denn heißen, wenn's fertig ist?
Keine Ahnung.
Du mußt es ja wissen, sagte sie, aber eine Kneipe, das ist doch das Letzte.
Er hat mir zwei Freunde aus seinem Brain-Trust vorgestellt, sagte ich, einen Grafiker, ein Russe, an dem nichts russisch ist außer seinem Namen und vielleicht dem Kirgisenbärtchen, und einen Techniker, der sich für Elektronik interessiert, ein gewisser Bekurz, der sich über unseren Wanzenhändler amüsierte, keine zwanzig Mark Materialwert steckten da drin, sagte er, ein Riesenreibach.
Sag ich doch, ein Betrüger, dieser Olldorp. Und Büdinger?
Büdinger, Büdinger, der interessiert sich auch für Elektronik.
Na wie schön, sagte Susanne, du und dein großartiger Freund – zwei Männer, ein Plan und kein Ziel.
Wart's ab.
Vielleicht muß man ja etwas zusammen machen, wenn man so lange Zeit davon phantasiert, sagte sie – schon um zu beweisen, daß es nicht geht.
Sprichst du jetzt von uns hier oder wovon?
Dich reizt da etwas ganz anderes.
Nun sag's schon, Geld, Geld!
Ich weiß nicht, was, sagte sie, es ist etwas ganz Bestimmtes.
Ich sag's dir, sagte ich – alles reizt mich an dieser Idee, alles würde ich dafür tun und dafür, von hier wegzukommen, nur weg, weg.
Weil mich alles ankotzt hier, alles, was ich mache, was wir machen.

Dort stand sie, in monumentaler Biestigkeit, mehr ärgerlich als traurig, hier saß ich, verbockt wegen unserer Malaise, und fummelte an meiner Tabakspfeife aus den guten alten Schülerzeiten. Es sah ganz danach aus, daß wir durch mein Krümelkiffen noch ein Problem mehr hatten. Welche Qualität der Stoff auch immer haben mochte, dann war es nicht die, eine Hilfe oder gar ein Wundermittel für frisch zusammengezogene Paare zu bieten. Ich konnte nicht einmal reden über das, was in meiner Korrespondentenecke passierte. Aus reiner Neugier geriet ich in die heftigste Bredouille; eine unsinnige Kraftprobe, hätte Susanne gesagt. Das Marihuana verwirbelte die Gegenwart bis zur Unkenntlichkeit. Es ließ die Bestandteile der Existenz über die Klinge springen und warf sie einem als Puzzle wieder hin – komisch verzerrt, wüst verschnitten oder insgesamt erledigt. Das Zeugs paßte nicht hierher, nicht in diese kleine Stadt, in die schnuckelige Wohnung, nicht in die biedere Reporterbirne, nicht zu den Gefühlen des Augenblicks.

Aber am allerwenigsten paßte das Zeugs zu Susanne. Sie benutzte es als letzten Grund, sich mir gegenüber zu verschließen, Schritt für Schritt, so wie man Fenster um Fenster, Tür um Tür eines Hauses langsam sichernd verschloß. Wegen ein paar vertrockneten Krumen Gras wurde sie zur Heimpolitesse. Aus ihren schönen braunen Augen, nur einen Schlitz geöffnet, observierte sie mich bloß noch und wartete auf die Wirkung. Um sich darüber zu beklagen, rief sie ihre Mutter an.

Paß auf, sagte sie, gleich lacht er wieder, völlig idiotisch und ohne jeden Grund.

Immer wieder dieselbe Platte, von mir wegen eines einzigen Stükkes aufgelegt, vor dem sie jedesmal ins Bad flüchtete – ›you just keep me hanging on‹.
Nicht das Original von den Supremes, dieses verräterische Gejammer, das einen Mann wissen ließ, da ist noch was drin, das kannst du garantiert noch mal drehn.
Nur das elend langgezogene, herausgewimmerte ›hanging on‹ von Vanilla Fudge stimmte mit meinem Gefühl der Qual überein. Hinter der schleppenden Bombastik dieses Songs konnte ich mich verstecken. Bis es vorbei sein würde.

Zu Weihnachten besuchte Susanne ihre Eltern, zu Silvester kehrte sie zurück, und mit ihr ein paar Freunde für eine länger geplante Party. Die alte Clique traf sich an neuem Ort. Fred Lindhorst, noch immer mit der atombusigen Gina, Geyer, Schmiddel und

Stalinski, eine gegen meinen Willen mitgebrachte Randfigur, alle aus derselben Stadt wie Susanne und ich; einer potthäßlichen, von den Nazis gebauten und halbfertig liegengelassenen Retortenstadt namens Salzgitter. Sie alle waren Kinder von Arbeitern und niedrigrangigen Angestellten, und heute waren sie, als Anfangzwanziger, selbst Arbeiter oder Büroangestellte. Ich beneidete sie nicht um die Fortsetzung ihres Lebens in Salzgetto. So nannten wir seit Schülerzeiten die einst als ›Hermann-Göring-Stadt‹ geplante, großflächig betonierte Utopie einer Stahlarbeiterstadt, in der man im Gefühl aufwachsen mußte, vom Rest des Landes, der Republik, der ganzen Welt, schamhaft geschnitten und mißachtet zu werden. Und letztendlich bestand Susannes und meine Liebesleistung darin, uns jahrelang gegenseitig zum Verlassen dieses Geisterorts angetrieben zu haben.

Zu meinem Ärger hatte Büdinger nach einigem Hin und Her sein Kommen abgesagt; um Geyer, Schmiddel und die anderen kümmerte ich mich an diesem Abend wenig. Die meiste Zeit lag ich mit einem neuen Bekannten, einem Bremer Innenarchitekten, auf dem Teppichboden, wo wir Pläne von Kneipen mit Bäumen, Wiesen und Wasserläufen drin skizzierten. Kurz nach Mitternacht rissen mich zwei, drei dumpfe Detonationen aus der halbherzig tändelnden Silvesterumarmung mit Susanne – die alten Kumpel warfen tatsächlich Handgranaten vom Balkon auf unser kleines Rasenstück, der Schnee stob hoch. Bloß harmlose Übungsgranaten vom Bund, erklärte der gerade entlassene Gefreite Schmiddel, die ploppen nur mal kurz. Aber da war es schon passiert: Bei der Mutprobe, das entsicherte Ei bis zur letzten Sekunde über die Brüstung zu halten, hatte Stalinski überzogen, eine blöde Idee, deren Folgen ihn unter Schmerzensschreien zusammensinken ließen. Die Wunde war tief, zwei Finger verletzt, die Hand blutete stark. Wir verbrachten die halbe Nacht im Krankenhaus, um ihn, den einzigen Beschäftigungslosen, unter Geyers Namen behandeln zu lassen.

Als an den folgenden Tagen der Schnee schmolz, sah der Rasen aus wie ein umgepflügtes Feld. Alle Explosionen hatten ihre kleinen Krater und Erdhäufchen hinterlassen. Der Hausbesitzer wollte mich deshalb zur Rede stellen – keine Ahnung, sagte ich, tut mir leid, ich hab's ziemlich eilig.

4.

Gegen Mittag erschien Büdinger wieder in dem Raum, den er für ein Büro hielt, obwohl er unter dessen tiefhängender Decke nur mit gebeugtem Kopf stehen konnte. Mit der hochgehaltenen Post in der Hand – bestenfalls Rechnungen – wedelte er aufmunternd in unsere Richtung, um dann, voll erwischt vom Chaos und Mief des Zimmers, angewidert aufzustöhnen und alle Fenster zu öffnen: Booah, das ist ja nicht zum Aushalten, meine Herren. Bekurz und ich verzogen nur das Gesicht. Wir kannten die Luft der Nacht, den Nachduft von hundert verqualmten Zigaretten, abgestandenem Altbier, Suppenresten und zwei Schläfern auf knapp dreißig Quadratmetern. Wir saßen im hinteren Teil des per Wanddurchbruch minimal vergrößerten Raums, beide auf denselben Plätzen wie spätnachts, als Andreas Büdinger gegangen war – ich auf der Bettcouch, an der davorstehenden Arbeitsplatte Bekurz. Seit Tagen an die morgendliche Peinlichkeit gewöhnt, genügte uns der durchlaufende Kaffee zur Neutralisierung der nur von neuen Aromen zu vertreibenden Geruchsmischung.

Bekurz war sofort gut gelaunt. In frischem Oberhemd, Schlips und Sakko als einziger büroreif aufgemacht, hatte er seine Frühstückszigarette geraucht und fürs erste die Velvet-Platte mit Nicos »Sunday morning« aufgelegt wie jeden Morgen; eine Stimme, die mich nach mönchisch verbrachten Nächten besänftigen und doch vor Sehnsucht halb verrückt machen konnte. Eine Weile lang unsortiert, mußte ich mich an der Tasse mit Kaffeemaschinenkaffee festhalten, während er, binnen weniger Minuten tatbereit, mit Handwerkszeug zu hantieren begann – in ihm arbeitete es bereits. Seinen Ankündigungen zufolge erwartete uns heute ein ganz besonderes Ereignis: Es bestünde berechtigte Hoffnung, daß am Abend das erste professionelle Gerät fix und fertig sein würde. Da seine terminlichen Vorhersagen schon etwas abgenutzt waren, handelte er sich einige ironische Sprüche ein. Andererseits zweifelte keiner von uns daran, daß dieser große Augenblick eines Tages kommen mußte – warum also nicht heute.

Seit gut zwei Monaten lebte ich in Düsseldorf und wohnte in dieser Behausung, einer ausgebauten Gartenlaube mit unebenen Wänden und Fußbodengefälle; bei der Quartiersbeurteilung gingen die Meinungen auseinander. Das im kleinen Hinterhof eines Mietshauses gelegene Gebäude war jedoch unzweifelhaft unser erster Geschäftssitz – wir mieteten, also existierten wir auch. Unter dem Namen »Die Muße-Gesellschaft« existierten wir spätestens, seit Andreas Büdinger mir den Prototyp eines selbstgebauten, neuartigen Apparates gezeigt und mich bekniet hatte: Laß uns damit sofort etwas anfangen. Technisch präzis hieß das Gerät Stroboskop oder Strobe-light, ein elektronisches Dauerblitzlichtgerät, platter ausgedrückt auch Flackerlicht oder, für uns noch unannehmbarer, ›Zerhacker‹ genannt. Schon beim Sehen dieses ersten Versuchsmodells hatte mich der Blitz im Innersten getroffen – wie eine Erweckung aus zweiundzwanzigjährigem Schlaf, eine plötzlich aufleuchtende Chance auch.

Daraus ergaben sich die nächsten Schritte wie von selbst. Wir waren mit Tisch und Bett, mit Oszillographen, Lötkolben und meinem Wäschekoffer in diesen Schuppen gezogen. Da war er endlich, der immer nur beredete, beschworene, beschriebene Anfang. Beim Renovieren der Gartenlaube hatten wir uns jedoch das erste Mal ratlos angeguckt, als zentnerweise Putz von den Wänden fiel; der Hausbesitzer, ein Pykniker, der die Bude nach seinem Körpermaß gebaut hatte, erkannte unser Problem, handfest zuzupakken. Seinen ultimativen Rat – Da nömm isch mir enne Eimer und mach dat selbst – nahmen wir als erstes geflügeltes Wort in unsere Arbeitsgespräche auf. Aber der Modergeruch blieb gewöhnungsbedürftig.

Es müffelt von unten her, sagte Büdinger, das kriegen wir aus dem Bau einfach nicht raus.
Es riecht nach Velvet, sagte Bekurz, nach factory, ein neuer Duft im Haushalt, ohne Karbol, Formaldehyd oder Phosphate, hier hergestellt auf natürlicher Basis unter Verwendung von angesengtem Samt, Blütenasche, Schlafbootluft aus Amsterdam und mehr, gemischt aus sieben Teilen wie Coca Colas Geheimrezept Seven X – und das X steht für den menschlichen Faktor, sagte Büdinger.
Kalte Bauern sind in dem Odeur jedenfalls nicht drin, sagte ich.
Kalte was?
Na das, was nach feuchten Träumen morgens in der Hose klebt.
Du lieber Gott, sagte Büdinger, diese Nordlichter.
Womit wir beim Thema wärn, sagte Bekurz und legte den Ein-

44

kaufszettel auf den Tisch – das alles brauchen wir unbedingt sofort.

Die Einkäufe des Tages. Eine wie gewohnt ziemlich lange Liste. Würde heute abend nur eines der Bauteile fehlen, müßten wir weiterhin mit dem Rest der Welt auf den perfekt tickenden Blitz warten.

Achim Bekurz war Autodidakt, ein geborener Elektroniker und zum Glück, wie Büdinger vor Wochen pathetisch erklärt hatte, voll und ganz für die Muße-Gesellschaft gewonnen. Er arbeitete nach dem Prinzip trial and error, was unter anderem bedeutete, daß er jede Nacht einen Haufen Elektronikschrott vor meinem Bett hinterließ. Auch gestern nacht, als Büdinger und ich stundenlang neben seinem Basteltisch gestanden und uns bemüht hatten, die einzelnen Schritte nachzuvollziehen – so kurz vorm Ziel unter Hochspannung. Also die Hochspannung würde in den Kondensatoren erzeugt, hatte Bekurz wieder mal erklärt, und die 10 000 Watt würden in die Platine geleitet, über die dortigen Regler, diese madenartigen Dinger da, die Widerstände, in Ohm gemessen, dazu Elektroden, Halbleiter, Chips – aha, sagten wir darauf, Chips, na klar, Chips. Den Rest besorgten Transistoren und Thyristoren – und wenn nicht, dann nehmen wir uns enne Eimer und machen dat selbst.

Ja, Achim, sagte ich, so pi mal Auge stehen auf der Liste Teilchen für glatt tausend Mark.
Büdinger sagte, komm – wir gehen auf die Einkaufstour, Radio Ahlert, Siemens Elektrik, Großhandel.
To all tomorrow's parties, sang Nico.
Bekurz schaltete seine Meßgeräte ein und griente grünlich beschimmert hinter uns her. Und nicht vergessen, rief er noch, zwei neue Oberhemden für mich, am besten Seidensticker, weiß oder hellblau.

Vor ihm auf der Arbeitsplatte wuchsen zwei Geräte heran, aus dem offenen Stahlblechgehäuse ragten bunte Drähte wie Tentakel von außerterrestrischen Lebewesen. Nur Bekurz wußte, wie sie ins Laufen kämen. Technische Funktionsweisen, ob beim Plattenspieler, Filmprojektor oder Moog-Synthesizer, waren für ihn offene Geheimnisse. Er stand in einem intuitiven, beinahe emotionalen Verhältnis zu den kompliziertesten physikalisch-chemischen Prozessen. Solche Jungs wie er konnten mir während der Schulzeit gestohlen bleiben, weil ich sie nicht bewundern wollte – egal, ob sie mit ihren Kenntnissen auftrumpften oder nicht. Mit Bekurz traf ich zum erstenmal auf jemanden, der höhere Technik mochte wie ein stiller Naturliebhaber die Natur, ohne Besserwisserei oder Sendungsbewußtsein und ohne Ansprüche daraus abzuleiten, auf einen formellen Beruf etwa. Wer wollte, den ließ er an seiner Entdeckerlust teilhaben. Bestens gelaunt, kettenrauchend im Dunst von Bier und heißem Zinn, arbeitete er täglich sechzehn, siebzehn Stunden. Für mich war er ein Genie, schon morgens. Und so selbstlos und mackenfrei, wie nur ein wahres Genie sein konnte.

Unser Herr Bekurz, sagte Büdinger draußen, immer wie aus dem Ei gepellt.
Ein bißchen aus der Mode, dieser hochanständige Schnauzbart.

Wieder zum Einkaufen geschickt, wieder im Auto unser Marathongespräch fortsetzend, wußten wir natürlich beide, daß es jetzt Bekurz war, der die Gruppe vorantrieb. Sein Wissen schuf die Basis dafür, daß wir überhaupt etwas zu reden und zu tun hatten. Wir gingen bestenfalls instinktiv vor, mit vagen Ahnungen und manchmal schauspielerischen Fähigkeiten. Ich wußte nicht einmal genau, wie eine Glühbirne funktionierte; dieser Draht da drin, ja klar, der Wolframfaden, ein winziger Faden, der fünfzig Zentimeter lang sein sollte? Aber warum glühte das Wolfram und verglühte nicht? Woher kam die Helligkeit beim Halogen – und wie entstand die noch stärkere beim Blitzlicht? Enorme Spannungsunterschiede, hatte Bekurz erklärt, zwischen den Elektroden geschähe nichts anderes als zwischen Himmel und Erde während eines Gewitters. Und wenn nach den vielen Erklärungen die Luft in deiner Birne brennt, sagte er, dann wäre das eine schwache Ionisation, die das Hirn im Glücksfall leitfähiger machen kann. Das ließe doch hoffen, meinte Büdinger.

So wie Bekurz immer neue Schaltsysteme ausprobierte, so suchten wir nach einem Weg für das gesamte Vorhaben. Jeden Tag gerieten wir aufs neue in kontroverse Debatten und vertieften das unendliche Thema von Sinn, Zweck und Zukunft der Muße-Gesellschaft. Mit welchem Anspruch wollten wir demnächst auftreten? Als Künstlergruppe, als elektrische Derwische mit dem Blitz der Erleuchtung durch die Republik ziehen? Oder doch als Firma, als kleines, seine wahren Absichten verschleierndes Unternehmen? Das hörte sich schnöde an. Es mußte noch was anderes geben.

Diese Formfragen sind am Ende zweitrangig, sagte Büdinger, unsere Aufgabe ist wesentlich wichtiger. Wir haben eine Erfindung gemacht, verstehst du, etwas völlig Neues wird geschehen, etwas epochal Umwälzendes. Wie in der Antike, so wie einst Prometheus den Menschen das Licht brachte für den Anfang der Kultur, so bringen wir den Blitz für den Beginn der Gegenkultur. Das wird eines Tages reich belohnt werden.

Oder bestraft, wie heute festgesetzt im Dauerstau, sagte ich.
Die Hebammen des Blitzes blieben regelmäßig in der Gustav-Adolf-Straße stecken.
Wir sind Pioniere, sagte er, Pioniere mit einer Idee.
Jaja, ich weiß – aber auf dem Wege wohin?
Zu Radio Ahlert.

Wieder einmal lief unser tägliches Verwirrspiel, die Haltungen wechselten ständig, im Auto, in der Laube, am Telefon. Mal war der eine realistischer und der andere versponnen, mal war es umgekehrt. Büdinger tat oft so, als wüßte ich nichts über den Ursprung der Idee, die offensichtlich um die Welt sauste. Von ihr hatte ihm schon der angemalte Cadillac mit den Walfischflossen erzählt, davon war mir erzählt worden, jeder hatte jedem von einer ihrer Varianten erzählt. Ihr Symbol, den Blitz eben, hatte Bekurz 1966 oder 67 zufällig auf einer Kunstausstellung im Schloß Morsbroich in einer Ecke blinken sehen und sich danach in dessen Technik hineinhalluziniert, was bis heute andauerte. Aber wie würden wir schließlich mit der Idee umgehen? Einen Mythos begründen zu helfen war sicher eine phantastische Sache. Vor allem, wenn man gar nicht wußte, daß man es gerade tat. Und sich statt dessen mit den Kosten für ein Genie herumschlug, das reichlich Chips und Oberhemden verschliß.

Dieser antike Göttersohn, sagte ich, der hat doch damals nicht an Geld gedacht.

Alles, was getan wird, sagte Büdinger, wird am Ende vom Geld bestimmt.

In den letzten zwei Monaten haben wir nicht mal die Miete für die Bruchbude eingenommen.

Wo bleiben denn die Visionen, die Überzeugung fürs Ganze? sagte er, wir bringen ein neues Licht in die Welt, wir werden damit die Lebensgewohnheiten einer ganzen Generation verändern – was willst du mehr?

Eine grüne Welle.

Das Pathos dessen, was er sagte, machte mir zunehmend zu schaffen. Dahinter konnte sich etwas verbergen, das dem, was ich wollte, zuwiderlief. Wer wollte zu diesen Zeiten schon unbedingt eine Firma am Hals haben. Wenn so etwas überhaupt in Frage käme, dann müßte sie konkret auf eine Organisationsweise jenseits bürgerlicher Normen zielen. Eine Firma namens »Muße-Gesellschaft« müßte auf dem Willen nach grundsätzlicher Veränderung basieren. Ob auch die anderen darauf hinauswollten, blieb unklar. Meine Idealvorstellung war jedenfalls eine nonkommerzielle Gruppe – obwohl einiges dagegen sprach, die kleinen, alten Autos, der Laubenmief, die unabdingbare, teure Technik. So wie die Dinge lagen, sah alles nach einem verdammten Teufelskreis aus. Aber ich mochte es, wenn es blitzte.
Stau, Stau, Stau.
Die Realität, sagte ich, ist doch die: Wir sind mit zehn-, bald zwanzigtausend in den Miesen, du bist bei der Zeitung gekündigt, Bekurz von hinten her undeutlich verschuldet, meine Rücklagen so gut wie weg, nichts mehr, kein Geld, nicht mal von einer der vielen Großmütter. Und wenn nachher zum x-ten Mal eine Blitzröhre durchknallt, dann knallen in der Sekunde wieder fünfzig Mark weg, macht 17,75 pro Nase.
Stimmt, sagte er, aber soweit ich mich erinnere, ist im Rahmen unserer Arbeitsteilung dir die finanzielle Verantwortung zugefallen.

Er nahm mein Gerede von einer Nonprofit-Truppe als letztes Zaudern vor einem de facto bereits erfolgten Start. Eine Firma ohne den Gedanken an Gewinn hielt er selbstredend für eine schizoide Idee, was ja auch irgendwie einleuchtete. Ohnehin hatten wir weder das Kapital noch die nötigen Kenntnisse für eine mögliche Gründung. Wir konnten lediglich diskutieren, herumtelefonieren und Briefköpfe drucken lassen mit dem unüberbietbar raffinierten Untertitel: ideas and experiments in art and technology. Und wir konnten den Einkauf machen.

Wieder mal eine Zitterpartie, sagte ich.
Da müssen wir durch.
Jeden dritten Tag standen wir in der Großhandlung von Radio Ahlert, wo in Hunderten von Schubladen der bis zur Decke reichenden hölzernen Wandschränke Elektronikteile lagerten; ein alter Handwerkerladen mit graubekittelten Verkäufern und knarrenden Dielen. Eingereiht mit fachkundigen Technikern warteten wir am Tresen wie zwei Buben, die Süßigkeiten kaufen wollten und ahnten, daß ihr Kleingeld nicht reichen würde, und die sich – weit schlimmer – im Falle von Nachfragen nicht richtig ausdrücken könnten. Eine Sorge bestand darin, daß man bei Nichtvorhandensein eines Bauteils etwas Vergleichbares anböte, über dessen Brauchbarkeit wir nicht entscheiden könnten und dadurch – die nächste Sorge – das Mißtrauen des Verkäufers auf uns zögen. Wer sind die zwei Knaben überhaupt, würden sich die Leute fragen; sie würden vermutlich wegen des Kunden namens »Muße-Gesellschaft« in der Buchhaltung nachfragen. Und wenn wir hundertmal etwas von junger Firma, experimenteller Arbeit und baldigem Durchbruch auftischten – unendlich lang war der Kreditbleistift des alten Ahlert sicher nicht. Wieviel Bares hast du denn dabei, fragte Büdinger vorsorglich, als der Verkäufer in die hinteren Räume verschwand – ein paar Hunderter sagte ich. Bange Minuten lang hofften wir, daß unsere Bestellung noch einmal auf Lieferschein rausgehen könnte. Es ging.

Den entscheidenden Moment hatten wir in immer wieder aufflackernden nächtlichen Blitzlichtgewittern auf uns zukommen sehen: Nach monatelanger Arbeit stand das erste Gerät auf dem Tisch, die erste selbst entwickelte und selbst hergestellte Anlage war fertig, und zwar serienreif!
Schnurrt ab wie ne Eins, erklärte Bekurz, endlich auch in der Dauerleistung absolut problemlos.
Es war geschafft, ein großer, auch schwieriger Augenblick – wir hatten in allem richtig gelegen und doch spürte jeder seine sekundenlange Leere beim Erreichen eines nicht anders erwarteten Ziels. Der Erstling zitterte los, von Bekurz mit sicheren Handgriffen vorgeführt wie eine Selbstverständlichkeit, für die er keine

besondere Anerkennung verlangte. Wir drei wußten, daß er, seiner Logik folgend, dies Gerät entworfen, in Hunderten von Stunden zusammengebaut und somit erfunden hatte. Er war der alleinige Schöpfer. Im Chaos dieses miefigen Schuppens hatte er aus einem Haufen spezifisch von ihm erkannter Bauteile, mit Draht, Zinn und Grips ein richtiges High-Tech-Gerät hingekriegt. Das Strobe-light war etwas Einzigartiges, keine Imitation, kein Nachbau eines konkreten Vorbildes. Vor uns stand ein Original, ein vorher nicht in der Welt gewesener Gebrauchsgegenstand, ein neues technisches Produkt. Bekurz, ein Fläschchen Bier und die ewige Zigarette in der Hand, war's zufrieden.

Echte Wertarbeit, sagte Büdinger, während er mit den Fingerspitzen zart über das Steuerpult fuhr.

Wir erinnerten uns daran, wie wir drei vor Monaten auf dem Bett gelegen und versucht hatten, ein paar kleine Löcher in eine Metallkiste zu bohren – mit einem Handbohrer von Büdingers Vater; ein Vorkriegsmodell, laut Bekurz, mit Leiergriff. Wir waren dabei sehr ins Schwitzen gekommen, hatten die Jacketts abgelegt und auf den Laken stundenlang mit dem harten Gehäuse gekämpft, um einen Anfang zu machen. Büdinger wollte die Bohrerei damals fotografieren, eine mythosträchtige Szene für die Jubiläumsschrift des Unternehmens in 25 Jahren – ›Hier sehen Sie unsere Gründer bei der Herstellung des ersten Erfolgsprodukts der Firma.‹

Und jetzt geht die Nummer eins vom Band.
Für die große Halle des tanzenden Volkes.
Für die psychedelische Revolution.
Die soziodelische Revolution.
Wenn ihr soweit seid, sagte Bekurz, könnten wir vielleicht essen gehen.

Mit diesen Kommentaren kaschierten Büdinger und ich unsere Verlegenheit. Es war nur allzu klar, daß der entscheidende Mann hier Achim Bekurz hieß. Denn welchen Anteil am Gelingen konnten wir uns zuschreiben? Beförderte etwa das Leeren der Aschenbecher und das Verwalten der Portokasse den schöpferischen Prozeß? Oder tat dies unser gutes Zureden, der gute Wille, die Ahnungen? Nein. Wir waren nur Zeugen seiner Tätigkeit und kamen dabei über Handreichungen nicht hinaus. Das war's, was mich verlegen machte. Wir, die Organisatoren und die eigentlich Beschenkten, hätten aufschauen müssen zu ihm, dem Techniker, dem Magier, der uns alle Chancen eröffnete.

Für wen issen das Gerät, fragte der Russe, als er spätabends mit großem Hallo zur Premiere erschien. Swjatoslaw, Sweti, erhielt selbstverständlich eine Sondervorführung. Bekurz zelebrierte jedesmal die letzten Momente vorm Einschalten. Er blickte prüfend in die Runde, knipste das Normallicht aus, bevor er wie ein den großen Knall herbeisehnender, scheinheiliger Sprengmeister seinen obligaten Warnruf losließ – ›Achtung, Zündung!‹ Danach explodierte die Luft.

Mein lieber Mann, sagte Sweti, das ist aber ne ganze Menge Licht.
Hundert Impulse in der Minute, sagte Bekurz.
Ab das Dingen.
Sweti ließ die Hände im Licht tanzen und streckte sein diabolisches Grinsgesicht mit weit aufgerissenen Augen ins Geflacker, als wäre ihm der Effekt völlig neu. Verglichen mit uns machte er als Flash-Dancer die bessere Figur – in seinem Schlabber-T-Shirt, mit der langen, im Blitzlicht verwirbelten Haarmähne und, vor allem, ohne eins der von Büdinger und Bekurz bevorzugten Fischgrätensakkos auf dem Buckel. Zweifellos war er begeistert, begeisterter als wir sogar. Aber auch Sweti überspielte sein schlechtes Gewissen. Er, der laut Büdinger als Kreativkoryphäe zur Muße-Gesellschaft gehören sollte, mied die Arbeitssphäre in der Laube, wo er konnte.

Ist ja rasend schnell, sagte er, genau das Richtige.
Für ein Avantgardepublikum wie dich, sagte Bekurz, mit Hochfrequenzregler, internem Sicherungssystem und externer Verriegelung.
Perfekte Arbeit. Sweti tippte auf das Schaltpult.
Vor allem viel Arbeit, sagte Büdinger, das Design des Steuergerätes wäre zum Beispiel deine Aufgabe gewesen.
Aber es sieht aus wie aus der Fabrik.
Aus einer Fabrik kurz nach der Währungsreform, sagte Bekurz.

Die Frontplatte mit ihren Blinklämpchen, billigen Kippschaltern und den im weißgrundierten Sichtfenster zappelnden Zeiger lag nur knapp über der Do-it-yourself-Grenze. Die Meßanzeige war eine optische Konzession, technisch überflüssig. Und dann das geringe Gewicht des Steuergeräts, keine zwei Kilo schwer. Wenn das ein Interessent hochhöbe, dächte er vermutlich, da sei gar nichts drin. Nichts, was den Preis rechtfertigte, den er zahlen sollte für einen Effekt, dessen bahnbrechende Bedeutung und dessen Wert er auch nach einer Vorführung nicht einschätzen könnte. Wir dachten an etwa drei- bis viertausend, spät in der Nacht auch an fünfeinhalbtausend Mark.

Aber diese Beschriftung mittels angeklebter Metallschreibbänder, diese verräterischen Bastelbuchstaben – das geht nicht.
Bekurz gab mir sofort recht. Die Armaturenfläche müßte schön ordentlich bedruckt sein wie bei jedem industriell gefertigten Gerät – die Typenbezeichnung ganz markant, sagte er, unser Typ EK 100, groß und fett.
Unser Typ EK 100? fragte Sweti.
Ein Stroboskop namens EK 100, wie eben gesehen. EK heißt nichts, Elektronik, aber die Hundert, die suggeriert Größe, Reife. Ansonsten gibt's die schwächere Version, den Typ 2 EK 50.
101 ginge auch.
Nein, Hundert. Hundert Mark, hundert Kilo, hunderttausend, Mensch, seit hundert Jahren nicht gesehen – die volle Hundert ist eine der besten Zahlen.
Oder 104, das Modell EK 104, die Entwicklung ist bereits drei, vier Generationen weiter.
Wir fangen ganz korrekt bei hundert an.
Und demnächst in Farbe, das EK 100 Colour.
EK 1000 Colour King – wär vielleicht noch besser.
Farbige Blitze sind doch Quatsch. Gibt's nicht.
Genau das, was es nicht gibt, wollen die Leute sehen.
Schwarzweiß und bunt, umrüstbar. Der VARIO 2000!
Wir sollten auch ein kleines Minigerät bauen, einen Volksblitz für die Hausbar. Das macht sich gut im Prospekt... und hier noch etwas ganz speziell für Sie, unser Modell KORALLE ... im formschönen Gehäuse, in Brüllorange ... nur diesen Knopf drücken, und Ihr Partykeller wackelt.

Anderntags brachte Büdinger eine Tüte mit kleinen, bedruckten Typenschildern. Eins davon würgte er mit zwei Schräubchen zur Befestigung ins Blech – Adresse, Telefon, alles drauf, sagte er, jeder kann sehen, woher dies phantastische Gerät kommt. Und im Ernstfall, sagte Bekurz mit gespielter Sorge, kann jeder sehen, wohin es wieder zurückgeht – Return to sender, zurück in die Laube.

5

Hier sind wir richtig, hatte ich gesagt – das da drüben muß der »Golem« sein.

Noch überdreht von der siebenstündigen Autofahrt konnte keiner ahnen, daß wir nicht nur am richtigen, sondern für unsere Zwecke sogar idealen Ort waren – in Hamburg, auf der von reichlich altem Neon durchwirkten Großen Freiheit, vor dem Eingang eines auffälligen Saalbaus. Auffällig wegen der Fassade, einer um das Haus laufenden popartigen Wandmalerei mit comichaften Männlein, fiktiven Werkzeugen, Zahnrädern und Wegweisersymbolen auf leuchtend blaugelbem Grund. Von seinen Betreibern war – endlich – eine erste Anfrage zu uns durchgedrungen. Wir blieben im Auto sitzen und rätselten, wie ein angeblich subkulturelles Großlokal zwischen all diese Sexclubs geraten konnte, was in der seltsamen Straße in etwa geschehen mochte und ob der drüben im Eingang allein werkelnde Mann unser erster Auftraggeber sein könnte. Einen winzigen Farbtopf in der Hand, tupfte er mit einem Pinselchen an der schwarzgelben Türlackierung herum.

Bekurz sagte: Der Herr kann sofort bei uns anfangen.

Daß die Fahrt so quälend lang verlaufen war, lag vor allem an Bekurz. Er wollte auch auf der Autobahn auf nichts verzichten – langsam, langsam, hatte er alle zwanzig Minuten gesagt, und jetzt rechts ranfahren, bitte anhalten. Er suchte im Kofferraum nach der Stelle, an der die Fahrtwinde sein Bier optimal kühlten – mit Hilfe der Strömungslehre, angewendet auf die technischen Bedingungen des neuen Citroën DS 21. Hinter der Ausbuchtung des linken Hinterrades fand er schließlich den Kältepunkt, schaffte es aber enttäuschenderweise kein einziges Mal, Bierfassen und Urinlassen koordiniert in einem Halt zu erledigen. Büdinger, der Reisen grundsätzlich lästig fand, hatte zunächst gemault, dann aber doch ausführlich von seinem Londontrip geschwärmt, wo er phantastische Tage mit zwanzigjährigen Popmillionären verbracht hätte, self-made. Ich hielt seine Stories für touristische Übertreibungen, doch Bekurz meinte, im Prinzip führen wir ja ungefähr in dieselbe Richtung.

Der Herr war tatsächlich einer der Besitzer.

Wie schön, begrüßte er uns – die Muße-Gesellschaft, vermute ich. Ein seriös wirkender Endvierziger, mit ähnlich buschigem Oberlippenbart wie Bekurz, ein Arzt, wie wir zu unserer Überraschung gehört hatten, kannte die Film-coop, kannte Fichte, kannte Beuys, kam damit schnell heraus.

Wir wollen den »Golem« nachher eröffnen, sagte er, ihn einfach nur aufmachen, ohne besondere Umstände.

Sofort begann die Fachsimpelei über seine Absichten, London kannte er auch, den UFO-Club, das arts lab, das erste, in verlassenen Industriewerken gegründete Zentrum der Gegenkultur. Nach diesen Vorbildern plante er, Kunstproduktion, Politik und Gastronomie in einer großen Halle zusammenlaufen zu lassen. Diese Verbindung sei epochemachend, hatte er erklärt, ein Konzept, das experimentellen, alternativen Gruppen einen offenen Ort bieten solle – gleich begänne eine Konferenz gegen den Vietnamkrieg. Das meiste, was er sagte, war so vage, daß wir nur zustimmen konnten. Wir hatten allerdings nicht damit gerechnet, daß eine Großdiskothek mit einer politischen Versammlung eröffnet werden könnte – auf der Reeperbahn.

Im leeren, halbdunklen Saal sahen wir auf den ersten Blick, daß dies der optimale Raum für unsere Zwecke war. Wir nickten anerkennend, gaben kurze, sachliche Kommentare, weit unter dem Grad der tatsächlichen Begeisterung. Der Zuschnitt ließ unschwer ein ehemaliges Kino mit erstem Rang erkennen, das Restparkett war zu Sitzreihen längsseitig neu angeordnet, darüber und an der Frontseite Leinwände mit alten, bereits laufenden Stummfilmen. Ein geradezu sakraler Ort wartete auf unser Licht, eine warme Großhöhle mit dem bereits spürbaren Sog ungewissen Vergnügens, die bestimmt zweitausend Leuten Platz böte. In der Saalmitte hatte man einen erhöhten Boxring zum Tanzen aufgebaut, die einzige Geschmacksunsicherheit, wie wir übereinstimmend meinten.

Das alles schauten wir uns an, durchmaßen die Tiefen und Höhen des Saals mit den Prüfblicken einer Expertengruppe, zu der uns sein Besitzer erhoben hatte. Er war der erste, der das in einer fragenden Erwartungshaltung tat; der erste Gastronom auch, der mit dem Einbau der holzverkleideten Wände, der Pferdehalfter und Spiegelbälle radikal Schluß machte, mit dieser uns alptraumhaft verfolgenden Tanzsaaldekoration der Fünfziger. Offenbar hatte der Mann sich darauf verlassen, daß irgend jemand vorbeikommen würde, um die entscheidenden, neuesten Gerätschaften herzubringen – von einem anderen Stern, wie Büdinger immer sagte. Binnen zwei, drei Stunden bauten wir unsere Anlage im Stil eines dauerhaften Provisoriums ein. Nach dem Willen der Betreiber sollte die Vorführung wie ein nächster Programmpunkt der Vietnamkonferenz folgen – ein überraschend nahtloser, von uns jedoch als passend empfundener Übergang.

Auf Bekurz war auch hier Verlaß. Mit flinken Schritten unterwegs, zog er die Installation in aller Unaufgeregtheit durch. Für jedes Problem hatte er stets mehrere Lösungen parat. Seine entschlossenen Anweisungen und Handlungen ließen unsere Arbeit in den Augen von Beobachtern professionell aussehen; trotz der heimwerkerhaften Handlangerei am Fuße der Leiter, die Büdinger und ich beisteuerten. Er arbeitete für alle erkennbar ausschließlich an einem technischen Auftrag, frei von jedem Verdacht, noch andere Absichten zu verfolgen. Auch die »Golem«-Leute faßten sofort Vertrauen – ein zweiter Besitzer war hinzugekommen, ein dürrer, kleiner Türke. Ich beneidete Bekurz um diese klar definierte Einstellung. Er fragte sich nicht, ob der große Durchbruch der Muße-Gesellschaft hier glücken und was am Ende unter dem Strich stehen würde. Mich – und vielleicht auch Büdinger – machten all diese Eventualitäten nervös und höchst unsicher. Irgendwann wäre das Geschäftliche an der Reihe, irgendwann müßte der unbekannte, sicher von Unannehmlichkeiten begleitete Komplex angegangen werden. Und zwar von mir. Büdinger hatte sich bereits mit vollmundigen Statements zu sehr als künstlerisch gestaltender Geist gezeigt, um ohne Gesichtsverlust aufs schnöde Geld zurückkommen zu können. Unsere Rollen waren fürs erste verteilt.

Noch während der Montage füllte sich der Saal wieder; mit rückkehrenden Konferenzteilnehmern und anderen Eröffnungsgästen. Vor mir auf einem eingebauten Hochsitz stand Bekurz am Pult, daneben der Diskjockey. Wir warteten auf einen passenden Musiktitel, vorzugsweise ›Fire, I'll take you to burn‹, ein orgelkreischendes Stück, dessen Sänger sich in London nackt auf der Bühne von seinem brennenden Zylinderhut ansengen lassen sollte, eine vermutlich kurze Nummer. Jetzt würde alles Weitere davon abhängen, den optimalen Zeitpunkt für den Einsatz der Anlage zu finden. Wir beobachteten das Publikum; Bekurz hatte ein Gefühl für die Stimmungen der Masse. Die meisten machten noch ihre Besichtigungsgänge, knubblige Bierflaschen in der Hand, andere standen wie in einem Steh-Kino und schauten pärchen- oder gruppenweise erheitert hoch zu den Stummfilmen ihrer Kindheit; ein paar Einzeltänzer wackelten vor der Hauptleinwand, keiner im Boxring. Immer mehr Neuankömmlinge drängten auf dem leicht abschüssigen Gang in den Bauch des Saals, viele mit erstaunten Gesichtern. Wozu noch lange auf den richtigen in einer Reihe ähnlicher Momente warten? Bekurz verständigte sich mit dem Diskjockey, der nickte. Dreißig Sekunden später drehte Bekurz den Schlüssel um: Achtung, Zündung! rief er über die Schulter in meine Richtung.

Alles war so, wie es sein sollte. Aus sechs in Reihe geschalteten Gehäusen entlud sich das Blitzlichtgewitter in den Saal – in mittlerer Frequenz, wie eingestellt. Der Boden, die Wände und die Decke, der gesamte Raum schien aus seiner Halterung zu springen: er hob ab für wenige oder mehr Zentimeter, um dann wieder herunterzufallen in die etwa ursprüngliche Position. Sein Bild, das mit vielen Menschen gefüllte Panorama, stand scharf gestochen wie eine Momentaufnahme, verschwand für die Sekundenbruchteile der Dunkelphase und erschien um einige Grade verrückt aufs neue. Es war ein neues Erleben, ein phantastischer Effekt, ein paar Sternminuten lang blähte sich eine Lichtblase voller Flirren und Flackern im Raum auf. Für ungeübte Augen, also die der Mehrzahl hier, kam die gewaltsam veränderte Optik allerdings zu überraschend. Die Leute bewegten sich kaum von der Stelle – sie hielten die Lichtbilder offenbar für eine Art Demonstration, eine besondere Darbietung. Sie bestaunten das Ganze wie ein in den Saal verlegtes Naturereignis – was es schließlich auch war.

O Gott, Achim, sagte ich, die kapieren's nicht.
Woher auch, sagte er, die haben die Gruppenreise ins Swinging London noch nicht hinter sich.
Die sind einfach noch nicht soweit, zu scheu, diese Studenten.
Eine gesunde Schüchternheit, im Prinzip verständlich.
Egal, geben wir ihnen eine zweite Chance.

Währenddessen hatte Büdinger mit den beiden Besitzern an der gegenüberliegenden Bar gestanden und viel geredet. Die Meinungsbildung über das, was die zwei in ihrem Hause sahen, war wohl noch nicht abgeschlossen. Es dauerte eine Weile, bis wir Büdingers im Bartrubel hochgereckte Hand und seine energisch wiederholte Schlüsseldrehgeste sahen. Er forderte ein erneutes Einschalten. Also gut, sagte Bekurz, Achtung, und Zündung!

Drüben legte Büdinger das Sakko ab und war mit zwei, drei Sprüngen – für uns überraschend behende – im Boxring. Wie von Stromstößen getroffen lief er in zuckender Größe durch den Ring und verwirbelte seinen spillrigen Körper, die langen Arme und Beine, in rhythmisch gekonnte, zahllos aufscheinende Stroboskopbilder – der Film-Chaplin auf der Leinwand darüber sprang mit. Er streckte und reckte und warf die Glieder von sich, säte, segnete, mähte Gras, schlug schwungvoll die Fäuste in die Luft, ging blitzartig in die Knie und wieder in die Höhe – und alle schauten hin wie auf ein Strawinsky-Ballett oder einen neuen Sport. Büdinger machte das ganz phantastisch. Minutenlang variierte er jede Drehung, landete vehement auf dem Boden, brummkreiselte mit weggespreizten Beinen auf dem Hintern um die eigene Achse, um sich bald ruckweise an imaginären Seilen wieder hochzuhangeln – eine Folge von Bildern wie in der frühen Phasenfotografie. Schließlich stand er still und aufrecht im Blitzlicht, Ende der Kür.

Sieh mal einer an, sagte Bekurz, unser stocksteifer, fußlahmer Freund Andreas.

Spätestens seit der Seilnummer hatte er amüsiert den Kopf geschüttelt und leise in sich hineingelacht. Aber was hieß schon fußlahm oder lendensteif. Büdinger hatte den Moment richtig erfaßt und mich damit ein weiteres Mal verblüfft.

Raffinierte Choreographie, mein Lieber, sagte ich, als er sich abgeschlafft auf unseren Hochsitz klemmte.
Mein verdammter Rücken, sagte er nur und hielt sich das Kreuz.

Die ersten Mittänzer waren schon in den Ring gestiegen, als er seine Vorführnummer noch kaum beendet hatte. Danach wurden es mehr, einzelne oder entschlossene Pärchen, die sich gegenseitig ins Blitzlicht zogen, als ginge es um das Bestehen eines Wagnisses, einer Mutprobe. Hoch aufgeschossene, dürre Langhaarige kamen am besten heraus, auch die Kurzstreckenläuferinnen, die nach schnellen Schritten bei jedem Flash an anderer Stelle aufleuchteten – selbst Stehtänzer machten mit nur minimalen Verrenkungen eine gute Figur. Auch Albernheiten blieben nicht aus; das kannten wir schon, das Gefuchtel vorm Gesicht des anderen, das Häschen-hüpf-Gespringe, mit dem mancher seine Partnerin erheitern wollte. Da faßte sich immer einer von uns ganz humorlos an den Kopf – diese Komiker waren uns naturgemäß verhaßt. Nach und nach paßte jedoch alles. Die meisten Tänzer taten das, was wir in etwa erwarteten. Sie probierten Bewegungen aus, die sie bei Normalbeleuchtung nicht gemacht hätten. Geste um Geste nahmen sie Büdingers Stilvorgaben auf und entwickelten rasch ein Spiel mit Armen, Händen und Gebärden, um den Effekt am eigenen Körper sehen zu können. Von unserem Hochsitz aus genossen wir das Schauspiel und brüllten uns gegenseitig Kommentare in die Ohren, wie gelungen, wie toll, wie befriedigend das alles sei. Noch nie hatten wir so viele Leute so schnell etwas begreifen sehen! Bekurz ließ die Anlage alle zehn Minuten flackern, für zwei, drei Stücke.

So einfach geht das, sagte er zu Büdinger – das war die erste getanzte Gebrauchsanweisung der Welt.
Irgend jemand muß denen doch zeigen, wie das neue Spielzeug funktioniert, sagte Büdinger – aber jeden Abend werd ich hier nicht den Affen machen.
Eine perfekte Werbung, sagte ich, jetzt kann nichts mehr schiefgehen.
Bekurz tanzte nie. Er beguckte wie immer nur die Wirkung seines Werks, mit hochzufriedenem Lächeln. Das ist jetzt euer Job, sagte er, ab sofort seid ihr die Eintänzer der Nation.

Schon wieder ein Traumberuf.
Flash-Dancer gesucht. Gute Bezahlung. Mit Aufstiegsmöglichkeiten.
Und immer schön ausschwingen. Und weiträumige Bewegungen.
Figürlich denken.
Wenn es denn der Muße-Gesellschaft dient.
Wir geben ihnen einen neuen Reiz, sagte Büdinger, der Wahrnehmungsapparat des Menschen will immer beschäftigt werden, der giert nach so was.

Wenn sie anders tanzen, sagte ich, werden sie auch bald die Welt anders sehen.

Und Achtung, Zündung!

Keiner von uns zweifelte mehr daran: Wir waren am Ziel! Unser bestes Stück, das einzige auf der Welt existierende Strobe-light-Modell EK 100 war endlich aus seinem verschlampten Gartenlaubendasein in die Praxis überführt. Nach wie vor redeten wir bei jedem Einsatz erregt durcheinander, alle drei ums Steuerpult gruppiert und in der Meinung einig – wobei Büdinger manche Feststellung von Bekurz oder mir etwas mitleidig belächelte, als wollte er sagen: Ich hab's doch gewußt, immer schon, ich hab doch nicht umsonst behauptet, wir bringen ein neues Licht in die Welt. Und dieses Licht war erst an seinem Anfang – eine Überzeugung, die wir mehr denn je teilten und die uns mit nicht länger unterdrückten Triumphgefühlen in den blitzdurchflammten Saal schauen ließ.

Der Blick bewies es tausendfach: Das Publikum schien nur auf das Stroboskop gewartet zu haben. Es liebte den Effekt bereits, sein rebellisches Zucken, sein elektrisierendes, befreiendes Wesen. Die alten Tanzformen wurden dadurch zerstört, unmöglich gemacht. Der rasante Wechsel von der Finsternis ins Überhelle schien ins Zentrum der Doppelnatur eines jeden zu treffen, der Blitz weckte schlafende Kräfte, befreite Energien, Lüste und Neigungen, verscheuchte die Hemmungen. Jeder Ausdruck war möglich, keine Bewegung vorgeschrieben – im sekundenschnellen Schnitt zwischen Licht und Dunkel sahen die Tänzer sich und die anderen blitzartig in einer neuen Phase ihres Tänzerdaseins. Sie sahen die unendliche Vervielfältigung des eigenen Selbst und der Erscheinung der anderen, den Tanz ums multiple Ich. Ein mentaler Ruck hatte jeden durchfahren und die Zeit in ein Davor und Danach geteilt. Im nur Stunden vorher noch ungekannten Licht bewegten sich die Körper der Menge jetzt, jeder lockerte sich, hampelte und strampelte sich frei, eine zweite Geburt. Viele schwenkten die Arme über den Köpfen wie zur Begrüßung eines ganz besonderen Ereignisses, bewegt von noch unbewußtem Pathos. Die Zeitenwende war vollzogen. Die gerade erfundene Tanzweise bot das Bild eines verzückten Zustandes, der nicht mehr wegzudenken sein würde.

Wir sollten jetzt was Anständiges essen gehen, schlug Bekurz nach etlichen, problemlos verlaufenen Runden vor.

Wenn Bekurz einen Punkt der Zufriedenheit erreichte, der im Moment durch Weitermachen nicht zu steigern war, bestand er auf einem sofortigen Restaurantbesuch; ansonsten schlösse sich, wie er sagte, sein Proteinfenster und er würde, wie wir ja wüßten, stinkig werden. Noch gut gelaunt, schob er eine seiner rheinischen Redensarten nach: Wer brav sin Arbeit hat jedon, der darf sich ene trinke jon. Also gut, sagte Büdinger. Wir beschlossen, daß ich am Gerät bleiben und schon mal übers Finanzielle nachdenken sollte, während die beiden auf der Reeperbahn zum Chinesen gehen würden. Laßt euch nicht auf der Straße ansprechen, sagte ich noch, worauf Bekurz beim Weggehen im Trippelschritt sein Sakko hochklappte und mit dem Hintern wackelte. Mir war klar, daß sie da draußen im Rotlicht keine Schweißhändchen bekommen würden. Wer durch diesen unfreiwillig komisch aufgemachten Erotikrummel in der Nachbarschaft des »Golem« ging, der wunderte sich eher darüber, wie die Sache überhaupt funktionieren konnte.

Das Stroboskop paßte im Prinzip zu jedem hier gespielten Stück, selbst zu balladenhaften Songs oder experimentellen Mystikklängen; dann empfahl sich eine niedrige Frequenz und nicht der Herzschlagrhythmus wie bei Tamla-Motown oder Rock von den Nice, Stones oder Bar-Kays' trompetendem »Soulfinger«. Rausreißernummern ließen sich in den ersten Sekunden des Anklingens erkennen – nach meinem Gefühl war Musik erst dann perfekt, wenn der Blitz dazukam, wenn er im Raum sichtbar den Ton angab. Dann war es ein Genuß, hier eine Art Akteur zu sein, an ein, zwei Knöpfen – Poti! – zu drehen und dafür eine Menge Blicke zu kriegen. Der Strom des Publikums schob sich unterm Hochsitz vorbei, manchmal scherten einzelne aus, um der geheimnisvollen Technik näher zu kommen. Es machte sich schon gut, daß am Steuerpult Kontrollämpchen blinkten und daß der große Zeiger im an sich überflüssigen Sichtfenster heftig zappelte – es hätten sogar ein paar Armaturen mehr sein können. Neugierige Frager bekamen sehr knappe Antworten; nicht mal für Erstsemester wäre ich ein geeigneter Partner gewesen, im Gegensatz zu Bekurz, der auch heute wieder etliche Gespräche mit Interessierten geführt hatte. Er war unermüdlich darin, Wissen abzugleichen, weiterzugeben und am Ende die zurückbleibende Nachdenklichkeit in den Mienen als Bewunderung für seine bereits erbrachte Leistung anzunehmen. Eine verdiente Bewunderung – denn das EK 100 funktionierte absolut zuverlässig. Und Zuverlässigkeit war doch, so einfach sich das anhörte, eine wesentliche Eigenschaft von technischen Produkten. Gar nicht auszudenken, wenn es nur ein paar Tage flackern würde – wir wären von vornherein erledigt gewesen. Aber es lief und lief wie ein Volkswagen in der Werbung, ohne die geringste Störung, ohne den kleinsten Holperer.

Ein rundlicher Mittfünfziger hatte sich die Stiege halb hochgeschraubt und seinen Kopf über das Pult gestreckt. Das sei ja ganz was Tolles, rief er mir zu, gäbe es das auch in Farbe oder eine Nummer kleiner – was kostet das, machen Sie das?
Alles ist möglich, sagte ich.
Mir gehört das »Barracuda«, sagte er.
Barracuda?
Der Stripladen gleich nebenan, den müssen Sie doch gesehen haben.
Ein Stripteaselokal?
Ich könnt so 'n Ding für die Bühne gebrauchen, sagte er.

Für welche Art Bühne? Vor einigen Jahren, mit fünfzehn, waren mein Freund Roland und ich mit angespartem Taschengeld heimlich nach Hamburg gefahren, hatten uns schön groß gemacht und in ein paar Billigclubs eingeschlichen, um möglichst viele erwachsene Frauen nackt zu sehen – die aber schlüpften nach der Entblätterung eilig in den Pelzmantel, liefen ins nächste Lokal, und wir sahen die ganze Nacht dieselben Frauen nackt. Danach waren wir pleite und mußten im Hafen auf Fischkisten schlafen.

Kommen Sie doch mal vorbei, sagte der Mann, fragen Sie nach Moppel.
Auf gar keinen Fall, sagte ich.
Auf gar keinen Fall? Was soll das denn heißen – Sie gehören doch zu der Firma?
Ja.
Ja und?
Der Barracuda schob mir sein Kinn entgegen, mit offenbleibendem Mund.
Wir verkaufen nichts an Stripteaselokale, sagte ich.

62

Der Mann guckte mich entgeistert an. Ohne Worte sackte er langsam die Stiege hinunter, als wäre er von einem Schlag benommen. Mit verständnislosem Kopfgewackel trottete er durch die Menge zum Ausgang.

Mit solchen Leuten wollen wir nichts zu tun haben, sagte Büdinger später im Auto.

Ganz biederer Typ, kein Leder, keine Rolex, erzählte ich – sah aus wie ein Mann von der Straße, ein Maurerpolier, und zog beleidigt ab.
Ein gedemütigter Mann mehr auf der Reeperbahn nachts um halb eins.
Eine Frechheit, uns mit seinem verwichsten Geld zu kommen, lächerlich; der einzige Mißklang an diesem wunderbaren Abend.
Bekurz, amüsiert von der Story, sagte, der Mann wollte seinen Spannern auch mal was Schönes bieten.
Er spielte so eine Enthüllungsszene kurz durch, Kleid runter, Blitz, Dunkelphase, BH weg, Blitz, Brustbild, Dunkelphase, ganz nackt und wieder weg – das wär doch reizend, warum nicht?

Bekurz hielt die Einsatzmöglichkeiten des EK 100 für technisch und ästhetisch unbegrenzt. Dabei ging es ihm weniger um Bestätigung oder gar Erfinderstolz als um den Reiz neuer Problemstellungen. Ihn störte es nicht, daß, wie Büdinger meinte, die Vulgarität nun ihre Finger nach uns ausstreckte; die Vorstellung, an kuriosen Orten für gleich welche Zwecke zu agieren, gefiel ihm. Doch letztlich wußten wir uns in der Ablehnung des Barracuda-Antrags einig – solche Sachen würden wir nicht machen. Wozu auch? Wir waren im »Golem« endgültig zu den Professionals geworden, für die wir uns schon länger hielten. Der erste Scheck lag in unseren Händen; die Rechnung hatte ich von Hand auf einem Treppenabsatz geschrieben. So ein Erfolgsmoment, der eigentlich ins geheime Merkbuch gehörte, ließ sich am besten durch ausgiebige Nörgelei verarbeiten.
Bekurz sagte, unleserliche Unterschrift, Derwisch Golührö oder Towarisch Gonorrhoe oder wie heißt dieser kleine Türke; und Büdinger wunderte sich über die dort stehende Zahl: Fünftausendeinhundertsiebenundvierzig las er mehrmals fragend vor.
Und warum eigentlich hätte das Abkassieren so lange gedauert?
Geld dauert, sagte ich, das ist nun mal so.

Aber die Sache wäre doch völlig klar gewesen.

Was ihr euch so denkt.

Ein Eiertanz das Ganze, sagte ich und erzählte, was ich durchgemacht hatte, wie nervenaufreibend diese zwei Stunden abgelaufen waren. Wie zunächst der erste Besitzer meinte, also er hätte von Finanzen keine Ahnung, und danach der zweite Besitzer mich fragte, was der erste gesagt hätte. Wie der kleine Türke und ich gegen die Musik angebrüllt hatten, wie er mit abwehrenden Gebärden zu immer neuen Ausflüchten fand, wie er mich im ständig fluchtbereiten Rückwärtsgang durchs halbe Lokal lockte, Rabatte forderte, Sonderpreise wollte und dann seine Theorie rausließ. Dieser kleine Derwisch sei plötzlich auf den Spartrichter gekommen, indem er sagte, wir Mannequin für euch, ihr gebt Sachen, Leute kommen gucken, Mannequin »Golem« zeigt alles und schickt euch die Leute.

Der ist doch bekloppt, unterbrach Büdinger mich, wie kommen wir denn dazu, seinen »Golem« umsonst mit Elektronik zu behängen.

Das Seltsame sei ja, erzählte ich weiter, daß so Leute wie der Doktor mit dem Pinsel vorgäben, Ideen zu haben, aber nur irgendwas kopierten, und die Geschäftsleute, denen man keine Idee zutraute, die kämen dann mit einer an. Da wäre man erst mal platt und fast am Boden, der Musterhausgedanke sei schon sehr gut gewesen. Den Mund hab ich mir fusselig geredet, bis er einsah, Mannequin zu sein und trotzdem voll zu bezahlen. Hier der Himmel für eure Blitze, von Gott gemacht, hätte er gesagt, als ich schon die Rechnung malte. Die Götter geben auch keinen Rabatt, sei mein letztes Wort gewesen – meine Leute würden Geld sehen wollen und nichts anderes.

Dein erstes gewonnenes Basarduell, sagte Bekurz, Geduld bringt Rosen.

Dieser erste Einsatz unserer Geräte war die Bestätigung, daß wir in jeder Hinsicht richtig gelegen hatten – kein Zweifel, wir wurden gebraucht. Die elektrische Atmosphäre begeisterte das Publikum, der Nerv war getroffen, der Blitz Programm. Der »Golem« bestand im wesentlichen aus unserem Produkt, ohne es würde er leblos in sich zusammenfallen. Und die Besitzer, diese ahnungslosen Glückspilze, nahmen das Sümmchen locker aus der Eintrittskasse – bei tausendfachem Andrang! Daß die Erfinder so schnöde abgefunden werden konnten, widersprach meinem Gerechtigkeitsgefühl. Schließlich zahlten wir über den monatelangen Aufwand hinaus noch einen weiteren Preis. Wir hatten aus einer Faszination, einem Vergnügen eine Arbeit gemacht, damit andere sich vergnügen konnten – Gleichaltrige, die um mich herumgetanzt waren, während ich mit dem kleinen Türken den Paso doble des Geldes aufführen mußte. Wir verkauften etwas, und wir verkauften einen Teil von uns gleich mit. Wir würden also schneller altern.

Bei Tempo 180 war Bekurz in den Polstern des schwarzen Citroën bald eingeschlafen, Büdinger fragte mich ab und zu mit seinem fernandelartigen Grinsen – Geht's noch? Bis ans Ende des Tunnels, sagte ich. Ein schöner Tag würde uns morgen erwarten, das war sicher. Bekurz würde zwei Hemden und eine Hose bekommen, die Lieferanten einen Abschlag, Büdinger zweihundert Mark in bar, mein Autohändler eine Rate. In dieser Nacht hatten wir einen Riesenschritt getan. Wir hatten uns als gutes Trio erwiesen – das Wir war von uns zu einer handelnden Person gemacht worden, die Fähigkeiten und Temperamente ergänzten sich aufs beste. Der eine ein Instinkttechniker, der sich von Erkenntnis zu Erkenntnis voranarbeitete und sich durch nichts von seinen Zielen abbringen ließ. Der andere ein Stratege, der sich an Visionen heranzudenken versuchte und aus der Gesamtschau heraus unsere Möglichkeiten bestimmen wollte. Und ich? Ich wäre am liebsten dort geblieben, wo wir gerade herkamen – einen besseren Ort konnte es nicht geben. Aber ich wollte auch derjenige sein, der dafür sorgte, daß die anderen beiden recht behielten.

6.

Diese Nacht sollte lange noch in unseren Knochen vibrieren.

Ein Ereignis, das jedem, der dabei war, für immer im Gedächtnis bleiben würde – ein Urerlebnis und doch nur eine gestohlene Weltsekunde wie das ganze windige Jahr, zu dem sie gehörte. Erst als wir im nachhinein versuchten, dieser Zeit eine Form zu geben, wurde klarer, daß diese Nacht den Wendepunkt markierte, an dem eine Vorhut kommender Kulturen mit alten Normen brach und sich davonmachte – in Lebensstile und Verhaltensweisen, die sie selbst und andere künftig prägen sollten. Noch Jahrzehnte später würden flüchtig bekannte Mittfünfziger, mit fragwürdigem Zopf oder hoffnungslos verfaltet, in einem beiläufig auftauchenden Erinnerungsmoment auf diese Nacht zu sprechen kommen und fast erschrocken feststellen, ja, klar, unfaßbar, das war der Anfang, bin damals dort hingefahren, klar, von Düsseldorf der eine, von Bremen der andere; oder jemand träfe eine Frau, eine zufällige Tischpartnerin, die jene Nacht offenbar auch miterlebt hatte und nach irgendeiner musikalischen Bemerkung plötzlich losschwärmte, ja unglaublich, all die Leute am Baldeneysee, in Zelten mit Stroh auf dem Boden geschlafen, ja, das wär's gewesen, das deutsche Woodstock, ein seliges Wochenende lang.

Tausende waren zu diesem Festival gekommen, in klapprigen, geblümten Autos, in indischen Flatterstoffen, in alten, vom Trödler geholten Felljacken und Pelzmänteln, die jungen Frauen mit Talmi geschmückt, die Männer mit ein, zwei Jahre lang ungeschnittenen Haaren, alle zusammen eher Akteure als Publikum. Wie auf Befehl höherer Wesen waren sie aufgebrochen, hatten, erstaunt und bestärkt, daß es so viele von ihnen gab, die Vorschriften mißachtet und zum ersten Mal auf deutschem Hallenboden spontan eine Nacht einfach durchgemacht – eine gleichgesinnte, euphorisch gestimmte Menge, die von ihrem unaufhaltsamen Zug zur Selbstauflösung noch nichts ahnte. Sie glaubte an eine ewig währende Epoche, sie traute den Zeichen dieser Nacht – brothers and sisters, rief eine Stimme aus Verstärkern, freak out! Wurde in etwa befolgt, früher oder später. Eine neue Zeitrechnung begann, das Eintauchen in eine andere Atmosphäre, in ein leichtes Land voller Musik und Licht, das aus all seinen Gesichtern lächelte.

Und wir waren dabeigewesen, mittendrin und schwer beschäftigt. Diese unverhofft rauschhafte Nacht hatte die schöne Nebenwirkung, die Muße-Gesellschaft auf einen Schlag, einen Blitzschlag, bekannt zu machen. Dabei wäre die Sache wegen einer Kleinigkeit beinahe schiefgegangen.

Es war der 28. September 1968, a day I will always remember. Wir waren beauftragt worden, beim Abschlußfest der Internationalen Songtage in der Essener Gruga-Halle mit unseren Geräten mitzuwirken. Ein vielversprechender Auftrag, auf den wir seit langem hingearbeitet hatten, eine neue Dimension – die Mothers of Invention, The Fugs, Brian Auger, Julie Driscoll et cetera und wir zusammen auf derselben Bühne! Der Tag war von Gerüchten umrankt. Niemand wußte genau, was geplant, was zu tun war, wer noch erscheinen würde und aus wieviel Müttern die Mothers tatsächlich bestanden; Fotos zeigten mal sechs, mal acht oder neun Musiker. Auch Bekurz hatte wochenlang vor sich hin gerechnet und für das Zappa-Konzert vorsichtshalber das stärkste weltweit je entworfene Stroboskop gebaut. Eine Supernova, deren Leuchtkraft nur in dieser einen Nacht erstrahlen würde – mitten im Ruhrgebiet.

Die Leute sollen sich dort möglichst wohl fühlen, hatte Bekurz gesagt.

Das wollten wir alle.

Das Aggregat mit dem Ausmaß einer Fernsehtruhe, vollgestopft mit Elektronik, brachte für die Befeuerung von Fluglandebahnen gedachte, weinflaschengroße Röhren zur Entladung – und das mit einer Wucht, als wollten wir unsere Laube in die Luft jagen. Der Bau des Riesenblitzes war an die Nerven und ins Geld gegangen – eigentlich brachte uns dies Experiment finanziell wieder einmal um; da kannte Bekurz keine Verwandten.

Aber dann, unmittelbar vor der Abfahrt nach Essen, hatte er uns überrascht und kleinlaut gesagt: Es geht leider nicht.

Was geht leider nicht?

Na ja, er käme nicht in seine Wohnung, weil sie vom Vermieter über Nacht mit einem neuen Schloß versperrt worden sei und die dort nochmals getestete Anlage drinstünde. Der Mann hätte ihn gestern wahrscheinlich beim Reintragen beobachtet und dabei einen gewissen Wert erkannt, ganz kaltblütig.

Wie hoch wäre der erkannte Wert denn ungefähr?
Dreieinhalb Mieten Rückstand.
Mit kleiner Faust hieb Büdinger mehrmals lautlos auf den
Schreibtisch – Achim, Achim, Achim.
Er hielt die Mietsache für ein durchsichtiges Manöver, mit dem
Bekurz eins seiner Probleme loswerden wollte. Wir waren seit
exakt dreieinhalb Monaten ohne Einnahmen. Und jetzt, fünf Mi-
nuten vor zwölf, sollte eine Weltkarriere an der lausigen Forde-
rung eines Vermieters scheitern.

Samstag nachmittags spielt er in seiner Stammkneipe Skat, sagte
Bekurz.

So genau wollt ich's gar nicht wissen, sagte ich.

Zeit blieb keine mehr, auch nicht für weitere Diskussionen über
den Sinn der Veranstaltung. Zwanzigmal waren wir den Ruhr-
schnellweg rauf- und runtergefahren, über Wochen vollständig
davon in Anspruch genommen, bis Büdinger nach langer Geheimniskrämerei damit herauskam, wir würden rund 300 Mark
Honorar für die Arbeit erhalten. Monkey Business, hatte ich da
noch gesagt, das deckte ja kaum die Spritkosten. Engstirnig sei
ich, hatte Büdinger gesagt, wo Weitsicht nötig wäre, wo phantastische Möglichkeiten winkten. Konkretisieren konnte er das
nicht – jedes Gebiet, das wir von nun an betreten würden, sei
schließlich fremd, also bitte: Think big.

Es fiel nicht leicht, groß zu denken, wenn man kleinlicherweise
jede Art von Verschwendung haßte. Was sollte denn mit diesem
sauteuren One-night-Monsterblitz danach geschehen? Ich mußte
auf die reellen Zahlen pochen, um meine Position und damit das
Gleichgewicht unseres Dreigestirns zu wahren. Eine undankbare
Rolle, die mich mehr und mehr in einen gefährlichen Konflikt
bringen würde, in den Kern eines unauflösbaren Widerspruchs –
im Grunde wollte ich zeitlebens etwas tun, was sich nicht in Geld
umrechnen ließe. In dieser Phase ging es mir wie auch Bekurz jedenfalls nicht ums Finanzielle – Geld machte man doch erst dann,
wenn man anders nicht mehr weiterwußte. Für den heutigen
Abend mußten wir eben ein paar Hunderter zubuttern. Ich
würde den Vermieter aus irgendeiner Skatkneipe puhlen und die
Anlage gegen Bares von ihm loseisen.

Die zwei sollten mit dem Rest der Truppe vorausfahren; Büdinger tanzte wie ein Reiseleiter bei der Beladung des Autos mit Kabeln, Bildwerfern und kleinen Blitzen – alles für Susi Creamcheese, säuselte Sweti, ab das Dingen. Er war tatsächlich pünktlich mit den Helfern Martin und Georgi-Baby erschienen, in den Händen schwere, olivgrüne Metallwerkzeugkästen mit der schablonenhaften Beschriftung US-Army, darin Spritzen, Küvetten und Öle, Silikonöle verschiedener Farben und spezifischer Gewichte. Die originalen Werkzeugkästen hatten wir beide aus amerikanischen Jeeps und Lastwagen herausgeholt, als wir eins unserer charismatischen Wochenenden in der Zauberstadt Antwerpen verbrachten – im Hafen standen Tausende vergessene Militärfahrzeuge aufgereiht wie eine Mottenkugelarmee; bekifftes Stöbern brachte immer etwas. Sweti genoß es, wieder wichtig zu sein, ein Geheimnisträger sogar. Als einziger beherrschte er die Technik, mit Kenntnis und Gefühl ›liquid slices‹, die flüssigen, scheinbar im Musikrhythmus pulsierenden Emulsionsbilder auf Leinwände zu projizieren. Vielen gefiel die optische Ölmalerei; für produktreif hielten wir die psychedelische Tapete aber längst nicht, diese irgendwie auch kindische, alles verdreckende Panscherei.

Bekurz, skeptisch wie selten, aber wie immer im tagesfrischen Bürodreß, pendelte verlegen mit dem Oberkörper hin und her, als er mir die Stammkneipen seines Vermieters beschrieb.
Wir haben das Jahr '68, sagte ich ärgerlich, wie in Peking und Paris – deinen Schlips könntest auch du langsam ablegen.

Am Montag morgen saßen Büdinger, Bekurz und ich wie gewohnt im Büro.

Was war in Essen passiert? Welch irrsinnig langer Samstag, der was eigentlich gebracht hatte? Wir versuchten eine erste Manöverkritik und redeten die Ereignisse noch mal herbei. Der erste Teil, der mit den ›Müttern‹, fehlte mir ganz: Nach langer Vermietersuche war ich erst gegen Mitternacht mit dem Riesenblitz dort eingetroffen. Gemeinsam mit Bekurz hatte ich das Ding noch auf den obersten Rängen in Gang gesetzt und war dann im Rausch des Geschehens – allein die Entzückungsschreie Tausender – in die Halle abgedriftet, hingerissen vom unverhofften Gemeinschaftsgefühl, einem phantastischen Schwebezustand, wortlos, zeitlos. Zum ersten Mal spürte ich ein Bedürfnis, mit den anderen, ja, mit der Masse zu verschmelzen, im Gleichklang zu bleiben. Nicht unbedingt für tausend Jahre, auch nicht mit dem Gedanken an eine Wiederholung, aber doch dieses eine Mal im Leben.

Eine irre Stimmung war das, sagte ich.
Swetis schönes Plakat hab ich gar nicht gesehen, sagte Büdinger, wo der sich so beeilt hat, nur acht Wochen für die Schnörkelgrafik ›Let's take a trip to Asnidi‹.

Kaum zu glauben, wie gelassen er sich nach diesem Erlebnis geben konnte. In der Nacht selbst hatten wir uns nur da und dort kurz mal getroffen; längere Unterhaltungen führten wir meistens mit anderen. Im Gegensatz zu Bekurz und mir war Büdinger kein Freund der genüßlichen Nachanalyse. Während mir noch etliche Szenen und Gesprächsfetzen durch den Kopf gingen, wirkte er so, als hätte er die Sache nie anders als nüchtern betrachtet. Mit übereinandergeschlagenen Beinen saß er auf meiner ins Büro integrierten Klappcouch und blätterte im Programmheft vom Samstag.

Das Programm hätte, wie er amüsiert vorlas, ja schon um 9.30 Uhr mit einem Seminar im Jugendzentrum begonnen, »Das Lied als Ausdrucksform unserer Zeit«. Das Abschlußkonzert mit Zappa, The Fugs und uns sollte von 14.30 Uhr bis 19 Uhr in der Halle laufen, laut Titel »Von Folk zu Pop, römisch eins«.
Bei römisch zehn steig ich aus, sagte Bekurz.
Gegen 19 Uhr spielte dein Vermieter den Grand seines Lebens.
Büdinger zitierte weiter: »Famos, famos, heut machen wir ein richtig duftes Fest!« steht hier – so was Beklopptes, das können nur die altgewordenen Pimpfe eines Jugendamts ins Programmheftchen schreiben.
Swetis Plakat mit dem Motto vom Trip to Asnidi, dem mittelhochdeutschen Namen Essens, war erst nach dem Termin der Drucklegung fertig geworden – das Dope verlangsamte ihn zunehmend. Nur ein einziges Plakat, das Original, hing irgendwo in der Halle. Ob dort wirklich Hofmannsche Trips verteilt wurden, hatten wir nicht weiterverfolgt – manch englischer Begriff geisterte ohnehin bereits herum, bevor die gemeinten Dinge selber kamen. Geduftet hatte es schon auf dem Fest. Dafür sorgte unser Georgi-Baby, ein Junge mit einer Frisur wie ein kubikmetergroß gewickelter Drahtverhau. Spätnachts war er mit seinem Heck

Haschisch in der Tasche völlig entnervt von der Bühne zurückgekehrt, weil ihm die Fugs, seine Lieblinge, nicht ein Gramm abnehmen wollten.

Sorry, paßt nichts mehr rein, hätte ihm Tuli Kupferberg, der Boß, gesagt, sich auf die Brust geklopft und ins Mikrofon gehustet; wie ein Kumpel, siebte Sohle, sagte Georgi, aber das Gekrächz hätte wie komponiert in den Song gepaßt. Ein rußiger Gruß, wie Bekurz meinte, von den nach jahrzehntelangem Rauchen in den feinen Enden verengten Bronchien. Heraus kam nur, daß The Fugs richtig übersetzt ›Die Stubenhocker‹ hieß, fünfzigjährige New Yorker Stubenhocker mit schwarzgrauen Bärten, die uns eine Menge voraushatten. Seine hundert Gramm wurde Georgi schließlich ohne ihre Kaufkraft los. Niemand da, der ihn daran gehindert hätte. Niemand da, der überhaupt irgend jemanden an irgendwas gehindert hätte. Der den Abmarsch der Tausende hätte erzwingen wollen oder können.

Das Fest ging bis fünf Uhr früh. Das Jugendamt hatte dafür bisher in unerreichbarer Ferne spielende Bands nach Essen geholt; eine sagenhaft besetzte Musiknacht für fünf Mark Eintritt. Von der Seite kannte ich den Staat gar nicht. Und unser Georgi-Baby setzte noch einen drauf. Er hatte sich ein paar Autogramme in seinen Personalausweis hineinklirren lassen – »Up the rebels!« schrieb ihm Frank Zappa in die Papiere, auf die letzte Seite, in das leere Kästchen für »Besondere Vermerke«.

Die Republik ist seit gestern auch nicht mehr das, was sie mal war, sagte Büdinger.

Stories am Rande, wie jene von Georgi und den Fugs, bedachte er nur mit müdem Lächeln. Was wir erlebt und mitgestaltet hatten, wies seiner Meinung nach über alles Individuelle hinaus. Aus grauer Städte Mauern hin zur Ekstase, zum neuen Licht, zum Tanz der Befreiten, hieße die Botschaft von Essen. Was daraus folgen würde, müßte jedem von uns klar sein.

Büdingers Feststellungen lagen auf der Hand. Es wäre auch unmöglich gewesen, sich der Faszination zu entziehen, dieser fühlbaren Zustimmung im Saal, dem unendlich erleichterten, kollektiven Aufatmen. Jeder war verblüfft von dem, was er erlebte – die Verheißung einer Zeitenwende, die die Existenz blitzartig in ein Davor und Danach teilte.

Ohne Zweifel, sagte ich, ist dort in dieser Nacht was angekommen.

Ja, wir, sagte Bekurz, wir sind angekommen. Und wir wären noch besser angekommen, wenn sie die Notbeleuchtung an den Ausgängen abgeschaltet hätten.

Der große weiße Blitz als Urknall im drangvollen, schwarzen Gruga-Bauch – das wäre das perfekte, vorgeburtliche Dunkel gewesen...

Wir sind bestens angekommen, sagte Büdinger, wurde auch langsam Zeit.

Was für einen Unterschied doch eine Nacht machte. Zum ersten Mal saßen wir in unserer wackligen Laube und redeten im sicheren Gefühl, gefragte Leute zu sein. Die Muße-Gesellschaft war in der Gruga-Halle zur Welt gekommen – im Schein der Ausgangsbeleuchtung, wie ich ironisch feststellte, von einem anderen Stern, wie Büdinger mit seinem Lieblingsmotto dagegenhielt, als Notentbindung auf der Plattform eines beängstigend hohen Turmgerüstes, wie Bekurz meinte. Dort oben hatte enormer Betrieb geherrscht. Schon während es in der Halle aufflackerte, lösten sich einige aus dem Publikum und suchten nach den Urhebern des optischen Spektakels. Begeisterte Leute, die mit aller Macht auf den Lichtturm in der Hallenmitte kletterten und uns mit ihren Fragen bedrängten. Selbstverständlich theatergeeignet, hatte einer von uns gesagt, selbstverständlich ohne Gefahr auch in Diskotheken, bei Modeschauen und so weiter. Die Zeichen der Anerkennung lagen jetzt auf dem Schreibtisch – Visitenkarten und Adressen, die uns diese Leute zugesteckt hatten. Ihnen allen waren die Augen übergegangen, und uns schwirrten die Köpfe wegen der ungeahnten Möglichkeiten. In dem Häufchen Visitenkarten verbargen sich die Konturen eines riesigen Arbeitsgebietes.

Wir haben ganz gute Karten, sagte Büdinger, oder etwa nicht?
Ja, besonders beim Theater!
Ein Opernhaus und zweimal Städtische Bühnen – damit hatten wir gar nicht gerechnet, weil wir den Theatern weder Experimentierfreude noch ausreichend Geld zutrauten. Bei dem Herrn aus Wuppertal spräche aber alles dafür, meinte Büdinger, und Bekurz ergänzte, der wäre überhaupt nicht abzuschütteln gewesen. Von

Meyerbeer hätte der erzählt, von einem grandiosen Sonnenuntergang, den der Komponist im Jahr 1848 in der Berliner Oper erzeugte, mit Hilfe des ersten elektrischen Leuchtkörpers, der jemals auf der Bühne eingesetzt worden sei. Sollten wir also zum Theater nach Wuppertal fahren? Die Sonne auf den neuesten Stand der Illusionen bringen? Noch mehr Meyerbeer? Hochinteressant, glaubte Büdinger. Er erhoffte sich einiges vom hartnäckigsten Turmbesteiger, einem Werbemenschen namens Juss Jüssen, der im kanariengelben Overall einen auffälligen Farbfleck in Zappas Klangschatten warf. Ein absolutes As für Cola- und Bierwerbung, unbezahlbar, sogar am Umsatz einer Brauerei beteiligt, weil unbezahlbar, raunten die anderen, nachdem er uns die halbe Nacht mit Fragen und Komplimenten eingespeichelt hatte. Mir gefiel der in seinem Angeberoverall zappelnde Vogel weniger gut. Die Gattung ließ mich instinktiv kalt; nur der Exwerbegrafiker Sweti teilte meine Ansicht. Aber auf diesen Werbemenschen hatte der schöne Nonprofit-Trip to Asnidi wie ein Kaufrausch gewirkt: Am liebsten hätte der all die Geräte nebst Personal gleich mitgenommen. Da waren mir die Theatertypen mit ihren Hornbrillen und Rollkragenpullovern, mit der aus vorausgreifenden Kostenängsten rührenden Zurückhaltung wesentlich lieber.

Kommen Sie nächste Woche in mein Office, hatte dieser gelbe Frosch gesagt, kommen Sie unbedingt, alle drei. Dazu redete er dauernd von einem neuen Bewußtsein, von der Erweiterung der Sinne, die man sichtbar, fühlbar, erlebbar machen müßte. Ja, aber doch nicht mit ihm, hatte ich gedacht – einem, der sich mit einer Verkleidungsnummer unverwechselbar machen wollte, mißtraute ich von vornherein. Was sollte denn so ein Overall nach Feierabend ausdrücken? Welche Art von Arbeit sollte damit assoziiert werden? Und was trug der Mensch eigentlich darunter? Schwarze seidene T-Shirts, wußte Büdinger. Der besäße fünfzig Stück von der gleichen Sorte; das stand im »Stern«. Selbstverständlich wollte er, daß wir den Termin wahrnehmen und ins Office Graf-Adolf-Straße gehen.

Wer die Ökonomie verstehen will, muß aktiv an ihr teilnehmen, sagte er, deshalb werden wir noch lange nicht kommerziell.

Büdinger wollte wieder einmal alles unter einen Hut bringen. Mit einem Trick, der für den Augenblick verfing, die Skrupel und Zögerlichkeiten wegzaubern, die Widersprüche in einer sophistischen Formel aufheben konnte. Er wollte, daß wir weiterkommen – weg von den Anfängen, raus aus der Laube.

So wie jeden Morgen begann die Zukunft aufs neue im Gespräch; selbst das liederlichste Büro war eine Manifestation des Willens. Weil Bekurz und ich hier nicht mehr wohnten, mußte der Frühdunst auch nicht mehr mit dem beißend säuerlich riechenden »Mennen« bekämpft werden, meinem grünlichen Rasierwasser, das laut Sweti aus dem Schritt belgischer Männer gewonnen würde und der Laube ein eher noch rätselhafteres Odeur verliehen hatte. Wie zum Beweis hatte er den Finger durch die vordere Rumpffalte gezogen, ihn dann hochgereckt und gesagt, ganz klar, Manneke pis gleich »Mennen«; Belgiern war so was durchaus zuzutrauen.

Sweti erschien weiterhin selten, auch jetzt nach seiner gelungenen Mitarbeit nicht, wo er beispielsweise über das Abstoßende am Begriff »Office« hätte mitreden können. Es war wahrscheinlich besser so. Zu dritt fanden sich Lösungen leichter als zu viert. Ob dieses oder jenes zu tun, ob die eine oder die andere Meinung die bessere sei, entschied selbst durch den zartesten Hauch von Zustimmung der dritte Mann, der jeweils ein anderer war.

Ja, großartig, sagte ich nach einer schweigsamen Weile, wir sind angekommen, wir sind da, wir können unsere Sachen sogar verkaufen, ohne kommerziell zu werden – nur daß wir kein einziges fertiges Gerät im Stall haben.

Nach solchen – wie Büdinger sie nannte – blindrealistischen Feststellungen trübten die zwei immer ein wenig ein. Büdinger fächelte sich mit dem Programmheft frische Luft um die Nase; Bekurz saß im rückwärtigen Teil des Raums, tatenlos wegen Materialmangel. Auf der Walze meiner roten Olivetti Valentine wellte sich eine Postkarte – die Buchstaben fielen mit einem kleinen, pappenen Knall darauf. Mein ständiges Beharren auf der realen Situation der Muße-Gesellschaft ging mir selbst auf die Nerven. Vor allem, wenn die Prognosen über den Wert dieser und jener Aktionen nicht zutrafen. Büdinger, gleich mir kein Morgenmensch, schien damit heute zufrieden zu sein. Ich war ihm sogar ein bißchen dankbar, daß er mir keine Vorwürfe wegen meiner Fehleinschätzung der Essener Geschichte machte – nicht einmal mit den sonst üblichen Spitzen. Daher verkniff ich mir auch weitere Bemerkungen über den Werbefrosch, dessen Aussagen und Begriffe den bei uns kursierenden doch sehr ähnelten.

Der Trip to Asnidi hatte mich in mehrfacher Hinsicht irritiert: Was bedeutete mir die Essener Faszination, was bedeutete sie für unsere Arbeit, und wie ging das zusammen. Im Taupunkt der Nacht hatte ich mich für einen kurzen, zu kurzen Moment frei gefühlt; frei – dafür gab's kein besseres Wort –, frei von jeder Absicht, von jeglichem Zwang. Nichts zu wollen, absolut nichts, keinen Kontakt, auch keine Gespräche, selbst das Lächeln eines Mädchens nicht – das haute mich fast um. Das starre Gerippe des Ehrgeizes, der Fanatismus war gewichen, diese Erblast, immer eine Art Endsieg zu wollen, wie weggeblasen von der Orgie aus Musik und Licht.
Es gab also einen ungekannten Glückszustand, das zellulare Nichts, ekstatische Bedürfnislosigkeit; freak out und entziehe dich jenem Schwachsinnszusammenhang, Realität genannt.

Ein oder zwei verfliegende Stunden glaubte ich an diese Entdekkung. Bis mir wieder in den Sinn kam, daß wir diesen Zustand, in dem sich offenbar viele hier befanden, mit unserer Arbeit beförderten. Eine schizoide Situation, nicht länger nur Teil zu sein, sondern die Bewegung sichtbar mit zu steuern. Wir gehörten nicht mehr dazu, wir würden uns nicht mehr bewegen können wie die anderen, wie sie tanzen, zuhören, weggehen. Wir waren es, die aus dem Zusammensein Tausender eine Inszenierung machten. Wir verkauften das Zubehör für die Erlangung dieses Zustands. Wir verkauften etwas, und morgen schon würden wir noch mehr verkaufen – und das wäre Kommerz, das Ankoppeln an den Allerweltszwang, das Ende eines wunderbar ziellosen Umherschweifens. Letztlich würden wir nur Beschäftigte sein, weiter nichts. Offenbar hatten wir an einem Experiment gearbeitet, das im Moment seines geglückten Aufscheinens zum Köder kapitaler Kräfte geworden war. Ohne es gleich formulieren zu können, hatte ich das im Bauch der Gruga-Halle erkannt – eine Erkenntnis, die mein Bewußtsein für alle Zukunft spalten würde. Nach einer Ewigkeit war ich wieder auf den Turm geklettert, hatte meine Visitenkarten verteilt und die von anderen entgegengenommen.

Wer kann sich denn an den erinnern, fragte Büdinger, der einige Karten aus dem Häufchen zog – Ali Schwarz, Polygram International?
Ein kleiner Dicker mit gepflegtem Kinnoberlippenbart, sagte ich, wollte sich melden, wenn's soweit ist.
Und an den hier – Jens-Uwe Haas, Prokurist im Hause Malzmeyer, Leichtbauhallen? Und an einen Herrn Hoffmann vom, o Gott, »Dudelsack«, Diskothek in Stuttgart. Oder an diesen hier – MM Chanowski Productions Belgium P. V. B. A., Brüssel?
Klingt gut, belgische Avantgarde, MM, P. V. B. A.

Wer sich nicht alles dort herumgetrieben hatte. Jede Menge Leute, die im größten Hallenzauber ihre Geschäftsinteressen nicht vergaßen. Da kam etwas in Gang, mit dem wir vorher nicht gerechnet hatten.

Wie viele von unseren neuen Visitenkarten hast du denn verteilt, fragte ich Büdinger.
Fünfzehn, vielleicht zwanzig.
Interessant, sagte ich, also: Wenn wir das Ganze mal einen Moment lang als ein Unternehmen betrachten, eines, an das beachtlich hohe Lieferantenrechnungen ergehen und das auch seinerseits Rechnungen ausstellt auf selbstbewußt gestaltetem Papier, eine Firma, die allein vom Namen her träge Inspektorenhirne zum Nachfassen einlädt und heute sogar groß in der Presse steht; wenn dem also so ist, wie es ist, dann müssen wir feststellen, unsere Firma gibt es nicht – diese Firma ist schwarz und obendrein pleite.
Das hebt sich doch irgendwie auf, sagte Bekurz, dann kann es ja so weitergehen.
Aber wir müssen anmelden, daß wir pleite sind.
Seit wann müßte man denn zwei, drei selbstgemachte Stroboskope im Rathaus oder sonstwo anmelden?

Bekurz verschanzte sich hinter Ahnungslosigkeit. Wenn da etwas zu regeln wäre, dann überließe er das uns, sein Name sollte auf keinem Formular erscheinen. Ich geh Zigaretten holen, murmelte er noch und flüchtete aus dem Raum.

Müßte man respektieren, meinte Büdinger, das Bürokratische wär eben nicht Achims Sache. Auch er fände es wichtiger, daß so ein Unternehmen erst einmal richtig lebte, bevor es an die Behördendinge ginge. Zu gegebener Zeit würden wir schon herausfinden, wie wir beispielsweise eine Gesellschaft mit beschränkter Haftung anmelden könnten.

Meine Postkarte war zu Ende geschrieben, eine Ansichtskarte. Sie zeigte ein Foto des Thyssen-Hochhauses, das wie eine sauber von einem gigantischen Stahlblock abgeschnittene Scheibe in der Sonne glänzte. »Komm ganz schnell her«, hatte ich meinem alten Freund Roland geschrieben, »dein Büro erwartet dich im 15. Stock, das dritte Fenster von rechts.« Vorn auf der Fotoseite, in Großbuchstaben getippt, paßte der Name »Die Muße-Gesellschaft m. b. H.« exakt auf die glatte Dachkante. Die graue Zeile sah aus wie eine tagsüber abgeschaltete Leuchtschrift.

Für das Hochhaus mußten die Thyssens hundert Jahre Eisen gießen, sagte Büdinger, bei uns wird das natürlich viel schneller gehen. Licht nimmt den kürzesten Weg durch jedes Medium, in das es fällt. Wußte schon Descartes.

Vielleicht würde unser Licht auch etwas ganz anderes machen.

7

Es war weit nach Mitternacht, als Bekurz und Büdinger sich mit
einem ›Tschö dann‹ nach Hause verabschiedet und mich im Büro
zurückgelassen hatten. Nach stundenlangen Diskussionen
schwirrte mir der Kopf – wohin damit. Sich am Tresen von
»Dora's Lovers Club« aufzubauen wäre eine Möglichkeit gewesen, nicht unbedingt sinnvoll – ein kitschiges, zwischen Wintergarten und Schlafsalon changierendes Nachtlokal, dessen Jung-
popvolk nicht zu meinen Gedanken paßte. Bliebe noch Dora
selbst, eine rundum vollweibliche Schönheit mit mehr als dem gewissen Etwas, die ich aus den Augenwinkeln hätte bewundern
können, mit spröder Gelassenheit, aus Realismus, versteht sich.
Die Frau posierte auf ihrer von Palmen umstellten Couch als
schmuckbeladene Trivialversion einer Hippiefürstin, zu ihren
Füßen hingelagerte, pilzköpfige Lakaien. Jede Nacht setzte sie
dort eine Sehnsuchtsprojektion ins Halbdunkel, der aus vielen
Männeraugen schwach verströmte Hoffnungsschimmer erzeugte
die nötige Leuchtkraft für ihre Aura. Dora bekam fürs bloße Da-
sitzen zehn Prozent vom Umsatz, glaubte aber jeden Tag mehr
daran, tatsächlich eine freie Hippiefürstin zu sein. Im Grunde ver-
körperte sie unsere Problematik – die Frage von Sein und Schein,
die unvermeidliche Zwangslage, entgegen der eigenen Überzeugung die Phantasiebereitschaft der anderen dennoch auszubeuten. Eines Tages würde sie genug davon haben und als ehrbare
Bäuerin auf Ibiza Regenwürmer züchten.

Nicht bettschwer genug, war ich zu Swetis Mansarde in der Ba-
gelstraße hochgestiegen. Seine kleine, strubbelhaarige Frau öffnete, angezogen wie für Kellerarbeit – ach du bist's, sagte sie nur.
Marlies drehte sofort wieder ab in Richtung Küche, wo sie das
Wasser aus einem Spaghettitopf im Ausguß abtropfen ließ, ohne
Sieb. Mit ihrem Empfang gelang es dieser verdüsterten Frau jedesmal, mich schon an der Tür zu frustrieren – ein erstes Häppchen
für meinen steten Hunger nach Selbstzweifeln. Der Gedanke, jemandem unsympathisch zu sein, verunsicherte mich bis ins Mark.
Allein der Verdacht, nur eine Person im Raum könnte mich ableh-
nen, reichte mir, um schweigsam und abweisend zu werden. Eine
Blockierung, die mich nicht zwangsläufig sympathisch machte.

Mit einem matten ›Hallo‹ betrat ich das Wohnzimmer und rutschte in einen der Segeltuchsessel. Volles Haus, wie erwartet, sieben, acht Leute, die derzeitigen Stammgäste in Swetis Sitzclub. Von der Fensterecke grüßte er mit breitem Grinsgesicht herüber. Wieder zurück von der großen Geschäftsreise nach Hamburg, sagte er – watt mutt, datt mutt, antwortete ich. Noch belustigt von meinem gepflegten Pladdüütsch, hievte er wie aus einem Ziehbrunnen das aus der Dachluke hängende Ledersäckchen hoch – bei ungebetenen Besuchern hätte ein die Schnüre kappender Schnitt genügt, um es im Hinterhof verschwinden zu lassen. Frisch versorgt, baute Sweti unter aufmunterndem Nicken in meine Richtung den für heute werweißwievielten Joint. Bei ihm zu Haus war Haschisch abendfüllend.

In der Runde wurden hier an anderen Abenden geschossene Fotos beguckt – beim Reden darüber fiel man sich gegenseitig ins Wort. Der rheinische Singsang, den Bekurz und Büdinger eher parodistisch einsetzten, schien Schärfen erst gar nicht aufkommen zu lassen; der am wenigsten aggressive Dialekt, hatte ich früher bei Böll gelesen. Kinky, der Möchtegernsänger mit einer Frisur wie drei Portionen angesprühte rosa Zuckerwatte, gab den lautesten Part, Big Martin den stillsten, Stefan und Christoph, zwei Beuys-Studenten, sprachen so leise, als wollten sie nicht verstanden werden; ich verfolgte das Gespräch bruchstückhaft. Stefan sollte morgen seine Semesterprüfungsarbeit abgeben, die gar nicht existierte. Da war jeder hier gefragt und antwortete auch. Die Runde überbot sich mit Schnellkunstideen, die der Akademiepflicht genügen könnten. Das meiste Blödsinn, den man sich erst mal schönrauchen mußte; auch Stefans maliziös hingemurmelten Vorschlag, die Muße-Gesellschaft sollte ihm für den Zweck ein Stroboskop überlassen. Er und Chris hätten doch sehr viel Zeit beim Hilfslöten in der Laube verbracht und angesichts der miesen Bezahlung ein gewisses Recht auf ein Leihmodell.

Meiner Meinung nach nicht, sagte ich, obwohl das Erlebnis dem Professor zu gönnen wäre – außerdem hätten sie genausoviel Zeit hier in Swetis Probierstube verbracht.
Aber davon haben wir etwas, sagte Chris; ihr Ausbeuter, sagte Stefan.
Wenn es denn wenigstens so wäre.

Tja, mein Lieber, sagte Sweti, in diesen Zeiten stehen die Macher mit dem Rücken zur Wand.
Sie werden im Stich gelassen, sagte ich.

Nach einem tiefen Schluck Wasser – Leitungswasser – nahm ich zwei, drei Züge aus der Tüte mit schwarzem Afghan; in der Inhalierphase eine Spur zu drahtbürstig im Rachen. Der Genuß vereinfachte zunächst gar nichts – vielleicht gehörte der Afghan zu den Versprechungen, die ihre volle Bedeutung erst später entfalteten. Auf dem mit Tabakkrümeln, Pappschnitzeln und Fotoabzügen übersäten Tisch lag ein mal hier, mal dahin gerollter, meterlanger Vollglasstab. Büdinger hatte ihn hier abgelegt. Ein großer Auftrag winkte, falls uns dazu etwas einfiele.
Möglichst bald, Sweti.
Jaja, der Andreas hat schon dreimal angerufen. Wie ein Agenturboß seine Kreativlinge anpfeift: Guck dir das an, denk nach, und laß am besten gestern was von dir hören.
Das müßte ungefähr vor drei Wochen gewesen sein.

Seit drei Monaten saß Sweti ganztägig im Sessel, verfütterte karitativ seinen Shit, und alle darüber hinaus denkbaren Taten zerrannen ihm zu bloßem Gesprächsstoff – ein fröhlicher, nachtaktiver Hausgeist mit Gästen. Wo ich mir gerade mit Vergnügen etwas aufbürdete, machte er sich durch die mit Vergnügen vollzogene Abwendung von jeder Arbeit frei. Statt wie geplant bei der Muße-Gesellschaft einzusteigen, spielte er praktisch nicht mehr mit; er wollte lieber aussteigen bei einer gerade sich gründenden Aussteigerfirma.

Ich hab's gleich gewußt, sagte er, daß ihr diesen Hamburger Sexladen bedienen würdet. Die Idee, an solche Leute nichts verkaufen zu wollen, war doch nicht durchzuhalten, einfach hirnrissig.
Neuneinhalb Wochen haben wir's durchgehalten. Bis wir blank waren, bis Büdinger und Bekurz fragten, ob ich die Adresse noch wüßte und hinfahren würde.
Du hast dich geopfert – ohne einen Blick in die Garderobe zu werfen.
Ich mußte es machen, um uns am Leben zu erhalten.
Was wollt ihr eigentlich wirklich?
Umziehen, sagte ich, in größere Räume.

Und dann? Eine Firma vom Zaun brechen, eine mit Buchhaltung, mit schweinischen Intrigen, mit Grünpflanzen in Vasen, wo der Flaum drin wächst? Mit ner singenden Telefonistin und zweimal im Jahr Betriebsausflug? Und jeden Tag um sieben Uhr dreißig Bürobeginn? Die Muße-Gesellschaft, guten Morgen, da verbinde ich Sie am besten mal mit dem Herrn Kurowa, unserem Liquid-oil-Spezialisten? Ach, sorry, der ist gerade auf Dienstreise im Nirwana. Soll die Sache so aussehen?

Natürlich nicht.

Ja wie denn sonst? Ein Partydienst für die ASTA-Keller und Jugendtreffs im Land? Ein Nonprofit-Unternehmen? Um euch das leisten zu können, müßt ihr erst mal gut verdienen. Oder wollt ihr so was wie ein psychedelisches Versandhaus eröffnen, eine Firmenkommune oder was? Das Geschäftsleben da draußen ist doch durch und durch verrottet.

Wir werden eine Form finden müssen, sagte ich.

Und in welcher Form ist die Sache in Hamburg gelaufen?

Ich bin einfach in das Lokal gegangen, nachmittags um drei. Auf der Bühne aalten sich fünf Frauen in einer Art Plüschkasten wie in einem Freigehege unter roter Sonne –

– in diesem, wie hieß es noch, »Barracuda«?

Ja, auf der Reeperbahn, innovative Gegend, ein ausgeschlafener Typ, dieser Moppel Jacobsen, der kauft sich ein Stroboskop, um seine Chancen im konzessionierten Straßenraub zu verbessern. Ein kleiner Stripclub mit großen Spiegeln, zisilierten weißen Stühlchen und Tischchen und Deckchen – ein paar Rentner hockten auf der Tribüne und kneteten ihre Buddel Bier in der Hand.

Da mußt du durch, sagte Sweti – und hat der Mann gezahlt?

Per Barscheck. Da wurde die Sache allerdings noch gefährlich.

Wieso?

Na ja, sagte ich leise, wie unterhält man sich in so einer Situation, wie spricht man mit so einem Mann, das ist ein Lernprozeß. Mit dem Scheck in der Hand fiel mir ein, daß ich diesem Herrn Jacobsen anstandshalber noch irgendwas Geschäftsfreundliches sagen müßte – etwas über die stierblutrote Samttapete oder die gehäkelten Tischdeckchen –

– oder über das Bühnenbild.

Genau. Eigentlich ein schönes Bild, traumhaft, die faulenzenden Frauen da vorn, habe ich ihm gesagt, was sogar irgendwie stimmte. Die dritte von links beispielsweise, sagte ich zu ihm, die ist, die wäre – in dem Moment pfiff dieser Moppel auf zwei Fingern und brüllte ihren Vornamen so laut quer durchs Lokal, daß die Spanner auf der Tribüne hochschreckten.

Die fühlten sich zurückgesetzt, klar.

Die dritte von links räkelte sich aus dem nackten Gemenge hoch und schob sich im paradiesischen Tempo auf uns zu – sie lächelte mit dem ganzen Körper, auch noch, als sie vor mir stand und meine Knie schon durchgesackt waren. Das ist die Angela, sagte Moppel, also wie sieht's aus, was darf's sein.

Da standest du schön blöd da, mit deinem Blitz in der Hand, sagte Sweti und griente – in der besten Geschäftszeit.

Gehen kann immer was, sagte ich, denn in dem Augenblick wurde mir klar, daß dieser Moppel versuchte, sein gerade verballertes Geld wieder zurückzuholen. Oder mittels der ihm zur Verfügung stehenden Naturalien bei mir nachträglich wenigstens einen hohen Rabatt einzutreiben.

Da bist du natürlich hart geblieben.

Kann man so sehen, ganz hart. Obwohl Bekurz heute sagte, ihm wäre es eigentlich egal, was ich mit meinem Anteil machen würde. Am Ende mußte ich für Moppel und die nackte Frau tatsächlich Baccardi-Cola spendieren, für fünfzig Mark.

Du bist ein Held, sagte Sweti.

Noch ja, sagte ich.

Dieser Moppel könnte das aber auch ganz anders gemeint haben.

Nämlich?

Als eine geschäftsfreundliche Geste seinerseits. Die Plüschkastenschlange war als Dreingabe des Hauses gedacht. Der Mann hielt das für eine nette Geste, die du nicht begriffen hast wegen deiner moralischen Befangenheit.

Wie man mit so einer Geste umgeht, sagte ich, hatte ich nicht in der Schule.

Sweti rappelte sich aus dem durchhängenden Segeltuch hoch und wendete sich wieder der Runde zu, die weiterhin unter lautem Fotoguckgejauchze Hunderte von Abzügen sichtete. Er griff in den Berg hinein, kommentierte ein Foto, ging von einem zum anderen, dann zur Dachluke. Seine niemanden ausschließende Gesprächslust, auch die Motorik seiner tagsüber aufgesparten Tatkraft, ließen ihn als Dauerbeschäftigten im eigenen Heim agieren – selbst über Stunden wirkte er niemals passiv, sondern immer mit Handlungen befaßt. Ich beneidete ihn um die Fähigkeit, im Zentrum des Nichtstuns derart aktiv zu erscheinen; im Grunde beneidete ich jeden um irgendeine Fähigkeit. Er tat alles für seine Freunde und Besucher, selbstlos, großzügig, unermüdlich. Wäre beim Haschischhieven ein leerer Beutel hochgekommen, hätte er den Stoff für den Rest der Nacht aus den versplissenen Bastteppichen herausgesiebt.

In den Anfangszeiten hatte auch Büdinger mit in der Runde gesessen. Bevor er mich hierher mitnahm, hatte er in zig Geschichten von den Kurowas geschwärmt, von Swetis durchtriebener Rundumbegabung, von Marlies' Gewinn des Deutschen Jugend-Fotopreises vor zehn Jahren – in der Dunkelkammer nebenan lagerte noch ein Zentner altes Abzugspapier. Ich nahm an, er wollte mich von vornherein an seinem Freundeskreis und seinem Vergnügen teilhaben lassen. Doch schon an den ersten Abenden war mir aufgefallen, daß mein Freund Andreas bluffte. Mit aufgeblasenen Backen vor der aus zwei Händen geballten Hohlfaust machte er zwar mächtig viel Dampf und Gehechel, aber inhalierte den Rauch nicht. Seine Pafferei hatte mich schwer irritiert; noch dazu mit dieser übertriebenen Technik routinierter Kennerschaft. Noch beunruhigender war jedoch, daß er seither nicht mehr in Swetis Klause erschien, um diesen Genuß weiterhin wenigstens vorzutäuschen. Daß wir nicht mehr am selben Feierabendjoint sogen, sollte eigentlich keinen Grund für Mißtrauen hergeben. In den unvermeidlich paranoiden Anwandlungen manch flacher Haschetappe aber machte mir die Vermutung zu schaffen, er könnte den Konsum und das Drumherum für einen Irrweg halten.

Das Zeug war auch schwer berechenbar; anfangs hatten zwei, drei Züge genügt, und ich war mir wie ein mittelgroßer, 23 Jahre alter Hohlkörper mit blonder Perücke vorgekommen, in dem sich nichts befand, was als Substanz durchgegangen wäre, nichts, auf das sich einer berufen oder verlassen konnte. Und nach weiteren Zügen hatte sich sogar dieses Nichts verflüchtigt, es floß aus ins Nirgendwo. Dieser menschenähnliche Hohlkörper saß im Sessel oder durchschritt den Raum wie ein schlecht vernähter Frankenstein-Patient und blieb doch in seiner Bedrängnis unbemerkt – die anderen waren Horror gewöhnt. Die von mir beschriebene Wirkung seines Afghan hatte Sweti sehr gefallen; vermutlich auch deshalb, weil der Anfangsschrecken nicht zur konsequenten Ablehnung führte. Der Gewohnheit der Gruppe angepaßt, griff ich zu, gewohnt auch an den stets aufs neue zwiespältigen Genuß. Mir war bewußt, daß ich dieser Droge nicht gewachsen war. Trotzdem reizte es mich, stärker als sie sein zu wollen, sie mitzunehmen und alles andere wie bisher weitermachen zu können.

Marlies hatte die Spaghetti als spätes Nachtessen oder frühes Frühstück an ihr Töchterchen verfüttert; das sprachgestörte Kind, vier oder fünf Jahre alt, nahm seine über die Sitzrunde führenden Klettertouren wieder auf. Die mir bedenkenlos erscheinende Art, mit dem Kind umzugehen, war das Bedrückendste am Nachtbetrieb bei den Kurowas. Das konnte nicht richtig sein. Aber ich brachte es genausowenig wie die anderen fertig, etwas dazu zu sagen. Auch dachte ich mehr über Marlies nach, als mit ihr zu sprechen. Sie schmiß den Laden hier, sie schaffte das Geld an, auch für den Stoff, den Sweti großzügig kredenzte; eine Tatsache, die alle zusammen mit ihm zu ignorieren bereit waren. Mögliche Bedenken hatte er ein für allemal wegerklärt, indem er erzählte, Marlies sei eine Meisterin der Hausierkunst: Sie bräuchte sich nur wie geistesabwesend murmelnd an eine Wohnungstür zu stellen, und verrückt vor Neugier oder befangen im Rührungsreflex, würden ihr die Leute jede Police oder jedes Abonnement abnehmen. Nach zwei Stunden käme sie mit zweihundert Mark zurück. Eine einleuchtende Verkaufsmethode, suggestiv und defensiv zugleich, hatte ich gesagt und ihn insgeheim bewundert wegen seiner Fähigkeit, problematische Dinge vollkommen entschärft und selbstschonend darzustellen. Aber das Einverständnis zwischen seiner Frau und ihm war jederzeit spürbar. Er sorgte für die Unterhaltung, sie für den Unterhalt.

Weitere Fotos wurden von Marlies auf den Tisch gepackt; dicke Stöße von nur nachlässig getrockneten und längst welligen Probeabzügen auf Billigpapier. Über Wochen hatten wir nebenher Hunderte Schnappschüsse mit der in der Runde kreisenden Kamera gemacht. Jeder Anwesende hatte öfter gedrückt, jeder war viele Male drauf, lachte oder grimassierte sein Juxportrait. Etliche Aufnahmen waren unbemerkt vom Portraitierten entstanden, als wäre es in Überraschungsmomenten möglich, die psychedelische

Erfahrung zu fixieren. Von der Konfusion, in die ich Zug um Zug hineingeraten war, fand sich auf den Bildern mit mir jedoch nicht die geringste Spur.

Die ham was, die Fotos, sagte Chris.
Ja, aber was?
Sie sind unverfälscht, ungestellt, einfach echt, ein Hauch von Hanf aus der Mitte des Volkes.
Jaja, what you see is what you get, sagte ich – in dem Fall schummrige Probierfotos einer angeheiterten Sitzrunde, wie bei Kerzenlicht aufgenommen. Außerdem sehe ich langweiliger aus, als ich bin, und nur wegen des soldatischen Kurzhaarschnitts auch noch langweiliger als die anderen.
Das ist alles authentisch, meinte Chris.
Ja, danke, jeder Mensch ist ein ... Meisterfotograf.
So ist es.
Die Fotos sagen nichts – außer daß ich da war.
Ich denke dabei auch mehr an Stefan, sagte Chris.

Stefan dachte auch längst an sich selbst. Für seine Semesterarbeit blieben ihm tatsächlich nur wenige Stunden Zeit. Noch zögernd schichtete er die Stapel auf dem Tisch um und sortierte Dutzende Abzüge zu neuen.

Die Abgabenot setzte eine lange Diskussion in Gang; ja, hieß es, der Mann mit dem schwarzen Hut fungiere als Hebamme, ja, das sei die soziale Plastik einer Dachstubengesellschaft, ja, historisch wären die Schnappschüsse auch, aber nein, das Besondere sähe man gar nicht, nein, zufällige Momentaufnahmen, ja eben deshalb historisch, nein, nur ein paar gesellige Stubenhocker wärn drauf, mehr nicht. Stundenlang beschäftigte uns die Frage, wie der prüfende Professor sich verhalten müßte.
Der hat doch gesagt, daß jeder ein Künstler ist, sagte Kinky.
Das könnte dir so passen, sagte ich, es war aber anders gemeint – jeder sollte die von ihm ausgeübte Tätigkeit im Sinne eines Künstlers betrachten und betreiben.
Das tun wir ja hier.
Es geht doch nur darum, ob er diese Fotoarbeit akzeptiert.
Wenn er das tut, dann ist er ein Großer.
Wenn er es nicht tut, dann ist er auch ein Großer.
In jedem Fall bekäme der Beuys endlich auch von mir einmal eine

Arbeit in die Hand, sagte ich schließlich – nach einem Jahr in der Stadt würde es Zeit für so eine Geste.

Stefans Jackentaschen beulten sich bereits. Bei jedem Stapel hatte er ›Ich weiß nicht, ich weiß nicht‹ gemurmelt und so gequält vor sich hin geseufzt, daß mir der Verdacht kam, er wollte damit von der Tatsache der nicht ganz einwandfreien Wegnahme der Fotos ablenken. Niemand widersprach ernsthaft – der Runde war vermutlich klar, daß Stefan sich erst an den Gedanken gewöhnen mußte, auf einen Schlag die Arbeit eines ganzen Semesters in der Tasche zu haben. Auch Marlies schwieg. Sie hatte nebenan all die Filme entwickelt, die Abzüge gezogen und geschnitten. Als Stefan und Chris sich nach letzten skeptischen Bemerkungen auf den Heimweg machten, war die Sache für mich noch nicht erledigt.

Unser Künstlerkandidat macht es sich ziemlich leicht, sagte ich zu Sweti.
Er hat nun mal nichts anderes fertig.
Große Kunst, aus Hilflosigkeit geboren. Noch dazu von anderen.
Worüber regst du dich auf, sagte Sweti, es ist doch völlig egal, wer diese Fotos gemacht hat. Wenn man richtig denkt, wird auch unsere Bude zur Akademie, oder besser gesagt, wenn man überhaupt denkt.
Ich denke an uns und daran, daß wir vor ganz anderen Prüfungen stehen, ich denke an Bekurz, an die Hunderte Nächte seiner schöpferischen Anstrengung, an das Jonglieren mit Tausenden Chips, ohne daß das Ergebnis von irgendeinem Kunstguru gelobt würde, eine Ungerechtigkeit. Unsere Maschinen verändern doch die Realität, und zwar ganz direkt.
Eure Universität ist die Straße.
Schon mal gehört. Und was sagt uns das?
Daß ihr bald sehen werdet, wie viele Arschlöcher da draußen herumlaufen, Typen, die euch und eure Elektronikklamotten ganz unakademisch veredeln wollen. Daß ihr euch denen auf die komplizierteste Art auch noch in die Arme werfen werdet und daß ihr so Kasse macht und am Ende diesen Leuten immer ähnlicher geworden seid. Aber keine Angst – vielleicht ist das tausendmal lustiger als das, was unseren beiden Studenten blühen wird.
Also tingeln gehn, meinst du, den harten Straßenkampf. Noch mehr »Barracudas«, noch mehr Moppels, noch mehr »Golems« bedienen.

Genau, sagte Sweti und schob mir sein kantiges Kinn entgegen – ihr werdet denen das Geld aus der Tasche ziehen, die es der Jugend, den Studenten aus der Tasche ziehen.

Ich hab da so meine Befürchtungen, sagte ich und stupste an den Vollglasstab, so daß er über den Tisch kullerte. Die darauf liegenden restlichen Fotos und ein paar Illustriertenbilder erschienen in Schlieren verzerrt und gebrochen, als rollte eine Welle über sie.

Das ist der nächste Fall, sagte Sweti, der große Hombach, Herr über Edelzwirne und Seidenhöschen.

Sweti hatte bereits gekreißt und eine Idee geboren. Demonstrativ wiederholte er die Rollbewegungen, indem er Stab und Papier vor einer Lampe hochhielt, und sagte, das Prinzip Laterna magica, siebzehntes Jahrhundert – alles drehe sich, Licht und Lochmuster tanzten auf einer Vollglaswand, Kunst am Boutiquenneubau.

Dann wär das Problem vom Tisch, sagte ich, Büdinger wird sich freuen.

Der Hombach auch. Der kriegt pünktlich sein Light-Ballett als Blickfang für seinen übertevuerten Fummel, ein butterweiches Lichtspielchen mit vielen Sternen, die im Zeitraffer am Nachthimmel vorüberziehen.

Marlies zog die Stirn kraus, Martin sagte leise, watt'n Kitsch, die Meinungen am Tisch waren geteilt. Meine Meinung war sogar vollkommen geteilt. Gut, es war eine Idee, eine von der Art, wie wir sie brauchten. Trotzdem hatte ich das vage Gefühl, wir würden mit solchen Verniedlichungen bereits im Vorgriff die Parodie unserer gerade beginnenden Arbeit liefern.

Was tust du so gequält, sagte Sweti, ihr wollt doch den Auftrag haben. Und wo sollte im Falle Hombach ein Konflikt drohen? Das ist der Laden, aus dem du deine schönen roten Schaftstiefel hast und dein raffiniertes Jackett auch.

Gegen fünf Uhr ließ Marlies mich wieder hinaus – sei leise, sagte sie.

Viel früher hätte ich »Dora's Lovers Club« auch nicht verlassen. Um diese Zeit füllte sich dort das Tanzbett noch einmal. Dann stiegen die letzten Spontanpärchen hoch auf das Messinggestell – die Träumer am Tresen würden einmal mehr am Nullpunkt der Nacht stehen. Auch mir wäre im Lovers Club gelegentlich eine aktivere Haltung lieber gewesen. Aber ich war mit meinen Gedanken woanders – mich beschäftigten ausschließlich die Probleme unserer Arbeit. Das blockierte. So blieb alles in mir drin.

8.

Die neue Adresse suggerierte Größe – die Muße-Gesellschaft, ab sofort 4000 Düsseldorf, Von-Manstein-Straße 1-3. Der dort im Hinterhof freistehende Gewerbebau hatte uns dreien sofort gefallen; etwas zum Hineinwachsen wie ein zu groß gekaufter Knabenanzug. In einer Blitzaktion hatte Büdinger das Haus angemietet, während ich auf Reisen Geld aufzutreiben versuchte.

Für ihn war mit unserem Einzug in die neuen Räume auch eine neue Arbeitsphilosophie eingezogen. Daß sie immer ernstere Formen annahm, konnte nach diesem Schritt tatsächlich keiner von uns mehr leugnen. Auch an diesem Morgen nicht, als Büdinger an der Fensterfront entlangwanderte und im Gestus eines Vortragenden seine Theorien erläuterte – jetzt sollten wir unsere Monopolstellung stärker ausbauen, jetzt müßte strategisch vorgegangen werden, jetzt könnten wir schließlich die Leute ins eigene Haus locken. Er fühlte sich hier bereits heimisch, schaute beim Dozieren in den Hof hinunter, unternahm kleine Gänge in den nach hinten führenden Flur und schien jede seiner Handlungen selbstgewiß zu genießen – für mich überraschend entpuppte er sich im neuen Haus als Büronaturbursche. In der am Ende des Flurs liegenden Küche wurden Stimmen laut; er unterbrach seinen Redefluß und sah, die Arme auf die Fensterbank gestützt, mit starrem Blick hinaus. Der schwarze Stoff seines Hosenbodens glänzte wächsern – ein Anblick, der mich rührte, als wären diese glattgesessenen Stellen Zeichen eines bedeutsamen Verlustes.

Wir haben wieder Hochbetrieb in der Küche, sagte er, Martin, Georgi-Baby mit Anhang, alles Leute, die sich hier die Delacroix-Suppen warm machen und sonst nichts.
Du warst doch einverstanden, sagte ich.
Wir hatten beim Einzug festgelegt, tausend Mark für Fressalien in die monatlichen Fixkosten einzurechnen.
Für die, die hier arbeiten, sagte er.
Für jeden, der herkommt, sagte ich.
Nach drei, vier Tagen ist der Kühlschrank regelmäßig leer.

Außerdem wehrte sich Büdinger nach wie vor gegen meine Idee, einen weiteren Tausender für Gras und Haschisch abzuzwacken. Bekurz hatte sich nicht eindeutig geäußert, obwohl er dieser Wohlfühlpauschale eigentlich zustimmen müßte. So ein Großeinkauf sparte Zeit und Geld, den ganzen hassle, und wäre als Bewirtungskosten von der Steuer absetzbar.

Du willst hier wohl unbedingt Progressivität beweisen, hatte Büdinger schließlich gesagt und damit versucht, den Vorschlag obsolet zu machen.

Er tat so, als wollte ich aus den neuen Räumen eine Kifferhöhle machen. Das passierte in seiner Abwesenheit nachts ganz von selbst, wenn Bekurz oder auch Sweti im Vorführraum Effekte ausprobierten und andere dazukamen. Wir testeten vorab den Erlebniswert der Geräte, sozusagen unter realistisch angeheiterten Bedingungen, so wie es uns gefiel und später irgendwo draußen anderen dann auch. Und dieses Studio war dafür der am besten geeignete Ort, perlweiße Wände, mit hochreflektierendem Eloxierstahl ausgelegt, mal Hölle, mal Gral des Lichts, ein einzigartiger psychedelischer Spielplatz.

Tagsüber jedoch, beim Besuch von Interessenten, wurde er zum sachlich kühlen Vorführstudio. Wir simulierten dann eine Stimmung, die den reinen Nutzwert der Anlagen betonte – wie Autohändler, die im Salon das ekstatische Fahrgefühl eines dort stehenden Sportwagens beschworen. Eine spröde Angelegenheit, die mir zunehmend mißfiel. Die Wohlfühlpauschale war selbstverständlich nicht dafür gedacht, jedenfalls nicht generell, Haschisch als Stimmungsmacher oder psychotropen Dosenöffner bei schofligen Besuchern einzusetzen – nun lassen Sie uns mal einen durchziehen, Herr Sowieso, und dann werden Sie in phantastisches Farblicht getaucht, in das roteste Rot Ihres Lebens, in blauen, zum Anfassen dichten Nebel, in ein Blitzgewitter, das Sie bis auf den Grund Ihres Daseins erschüttert, das Sie wieder zum Kind des Kosmos macht, Herr Sowieso, shake it all over heißt das Lied, ja, und dann wollen wir mal sehen, wie groß Ihre Investitionsbereitschaft ist. Bei den hier auftauchenden, eiskalt kalkulierenden Leuten hätte das ohnehin nicht geholfen – sie sahen immer nur das Spektakel. Und bei den wenigen, die den rebellischen Sinn des Lichts erfaßten, ergab sich alles Weitere. Dann konnte es durchaus passieren, daß Bekurz an einigen Joints und an einigen

Knöpfen drehte – frei nach dem Motto Pot und Poti, die zwei Spannungsregler, klar.

Im Hof ploppten kurz hintereinander drei Autotüren zu. Büdinger sah hinunter und sagte, ach du lieber Gott, den haben wir doch glatt vergessen, diesen Duisburger, den Typ mit dem Pepitahütchen.
Er wuschelte sich die Haare zurecht und zog sein Sakko an.

Ja, was machen wir jetzt, sagte ich.

Wer da die Treppe hochkam, war Herr Hartwig, Hartwig ›le pirate‹, ein Interessent. Der hatte schon mehrmals angerufen und wollte im zweiten Versuch seine bestellten Geräte abholen. Er war nicht wirklich vergessen, auch mein Besuch bei ihm nicht. Niemals würde ich dieses Duisburg vergessen, vom Himmel zugehängt wie unter Ausschluß der Öffentlichkeit, diese puckligen Straßen mit den geduckten, verrußten Häuschen. War vielleicht ein schlechter Tag für die Stadt – nur der Bumsladen von Hartwig ›le pirate‹ stach neonscharf ins Auge. Der Herr war so wenig vergessen wie die anderen drei Möchtegernkunden, die wir in dieser Woche schon mit leeren Händen wegschicken mußten.

Materialprobleme, sagte Büdinger, wir warten auf neue sensationelle Chips aus den USA.
Wir grimassierten die Sorgenmienen weg, nickten uns aufmunternd zu und setzten passable Empfangsgesichter auf. Hoffentlich platzte niemand aus der Werkstatt oder der Küche in den nächsten Augenblicken hier herein. Und vielleicht fiel einem von uns noch eine bessere Ausrede ein.

Herr Hartwig kam gleich zur Sache.
Keine Fisimatenten mehr, sagte er, heut ist der Tag.
Was für eine Aufmachung, dachte ich, ein Mittfünfziger im Ledermantel mit Pepitahut, schon leicht in Wut. Die beiden Begleiter hatte er formlos als ›seine Leute‹ vorgestellt. Sie stierten uns von der Tür aus an, zwei Mordskumpel, ihre auf den Brustkästen anliegenden Arme formten ein schwerathletisches O. Herrn Hartwig plagten offenbar dunkle Ahnungen.

Da Sie ja keine langen Haare haben, sagte er, wissen Sie bestimmt noch, daß mir am Telefon die sofortige Lieferung einer großen Blitzanlage zugesagt wurde. Also wo ist das Ding?

Büdinger, zurückgewichen hinter den Schreibtisch, wechselte mit mir ein paar Stummelsätze: Haben wir etwa? Hast du...? Moment mal. Ich war doch in Frankfurt. Das müßte dann... Herr Hartwig?... ja klar, Entschuldigung. Warten Sie bitte.

Büdinger schlängelte sich an den Türwächtern vorbei und verschwand im Gang nach hinten, eins seiner probaten Ablenkungsmanöver. Ich lächelte den Piraten an wie einen entfernten Verwandten.

Erinnern Sie sich, mit wem Sie telefoniert haben?
Morgen abend ist Neueröffnung, sagte er, mit großer Show.
Hier ist soweit nichts bekannt, sagte der zurückgekehrte Büdinger.
Er will morgen neu eröffnen, sagte ich.
Morgen, morgen, sagte Büdinger, als läge dieses Morgen in einem weit entfernten Morgenland.
Wissen Sie was, sagte Herr Hartwig, wir gehen jetzt in Ihren Vorführraum. Da hängt doch alles an der Wand. Meine Leute helfen gern beim Abbauen, auch ohne Musik.

Bekurz hatte, angelockt vom Gesprächslärm, einen kurzen Blick auf das Gezerre geworfen. Ehe er mit ironischen Schleichschritten wieder in sein sogenanntes Labor verschwand, raunte er mir noch ins Ohr, Gehn Se mit der Konjunktur, gehn Se mit. Ihn erheiterten diese Stehrunden im Studio, bei denen wir uns verlegen den Hinterkopf kratzten oder wortreich zwischen ratlosem Gestümper und auftrumpfendem Geschäftswillen wechselten. So ein neues Büro konnte einen zum Leichtsinn verführen. Am Telefon sagten wir im besten Vorsatz ›Ja, kein Problem‹, und wir glaubten auch selbst, daß nichts gegen eine prompte Lieferung spräche. Büdinger schrieb eine Anfrage oder Bestellung auf einen Zettel, ich die nächste auf einen anderen. Und dann schoben wir uns die Zettel in aller Zuversicht gegenseitig zu.

Was sagt der Mensch dazu, diese Gier, sagte ich – wir werden ja regelrecht gejagt von diesen Leuten.
Zurück im Büro, hockten wir an unseren Schreibtischen wie in nassen Kleidern. Der Scheck für die Demontage rutschte über die Platte und fiel zu Boden. Büdinger erholte sich langsam.
Diese Gier war doch sehr schön, sagte er, der Mann war verzweifelt, ein Pirat ohne alles in Duisburg.

Ein Alptraum, immer wieder das einzige funktionierende Gerät abgeben zu müssen.

Das muß nur richtig gemanagt werden.

Was ist denn bitte ein richtiger Manager?

Ein Hohlkopf natürlich, sagte Büdinger, aber einer, der stur genug ist, um einfache Strategien durchzusetzen und zu organisieren – einer, der obendrein Rückschläge und Krisen gut verdauen kann.

Damit konnte er sich selbst nicht gemeint haben.

Wenn wir dieses Unwort schon gebrauchen wollen, erklärte ich, dann ist ein Manager derjenige, der ansagt, was zwei oder mehr andere Leute zusammen zu tun haben.

Okay.

Und wo bitte wären hier diese zwei oder mehr anderen Leute?

Ich fürchte, uns ist ein Fehler unterlaufen, sagte er.

Wahrscheinlich ja.

Es kann doch nicht angehen, daß die Leute nur mit Gewalt ihr Geld bei uns loswerden.

Wär auch ne Variante.

Es geht eben ein bißchen plötzlich, das Ganze.

Anders als wir dachten jedenfalls.

Es kommen neuerdings mehr Aufträge für Geräte rein, als wir je werden liefern können.

Das macht auf die Dauer keinen guten Eindruck, sagte ich.

Je länger wir redeten, desto deutlicher schälte sich der Fehler heraus – die Muße-Gesellschaft besaß einen prima Überbau und nichts darunter. Wir hatten den Laden in Gang gebracht und dabei den Gedanken vernachlässigt, daß für seinen Betrieb entsprechendes Personal benötigt wurde. Er brauchte Arbeiter, Mitarbeiter, Hilfskräfte. Der Umzug machte es doch jedem klar: Hier in diesem Gebäude arbeitete eine Firma für ihre Kunden, für die Theater, die Gastronomie, die Werbung und all die Unbekannten, die jeden Moment hereinschneien könnten. Bis hierhin hatten wir uns durchlaviert, Bekurz mit den Beuys-Boys werkeln lassen, und von Büdinger und mir war manch neues Metallgehäuse mit der Bohrmaschine so malträtiert worden, daß es augenblicklich wie gebraucht aussah. Uns fehlte einfach die Unterstützung durch andere, Hilfslöter, Mechaniker, Suppenköche, vielleicht sogar einen Werkschutz, einen Exknacki, der an Tagen wie heute mal breitbeinig durchs Bild laufen würde.

Aber wo könnten wir diese Unterstützung herkriegen?
Also ich kenne keinen einzigen Arbeiter, sagte Büdinger.
Woher auch, sagte ich, in deiner Modestadt, in deinen Künstlerkneipen.
Keinen einzigen Mechaniker oder Schlosser oder sonstwen in der Richtung.
Tja, dann ist Polen offen, mein Lieber.

Wir guckten uns mit den überfragten Gesichtern zweier Strategen an, die wieder an der Grenze des Machbaren standen. Nur schwach der Trost, sich gegenseitig daran zu erinnern, daß wir ursprünglich einmal andere Pläne hatten und dafür nur etwas Kapital bilden wollten. Aber gerade so eine Ausgangssituation zwang einen, Sachen zu tun, die man nicht tun wollte, um bald festzustellen, daß das, was man eigentlich wollte, einen in ebendiese Lage gebracht hat. Abgesehen von den hingemurmelten Feinsinnigkeiten, abgesehen auch vom schwelenden Richtungsstreit, sprach es für unseren Realismus, daß wir diesen Mangel an Arbeitskräften noch rechtzeitig bemerkt hatten. Und realistisch war auch die Erkenntnis, daß sich die Jungs aus Swetis Sitzclub für kontinuierliche Tätigkeiten kaum oder gar nicht aufdrängten. Wer von ihnen vor drei, vier Jahren eine Lehre oder irgendeine Arbeit gemacht haben mochte, hielt das längst für einen jugendlichen Irrtum. Wenn Martin, Kinky und andere überhaupt etwas wollten, dann wollten sie erst einmal nichts tun. Jedenfalls würden sie nicht so weit gehen, das zu wollen, was wir wollten, um wenigstens irgend etwas zu wollen.

Inserieren, in der »Rheinischen Post«, schlug Bekurz vor – junges musikalisches Team sucht revolutionäre Handwerker … sucht graduierte Psychotechniker mit Hang zur Selbstaufgabe… sucht erfahrene Mädchen für alles.

Ein paar Profis wären schon nicht schlecht, sagte Büdinger, und Bekurz sagte, ja, aber so Profis wie wir.
Er sei, wie er meinte, das einzige anständige Lötweib hier und würde am liebsten Hunderte davon sehen, die in einer Werkhalle wie in Fernost mit asiatischer Hingabe seine Platinen zusammenlöteten; am besten zu den laut eingespielten Melodien des Orchesters François Mauriac, zu bleu, bleu, l'amour est bleu zum Beispiel.

Bekurz war nicht unbedingt scharf auf eine Ausweitung des Betriebs.

Wir bräuchten so eine Art Produktionsleiter, sagte Büdinger, jemanden, der verantwortlich ist für alle Arbeiten im technischen Bereich.
Woher nehmen, wenn nicht stehlen, sagte ich – der Spruch meiner Mutter, wenn man von ihr Unmögliches verlangte.
Büdinger guckte zu mir herüber, als hätte er mich noch nie gesehen.
Du kommst doch aus einer Arbeiterstadt, sagte er.
Ja und?
Na dann denk doch mal nach.

Büdinger wußte genau, in welch große Verlegenheit er mich damit brachte. Er kannte mein bisheriges Leben – ich hatte es viel zu wenig geschönt. Er kannte die Wundstellen der knapp überstandenen Konflikte, die Knoten im Bewußtsein, die von irrationalen Komplexen dort hineingeflochten worden waren. Er wußte, daß ich ohne Violinunterricht und Zauberberg-Lektüre aufgewachsen war und daß es mir Probleme machte, nur den Namen jener ›Arbeiterstadt‹ über die Lippen zu bringen – schon aus Sorge, ins Hintertreffen zu geraten. Und er wußte auch, daß ich stolz war über jeden Schritt, mit dem ich mich weiter entfernte vom mißglückten Ort einer zwangsweise dort verbrachten Jugend. Mein Leben sollte erst von dem Zeitpunkt an zählen, seit ich selbst es in die Hand genommen hatte – das Davor kümmerte mich wenig. Doch dieser seit Jahren aufrechterhaltene Glaube wurde jetzt von Büdinger durchkreuzt, indem er mit forderndem Unterton in der Stimme einen weiteren Freundschaftsdienst erwartete. Er verlangte von mir, wieder einzutauchen in die verlassene Welt und auf die alte Clique zurückzugreifen – sieh zu, laß deine früheren Kontakte spielen und schaff so schnell wie möglich ein paar handfeste Leute her.

Ich wüßte schon einen Mann für uns, sagte ich, einen Mechaniker, Rolf Geyer, ein Alleskönner – er arbeitet als Maschinenbautechniker bei Siemens Hannover.
Eine Weltfirma wie wir, sagte Büdinger, klingt gut.
Theoretisch ja. Nur hab ich ihm vor Monaten – nicht ohne Hintergedanken – bereits von unserer Geschichte erzählt.

Was hat er gesagt?
Eine windige Idee, hat er gesagt, für so eine Sache würde er auf keinen Fall seinen guten Job riskieren.
Probier's noch mal, sagte Büdinger.

Rolf Geyer hatte sich ohne langes Zögern für uns entschieden. Es genügte, in seinem Appartement ein Stroboskop flackern zu lassen und zu sagen, hier, das ist unsere Erfindung, unser Modell 2 EK 50, ein Renner. Er war vollkommen baff und schien zum ersten Mal etwas von mir zu halten. Er hob das Gerät hoch, guckte es sich von allen Seiten an, setzte den kleinen Blitz behutsam wieder auf den Boden und riß, ihn umkreisend, mehrmals wie ein Torschütze die Arme hoch ins Licht. Das gibt's doch gar nicht, rief er, da verschmelzen ja die Bilder und bauen sich ganz neu wieder zusammen, unglaublich. Wegen der leicht buckligen Verwachsung im Rücken sah er schwächlicher aus, als er war; um falschen Einschätzungen vorzubeugen, legte er in seine Gesten und Bewegungen einen instinktiv übertriebenen, fast zackig wirkenden Schwung. Obwohl er dies auch bei nichtigen Anlässen tat, war mir sofort klar, daß seine Begeisterung in diesem Fall über den Augenblick hinausging.

Ein irres Ding, dieses 2 EK 50, daß ihr so was zustande bringt, hatte er gesagt und hinzugefügt, er, und nicht nur er, hätte diese seltsame Muße-Gesellschaft für ein reines Phantasieunternehmen gehalten. Nur kurz verärgert über den Verdacht der Aufschneiderei, erzählte ich ihm, daß uns die Leute inzwischen die Vorführgeräte aus den Wänden rissen und daß wir jetzt in einem neuen, zweistöckigen Klinkerbau residierten, unten Werkstätten, oben Büros. Als Geyer die Frage stellte, wem eigentlich diese Firma gehörte, kam es doch noch zu den von mir befürchteten Irritationen.
Jedem und keinem, hatte ich gesagt.
Wie man das als einfacher Arbeitnehmer verstehen dürfte?
Indem man sich die Frage so nicht stellt, erklärte ich ihm – der Start sei gewissermaßen fliegend und ohne Kapital erfolgt, wir drei Gründer zahlten uns ein Monatsgehalt, der Rest bliebe im Topf.
Ob so eine Regelung für eine Firma nicht recht ungewöhnlich wäre?
Isses, sagte ich, wie so vieles. Es würde beispielsweise auch nicht

unserer Einstellung entsprechen, wie ein gewöhnlicher Betrieb jemanden einzustellen – dagegen gäbe es erhebliche äußere und innere Widerstände.

An dieser Stelle der Erklärungen war Geyer mit erregtem Armgezucke laut geworden: Ja, wollt ihr mich denn nun oder nicht? Wenn ja, liefe das jedenfalls nur mit einem ordentlichen Vertrag, einem richtigen, korrekten Arbeitsvertrag.

Papiere, Papiere, hatte ich gesagt, wir seien alle Freunde, wir hätten Vertrauen zueinander. Das würde über kurz oder lang auch für ihn gelten, unseren neuen Produktionsleiter.

Offenbar war die Beschreibung unseres Projekts so überzeugend, daß er seinerseits umgehend den alten Spezi Schmiddel davon überzeugt hatte, der wiederum seinen Freund Stalinski davon überzeugt hatte, einen unqualifizierten Mann, der sich an die anderen hängte wie bei irgendeiner Parteieinladung. Gleich am ersten Wochenende nach Geyers Arbeitsbeginn waren die beiden nebst Freundinnen zu Besuch gekommen; eine Abordnung aus der fernen ›Arbeiterstadt‹. Daß ausgerechnet diese beiden zur Besichtigung des ihnen nur gerüchtweise bekannten Unternehmens aufkreuzten, überraschte mich; seit ihrem lange zurückliegenden, idiotischen Handgranatenwurf zu Silvester sah ich sie zum ersten Mal wieder. Trotz meines reservierten Verhaltens dieser Abordnung gegenüber, mußte ihr Besuch auf Büdinger wie abgesprochen wirken. Einen Tag lang hatten sie jeden Winkel des Gebäudes erforscht, jede denkbar simple Frage zum Sinn und Zweck der »Muße-Gesellschaft« gestellt; sie witterten Möglichkeiten für ihr ganz persönliches Go West. Schmiddel drehte vor Aufregung fortwährend winzige Haarbündel in seinem schütteren Kinnbart, Stalinski ruckelte wie sprungbereit auf den vordersten Kanten unserer Stühle. Die zwei warteten eigentlich nur auf ein entscheidendes Wort.

Die Vorstellung, daß sich das Haus nach und nach mit Leuten aus meiner früheren Clique füllen könnte, schien Büdinger nichts auszumachen. Im Gegenteil – er war froh darüber, daß der Anwerbeversuch uns gleich mehrere neue Mitglieder bescheren sollte. Mein alter Freund Roland würde den Trupp komplettieren; er war von mir im selben Zuge dazugeholt worden. Als

Wehrdienstvermeider kehrte er gerade von langer Seemannsfahrt aus Indonesien zurück, wo er mit 25 Jahren endlich seine Unschuld verloren und für ein paar Dollar ein Pfund Morphium erworben hatte, was wir zunächst für uns behielten. Wegen vorübergehender Lähmungserscheinungen mußte er seinen neuen Job leider mit einer Krankmeldung beginnen. Doch durch Rolf Geyers ›Dienstantritt‹, wie er selbst es nannte, gewann der in der Mechanik bisher eher fahrige Betrieb augenblicklich an Ernsthaftigkeit – er zog eine Korsettstange ins lose lose Kostüm der Muße-Gesellschaft. Als äußeres Zeichen führte er den grauen Werkstattleiterkittel ein, ein individueller Kontrast zum Hippiefummel der Beuys-Boys und anderer Hilfskräfte. Korrekt, lautete seine Lieblingsansage, korrekt müßten die Dinge hier laufen. Binnen weniger Tage begriff er, daß dies angesichts unseres mageren Equipments hieß, nach Auswegen und Umwegen zu suchen, zu improvisieren und sehr viel zu reden. Binnen weniger Tage begriffen wir, daß seine Kompetenz und Zuverlässigkeit unsere Situation grundlegend veränderten. Was für einen Unterschied doch ein einziger Mann machte.

Als Geyer mit der Besuchscorona zu einem Altstadtbummel aufbrach, blieben Büdinger und ich im Büro zurück. Ich war verwundert, wenn nicht enttäuscht darüber, wie großzügig er über die mich durchweg quälende Peinlichkeit des Duos Schmiddel/Stalinski hinweggesehen hatte; ihre gegenseitigen Rippenstöße, ihre naiven Ideen, was man nicht alles aus dem Laden machen könnte. Zurückhaltend generös hatte er bei der Firmenvorführung mitgespielt wie einer, der darüber hinaus bereits mehr wußte, der den weiteren Verlauf der Handlung kannte, ohne es sich anmerken zu lassen.

Dieser Schmidt, sagte er, der kommt doch wie gerufen.
Auf den muß man aufpassen, sagte ich, der verfolgt mich schon seit Jahren und jetzt sogar bis in dieses Büro.
Der kann bestimmt mühelos mit Zehntausenden Watt jonglieren und die von uns bisher noch in jeder Halle veranstalteten Kabelsalate ordentlich anrichten.
Ein Intrigant, ein Denunziant, der Sohn meines Dorfpolizisten. Den kenne ich, seit er acht, neun Jahre alt war. Dem werd ich nie vergessen, daß er mir mal ein Briefmarkenalbum geklaut hat.
Mach dich nicht lächerlich.

Wir wußten beide, daß wir einen Elektrogesellen wie Schmiddel dringend brauchten. Schon daher war es sinnlos, ihn hier ohne vernünftige Argumente als paranoiden, streitsüchtigen Drecks- kerl abservieren zu wollen – außerdem hatte das geklaute Album Tage später, anonym versteckt, unter der Hausmatte gelegen. Als der kleine Schmiddel sich damals heuchlerisch erkundigte, ob sich meine Briefmarken wiedereingefunden hätten, verriet ihn der Angstschweiß auf seiner Kinderstirn; mein Strafurteil für ihn konnte nur lebenslange Ablehnung sein.

Und wie fandest du diesen Stalinski?
Angenehm hemmungslos, ein interessanter Mann, einer für den Vertrieb.
War immer eine Randfigur, sagte ich, immer einen Tick zu auf- dringlich. Hängte überall seine Lauscherbirne rein, mit halbge- öffnetem Mund und zu lange stehendem Jerry-Lewis-Blick hin- ter der dicken Hornbrille – der wurde viel herumgeschubst und begriff die Sachen immer etwas später als die anderen.

Unsere Lage hat er relativ schnell begriffen.

Büdinger hatte schweigend zugehört, als Stalinski nach wenigen Minuten im Büro ungefragt seine banalen Geschäftstips heraus- sprudeln ließ – daß das die Chance unseres Lebens sei, daß man diese Geräte mit etwas Druck zu Tausenden in alle Theater, Clubs und Kaufhäuser hängen könnte.
Eine entsetzliche Vorstellung, hatte ich dazu gesagt, aber Büdin- ger meinte, nun laß ihn doch mal ausreden.
Auf den muß man noch mehr aufpassen.
Jeder verdient eine faire Chance.
Der taugt doch bestenfalls zum Staubsaugervertreter.
Hier tanzen schon genug Blumenkinder herum, sagte Büdinger.

Es hätte nichts genutzt, sich in diesem entscheidenden Moment groß aufzuregen. Was mich in einen heiklen, nahezu unauflösba- ren Konflikt brachte, war für ihn bereits eine vollendete Tatsache: wir nehmen die beiden auf, die Arbeit verlangte es geradezu phy- sisch, und jedes skrupulöse Zaudern müßte sich durch die Ein- sicht in diese Notwendigkeit auflösen. Es war eine der idiotischen Entweder-oder-Situationen – unmöglich, den einen zu akzeptie- ren und den anderen wegzuschicken.

Wir würden dann für andere Aufgaben frei, sagte Büdinger.
Also gut, versuchen wir es mit den beiden.

Bis zu diesem Zeitpunkt hatte das Zusammenspiel zwischen uns noch jedesmal geklappt, die Potentiale ergänzten sich. Diese Wechselwirkung ließ sich auch an den in die Gruppe eingebrachten Leuten erkennen. Während ich mich mehr und mehr zu seinen alten Freunden hingezogen fühlte, die ihm mittlerweile immer weniger zu bedeuten schienen, bevorzugte er nun die einfacher gestrickten, härteren Jungs aus meiner abgelegt geglaubten Vergangenheit, die mir heute weniger bedeuteten denn je. Mich beunruhigte diese seitenverkehrte Verschiebung unserer Sympathien. Ich brauchte nur an Sweti und die Beuys-Boys zu denken, um eine Zerreißprobe, gar eine Spaltung der Gruppe zu befürchten – den neuen Mitgliedern, mit Ausnahme Geyers, traute ich das nötige Einfühlungsvermögen für unsere Sache schlicht und einfach nicht zu. Ihnen fehlte jedes ästhetisch-politische, sozusagen muße-gesellschaftliche Bewußtsein. Daß wir mit unserem Licht eine Botschaft verbanden, daß wir damit die Verhältnisse in jeder Hinsicht zum Tanzen bringen wollten, würde ihnen niemals einleuchten. Der Blitz zitterte als bloßer Effekt auf ihrer Netzhaut und schlug nicht bis ins Bewußtsein durch. Offenbar machte Büdinger das nichts aus.

Ob es mir gefiel oder nicht – vieles sprach dafür, daß wir eine experimentelle Phase hinter uns gelassen hatten. Wir befanden uns nicht mehr außerhalb der alltäglichen Realität, sondern in einem großen Büro, wo wir mit einer Menge hungriger Leute zu tun hatten, mit Steuern und TÜV-Vorschriften, Vermietern, Händlern, Produzenten und dem gelben Werbefrosch auch. Sein Scheck kam mit der Post: 25 000 Mark Vorauszahlung für einen lichtdurchfluteten Cola-Rausch im Messezelt. Im Empfängervermerk stand ›Die Muße-Gesellschaft‹, was sonst.

9.

Als ich spätnachts in unser Quartier zurückkehrte, war in der Küche noch Licht. (Ich hätte etwas erzählen können vom stundenlangen Gespräch mit diesem Schriftsteller, der rauhe Reeperbahn-Romane schrieb, ein für die Gegend viel zu sanfter Typ, der gar nicht zu seinen Themen paßte, womöglich schwul. Ich hatte kaum etwas verstanden und fragte mich immer noch, was dieser Mann eigentlich wollte, der könnte sich unsere Mitarbeit doch gar nicht leisten. Er wollte eine Lichtoper schreiben, eine ohne Sänger.) Am Tisch in der hintersten Küchenecke hockten Sweti und Big Martin eng aneinandergedrängt wie zwei Trinker bei einer nicht ganz glückenden Umarmung.

Die Klinke noch in der Hand, blieb ich stehen, als dürfte ich nicht mehr weitergehen – was da zu sehen war, wollte ich nicht wahrhaben.
Seid ihr wahnsinnig geworden, sagte ich.
Beide schauten kurz herüber wie auf einen Fremden, der sich in der Tür geirrt hatte.

Setz dich oder verschwinde, zischelte Martin durch die Zähne, zwischen denen das Ende eines Ledergürtels klemmte. Der Gürtel umspannte seinen Oberarm, der entblößte Unterarm lag mit geschlossener Faust in seinem Schoß. Sweti versuchte mit einer Spritze in die Armbeuge hineinzustechen. Seine Zunge zappelte an der Oberlippe, während er die Hautoberfläche bearbeitete, offenbar ohne eine Einstichstelle fixieren zu können. Ganz ruhig, murmelte er, nicht bewegen ... Vorsicht jetzt ... und Scheiße, verdammt. Martin stöhnte mit röchelndem Baß auf, um sofort den nächsten Versuch an anderer, günstigerer Stelle zu fordern. Auf seinem Unterarm wölbten sich pickelartige Beulen und frisch gequollene oder bereits angetrocknete Blutperlen.

Seit einer Stunde geht das so, sagte Sweti, der hat Rollvenen, das Letzte.

Zu beider Ärger war Martins massiger Körper von abnorm dünnen Venen durchzogen. Seine Adern machten bei jedem Berührungsdruck im Fleisch kleine Sprünge – wie sich windende Schlangen wehrten sie im entscheidenden Moment den Einstich ab. Die Injektion wurde zum scheinbar unsinnigen Geduldsspiel. Traf Sweti in eine Vene, sahen wir im Glasröhrchen der Spritze das Blut in rosa Wölkchen einschweben – Sekunden später flutschte die Nadel wieder aus ihr heraus, und Martin seufzte. Als sich in der Kanüle eine braunrote, verklumpte Masse gebildet hatte, war ein gelingendes Anpieksen nicht mehr erkennbar. Die Prozedur mußte wiederholt werden – entleeren, ausspülen, neue Füllung aufziehen.

Was ist das eigentlich?
O.
Ah ja, O.
Opium aus Amsterdam.
Wie beruhigend, sagte ich, aber wolltet ihr das Zeug nicht eigentlich rauchen?
So ist es besser, sagte Sweti.

Selbst wenn es im Moment kaum danach aussah, war das, was er sagte, auch nicht auszuschließen. Während Sweti erneut in der wunden Armbeuge prokelte, gingen mir die schlimmsten Befürchtungen durch den Kopf. Ich hatte zu viele Gerüchte und Unglücksgeschichten gehört – jetzt beängstigten sie mich alle auf einmal. Was würden wir denn tun, wenn Martin das Bewußtsein verlöre und vom Stuhl klappte, wenn er – dem Ersticken nahe – sich in einen Kollaps hineinwürgte oder leblos alle viere von sich streckte; Sorgen machte mir auch der Gedanke, es könnte jemand schlaftrunken in die Küche taumeln und angesichts der Junkszene die Nerven verlieren. Das Zuschauen war entsetzlich. Je länger die gymnastisch verrenkte Verarztung eines völlig Gesunden dauerte, desto mehr schreckte mich diese Methode ab. Die Gefahr an sich, die darin lag, erschreckte als etwas Tödliches, als unbestimmbarer Verlust – selbst wenn die Geschäftigkeit der beiden eher Gewinn versprach. Nach meinem Gefühl passierte hier Grundverkehrtes. Auch als die Injektion schließlich gelang, Martin mit auf die Brust gesenktem Kopf zusammensank und Sweti nach erleichterten Kommentaren sich selbst in Null Komma nix einen Schuß setzte.

Dazu werdet ihr mich nie bringen, sagte ich, das wär ja wohl klar.

Meine unverändert gebannte Erregung gefiel den beiden. Dabei bestand der Verdacht, daß sie heimlich fixten, bereits seit einigen

Wochen. Zu oft hatten sie an der Raucherrunde vorbeigetuschelt, kreisende Joints kommentarlos vorbeiziehen lassen und sich auch mit wenig ausgesuchten Begründungen für ein Stündchen in Swetis Küche eingeschlossen. In Frage stand nur, ob sie mich hier bewußt ins Vertrauen ziehen wollten oder es einfach nicht mehr für nötig hielten, sich kontrolliert zu verhalten.

Da entgeht dir aber was Feines, sagte Sweti mit ironischem Augenzwinkern.

O. Opium. Reines Opium. Einmal hatte ich so ein sandig braunes Bröckchen geschluckt, noch in der Laube, und gleich darauf am Schreibtisch stehend durchs Fenster in den mickrigen Garten gekotzt. Das ging ohne den geringsten Ekel ab, ganz nebenbei während der Bürozeit – ich arbeitete sofort weiter, sogar optimistischer als vorher.

Deshalb würd ich es trotzdem nicht nehmen.
Mich ärgerte es, bereits durch Swetis erste Bemerkung in die Defensive zu geraten. Rätselhaft auch, daß der gerade überstandene Grusel die beiden wenig beeindruckt zu haben schien. Sie saßen wie mit kurz mal frisch gemachten Gesichtern da, so proper und aufrecht, als wären sie von innen mit warmer Luft aufgeblasen; in Swetis Mundwinkeln klebte eine Zigarette, während er den Tisch aufräumte. Er kann kein Blut sehen, sagte Martin mit wieder fester Stimme und meinte mich. Daß er sich jetzt wohler fühlte, leuchtete mir noch ein. Aber daß sich die Stimmung der beiden binnen Minuten von gemeinsamer Zerknirschung in heitere Gelassenheit gewandelt hatte, daß sie nur eine Injektion für ihr offensichtlich entspanntes Rundumgefühl brauchten, beunruhigte mich extrem.

Genuß, der reinste Genuß, sagte Sweti, es ist einfach nichts mehr da, was dich stört.
Vor Betreten der Küche hatte mich gar nichts gestört.
Alle Negativität, der ständig rumorende Realitätsmüll im Hirn, einfach vorbei, weg und vergessen.
Das glaube ich nicht.
Die Welt verschwindet, das Materielle, der Körperkram fällt von dir ab, du fühlst dich sauwohl, nicht das kleinste Problemchen mehr, du bist raus aus allem, jede Art von Schmerz ist abgetötet.
Besonders der Schmerz, den man sich selbst zufügt.

Wo er herkommt, ist doch egal, sagte Martin.
Ich verstehs nicht, ich verstehs wirklich nicht.
Du mußt ja nicht.
Dazu werdet ihr mich auch niemals bringen, sagte ich.
Is schon klar, sagte Sweti.

Ihm war die Erleichterung darüber anzumerken, daß er, wie er
sagte, es wieder einmal geschafft hatte, Martin durchzukriegen.
Sie mußten bereits etliche schwere Sitzungen hinter sich haben,
aber mit vermutlich glücklichem Ende; Martin hätte sich jedoch
auch hier gerne hingelegt. Sie rauchten beide, tranken kleine Colas weg, alles mit sichtlichem Genuß wie nach harter Arbeit; sie
hatten bis spät in den Abend gearbeitet, woran Sweti erinnerte –
nach meiner Rechnung erst sein dritter Einsatz im langen Kalen-
derjahr. Ihre ruhige Plauderei verharmloste das gerade vergangene Geschehen, das sich offenbar nur für mich als etwas Unge-
heures ausnahm. Martin jammerte noch ein wenig seinem zu
schwach geratenen Flash hinterher, was Sweti als unwichtig abtat,
dieser Effekt wäre nun wirklich nicht der Sinn der Sache. Das Reden darüber schon – sie fanden kein anderes Thema, verglichen
das Kölner O – hinten raus zu ermüdend – mit dem O des Chinesen, dem besseren, weil weicher im Übergang zum Normalzustand. In gepreßten Plättchen lag es auf dem Tisch, rasierklingen-
groß und auch so verpackt in dünnem, leicht öligem Papier.
Zehn Gulden das Scheibchen, sagte Martin, reicht für sechs ge-
pflegte Schüsse.
Ein rotchinesischer Volkspreis.
Auch wir sind Pioniere, sagte Sweti und lachte.

Er schnitt zwei schmale Streifen vom Plättchen ab, schnalzte dabei wie vor einer Leckerei und ließ mit ironisch verzerrter Miene
seine Augen kurz zu mir herüberblitzen. Er machte sich aufs
neue an sein wer weiß wo gelerntes Handwerk. Schießen hieß das,
schon Todesnähe, dachte ich, so wie in der Singularverlaufsform
›einen Schuß setzen‹ der Wahn von ›einen Schuß haben‹ mit-
schwang. Aber diesmal lief es ganz ordentlich ab. Sweti hantierte
routiniert wie eine Krankenschwester mit dem auszukochenden
Besteck, mit Wattebäuschen und der Flasche destilliertes Wasser
für die Verflüssigung des O über offener Flamme. Ihn störten weder meine Bemerkungen noch Martins beschwörendes Gebrab-
bel über dem heißen Löffel – er zelebrierte die Rezeptur wie ein

Gourmet, der durch gefühlvolles Hinauszögern die Vorfreude auf den kommenden Genuß zu steigern sucht. Die Zubereitung war zum Ritual ihrer Gemeinschaft geworden, zu etwas Gemütlichem, zu einer Art pharmazeutischem Fondue.
Aber mich werdet ihr dazu nicht bringen, nie.
Das haben wir schon gehört, sagte Sweti.
Ein Fresser weniger am Tisch, sagte Martin.

Mir war schleierhaft, woher die Anregung dazu kam und woher Sweti in so kurzer Zeit so genau Bescheid wußte über das Procedere, die zu verwendende Dosis vor allem – ein schwer begreifbarer Zustand, der mir Kopfzerbrechen bereitete. Sweti war nicht der Typ, der jemanden missionieren würde – er nahm das Zeug auf keinen Fall deshalb, um es hinterher anderen großartig zu erklären und anzupreisen. Dessen Wirkungsweise nicht zu kennen machte mich in der kleinen Runde ein bißchen zum Idioten, der, weil ausgeschlossen, mit leichtem Groll daneben saß. Der nicht einmal Begriffe wie ›Turkey‹ und den oft erwähnten ›Flash‹ verstand, diesen offenbar sagenhaften Höhepunkt der ersten Sekunden nach der Injektion. Dem nur eine Worthülse von dem blieb, was die anderen im Blut hatten. Der in die Bredouille geriet, weil er sich insgeheim nach seinem Mut befragen mußte, und sich nur notdürftig mit der Stimme der Vernunft beschwichtigen konnte.

Nüchtern betrachtet waren die beiden Minuten nach der anstrengungsloseren zweiten Runde wieder die, die ich kannte. Ich fragte mich nur, warum gerade sie sich zusammen für die härteren Sachen entschieden hatten; der eine auch jetzt voller Lebenslust und Rededrang, immer bereit, möglichst raffinierte Sinnzusammenhänge zu entdecken oder zur Not eigenwillig herzustellen, der andere ein weicher Riese im Dämmer, im womöglich masochistischen Dämmer. Sweti fuhr mit gewohnt nihilistischer Emphase Geschichten von Berühmtheiten auf, den Adel der Nadel, wie er sie nannte, und steigerte sich bis zum Drogenklatsch über Hitler und dessen Leibarzt Morell, alle hätten sie's getan, alles mehr oder weniger bekannt, mindestens zehn Prozent der Ärzteschaft neigten zur Selbstbedienung.

Ja Ärzte, sagte ich, Ärzte.

Martin brauchte keine Begründungen. Im Erker zur Dienstbotentür drückte er sich schwer in seinen Stuhl, dem er das Äußerste an Bequemlichkeit abverlangte. Seit einigen Wochen schien er sich in Kummer zu verstricken – von sarkastischen Ausfällen abgesehen, entzog er sich auffällig oft Gesprächen, schweigsam bis einsilbig. Er war bis vor kurzem noch der beliebteste Barmann der Altstadt, berühmt für seinen Witz und fast prominent, weil er in den Fernsehnachrichten eine Glanznummer geliefert hatte. Auf die Reporterfrage, Glauben Sie, daß in diesem bekannten Künstlerlokal Haschisch geraucht wird, hatte er einen tiefen Zug aus einem gut erkennbaren Dreiblattjoint genommen und den Rauch Millionen Deutschen in die Augen geblasen – Nö, das glaub ich nicht. Der Auftritt kostete ihn den Job; nicht wegen der bekifften Aussage, sondern wegen der verletzten Eitelkeit seines Chefs – denn die Gäste sprachen wochenlang über Martins Tagesschau-Statement. Ob Martin selbst in dem Rauswurf eine Ohrfeige sah, sagte er nicht. Sein Witz hatte gelitten – egal ob darunter oder unter der Entdeckung der Rollvenen. Aber das wären zu billige Erklärungen für sein Verhalten.

Sweti schaute sich in der Küche um. Er ließ seine Finger über das Relief auf den blauweißen Wandkacheln gleiten, ein Dreimaster mit vollen Segeln – echt Delfter Kacheln, sagte er; und mir fiel, noch mit Martin beschäftigt, diese holländische Redensart ein, nach der einer, wenn er seinen Job verlor, aus dem Schiff gefallen sei.
Was treibt dein Freund eigentlich, fragte Sweti, um sich so einen Luxusturm leisten zu können.
Der schläft gleich nebenan und geht in drei Stunden ins Büro.
Sein Schlafzimmer hat er mir vorhin gezeigt, eine sagenhafte Geschmacksverirrung, eine amerikanische Silberhöhle, von unten bis oben komplett silbern tapeziert und vollgestopft mit deutschen Eichenmöbeln. Vorm Einschlafen hat er volle Pulle Hendrix reingedonnert, ab das Dingen.
Sei froh, sagte ich, daß wir hier Quartier haben.

Die halbe Gesellschaft hatte ich in Alberts Sechszimmerwohnung untergebracht – für die drei Tage Bauzeit in der Hombach-Filiale. Das sparte Kosten. Natürlich hatte ich mich wegen des Silberzimmers geschämt für den alten Freund aus Reporterzeiten; ein entsetzlicher Ausbruch von Biederkeit und ein Fressen für Swetis Häme.
Ja und was macht der?

Redakteur beim »Stern«.

Also ein Naivling oder ein Zyniker, sagte Sweti.

Weder noch, sagte ich, sie werfen ihn gerade raus.

Ein Laumann also.

Den Platz hier brauchen wir, ihn brauch ich auch, weiß nicht, warum.

Als Mülleimer für deinen Psychokram, sagte Martin.

Ein silberner Seelenmülleimer, sagte Sweti.

Ein Journalist eben, sagte ich, halbflott, halbschlau und ganz vorsichtig. Mit Mitte Zwanzig ein Veteran der Jugendpresse, der war schon damals bei der »Rasselbande« dabei, aus der haben sie dann ein Musikblatt mit dem blödsinnigen Titel »Wir sind okay« gemacht, und er wurde der Chef, weil er einen neuen Titel erfand.

Welchen?

»Okay«.

Die »Rasselbande« kenn ich, hab ich früher immer gelesen, sagte Martin und lachte – wir bauen uns ein Baumhaus, wir basteln Indianerschmuck und solche Sachen.

Jetzt trägt er Feincordsakkos mit zarten Blümchenmustern, sagte Sweti, passend zur Silberhöhle, Baujahr London '66, schon leicht verblaßt, sein Jäckchen bei der harten Arbeit beim »Stern«.

Aber er ist in Ordnung, er gibt uns die Wohnung, verdammt noch mal, sagte ich – außerdem hat er eingesehen, daß es kein Job ist, jahrelang Rockstars hinterherzulaufen und wegen einer blöden Frage ein Bier in die Fresse zu kriegen.

So eine Art Blätterteig, diese Illustrierten, knusprig und hohl, sagte Martin, leider haben die Leute keine Ahnung von den schönen Dingen des Lebens.

Und denen wollen wir uns jetzt noch einmal zuwenden, sagte Sweti und ging zum Waschbecken.

Der Schlaf kam in dieser Nacht nicht gerade wie ein Schnellzug. Am nächsten Tag wartete ein Haufen kompliziertester Arbeiten auf uns. Wenn die beiden gar nicht oder nur in ramponierter Form erscheinen würden, wären wir so gut wie aufgeschmissen. Ich nahm mir vor, sie möglichst unauffällig im Auge zu behalten und niemandem gegenüber die geringste Andeutung zu machen; auch nicht gegenüber Büdinger, der ohnehin bangte vor jeder Installation. Aber was sollte eigentlich schiefgehen? Die beiden waren mit dem Zeug intelligent umgegangen, und das meiste, was sie in der Unterhaltung sagten, hätten sie auch ohne O-Genuß von sich gegeben. Die Drogenpoesie gehörte in die Nacht, dachte ich, und sie verlosch mit ihr. Konkret konnte es dann nicht mehr viel bedeuten, das Gerede davon, sein Ego auszubremsen, den Zustand des reinen, geschwätzigen Geistes zu erreichen und nichts anderes zu wollen. Schließlich wollten wir etwas anderes – morgen mit der Montage fertig werden.

Zur Eröffnung am Abend sang Milva, ›la rossa‹, aus Paris.

Irgendwie passend, wie Büdinger meinte, diese feine Damenklage angesichts Hunderter luxuriöser Unterhosen in den Schubladen ringsum.

Wie scheinbar bescheidene Männer des Hintergrunds standen wir oben auf der Galerie und mokierten uns über das erregte Herumschwarwenzeln von Hombachs Klientel; diese Modeleute kriegten die schwülstigsten Empfänge hin (meine Zeit als Kunde dort ging zu Ende). Unsere Installation funktionierte, die farbig leuchtenden Formen in den Rückwänden der Schaufenster, die abstrakten Reflexe des ›Light-Balletts‹ tanzten an den vor Wochen von Sweti vorgesehenen Stellen. In Momenten wie diesem waren wir überzeugt, die Muße-Gesellschaft würde alles vor ihr Liegende schaffen, jegliche Produktion, das Hair-Musical, große Hallennummern und was sonst noch anstünde. Den im Laufe des Tages gebauten Mist hatten wir inzwischen abgehakt. Zweimal bereits fertig, mußten wir zwölfhundert Vollglasstäbe aus den Laufrillen herausfingern und dreimal aufs neue hineinfingern – wie Trümmerfrauen standen wir da und ließen die dicken Stangen von Hand zu Hand flutschen. Nach dem ersten Mal verzischte innen eine Verteilerdose, so daß der ganze Laden im Dunkeln lag und die klamottenjonglierende, schwule Substitutentruppe im Chor aufjauchzte. Beim zweiten Mal hatte die Hilfskraft Georgi-Baby das Jackett hinter der eben wieder geschlossenen Glaswand hängenlassen. Unsere Bereitschaft, deshalb 2400 Glasstäbe anzufassen, war gering, bis Georgi loskreischte, das Hasch in der Jakkentasche, die zwei Heck Hasch wärn alles, was er auf dieser Welt besäße. Der ›liebe Jung‹ wird entlassen, sagte Büdinger dazu. Er wußte nichts von den Schreckminuten, als ich von der exakt gleichen Stelle der Galerie gesehen hatte, wie Sweti und Martin im

Hohlraum des Warentresens verschwanden und lange nicht mehr hervorkamen. Da mußte ich schon nachfragen, ob sie dort drin vielleicht irgend etwas bräuchten. Sie brauchten nur etwas Ruhe.

Es war ein Abend zum Weglächeln. Aber auch einer der Intuition. Er gab mir eine vage aufsteigende Idee ein, einen scheinbar auf Expansion gerichteten, in Wahrheit jedoch auf andere Weise äußerst weitsichtigen Einfall: Warum sollte nicht auch die Muße-Gesellschaft in Hamburg eine Art Zweigniederlassung, einen Stützpunkt einrichten?

Büdinger akzeptierte den Vorschlag sofort. Nur über die Räumlichkeiten wollte er im Ernstfall mitentscheiden: Für die Leitung dort bräuchten wir natürlich einen überdurchschnittlich guten Mann.

Meinen Freund Albert zum Beispiel, sagte ich – der käme ja wirklich von einem Stern, und das mit guten Kontakten.

Vielleicht noch einen erstklassigen zweiten Mann dazustellen, meinte Büdinger.

Seinem maliziösen Lächeln und meinem Gefühl zufolge sahen wir beide in Albert nicht unbedingt den richtigen Mitstreiter. Für Büdinger war er nicht entschlossen und hart genug, für mich nicht hip genug, demnach fehlte ihm die nötige Chuzpe, um das doppelte Gesicht der Muße-Gesellschaft annähernd vertreten zu können. Andererseits bot sich die Verknüpfung der Sphären Freundschaft und Arbeit auch in seinem Fall an; eine geradezu anthropologische Bedingtheit, tatsächliche oder vermeintliche Freunde in die eigenen Unternehmungen hineinzuziehen. In dem Punkt verhielten wir uns nicht anders als ein mafioser Clan. Je länger und je mehr wir jedoch unsere freundschaftlichen Mitarbeiter und mitarbeitenden Freunde zusammenführten, desto stärker wüchsen auch die Gefahren noch ungewisser Konflikte. Schließlich handelte es sich nicht bei allen Querverbindungen um vollendete Charakterfreundschaften, die auf das wahrhaft Gute bauten. Albert die Leitung unserer Niederlassung einzureden wäre kein Problem, erklärte ich Büdinger – und es wäre auch keins, ihm notfalls diese Aufgabe wieder auszureden. Für die Organisation würde ich ein, zwei Wochen Zeit brauchen.

Und Milva? War zu Haus vielleicht ein Kumpeltyp zum Biertrinken vorm TV. Wie auf Wolken stehend, am weißen Flügel begleitet, sang sie von der Galerie herunter kein Wort, das uns weitergebracht hätte. Sie regnete einfach nur aus, eine Stunde lang. Ihre Gage lag weit über der für unsere Arbeit.

In der ersten Nacht nach meiner Rückkehr klingelte es gegen zwei an meiner Tür – Sweti stand da, schwer atmend und mit vom Schweiß auf die Stirn geklebten Haarsträhnen. Soweit ich mich erinnerte, war es sein erster Besuch in meiner Wohnung. Es gab nicht viel zu sehen.

Es hätte ihn erwischt, erzählte er, wie ein Infekt, Schmerzen überall, Schüttelfrost und ein grauenvoller Jeeper; nur ein Schuß, ein einziger Schuß, würde ihm jetzt helfen, wieder zu sich zu kommen. Ich sollte ihn unbedingt sofort nach Amsterdam fahren. Eine Stunde lang bekniete er mich, ließ seinen letzten Fünfzigmarkschein vor meiner Nase flattern, flehte mit jedem Argument um die nächtliche Autofahrt – mehr wär's doch nicht, hin und gleich zurück, ein Freundschaftsdienst nur. Am Ende der Diskussion lag er bäuchlings auf dem Küchenboden und schlug mit schwachen Fausthieben darauf ein, nein, o nein, o nein.

Kein Sprit, kein Bargeld mehr, ich müßte morgen früh erst mal ins Büro oder zur Bank. Starr vor Enttäuschung war mir nichts Besseres eingefallen. In dem Moment, da meine Vorstellung von ihm zusammenbrach, verdrängte ich die Tatsache seines realen Zusammenbruchs vor meinen Augen.

10

Das nächtliche Kilometerfressen beruhigte einmal mehr die Nerven – der dumpfe Motorklang, das leise Trommeln der Reifen rhythmisierten die Zeit wie serielle Musik. Endlich kam das Asketische zu seinem Recht. Der schwere Citro, sein leicht arrogantes Dahingleiten, machte aus jeder allein abgesessenen Tour einen spröde unterkühlten Genuß. Nirgendwo ließ sich besser nachdenken als während der stundenlangen Nachtfahrten auf der Autobahn, einem engelsgleichen Schweben – das Spiel der Lichter vor Augen, kein Radio, aber Cola und Zigaretten an Bord, den Kofferraum voller Blitze.

Wieder auf der Straße, auf der neuen Hausstrecke von Hamburg in den Westen, lauerten rechts und links die Orte meiner Erinnerung; die Wälder der Kindheit, die Soldatenlandschaften des Harzes, Hannover schimmerte vorbei, ein Traum vor fünf, sechs Jahren noch, heute reizlos trotz Susanne, meiner Verflossenen, die hier lebte, eingewickelt von dem bißchen Stadt, ihrem biederen Programm, im Büro irgendeines Verbandes, im Einzimmerappartement, das Bremische wurde gestreift, an diesen linken Grafiker Klaus Kallwass gedacht, einen der entscheidenden Ratgeber für mein Ende als Reporter; mit angewiderter Miene hatte er einmal gesagt, hör auf damit, an diesen Blättern ist was faul, das spürt man doch, dafür braucht es keine großen Theorien.
Natürlich nicht.
Und jetzt? Jetzt hatten wir Theorien. Halbbegriffene, utopische Theorien wahrscheinlich, Vorstellungen, denen zufolge die Muße-Gesellschaft als ein unabhängiges, aus sich selbst heraus bestimmtes Gebilde gedacht war, und das jenseits hergebrachter Modelle, jenseits der Autoritäten. Um uns das vorzunehmen, hatten wir nicht die geringste Hilfe irgendwelcher studentischer Heißmacher gebraucht. Wozu auch? Da konnte man durchaus von selbst draufkommen – deren Abstraktionen waren in unserer Gruppe längst konkret. Wir besetzten keine Seminarräume, um der Öffentlichkeit politische Papiere für künftige Veränderungen aufzudrängen, durch unsere Arbeit, unseren Straßenkampf, veränderten wir die Realität schon jetzt. Wir hatten über die Beuyssche Freiheitslehre nicht nur geredet, wir hatten sie als soziale

Kleinplastik realisiert. Auch Buckminster Fullers Visionen vom Verzicht auf die Wurzel allen Übels, den Konkurrenzkampf, vom Sinn einer defensiven Überzeugungsarbeit ohne daran gekoppeltes finanzielles Verwertungsinteresse waren nach zig Gesprächen in unsere Haltung eingeflossen. Sogar die Römerbriefe, Büdingers Quelle für Lieblingszitate, spielten eine Rolle... die Nacht ist fortgeschritten, der Tag nähert sich ... befreien wir uns also von den Werken der Finsternis, kehren wir zurück zu den Waffen des Lichts – na gut, das ließ noch Raum für Deutungen. Aber uns drei oder vier, Sweti eingeschlossen, einte die Vorstellung, die von Anfang an praktizierte Vorstellung, daß Herrschaft nicht stattfinden sollte, daß sie vom Licht und dessen Bedingungen auszuüben wäre und daß jeder Beteiligte gleichermaßen gerecht an eventuellen Geldflüssen teilhaben müßte. Demzufolge waren wir uns auch einig darin, ein Besitzrecht an der Gesellschaft erst gar nicht einzuführen; vielleicht glaubten wir, dadurch bessere Menschen zu werden, bestimmt aber kämpften wir damit gegen den insgeheim immer vorhandenen Verdacht an, selbst so profan wie alle Welt zu sein. In der Gründerzeit war die Abschaffung des Eigentums mangels Masse relativ leichtgefallen. Zusammen mit anderen ein Ziel erreichen, das war's, die Muße-Gesellschaft als fünfte Kolonne in der Gesellschaft plazieren, das war eine ihrer wesentlichen Voraussetzungen. Von Beginn an hatte uns dieser Gedanke gereizt. Wir hatten schließlich nicht vor, gemeinsam aufs Land zu flüchten und Leder zu stanzen, während die Frauen und Kinder sich beim Ziegenmelken für den »Stern« fotografieren ließen. Solche Aussteigertheorien funktionierten doch nur, weil sie sich den Bedingungen der jeweiligen Idee anpaßten und außerhalb der Stadtrealität organisiert werden konnten. Das nutzte in unserem Fall wenig, so wenig wie die Statuten eines hartlinken Filmkollektivs oder die Zetteltexte eines Tante-Emma-Headshops an der Bornheimer Landstraße. Nein, wir wollten uns integrieren und unseren Vorsätzen trotzdem treu bleiben. Die vor Jahresfrist getroffene Vereinbarung, jedem den gleichen Lohn zu zahlen, galt noch immer.

Tausende Kilometer hatte ich in den letzten Monaten runtergerissen, Tausende lagen noch vor mir, vorgestern Kiel, übermorgen Frankfurt, dazwischen ein Tag im Büro. Termine nach dem Schneeballprinzip, im ganzen Land wurden in diesem Winter die

Tanzanlagen erneuert. Als hätte ein Zentralkomitee für Vergnügung die Anweisung dafür gegeben, als wäre eine Stadt ohne Stroboskop dazu verurteilt, in die Bedeutungslosigkeit wegzudämmern. Seit dem Bau des »Golems«, spätestens seit der Zappa-Nacht, war der Blitz zum Nonplusultra im Nachtbetrieb geworden. Und wir? Wir produzierten, lieferten, stellten die Geräte vor den letzten Skeptikern auf und ruderten mit den Armen. Wir gerieten in eine Art Rausch, in eine betriebsinterne Ekstase, früher oder später würde der eine oder andere sein altes Selbst verlassen. Ein Boom war's, was wir erlebten. Ein erster, unaufhaltsamer Boom, der uns aus der Laube katapultiert hatte, der uns jetzt im doppelten Sinn fesselte und vor eine völlig neue Situation stellte. Offenbar bestätigte sich Swetis ironischer Kommentar, dem zufolge diejenigen am schnellsten vorankommen, die am erfolgreichsten so tun, als seien sie am Erfolg gar nicht interessiert.

Aber was bedeutete das für die Muße-Gesellschaft – Boom, Größe, Erfolg? Wohin würde sie sich entwickeln? Und gesetzt den Fall, der Boom boomte weiter: Was würde Büdinger damit anfangen? Diese Fragen, die daran geknüpften, bis ins kleinste Detail gehenden Überlegungen, hielten mich auf einsamer Strecke wach. Allein der Gedanke an die Neuen wie Schmiddel brachte mich ziemlich in Fahrt. Unser rasender Monteur hatte sich unentbehrlich gemacht, arbeitete im Hennecke-Akkordtempo, wenn er, links und rechts dicke Kabelrollen geschultert, wie ein Bergsteiger die Hallen betrat und in wenigen Stunden das schaffte, wozu andere eine Woche brauchten; völlig kaputt schlief er bei 150, 160 auf der Autobahn ein und wurde regelmäßig vom Scheuergeräusch beim Touchieren der Leitplanken geweckt, auch ein Nachtfahrer, auch im Citroën mittlerweile, keinem DS 21, dafür fehlte ihm das passende Gesicht, einen ID 19 immerhin, dessen Flanken tatsächlich so aussahen, als würde er dauernd durch zu enge Tunnel geschleift, von einem Sekundennickerchen zum nächsten Crash und so weiter. Für mich war er noch immer derselbe bornierte Knallkopf, ein Zwergmensch mit Minihirn. Wer nicht arbeitet, soll auch nicht essen, tönte er neuerdings, wenn Sweti mit Frau und Kind beim Imbiß in der Betriebsküche hockte – ohne den Vordenker Sweti gäbe es die Muße-Gesellschaft gar nicht. Dieser laufende Anderthalbmeter bräuchte mal eine Ladung Captagon und AN 1 in seinen Kaffee. Das Zeug garantierte die perfekte Leere, das reine Hohlgefühl. Dann käme er endlich zu sich, sogar auf Dauer.

Stalinski machte mir noch mehr Sorgen, der könnte alles ruinieren. Allein seine letzte Großtat in Münster, zwei konkurrierenden Häusern die technisch exakt identische Ausstattung einzureden, so daß mit nur wenigen hundert Metern Abstand ein doppeltes Club-Lottchen herausgekommen war, ärgerlich. Die Besitzer standen schockiert in ihrem neuen Lichterglanz wie zwei Damen im gleichen Ballkleid. Hatten sich gegenseitig die Rechnungen unter die Nase gerieben und festgestellt, der eine sollte listenmäßig zahlen und der andere das Dreifache, ein Eklat, klar. Einfach zu rechnen und trotzdem verdammt kompliziert – natürlich konnte man das als gegen die vergangsterte Geschäftswelt gerichteten Coup begreifen, aber eben auch als primitiven Betrug. Wer solche Nummern abzog, kam bestimmt nicht von einem anderen Stern.

Auch Büdinger regte sich im ersten Moment mächtig auf, der Stalinski ist doch bekloppt, vertut seine Chance und so weiter – um die Gaunerei tags darauf wieder tiefer zu hängen, handwerklicher Anfangsfehler, das kriegen wir schon hin. Der liebe Andreas hatte den Entrüsteten nur gespielt, wieder mal nur geblufft, typisch. Denn Münster zeigte ja vor allem eines: Die Interessenten waren ohne klare Vorstellung, was unsere kleinen Elektronikkästen kosten könnten – ob die einfache, dreifache oder fünffache Summe, die Leute wußten ohne Vergleichsmöglichkeiten nicht, was angemessen wäre, und stimmten zu. Für Büdinger und Stalinski stellte sich womöglich nur noch die Frage, ob die Muße-Gesellschaft mit aller Macht gegen diese Versuchung ankämpfen sollte – oder nur mit etwas weniger Macht.

Das Kamener Kreuz, endlich, dachte ich, das gefühlte Tor in den Westen. Der Westen. Düsseldorf. Verdammt lang her, daß Büdinger und ich auf Filzpantoffeln durch linksrheinische Schlösser gerutscht waren, in Galerien gelacht, in einem Zimmer, seinem alten Kinderzimmer, geschlafen und bis zum Morgengrauen geflüstert hatten wie Brüder. Jetzt fanden wir keine Ruhe mehr fürs Reden, stimmten bloß noch Termine ab, herrschte Hektik. Jetzt quatschten Figuren wie dieser aufgedrehte Elektriker dazwischen, der die mitgebrachten Schecks wie selbstverständlich Andreas in die

Hand drückte, der sie dann mir in die Hand drückte, als delegiere er eine lästige Aufgabe. Langsam wurde mir klar, daß diese Gesten wichtiger als vieles Gesagte waren. Fast unmerklich, schleichend, hatte sich das innere Gefüge unserer Gruppe verschoben. Am meisten störte mich, daß – vor allem wegen Schmiddel und Stalinski – die Frage der Autorität ins Spiel gekommen war, ein Problem, das sich in der Muße-Gesellschaft vorher nicht gestellt hatte. Daß meine Zustimmung beim Eintritt der beiden nur unter Gewürge zustande gekommen war, verziehen sie mir nicht. Und das, was ich ihnen jetzt zu sagen hatte, was sie auch von anderen über das Wesen unserer Gruppe erfuhren, konnten sie in ihrem Leben gar nicht unterbringen. Sie witterten von Anfang an nur das große Ding, sie rochen die Kohle im Westen und waren darüber hinaus begriffsstutzig bis zur Dreistigkeit. Die unverhohlene Gier, der aggressive Eifer der beiden, rief zwangsläufig die Autorität auf den Plan. Büdinger gefiel's. Andreas wurde von Tag zu Tag smarter.

Mittags im Büro hatte Büdinger an unsere Verabredung mit Juss Jüssen erinnert – ein Termin in der Werbeagentur des Mannes im gelben Overall.

Bin müde, sagte ich, geh allein.
Bei dem hängt ein Sportwagen an der Wand, zum Schrottwürfel gepreßt, ein echter Armand hoch oben über seinem Schreibtisch. Ein mieser Abklatsch, in den Nächten auf der Autobahn habe ich genügend echte Schrottplastiken gesehen.
Dann schläfst du wenigstens nicht ein.
Was will der Jüssen denn schon wieder von uns?
Eine Präsentationsshow, auf einer großen Automesse – soviel ich weiß für Mercedes.
Nicht zu fassen, daß ich das noch erleben darf, wir und Mercedes, genau das Richtige für uns Geisterfahrer. Der Jüssen verkauft uns, wo er will, der schluckt uns; wie eine frisch in die Nahrungskette des Unterhaltungsgeschäfts einschwebende Fliege werden wir von dem gelben Werbefrosch gefressen. Wenn ich nur an das letzte Mal denke, an den Cola-Rausch im Werbezelt –
Werbung ist Werbung, sagte Büdinger, manchmal ist sie ja auch gut, vielleicht sogar Kunst.
Willst du mich auf den Arm nehmen?
Wir sollten jedenfalls mehr darauf setzen, ein interessantes Ar-

beitsgebiet, sie paßt zur Muße-Gesellschaft, auch da ist noch vieles unklar, in der Werbung, auch sie spricht womöglich in einer Sprache, die die Leute zwar verstehen, aber in der sie nicht antworten können.

Dann sollten wir dort auch nicht mitreden, sagte ich, Werbung ist nur gut, wenn sie ganz genau weiß, wofür sie Werbung macht.

Du redest zuviel mit deinen Beuys-Boys.

Was die denken, denke ich auch.

Was zum Beispiel?

Wir puschen zuviel, wir puschen viel zuviel in letzter Zeit.

Davon profitieren die beiden doch auch, nach zwei Stunden in der Werkstatt halten sie ihre Hände auf. Ein Dutzend Leute lebt inzwischen von uns, wie du weißt. Wir müssen zu Jüssen.

Geh allein.

Büdinger bewunderte diesen kleinen Werbequirl. Der hatte sich hochfotografiert, indem er sich eines Tages sagte – warum fünfhundert Mark für ein Portrait nehmen, fünftausend für ein Foto machen sich viel besser, und wenn von zehn Leuten neun empört verzichten sollten, dann würde einer die mit diesem Preis ausgedrückte Exklusivität um so deutlicher begreifen, klar, die Warhol-Masche. Prominente kamen zuhauf, er knipste sich mit ihnen berühmt, ging in die Werbung und war dort unbezahlbar geworden, eine Brauerei beteiligte ihn an den Umsätzen. Und jetzt? Jetzt hatte sich das Kerlchen Expertenwissen, sozusagen Herrschaftswissen aus der Subkultur besorgt, er nahm uns, wie wir waren, mit Haut und viel Haar, mit den Flackerlichtern in der Hand. Ein schwarzes Zelt wurde aufs Messegelände gebaut, Tausende Watt losgelassen, die Beuys-Boys und die Piss-off-Band machten zikkige Musik, und wir alle stellten uns dort hinein, als wär's eine Party zu Hause in der Mansteinstraße, nur etwas größer. Massen von Besuchern wandelten mit erstaunten Gesichtern durchs Zelt, als wollten sie sagen – guckt an, so sieht er aus, der Underground, da sind sie, die Blumenkinder, in Fleisch und Blut, sogar die trinken Cola, das angeblich imperialistische Gesöff. Uns störten die Blicke nicht. Alles stimmte, Strobes, Sound und Service.

Nicht alles natürlich. Etwas, was nicht zutraf, war der außen mannshoch aufs Zelt gedruckte Slogan, die dort drin wären alle im afrikanischen Cola-Rausch. Nein, der Rausch kam über Martin aus Indonesien, mit Blüten und Kraut verharztes Sumatra-Gras. Und tröpfchenweise auch aus einer Ratinger Hexenküche, aus der Stefan rosafarbenes Löschpapier mitgebracht hatte. Wer wollte, spülte ein Fitzelchen davon mit ner Cola runter, gut, ein halber Trip für jeden mußte reichen, zur Aufhellung der Fahrt. Die sich dann aber verkomplizierte, hinauszögerte, hinschleppte, sich beängstigend verlangsamte, verrätselte, denn es gelang weder mir noch den ans Steuer gewechselten anderen, vom bereits erreichten Rand in die Stadt hineinzufahren. Das war eindeutig Frankfurt, was dort vorn in der Dämmerung leuchtete, alles da, ganz Frankfurt vor unseren Augen, drei, vier Kilometer entfernt, bereits gelandet, präsentierte sich uns im Panorama, der Verkehr floß ungehindert, zweifellos einer der Zubringer, doch für uns schien die Einfahrt unmöglich zu sein. Wir parkten am Straßenrand, guckten Frankfurt an, und jeder dachte, das gibt's doch nicht, es geht einfach nicht. Wir öffneten die Fenster, die Türen, horchten in Richtung Frankfurt, kauerten etwas niedergeschlagen in den Polstern, der Wille war da, aber keine Logik, keine Logistik. Minuten der schweigenden Andacht vergingen, der Lähmung wie vor einer wundersamen Erscheinung, deren Größe uns in Bann schlug. Vielleicht hofften wir auf eine Eingebung, die den Weg weisen würde, hofften auf die Straße selbst, die uns wie eine herausschnellende Insektenfresserzunge in die Stadt hineinziehen könnte. Rollen vielleicht, langsam vorsichtig weiterrollen, an eine Ampel heranrollen, um wenige Meter davor die strahlend farbigen Riesenmonde am Himmel zu entdecken, ein überirdisches Glühen, Rot, Grün, Gelb, oder was, also wieder anhalten, Georgi, geh mal gucken, was könnte das da oben für eine Farbe sein, entweder du kriegst es heraus oder Augen auf und durch, danach wüßten wir, was da oben angezeigt wird – fifty, fifty, war ja nur ein halber Trip. Ich fuhr wieder rechts ran, wartete. Irgendwann sagte Sweti: Zwischen uns und der Stadt besteht keine Trennung, wie sollten wir also dort hineinkommen – Frankfurt, das sind wir selbst.

Büdinger wußte wenig von alldem. Er wollte davon auch nichts wissen. Sweti und die anderen machten ihre Arbeit – durch das Acid vollkommen eins mit der Elektronik, hatte Bekurz die gesamte Technik problemlos in Betrieb gehalten. Während mir die drei tollen Cola-Tage und dieser Jüssen noch einmal durch den

Kopf gegangen waren, hatte Büdinger, tief im Sessel liegend, mit dem Mann telefoniert – nach dem Auflegen sagte er, also was nun.

Geh allein.

Beim Verlassen des Büros schaute er kurz auf die Zeitung, die vor mir auf dem Schreibtisch lag – ja, ja, sagte er melodisch gedehnt, was unserem Herrn Bekurz sein Bier, das ist der Kölner Express am Morgen dir.

Was für eine Bemerkung – scheinbar beiläufig in den Raum gesingsangt, verärgerte sie mich maßlos. Es lag mehr darin als nur die Mißbilligung meiner Marotte, manchmal die schon Tage alten Sportergebnisse zu lesen; sie kamen mir ohnehin vor wie die eines fernen, fremden Landes. Je länger ich über seine laxe Bemerkung nachdachte, desto komplexer erschien sie mir: als der gar nicht harmlose Versuch Büdingers, unbewußt oder bedacht eine Hierarchie zu setzen, mit Hilfe von vermeintlichen Schwächen die Verhältnisse zwischen uns zu klären, und das auf diese verräterisch humorige Weise. Er hatte sie nicht bloß so dahingesagt aus momentaner Verärgerung, nein, ich glaubte, aus ihr eine Warnung herausgehört zu haben, ein subtiles Zeichen seiner Ermüdung, seines Desinteresses an unseren Auseinandersetzungen. Es war erniedrigend.

Wer wird denn gleich so empfindlich sein, meinte Bekurz wenig später.

Er hatte mit vorauseilender Heiterkeit bereits gelacht, als ich sein Zimmer betrat. Seine gute Laune, die physische Wärme der niemals unterbrochenen Arbeit selbst, machten das Ingenieurskabuff zum angenehmsten Raum der Etage. Eingekreist von seinen Meßgeräten, war er jederzeit bereit für die Wahngeschichten des Hauses, deren Analyse ihn amüsierte – ohne jemanden zu verurteilen oder hämisch und zerstörerisch zu sein.

Hier herrscht mir einfach zuviel Druck, sagte ich, der Jüssen, Stalinski, auch Andreas, die marschieren ohne Rücksicht auf Verluste in die falsche Richtung, das ist die totale Vermarktung, das gefällt mir nicht, das reißt mich immer tiefer in den Zwiespalt –

– du wirst deine Verkaufshaltung überdenken müssen.

Ja, verkaufen, verkaufen. Wenn wir so weitermachen, werden wir noch zu psychedelischen Bühnennutten. Sagt Sweti.
Sehr giftig, unser scharfsinniger Herr Kurowa.

Ist doch wahr. Wenn einer die Kundschaft so gefühllos umarmt wie Stalinski. Man kann die Arme skeptisch auch vor ihr verschränken, man kann auf einem Minimum an Übereinstimmung bestehen, auf gegenseitiger Sympathie, einem Hauch von Gleichgesinntheit. Wir und Mercedes, na danke. Verkaufen kann doch nichts anderes sein als eine Handlung, zu der man sich aus selbsterhaltenden Gründen gedrängt sieht.

Ich bitte darum, sagte Bekurz.
Man sollte abweisend auftreten.
Hier bedient Sie unser arrogantes Arschloch von Verkaufsleiter.
Bedient Sie mit einer der Sache gerecht werdenden, naiven Arroganz. Verkaufen, okay, muß sein. Aber ich tue es für eine Idee, im Sinne unserer anfänglichen Vorstellungen – denn wenn wir etwas verändern wollen, dann müssen wir auch diesen Vorgang, so er schon nötig ist, von Grund auf verändern. Man muß die Leute doch wenigstens spüren lassen, daß wir anders denken, auch wenn sie nicht genau wissen, um was es geht, dämmern könnte es ihnen irgendwann –

– herauskriegen können sie es wahrscheinlich nur, wenn sie etwas von uns kaufen, sagte Bekurz mit einem amüsierten Lächeln.

Genau. Doch nur mit einer leicht arroganten Strenge ist der Akt, die Tatsache, zum Verkaufen gezwungen zu sein, ohne Beschädigung des eigenen Selbst zu überstehen. Es ist ein Spiel, das da läuft, ein Spiel mit fremden Männern, die man nie gesehen hat und vorher auch nicht herbeigewünscht hatte.
Der fremde Mann hat Geld.
Wichtiger sind seine Gefühle. Seine Angst, etwas Falsches zu tun, draufzuzahlen, um danach als Blödmann mit einem Haufen Glitter in der Hand dazustehen. Das Grundgefühl, daß er eigentlich gar nichts braucht, schon gar nichts, das so in sein selbstzufriedenes Gemüt fährt wie der Blitz. Sein Zaudern vor der Veränderung, deren schmerzhafte Folgen er sich schon vor der Entscheidung einbildet. Er hat sich nämlich eingerichtet in seiner ganz persönlichen Steppe, und dort scheint der archaische Reflex der Bedürfnislosigkeit ziemlich hell auf. Er hat andere Götter im Bestand,

andere Lieblingssünden. Die klappert er im Geiste ab, seine Blicke gehen ins Leere, er, der eben noch tausend Fragen stellte, verstummt, fällt ins Schweigen, wirkt wie abgetreten.

Und dann?

Warten, tausend Jahre warten, bis die Sehnsucht nach Vervollkommnung, der Wunsch nach dem Anderssein gereift ist, bis es klick macht.

Mit philosophischem Gleichmut.

Genau. Das irre Geschrei eines Stalinski kann im entscheidenden Moment bestenfalls Hasardeure der untersten Klasse überzeugen, also die falschen Leute für unsere Idee.

Macht es dir immer noch Spaß?

Spaß? sagte ich, na ja – das Gefühl beim Verkaufen gleicht in etwa dem, das man hat, wenn man einem Brathähnchen die Schenkel rausdreht.

Das ist ja schrecklich, sagte Bekurz.

Ja klar, sagte ich, aber für dich tu ich alles.

Angeregt von den jüngsten Turbulenzen in der Gruppe, waren wir für den Rest des Nachmittags in unser gewohnt unterhaltsames Interpretationsdelirium versackt. Daß ich anschließend den Citro vorm Büro stehenließ, um zu Fuß durch dieses ahnungslose Wohnviertel zu gehen und für Momente gar die Lächerlichkeit eines Kö-Bummels ins Auge zu fassen, verlangsamte den Wirbel der Gedanken kaum – die Betriebsgeschichten rotierten unaufhörlich weiter durchs Hirn. Bekurz und ich wußten, wie entscheidend diese Phase für die weitere Entwicklung sein würde. Doch in unserem Gespräch übers Licht sagte keiner, es handele sich hier um ein Zeitphänomen, keiner war bereit, alles andere zu vergessen und es auf den Tiefpunkt einer Modeerscheinung fallen zu lassen, die es auszubeuten gälte, und nichts weiter.

Damals hätte ich nicht für möglich gehalten, daß sich das von Sweti vor Wochen bereits ausgesprochene Orakel eines Tages bewahrheiten könnte.

Ihr schafft das schon, hatte er gehöhnt, in nur einem Jahr vom Zappa zum Otto-Versand, ab das Dingen.

11

Alle Jahre wieder derselbe Spagat zwischen Lamento und Verdrängung, alle Jahre wieder die gleichen gemischten Gefühle, das Gezupfe am Lametta der Erinnerung, der Versuch, der unseligen Melancholie der Weihnachtstage soweit wie möglich zu entkommen. Längst haßte ich das Rührstück, das mich dann überfiel. Ohne zwingenden Grund im Büro, hockte ich spätnachmittags am Schreibtisch – allein im übers Fest von den anderen verlassenen Haus, allein an Heiligabend und mit nichts anderem beschäftigt als dem leicht zu dramatisierenden Datum. Der innere kleine Hund jaulte schon seit Stunden; nichts zu machen gegen den emotionalen Kassensturz am vierundzwanzigsten zwölften. Dabei hatte ich für den Abend drei Einladungen, die jederzeit stehende bei den Kurowas mitgerechnet.

Wenn ich im nachhinein den Verlauf dieses Abends als großes Unglück ansah, dann jedoch nicht, um die von mir begangene Leichtfertigkeit mit dem sentimentalen Druck des weihnachtlichen Wahns zu erklären. Für die scheinbar situative Sekundenentscheidung, die mein Leben auf lange Sicht ruinieren sollte, mußte es komplexere Gründe gegeben haben. Dahinter verbarg sich mehr als nur eine trotzige Ablehnung dieses verzichtbaren Festes – eines alten Festes, das mit seinem restaurativen Charakter in jenen Winter '68 so wenig paßte wie selten zuvor. Was mich – eher zufällig – an Weihnachten zu stärkeren Drogen greifen ließ, war der Hang zur Realitätsverneinung an sich, der Hunger nach einer anderen Wahrheit, ein gefährlicher, spiritueller Radikalismus also. Und doch spielte der erkenntnisreiche, spezielle Grusel des Heiligen Abends eine wesentliche Rolle bei meiner unbedachten Entscheidung.

Zuerst zu Büdinger, das war klar, irgendwann später zu Fritz, dem Maler. Er war gerade mit meiner Wohnung fertig geworden – ein Schwofkünstler, der alles mit links machte, weil ihm rechts eine Flasche Bier in die Hand geschraubt war wie eine Prothese. Mit Nessel hatte er sämtliche Wände bei mir bespannt, sah edel aus für einen, der selten nach Hause kam. Was von den anderen als eine zwei-, dreitausend Mark teure, angeberische Geste belächelt wurde, war der anständig bezahlte Versuch, hier heimischer zu werden. Zumindest sicherte mir die Renovierung die Sympathie eines neuen Bekannten, der weder mit der Firma noch mit ihrem nächtlichen Schattenbetrieb etwas zu tun hatte. Ein paar naive Tage lang konnte ich sogar glauben, daß er aus meiner Wohnung ein Kunstwerk gemacht hätte – aber daraus würde wahrscheinlich nichts werden. Wenn überhaupt von Fritz geredet wurde, dann über sein Talent, mit einem jungen Mädchen seit Jahren lückenlos Kinder zu zeugen – angeblich vier bisher.

Heute gibt's Pekingente bei Hiltrud, hatte Büdinger mittags gesagt, sei bitte pünktlich.

Die Vorstellung, mit ihm und seinem Anhang diesen Abend zu verbringen, war nicht unangenehm, aber wenig beruhigend; womöglich fühlte er sich verpflichtet, mich einzuladen. Eigentlich gab es keinen Anlaß, ihm Kühle zu unterstellen oder gar anzunehmen, etwas Wesentliches in unserem Verhältnis hätte sich verschoben; um so irritierender war meine Verunsicherung. Im täglichen Chaos der Mansteinstraße hatten wir in den letzten Wochen immer seltener zu ungestörten Gesprächen gefunden. Eine weitere Veränderung, deren Bedeutung er noch verschleierte, kam hinzu – seit einigen Monaten lebte er bei seiner Freundin. Ihre Wohnung läge näher zum Büro, hatte er erklärt, auch seine Ernährung sei gesichert durch Hiltrud, eine phantastische Köchin. Das hörte sich weder ehrlich noch atemberaubend an. Er tat ohnehin wenig fürs allgemeine Bedürfnis nach Klatsch. Keine Frauengeschichten, solange ich ihn kannte, außer gelegentlichen Schwärmereien im Zeichen einer arbeitsnahen Idee: mal ›ein gutes Mädchen für einen Film‹, mal eine Frau ›mit unglaublicher Bluesröhre‹, für die man etwas tun müsse. Womöglich war diese Hiltrud die Antwort auf alle, von ihm gar nicht so präzis gestellten Fragen. Nach jedem Zusammensein mit den beiden war mir hinterher noch schleierhafter, was sie beieinander hielt. Bei manchen Freunden wußte man auf den ersten Blick, was sie mit ihren Frauen verband, bei anderen nie.

Auch auf der Fahrt zu Hiltruds Wohnung ging mir die Weihnachtsidiotie aufs Gemüt – allein unterwegs in der Leere verregneter Straßen, auf denen sich der Lichterglanz der Dekorationen spiegelte. Daß mir das Fest soviel ausmachte, mir den Kleinmut eines vom Rest der Welt Abgetrennten bescherte, ließ mich über mich selbst enttäuscht sein. Da gab's nichts zurechtzudenken;

auch keine rebellische Gegenweihnacht, das Fest gehörte im Grunde abgeschafft. Aber noch weihnachtete es, sehr sogar. In Hiltruds kleiner Wohnung lag ein über Stunden verdichteter, familiärer Heiligabendduft.

Von draus im Regen komm ich her, sagte ich, und wünsch euch, na ihr wißt schon, was.
Das Paar hatte sich alle Mühe gegeben – ein geschmückter Baum, echte Kerzen, große Gedecke. Vielleicht hätte ich mir von Bekurz einen Schlips leihen sollen. Die beiden schienen erleichtert über meine Anwesenheit, als wäre ich eine Hilfe für die nächsten Stunden.
Unser erstes gemeinsames Weihnachtsfest, sagte ich zu Büdinger.
Geteilter Schmerz ist halber Schmerz, sagte er.
Er sah aus wie ein für die Tanzschule zurechtgemachter Junge. Seine Freundin dagegen hatte in ihrer festlichen Garderobe noch weniger Jugendliches an sich als sonst. Ihr blasses Gesicht schimmerte immer ein wenig feucht, so als wäre eine Creme ganz kurz davor, in die Haut einzuziehen.
Hiltrud legte eine Hand auf seinen Bauch und sagte, unser drittes schon.

Es war schön, die ersten Verlegenheiten im Gealbere mit Hiltruds Sohn überspielen zu können, dem kleinen Kai. ›Onkel Mini‹, nannte er mich nach der Marke meines Autos im vorigen Jahr, als er sprechen gelernt hatte. Die vielen Tarzanfiguren eines Sets aus rosa Plastik, mein Geschenk, gefielen ihm offenbar, weil er sie überall aufzubauen begann; den knienden Tarzan mit zum Schrei vor dem Mund geschürzten Händen auf Büdingers Kniespitze. Der sagte sofort, ungefähr so stell ich mir unsere Verkäufer vor, worauf Hiltrud sagte, Andreas, bitte, heute nicht.

Recht hat sie, Andreas, heute sollten wir diese Halbironien besser lassen. Wir hatten mittags bereits eine Diskussion über den abwesenden Herrn Stalinski und seine drei ominösen, vordatierten Schecks, heiße Luft bloß und erst in drei Monaten vielleicht ein paar tausend Mark.
Onkel Mini kann auch nicht hören, sagte Hiltrud.
Er versteht mich einfach nicht, sagte ich, er versteht meine Abneigung gegen das Auftreten dieses Herrn nicht, er meint immer nur, laß ihn doch erst mal machen, den guten Stalinski.

Es gab Pasteten und gefüllte Jakobsmuscheln.

Auch wir haben ein Recht auf Privatleben, sagte Büdinger.

Natürlich, sagte ich; obwohl mir die Unterscheidung zwischen Privatem und Geschäftlichem nicht einleuchten wollte.

Unser Geschöpf sollte auf keinen Fall Macht über uns gewinnen.

Natürlich nicht, sagte ich.

In die Sessel gefläzt, plapperten wir eine Weile vor uns hin wie Leute, die aus einem nicht völlig einsehbaren Grund auf das einzige sie interessierende Thema verzichten mußten. Mir fiel es schwer, meinen Freund und Partner als Haupt einer Kleinfamilie wahrzunehmen. Zwischen kurzen Bemerkungen und Sherryschlucken beobachtete einer den anderen mit den gnadenlosen Heiligabendblicken junger Erwachsener, die sich noch nicht ganz klar über den Stellenwert des Festes sind. Abgesehen von der Beklemmung, in einer nur durch das Datum diktierten Prüfung zu stehen, führte er mir erstmals vor, daß er hier definitiv mit einer Frau und deren Kind zusammenlebte. Meine Zustimmung dafür brauchte er sicher nicht. Aber insgeheim versuchte er herauszufinden, wie sein neues Familienleben auf mich wirkte. Aus Rücksichtnahme konnte ich ihm nicht sagen, daß es mich befremdete und daß das Feiern von Weihnachten in heimeliger Wabe nicht unbedingt zu meinen Stärken gehörte. Gut möglich, daß uns beide dieselbe Ahnung beschlich – nämlich die, viel weniger Ansichten zu teilen, als je angenommen.

Wir machen das alles ja nur fürs Kind, hatte Hiltrud gesagt; ein Satz, der mir als Kind schon zu oft vorgekommen war. Er stimmte auch hier nicht – das meiste tat sie, unter strikter Ablehnung von Hilfe, für uns. Was mich von Anfang an bedrückte, war ihr hausfrauenhaftes Herumgehusche, die fast geflüsterten Hinweise, ihr Gestus des vorauseilenden Schuldbewußtseins, obwohl es nicht das geringste auszusetzen gab. Unglücklicherweise hatte mir Sweti vor ein paar Tagen gesteckt, daß der kleine Kai ein, wie er sagte, Rheinwiesenkind sei, das Hiltrud sich in einer romantischen Anwandlung eingefangen hätte; er sei dabeigewesen, wenn sie dem dort kampierenden langhaarigen Volk morgens frische Brötchen brachte. An der von ihm, wie immer mit viel Schmakkes, erzählten Geschichte konnte ich jetzt nicht vorbeidenken – in ihr mußte der Grund für die beim Zuschauen schon an die Schmerzgrenze gehende Devotheit dieser Frau liegen. Weil sie einmal nicht zurückhaltend war und sich dabei eine Schmach eingehandelt hatte, bestrafte sich Hiltrud selbst, indem sie sich bei allen Gelegenheiten äußerste Zurückhaltung auferlegte. Eine Frau um sich zu haben, die alles recht machen wollte und die permanent gegen das Gefühl ihrer Unzulänglichkeit ankämpfte, schien Büdinger jedoch zu gefallen. Brauchte er etwa ein Familienleben als Gegenpol zu unserem überhitzten Job? Stabilisierte ihn seine Partnerin? Sie half bei der Buchhaltung. Bei meinen, zugegeben, matt an allen Tabus und Fettnäpfchen vorbeigedeichselten Scherzen lachte sie Momente später als er, um bald darauf mit gesenkter Stimme zu sagen, ja der Andreas, der hat's schwer zur Zeit.

Eine schöne alte Jaguarlimousine, sagte er, das wär's.
Was für eine Idee. Haben wir nicht genug Autos?
Kein Jaguar zum Fahren, nur zum Vorfahren bei wichtigen Verhandlungen.
Na großartig, sagte ich, aber für einen Gag ein bißchen zu teuer.

Think big, sell big, verstehst du? Es geht längst um mehr, sagte er, ein Dutzend Mitarbeiter lebt von uns, meine Güte, es geht um eine Gesamtschau, Gesamtkonzepte, Visionen. Wir haben den Überblick, wir haben den einzigen Mann, der aus einer Mücke ein Glühwürmchen machen kann, haben das Know-how und so weiter. Die Leute kaufen gern Illusionen, sie kaufen sie genauso gern wie Gewißheiten. Der eine will seinen Raum gestalten, als Illusion für die anderen und als Gewißheit für sich selbst. Der nächste will einmal, für einen Tag wenigstens, eine Veranstaltung wie flirrenden Zauber aufziehen, um für immer als feste Größe im Gedächtnis zu bleiben. Wir helfen allen. Das Produkt läuft gut, wenn es mit Eitelkeit besetzbar ist.

Und wozu brauchen wir dann einen Jaguar?
Als ein Requisit, eine Geste des Entgegenkommens. Wir setzen ihn an ganz bestimmten Stellen ein, als ein spielerisches Zeichen mit Symbolkraft.
Wenn sich so ein Symbol in die Realität zurückverwandelt, sagte ich, dann haben wir eine anfällige Luxuskarre mit verdammt hohen Reparaturkosten. Bei Leuten wie uns wirkt ein Jaguar sowieso wie ein unüberlegt aufgetragenes Parfüm, das ein, zwei Atemzüge lang auffällt und dann spurlos verschwindet.
Das reicht für einen fetten Abschluß, sagte er.

Onkel Mini will keinen Jaguar, sagte Hiltrud zum kleinen Kai.
Onkel Mini denkt immer noch wie ein Provinzjournalist, sagte Büdinger.
Die Scheißkarre muß dir ja verdammt wichtig sein, sagte ich.
Ja, der Andreas hat's zur Zeit schwer.
Geschenkt, sagte ich, verärgert über die Provokation und den Schritt in die falsche Richtung – geschenkt, er soll seinen Jaguar haben, ist ja bloß ein Auto.

Der kleine Kai hatte sich auf meinen Schoß geworfen. Seine Laune drohte einmal mehr ins Knatschige zu kippen – er beklagte das Verschwinden dreier Tarzans. Du kriegst neue Figuren, sagte ich.
Onkel Mini hat einen Draht zum Weihnachtsmann, sagte seine Mutter.

Ja klar, sagte ich zu dem Kind, den kannte ich schon, als ich so alt war wie du. Der Weihnachtsmann war eine riesige, vier Zentner schwere Gemüsefrau und lebte in einer alten Holzbaracke. An Heiligabend hab ich ihm immer beim Ankleiden geholfen, am schwersten war es, die dicken, fleischigen Gemüsefrauenarme unter der rotweißen Kutte zu verstecken. Die durfte niemand sehen. Damals war ich ein blondgelockter Engel, so einer wie du, Kai. Aber eines Tages brannte die Baracke ab und seitdem, seitdem –
– seitdem wohnt der Weihnachtsmann im Himmel, sagte Büdinger.
Genau.
Der Kleine rappelte sich hoch und warf sich seufzend auf den Schoß seiner Mutter. War wohl nicht die richtige Geschichte. Hiltrud streichelte den Rücken des schniefenden Kindes und fragte mich, wie war's denn eigentlich früher so bei dir zu Hause?

Davon habe ich doch gerade erzählt.

Sie wollte darüber etwas Ernsthafteres hören. Meine Abwehr, das sei zu kompliziert, zu anstrengend auch, reizte sie erst recht. Soviel ich wußte, arbeitete Hiltrud als Sozialpädagogin.

Routiniert im Umgang mit dem Thema, packte ich meine Familienstory aus wie einen erschwindelten Behindertenausweis. Ich erzählte ihr, daß meine leibliche Mutter mich als Säugling bei meinem Vater liegengelassen hatte, daß die Eltern sich scheiden ließen, als ich zwei Jahre alt war, und daß es einige Zeit gedauert hatte, bis für die Verschwundene eine Ersatzmutter gefunden wurde. Frauen erzählte ich mit Vorliebe diese Version – mir gefiel es, sie so schockiert zu sehen wie die extrem anteilnahmebereite Hiltrud. Sie interessierte die Schilderung des Problems, eine vertraute Frau als falsche Mutter zu erleben und die wirkliche Mutter als Fremde, die mir als Dreizehnjährigem in einem Hotel vorgestellt wurde, eine kleine, rothaarige Person, die ich ohne Gefühl umarmen mußte – als Vierzehnjähriger sah ich sie das zweite und letzte Mal, weil sie damals starb, während ich sie in den Ferien im Saarland besuchte. Mitten in der Nacht wurde ich im Gästezimmer durch die Asthmaanfälle meiner Mutter geweckt und wußte im selben Augenblick, daß das Ende gekommen war.

In der einzigen Nacht, in der ihr einziger Sohn in ihrem Haus geschlafen hatte, ist sie tatsächlich gestorben, sagte ich schließlich – aber zu meinem Leben gehörte sie nie.

Familiengeschichte ist Krankengeschichte, sagte Hiltrud.

Sie versuchte den, wie sie sagte, psychischen Konsequenzen dieser wahnsinnigen Störung beizukommen. Als ich merkte, wie tiefbewegt sie auf ihrer offenbar ureigensten Strecke Fahrt aufnahm, war es zu spät, um die schlimmsten Übertreibungen meiner Erzählung wieder zurechtzurücken; das Weihnachtsessen war damit endgültig versenkt.

Es hat alles wunderbar geschmeckt, sagte ich beim Abschied, vielen Dank für die Einladung.

Im Auto bollerte die fußballgroße, rote Kugel auf der Rückbank in den Kurven von einer Seite auf die andere.

Den Maler Fritz hatte ich zuletzt vor drei Tagen auf dem Weihnachtsmarkt der Kunstakademie gesehen; bei einer, wie er es nannte, Aktion hatte er seine meterhohen Ölschinken in Postkartengröße zerschnitten und sie mit dem Geschrei eines Fischhändlers für eine Mark das Stück unter die Leute gebracht. Als er in seinem heimischen Sperrmüllpalast mit derselben Lautstärke seine Weihnachtsglückwünsche herausbrüllte und bei der Umarmung ein paar Bierperlen von seinem Bart in meinen Nacken drückte, war klar, daß der Besuch nicht allzulange dauern würde. Er feierte das Fest im Mantel, im Stehen, wie er sonst und überall feierte. Alles, was hier rumkrabbelt, sagte er, ist meine Familie. Seine Frau hatte mit den vier Kleinkindern alle Hände voll zu tun. Sie war wie er höchstens zwanzig und rundum so geglückt weiblich, daß ich mir mit der Käsekugel im Arm etwas lächerlich vorkam.

Ich wollte nur kurz ein Geschenk vorbeibringen, hatte ich gesagt und die rote Kugel zwischen die am Boden kauernde Krabbelgruppe gelegt. Die Kleinen begriffen den Käse als Spielball und Beute. Sie balancierten auf ihm, entwanden sich ihn gegenseitig und warfen sich im Knäuel immer wieder darauf. Wir guckten uns das eine Weile an und lachten über die Gaudi – jedenfalls so lange, bis dem Vater, den manche Fritz Teufel nannten, eine überraschende Idee kam. Nach kurzem Kampf nahm er seinen Kindern den Käse ab und erklärte, er müßte noch einen Kumpel besuchen und das wär endlich das passende Mitbringsel für den. Seine Frau widersprach dem sowenig wie ich. Was sollte man dazu auch sagen außer – na, tschö dann, das wars. Fritz und ich gingen zusammen hinaus; er wollte bei seinem Kumpel vorbeigefahren werden. Auf dem Bürgersteig entglitt ihm die Kugel und fiel auf den Boden. Er hob sie nicht auf, er fluchte und trat dagegen, sie rollte und rollte durch Dreck und Pfützen bis zum Auto. Was regst du dich auf, hatte er nur gesagt, die hat doch eine feste Rinde. Ich stieg ein und ließ ihn auf Nimmerwiedersehen im Regen stehen, die Bierflasche in der fuchtelnden Hand, zu Füßen die rote Kugel.

Es war schon nach Mitternacht und längst keine Frage mehr, daß ich noch zu den Kurowas gehen würde. Ich brauchte jetzt unbedingt jemanden, der annähernd verstehen konnte, was mir widerfahren war und wie ich darüber dachte. Diese Trostlosigkeit, einen ganzen Abend im falschen Zungenschlag zu erleben! Die pseudorebellische Käsetreterei hatte mir den Rest gegeben, schon schwer betäubt vom Getue unter Büdingers Weihnachtsdunstglocke – dieser seltsame Heilige Abend als Wahrsager? Wie erschreckend der Wille Büdingers, ›mehr rauszuholen aus unserer Sache‹, wie unangenehm sein Eintreten für diesen Scheiß-Stalinski, auch seine halbironische Schwärmerei von der Innenausstattung eines Jaguars, dem einmalig gemaserten Holz des Armaturenbretts, den Türfassungen – alles aus echtem Vogelaugenahorn! Seine Strategien liefen in Wahrheit auf ein poppig getarntes Einschwenken in angepaßte Verhaltensweisen hinaus. Was ich an diesem Abend entdeckt zu haben glaubte, machte mir große Sorgen. Denn einen Freund konnte man nur als ganze Person sehen – unmöglich, einzelne Charakterzüge herauszulösen, einige davon zu akzeptieren und andere zu verwerfen. Die Anerkennung seines Wesens, einmal stillschweigend geschehen, konnte und mochte uneingeschränkt für ewig gelten, zumindest aber für lange Zeit. Für wie lange Zeit?

Eine halbe Stunde später sagte ich: Also gut, dann mach für mich auch einen.

Die unangestrengte Stimmung bei den Kurowas hatte mir sofort gutgetan; als Weihnachtsschmuck lagen einige Strohsterne auf dem Tisch, von Sweti gebastelt. In der kleinen Runde mußte ich nichts mehr erdulden und mich auch nicht mehr in irgendeiner Weise verstellen. Die drei Erwachsenen waren naturentspannt. Big Martin saß auf der Bodenmatratze, zwischen den Beinen das Kind, mit dem er herumschäkerte und ein großes Bilderbuch durchguckte. Sweti, der mir zuhörte, hantierte auf seiner Arbeitsplatte mit den Fixutensilien wie ein Heimlaborant – nach dem Schuß war immer vor dem Schuß. Er bevorzugte die schwächeren, dafür um so öfter wiederholten Dosierungen, die ihn auf einem exakt austarierten Level hielten. Dazu bediente er reihum, inzwischen auch seine Ehefrau. Er machte auch heute abend einen höchst aktiven, vitalen Eindruck – die Arbeit mit den Narkotika beschäftigte ihn permanent.

Unglaublich, sagte ich, allein diese Hiltrud, diese personifizierte Unterwürfigkeit, die totale Gattin. Die riecht doch jetzt schon nach Doppelhaushälfte. Speziell ihretwegen hab ich bei meiner Familiengeschichte so auf die Tube gedrückt.
Der Andreas mag eben die mit dem etwas kleineren Ego, sagte Sweti.
Eine etwas zu durchsichtige Haltung.
Es läuft doch alles gut mit euch beiden.
Freundschaft ist wahrscheinlich nicht genug, sagte ich – und bloß keine Frau, die mir in Null Komma nix vier Kinder ins Nest legt.

Sweti hatte meine Entscheidung so kommentarlos hingenommen, als käme sie für ihn nicht überraschend. Er brauchte keine Bestätigung oder gar einen späten Triumph – mein nur noch leises, letztes Sorgengemurmel entkräftete er. Es war, als säße ich beim Friseur und wartete auf den Anfang der Prozedur.

Was darf's denn sein, fragte er, O oder M?
Weiß nicht.
Also was nun?
Ich weiß es nicht.
Wir hätten noch einen kleinen Rest von diesem herzerfrischenden Morphium aus Indonesien, sauber nach WHO-Norm. M bringt dich garantiert wieder auf Vordermann.
Bloß nicht, danke.
Okay, dann eben das gute, alte O, Opium aus Amsterdam. Es verflüssigt die Realität und bringt dich in eine harmonische, friedliche Stimmung, du wirst ruhig, und alles wird bestens sein, so wie es eigentlich auch ist.

Der erste Schuß ging daneben. In meiner Armbeuge blähte sich eine schmerzhafte, langsam größer werdende Blase wie ein letzter, rot aufgezogener Warnballon vor der Flut. Dem Vorgeschmack im Blut noch nachspürend, lernte ich in diesen ungesunden Momenten meinen Körper besser kennen – zu dünne Venen drin, Durchstechvenen.

Versuchen wirs noch einmal.

12.

Sweti und ich hatten bis zum Morgen geredet und noch einen Spaziergang durch den Hofgarten gemacht; die Parklandschaft lag in der Frühjahrsruhe wie im Barbituratschlummer. Gegen acht trennten wir uns – er ging nach Hause, ich ins Büro. Um die Zeit noch allein im Haus, erwartete mich eine nette Überraschung – auf meinem Platz stand ein kleines, nach Schreibtischaccessoir aussehendes Gerät, das nur Bekurz gebaut haben konnte. Offenbar war er im Lauf der Nacht einmal mehr in Bastellaune geraten. Aus einem stählernen Würfel ragte eine streichholzgroße, an Metallfäden gelötete Glasröhre: klar, ein Miniaturstroboskop, das sogar funktionierte. Genau der gleiche Puppenstubenblitz stand auch auf Büdingers Tisch.

Eine kleine Aufmerksamkeit für die besonderen Verdienste der Herren, sagte Bekurz später, das gestern ausgelieferte VARIO 2000 war das hundertste Gerät, das unser Haus verlassen hat.

Wenn jemand das so genau wissen konnte, dann er.

Bekurz legte noch immer mehr als nur die letzte Hand an jede zu fertigende Anlage. Da machte ein Jahr keinen Unterschied. Wie in den alten Laubenzeiten warf er bei der Herstellung oder bei Experimenten seine Laborhäufchen auch auf den neuen Fußboden – eine teure Angelegenheit. Wenn unser lieber Achim einen Sack Mikrochips verlangte, bekam er ihn. Wenn er einen Helium-Neon-Laser wünschte, bekam er auch den; zur Rechtfertigung der ein paar tausend Dollar schluckenden Spielerei meinte er, ein plötzlich aus der Hüfte geschossener Laserstrahl sei bei Verhandlungen wie ein As im Ärmel. So eine Waffe könnte durchaus nützlich sein – auch jetzt, wo die Industrie an unsere Tür klopfte. Die Leute eines großen Unternehmens hatten Wind von uns bekommen und sich mehrmals telefonisch um einen Termin bemüht, ausdrücklich in unserem Hause. Und heute vormittag war es soweit – wir warteten auf drei Herren von der Firma BELCO, einem Hersteller von Leuchtstrahlern. Da blieb nur zu hoffen, daß wir drei einen guten Tag erwischt hatten.

Als auch Büdinger wenige Minuten vor dem Termin eintrudelte, wußten wir immer noch nicht genau, wie mit dem Besuch strategisch umzugehen wäre. Die Firma BELCO war nicht irgendwer. Jeden Montag sahen wir ihre ganzseitigen Anzeigen im »Spiegel«, den Beweis ihrer Marktführerschaft. Auch diese Leute hatten eine bahnbrechende Erfindung gemacht. Sie produzierten die sogenannten Kontaktschienen, an die man umstandslos etliche Strahler und Spots hängen konnte, was zusammengenommen dem Unternehmen Jahresumsätze in dreistelliger Millionenhöhe einbrachte. Ihr Interesse hatte uns anfänglich verwundert, ja, sogar verwirrt – meiner Meinung nach sollten wir in diese Bereiche nun wirklich nicht eindringen. Bekurz und Büdinger sahen die Sache anders. Bekurz fühlte sich von BELCO sogar bestätigt – ›Ihr leitender Ingenieur sollte unbedingt bei den Gesprächen dabei sein!‹ – und wartete voller Neugier auf sein Pendant, den Chef der Entwicklungsabteilung aus diesem Hause. Die nächtliche Diskussion zwischen Sweti und mir war, kaum überraschend, in der entschiedenen Ablehnung dieses Industriekontaktes geendet. Büdinger hielt alles für möglich, im Prinzip. Gut möglich sogar, daß uns ein unternehmerischer Quantensprung bevorstand – bei den Verhandlungen würde es vermutlich einen Zahn schärfer zugehen als sonst. Allerdings hatte auch er keine Vorstellungen davon, wie die von den BELCO-Leuten nur vage angedeutete Zusammenarbeit konkret aussehen sollte.

Wir wollen Neuland betreten, sagte ein Herr Merkert von der Geschäftsleitung, nachdem die ersten Floskeln gewechselt worden waren. Er erzählte von den drei Werken im Sauerland, den achtzehnhundert Mitarbeitern, Tendenz steigend, und legte einige Hochglanzprospekte auf den Tisch – unsere aktuelle Palette. Büdinger und Bekurz machten ein paar anerkennende Bemerkungen über die uns, wie alles auf dem Gebiet, gut bekannten Strahler; unerwähnt blieb, daß wir bei Installationen BELCO-Produkte niemals verwendeten. Bekurz hatte mit dem Entwicklungschef seinen Gesprächspartner bereits gefunden. Der dritte Herr ließ seine Suchblicke durch den Raum schweifen und betrachtete ausführlich die beiden mannshohen Kunststoffhalbkugeln, die wie zwei übergroße, aufgeschlagene Eier scheinbar unabsichtlich an der Seitenwand standen. Als folgte er einer geheimen Regieanweisung, deutete er darauf und fragte nach dem Zweck der seltsamen Objekte.

Das Trio aus dem Sauerland hockte ganz passend auf der die Ecke ausfüllenden Besuchercouch, von Büdinger im Alleingang angeschafft, italienisches Design, die weißen Lederquader im festen Griff des Chromgerüsts. Alle drei waren mindestens doppelt so alt wie wir, ihre Schlipsknoten fast doppelt so dick wie der von Bekurz – mittlere Angestellte, wie sie seit Mitte des zwanzigsten Jahrhunderts die Büros bevölkerten, prosaische Typen, die sich mehrdeutig voranredeten und dabei ihr grundloses Lächeln in die Waagschale des Augenblicks legten. Büdinger begriff auch diese Leute als Publikum und spielte etwas Zukunftsmusik ein.

Das sind Prototypen, an denen wir arbeiten, erklärte er, es handelt sich, wie Sie sehen, um polyestergeschäumte Sitzhalbkugeln, die inwendig mit einem elektronisch gesteuerten, audiovisuellen Programm ausgestattet werden – wir nennen sie Mind-expander.

Der Marketingleiter, mit buschigen Koteletten unter der Halbglatze, hakte nach – bei diesem Science-fiction-Gerede hakte immer jemand nach.

Ja richtig, sagte Büdinger, Entspannungssessel, nein, gar nicht so futuristisch, wir entwickeln das Projekt für eine große Kaufhauskette.

Bei der Sitzung mit diesen Leuten hatte ich zunehmend das Gefühl, als trüge ich eine hauchdünne Gesichtsmaske, auf die ein scheißfreundliches Lächeln projiziert wurde – von einem unserer unsichtbaren Wunderprojektoren (konnte auch anderswo herkommen). Darüber hinaus irritierte mich, nicht genau zu wissen, wie weit Büdinger selbst an seine Halbwahrheiten glaubte. Seine zwei Semester Soziologie in Köln schufen letztlich keine ausreichende Begründungsdichte – von uns wußte keiner, was aus diesen barbarellahaften Entspannungseiern werden sollte. Immerhin wurden zwei Worte seines Kurzvortrags von der Runde ins weitere Gespräch hineingenommen: der Begriff ›Kaufhaus-Kette‹ und, sehr oft sogar, der Begriff ›Prototyp‹.

Auf dem Tisch der Besucherecke stand ein grundsolides 2 EK 50. Das Gerät, mehr noch sein Inneres, war der Gegenstand der Verhandlungen. Die BELCO-Leute hatten Interesse, unsere Stroboskope in ihr Lieferprogramm aufzunehmen. Ihren industriellen Bedingungen entsprechend dachten sie bei den Produktionszahlen an Serien von 1000 Stück. In Worten: eintausend Geräte, die möglichst schnell über ihr Handelsnetz in die Republik hinausgehen sollten.

Natürlich stark heruntergepreist, eine Art Volksblitz, sagte der Marketingleiter und warf mit rhythmischem Taktgefühl dreimal seine Hand über den Tisch – für die Deko der Kaufhäuser, für die Tanzkneipe an der Ecke, für den Partykeller.

Eine Serie von eintausend Stück, wiederholte Büdinger, als wäre das eine nette Zahl, über die man reden könnte.
Für den Anfang eintausend, ja.

Was bei mir einen wilden Gedankenwirbel auslöste, in dem mich sämtliche Implikationen dieser praktisch unvorstellbaren Stückzahl auf einen Schlag trafen, nahm mein Kompagnon relativ gelassen auf. Vielleicht konnte er sich auf leichtere Weise in diese irre Kapazität hineinphantasieren. Zumindest der Umsatzsprung ließ sich spielend einfach hochrechnen, jede in Frage kommende Zahl mal tausend, alles mal tausend, auch tausend Mark mal tausend.

Aber wie sollte das Ganze vonstatten gehen?

Über die Einzelheiten müssen wir sprechen, sagte Herr Merkert.

Seiner Meinung nach gab es fürs erste zwei Möglichkeiten. Der eine Weg wäre der, daß wir die Partie selbst herstellen würden und sie entsprechend rabattiert abgeben sollten. Der andere, wie bereits angedeutet, würde in einer noch zu findenden Form die Produktion in die Hände ihres Unternehmens legen. Dafür unterbreiteten die Herren der Geschäftsführung verschiedene Vorschläge, jeweils eingeleitet mit Wendungen wie BELCO wünscht, BELCO denkt, BELCO hält für möglich. BELCO hatte seine Herren ausgezeichnet vorbereitet anreisen lassen. Sie wußten, daß die Muße-Gesellschaft kein Patent für das Produkt besaß. Sie wußten ebenso, daß wir ihren Vorschlag, eine Tausenderserie aus eigenen Kräften herzustellen, wohl kaum umsetzen könnten. Selbstverständlich kannten sie auch das EK 50 und seine Fähigkeiten bestens. Sie mußten es längst getestet haben. Was den BELCO-Leuten fehlte, war die genaue Kenntnis der Schaltung, der Chip-Platine und ihrer weiteren Entwicklungsmöglichkeiten. Sie wollten an das Hirn der Blitzmaschine herankommen.

Büdinger tat, was er in unklaren Situationen am liebsten tat – er machte Zusagen, halsbrecherische Zusagen, nach meiner Einschätzung. Das war seine Verhandlungstaktik, während ich stumm verharrte, gespalten zwischen dem grausamen Einerseits und Andererseits. Mir fiel Swetis Schlußwort nach unserem BELCO-Gespräch wieder ein. Am Anfang stehen die Erfinder, hatte er gesagt, danach greifen sich die Vermarkter die Sache und danach die Spekulanten. Stimmte seine These, nach der wir als erste geschluckt würden, ginge es angesichts dieser Zwangsläufigkeit nur um die Bedingungen des Gefressenwerdens.

Das Produkt müßte natürlich unseren Standards entsprechen, sagte Herr Merkert, also robust und zuverlässig sein, so wie BELCO-Kunden es gewöhnt sind. Wenn alle Probleme gelöst werden können, machen wir je nach Art Ihrer Beteiligung die entsprechenden Verträge fertig.

Ein Problem wäre die Belastbarkeit im Extremeinsatz, sagte der Chefingenieur.
Wir arbeiten daran, sagte Büdinger.
Wir bräuchten möglichst schnell einen Prototyp.
Bekurz nickte, mit krausgezogener Stirn.

Je länger das Gespräch andauerte, desto mehr entwickelte es sich zu dieser Sorte von Kreuz-und-quer-Gerede, das eine gemischte Runde aus Technikern und Geschäftsmenschen in eine Menge Mißverständnisse verstricken konnte. Das fachliche Wissen und die kaufmännischen Methoden mußten in Relation gebracht werden; trotz etlicher, von den Geschäftsleuten mit einem ›Ach ja, verstehe‹ eingeleiteten Wiederholungen vermochten sie die technischen Aussagen nur unvollkommen zu deuten. Ich beneidete Bekurz, der nie in den Verdacht geriet, etwas anderes als die Sache selbst im Sinn zu haben. Er wußte, wovon er sprach, und verstand, wovon der Chefingenieur redete. Daten und Vorschläge gingen hin und her, bis die beiden schließlich das Gespräch allein zu Ende führten. Mit dem für mich und Büdinger noch zu begreifenden Ergebnis, daß wir die neue, zweckgemäß angepaßte Elektronik für die Geräte zur Endmontage ins Werk liefern würden.

Mir gefällt die Sache ganz und gar nicht, sagte ich, nachdem die BELCO-Herren gegangen waren.

Sie hatten lediglich zehn Chip-Platinen bestellt, zehn fertige Bauteile – pro Stück für ein Trinkgeld.

Nur eine einzige würde denen reichen, sagte Bekurz, der zwischen den Schreibtischen hin und her tigerte – wie so oft, wenn ihn etwas empörte.

Das war doch vorher klar, sagte Büdinger, daß die keine tausend Apparate auf einen Schlag von uns haben wollten.

Eine Katastrophe wär's, wenn diese Leute die Stroboskope tatsächlich zu einem Drittel unseres Preises verkaufen würden.

Aber wir könnten selbst auf diese Weise dabei noch profitieren, meinte Büdinger, wenn man nur genau wüßte, was sie vorhaben.

Das kann ich euch sagen, sagte Bekurz, die wollen sich in aller Ruhe die Schaltung angucken und sie dann mir nichts, dir nichts nachbauen, diese Schweinchen.

Was mich und Büdinger noch als Verdacht beunruhigte, war für ihn bereits Gewißheit. Daß uns irgend jemand austricksen und unsere Geräte originalgetreu nachbauen würde, befürchteten wir von Anfang an. Dreiste Kopien hätten wir jedoch eher von seiten ähnlich denkender Amateure oder irgendwelcher kleiner Krauter erwartet. Bekurz glaubte, während der Verhandlungen das Kleingedruckte herausgehört zu haben, und war fest überzeugt von den üblen Absichten der BELCO-Leute. Seine Erläuterungen, frei von jeder Paranoia, leuchteten rein technisch ein.

Aber warum haben sie sich zum Abkupfern nicht einfach ein EK 50 besorgt, fragte Büdinger.

Weil sie scharf sind auf die belastbarer ausgelegte Platine, weil sie ranwollen ans komplette Wissen, weil sie wollen, daß wir für sie den Technologiesprung machen, Fehler ausmerzen, die Funktionen optimieren. Sie denken, wer so ein Gerät so bauen kann, der kann noch mehr. Und vor allem kann er den Chip in kürzerer Zeit weiterentwickeln, als sie selbst es könnten.

Wenn die noch mal wiederkommen, sagte ich, dann holen wir die Rote Ruhrarmee.

Im Grunde wollen sie nur dich, sagte Büdinger zu Bekurz und fragte, was sollen wir machen, den Auftrag langsam wegignorieren oder ins offene Messer laufen und das Bestellte liefern?

Folgendes, sagte Bekurz.

Wir trotteten rüber in sein Arbeitszimmer, wo er erklärte, die Chip-Platinen müßten unkenntlich gemacht werden – es dürfte außer ein paar Drahtenden nichts zu sehen sein. An seinem Platz sitzend, kramte er aus der Tiefe der Schubladen eine kleine Flasche nebst Tube heraus und führte Schritt für Schritt seine Tarnmaßnahme vor, während Büdinger und ich wie einst im Mai unsere Köpfe schwer über seinen Schreibtisch hängten. Flüssiges Kunstharz hieß das Mittel, das sich vor unseren Augen zu einer gnadenlosen Masse erhärtete und den Chip einschloß wie Bernstein eine Fliege.

Nur ein dezent symbolischer Hinweis für die Schweinchen, sagte Bekurz, der Begriff Elektron entstammt nämlich dem Griechischen und bedeutet nichts anderes als Bernstein.
Deine wunderschöne Camouflage könnte BELCOs Gewinnaussichten fürs nächste Jahr etwas verdunkeln, sagte ich.
Unsere vielleicht auch, sagte Büdinger.

Der erste Versuch endete unbefriedigend. Die einzelnen Bauteile mit ihren winzig klein gedruckten Typenbezeichnungen blieben im betonharten, aber glasklaren Harz weiterhin erkennbar. Farbe mußte beigemengt werden, um eine opake, den Chip zum Verschwinden bringende Masse gießen zu können. Nach langer Panscherei glückte das Experiment schließlich in einer Untertasse – a saucerful of secrets, feixte Bekurz, als er das blutrote Blöckchen in der Hand hielt. Es fühlte sich an wie präparierte Rinderleber. Wir stellten uns die Gesichter der Herren im Sauerland vor, wie sie den Karton mit zehn solchen Stücken öffneten. Was immer sie dann täten – das Ding einschmelzen, zersägen, sprengen oder mit dem Hammer zerschlagen –, das Geheimnis des Chips würden sie nicht herauskriegen. Jeder Versuch liefe auf das gleiche Ergebnis heraus – alles wäre hin, zerfallen, geborsten, zersplittert zu einem Haufen roter Bruchstückchen, zu sinnlosem Geröll.

Es war eine lustige Nacht wie lange nicht. Wir malten uns die langsam wachsende Verzweiflung bei den BELCO-Bossen bis ins kleinste Detail aus. Aber wir waren gespannt auf die Reaktion.

13

Der kleine, unschlüssig wirkende Mann, ein Männlein nur, hatte wohl schon länger im oberen Eingangsflur gestanden – ein mir unbekannter, schwer einzuordnender Besucher. Auf den ersten Blick hatte der Kleine etwas auffällig Unscheinbares an sich, etwas Verschlagenes auch, was ihn wie einen in schlechten Filmen vorkommenden Westentaschendämon aussehen ließ. In der Rückschau auf jenen scheinbar harmlosen Moment fiel es natürlich leicht, von einem per Zufall zugespielten Danaergeschenk zu sprechen, das durch diesen seltsamen Boten ins Haus gebracht wurde. Womöglich wäre es für einige von uns besser gewesen, wenn ich den Mann damals kurz entschlossen weggeschickt hätte.

Ist niemand da, hatte er verlegen gemurmelt, als er mich die Treppe hinaufkommen sah.

Jetzt schon, sagte ich.

Während mich noch unsere notorische Leichtfertigkeit ärgerte, die Räume zu oft für halbe Stunden unbesetzt sich selbst zu überlassen, hatte sich der Besucher vor die Aktenregale gestellt und schien nach passenden Worten zu suchen. Momente später war ich froh über die Abwesenheit der anderen. Der kleine Kerl wurde überraschend direkt.

Ich hab gehört, sagte er, daß ihr Leute etwas mit Drogen zu tun habt und daß hier in der Firma so einiges in der Richtung laufen soll.

Daß solche Gerüchte über uns umgingen, hatten wir auch schon gehört. So mancher Auftraggeber aus Werbung und Medien engagierte uns ja in der insgeheimen Hoffnung, daß als Nebeneffekt des Auftritts ein paar Haschischkrümel für ihn abfallen würden. Bis zu einer bestimmten Grenze waren diese Hoffnungen verständlich und nützlich. Darüber hinaus mußten wir achtgeben.

Ihr bißchen Shit rauchen unsere Leute zu Hause, sagte ich.

Das mein ich nicht – ich meine harte Drogen.

Wer erzählt denn so einen Blödsinn, sagte ich ganz ruhig, für solche Sachen haben wir gar keine Zeit. Wir arbeiten hier als normale Firma, wir produzieren High-Tech-Anlagen für Diskotheken, für die Industrie und so weiter. Das ist doch bekannt.

Ja, wenn das so ist, sagte er – es wär so, sagte ich.

Der Kleine plierte im Raum umher und zweifelte offenbar noch, ob er mir oder seiner wer weiß wo aufgeschnappten Information glauben sollte. Ein bemitleidenswerter Wicht – das Gesicht ausgetrocknet wie das eines Mittfünfzigers, auch das schüttere Haar schien viel älter als er zu sein. Alles in allem sah er selbst als Benachteiligter noch benachteiligt aus.

Ja dann, sagte er mit einem resignierenden Seufzer, ja dann geh ich am besten wieder.

Aber er ging nicht. Die Fäuste in die Taschen seines ollen Cordsakkos gesteckt, blieb er vor meinem Schreibtisch stehen, als hätte ihn die Erfahrung gelehrt, auch in aussichtslosen Fällen noch ein, zwei Minuten draufzugeben. Ob er vielleicht einen Job wollte? Wir brauchten mehr Hilfskräfte denn je.

Nein, sagte er.
Er könnte nichts dafür, die Leute in der Altstadt redeten viel, erklärte er, dann stimmte die Sache mit den Drogen eben nicht, was eigentlich schade wäre, wo er gerade etwas an der Hand hätte, etwas Größeres, das er vermitteln könnte, rein zufällig.

Ich stand auf, lauschte einen Moment ins Treppenhaus hinunter und schloß danach die Bürotür.
Du hast Schwein gehabt, daß du hier nicht auf jemand anderen gestoßen bist, sagte ich.

Nach kurzem Zögern begann er, die Geschichte zu erzählen. Er sprach mit leiser, dünner Stimme wie einer, der aus routiniertem Mißtrauen auf Hörfehler spekulierte, um sich für später mögliche Streitfälle abzusichern. Es war so: Zwei Jungs, die er nur flüchtig zu kennen vorgab, hatten einen Bruch in einem pharmazeutischen Betrieb gemacht und einen größeren Posten abgezogen, den sie loswerden wollten. Echte Profis, wie er meinte, die sonst andere Dinger drehten, lastwagenweise Hi-Fi aus Großhandelslagern holten, alles sehr ruhig und anständig organisiert. Soweit er mitgekriegt hätte, ginge es um eine große Menge Stoff, die zwei rechneten auch mit einer Menge Geld, so um die hunderttausend.

Vollkommen irre, sagte ich.
Die wissen, was das Zeug wert ist, sagte er, die lesen auch Zeitung.

Sie tappten also im Dunkeln, dachte ich, wie so viele Leute bei diesem ausgefallenen Hobby. Wer wußte schon genau Bescheid über harte Drogen. Diese Wahnsinnssummen bei beschlagnahmtem Rauschgift in New York oder Amsterdam, die albernen Fotos von Polizeikötern vor einem Stapel weißer Säckchen gingen an der Alltagsrealität vollkommen vorbei.

Es käme schon darauf an, was die Jungs da auf der Pfanne hätten.
Einen Koffer, sagte der Kleine.
Einen Koffer.
Ja, einen großen Reisekoffer, voll bis oben hin. Aber sie kennen niemanden in der Szene, an mich sind die nur zufällig geraten. Ansonsten hab ich mit solchen Sachen nichts zu tun.
Ich auch nicht, sagte ich.

Ob wir uns das Zeug im Koffer nicht vielleicht doch mal anschauen wollten?
Okay, okay. Gucken kostet nichts.

Das Wochenende stand vor der Tür, unser Chinese in Amsterdam war vor zwei Monaten erschossen worden und Rolands Souvenir aus Indonesien längst verballert. So gesehen konnte der Kofferinhalt hoch interessant sein, woher immer er kommen mochte. Und wenn die Sache in irgendeiner Form Brauchbares brächte, hätte endlich einmal auch ich zu der schwerer werdenden Beschaffung etwas beigetragen. Froh über den vielversprechenden Zufall – und sogar um eine lästige Spur zu beflissen – rief ich bei Sweti an. Belustigt von der kinohaften Gangstergeschichte, aber zugleich ernsthaft angetan bis erregt, stimmte er der Besichtigung wie erwartet zu.

Den Kleinen kenn ich, sagte Martin am Telefon, das ist der Giftzwerg – der beliefert die Altstadtdämchen mit Captagon und *Hallo Wach!*-Pillen.

Also doch 'ne Fachkraft, sagte ich – aber solange es Giftzwerge gibt, sind die schönen Zeiten auch noch nicht vorbei.

Martin brauchte Trost, da er sofort wieder über sein totales Pleitesein jammerte. Er war noch melancholisiert durch eine Einkaufsfahrt nach Amsterdam, wo er in die Mündung einer in schwarzen Händen liegenden Maschinenpistole geguckt hatte. Sweti und mir war es nächtelang nicht gelungen, ihn über den

Verlust seiner Gutgläubigkeit und seiner gesamten Barschaft hinwegzubringen. Geh halt nie mehr zu den Surinamesen, hatten wir gesagt, zu diesen Blasphemikern, die dem friedlichen Käufer einer so stillen, ja heiligen Substanz wie Opium die Kugel geben wollten. Aber er würde zu dem Treffen kommen, um sechs im alten Lagerkeller – klar, keine Frage, auch ohne Geld.

Am Nachmittag schrieb ich im hinteren Büro Rechnungen, auch einen Brief an den Präsidenten der DDO, der Deutschen Diskjockey Organisation – eine Lächerlichkeit, so ein Verband. Aber selbst die für diese Arbeit nötige geringe Konzentration fiel mir schwer. Alle nasenlang tauchte das fahle Gesicht des Giftzwergs vor meinem geistigen Auge auf; das bevorstehende Treffen machte mich nervös. Keine Frage, daß man so einen Zufall nutzen mußte – schließlich konnten wir nicht auf ewig Sweti allein die Beschaffung überlassen. An Samstagen oder nach einer guten Kasse bot er mir noch jedesmal etwas an und lieferte nebenbei das Motto: ein Lüstlein für den Tag, und ein Lüstlein für die Nacht, gell? Er vereinfachte die komplizierte Sache, von der mir immer noch nicht klar war, was sie mir bedeutete. Den Charakter einer Belohnung hatte das Zeug jedenfalls nicht. Womöglich biederte Sweti sich mit seinen netten Sprüchen auch nur ein wenig an, die Finanzen im Hintersinn. Bisher spielte Geld allerdings keine Rolle für ihn, weder bei der Organisation des Bedarfs noch für sich selbst; in seinem Kosmos existierte es gar nicht mehr. Er widmete sich der Beschaffung wie andere einem Studium oder neuartigen, komplizierten Job, was es schließlich auch war. Er wußte jederzeit über den Markt Bescheid. Er wußte, wann und wie sich das Verhalten in Praxen, Kliniken und pharmazeutischem Großhandel veränderte. Als sich dort noch niemand um die Giftschränke scherte, war es kein Problem, irgendeine Krankenschwester um ein paar Kleinigkeiten daraus zu bitten. Nachdem die Schränke mit Schlössern gesichert wurden, taten es die herumliegenden Rezeptblöcke auch, und als die weggeschlossen wurden, stieg ein Freiwilliger beim Hausarzt durchs Fenster und fand einen Block – gut genug für einige Wochen Morphium. Alles Schlupflöcher, die früher oder später verstopft wurden, ein Hase-und-Igel-Spiel, das uns amüsierte, solange es gutging. Seit neuestem stellte er die Rezepte selbst her – die Firma Letraset hatte offenbar an diese Eventualität gedacht und lieferte exakt die Buchstabentypen fürs genormte Layout der Ärztezettel. Eine Leichtigkeit für einen gelernten Grafiker wie Sweti, ein Blatt wie gedruckt fertigzumachen. Wer von euch Drückebergern hat heute Dienst, fragte er danach, während er die Fälschung vor den Gesichtern der Runde trockenwedelte – wer unterschreibt heute? Wunderschöne Doktorkringel flossen mit viel Juhu aus unseren Fingern, Dr. Mabuse und Dr. Fu Man Chu hätten sie nicht besser hingekriegt. Wer wollte da an Böses denken? Nur Sweti dachte dran – bei der Fahrt zur Nachtapotheke. Schlag den Kragen deines Trenchcoats hoch, sagte er jedesmal zu seiner Frau, aber wenn die Sucherei da drin länger als fünf, sechs Minuten dauern sollte, abhauen. Und wie perfekt Marlies ihre Leidensmiene vors Durchreichfenster halten konnte – als hätte sie eine fünfköpfige, komplett krebskranke Familie zu Hause.

Beim Runtersteigen in das Souterrain warf ich einen Kontrollblick zum Kellereingang nebenan. Den hatte ich doch glatt vergessen, diesen Kunststudenten Imstadt oder Immenstadt, der dort auf ein paar hundert Quadratmetern in seiner sogenannten Liederli-Akademie hauste – ein vollbärtiger, in Jesusgewändern herumgeisternder Typ, von dem keine Gefahr drohte. Wir hatten die Blücherstraße überhaupt vergessen. Seit Monaten schon war weder Büdinger noch mir eingefallen, die gar nicht mehr genutzten Räume zu kündigen. Wir hatten's offenbar zu dicke, und vielleicht lag Sweti richtig, wenn er neuerdings über uns sagte, wir benähmen uns wie die Upperclass des Undergrounds. Vom Stau beim Rückweg von der Bank aufgehalten, kam ich natürlich verspätet zu dem Treffen.

Mein Blick fiel sofort auf den geöffneten Koffer – randvoll mit einem Haufen Zeugs, Dutzende kleiner Fläschchen, Schachteln, Ampullenkästchen. Grund genug für die angespannte Ruhe der Versammelten, die ich mit stummem Kopfnicken begrüßte – Namen tun nichts zur Sache, sagte der Giftzwerg nur. Seine Begleiter kramten gerade Stück für Stück heraus und stellten alles vor die im Halbkreis sitzenden Sweti, Martin und Roland auf den Boden. Ich hockte mich dazu, und wir guckten auf die anwachsende Menge, als würde dort für uns ein Brettspiel aufgebaut. Die beiden Jungs machten das sehr vorsichtig, stupsten nach und nach identisch aussehende Fläschchen zu kleinen Gruppen zusammen, um so ihrer Unkenntnis des Inhalts wenigstens eine äußere Ordnung entgegenzusetzen. Der Umgang mit klinischem Material, ihre Behutsamkeit dabei, paßte nicht so recht zu den beiden – zwei kernige Jungs mit unbewegt markanten Gesichtern, in engen Jeans und schwarzen Bundlederjacken; die wären auch als Fotoreporter durchgegangen, wenn sie nicht schon anderweitig ganze Arbeit leisten würden. Als Krönung stellten sie das einzige große Gefäß, eine Literflasche mit klarer Flüssigkeit, in die Mitte ihrer Beute. Erst dann sahen sie uns an und schwiegen wie wir.

Sweti griff als erster zu. Er nahm eins der Dutzende Polamidonfläschchen und sagte, das kommt mir doch sehr bekannt vor.
Ja und, sagte einer der Jungs.
Und was?
Und die anderen Sachen?

Sweti legte sich eins der anderen vielfach vorhandenen Fläschchen auf die Handfläche, schaute es mit vorgeschobener Unterlippe an und stellte es kopfschüttelnd wieder zurück.
Und dann sagte er etwas völlig Unerwartetes, etwas, das eine geniale Finte verhieß, die wie per Gedankenübertragung von Martin, Roland und mir sofort verstanden wurde.
Dilaudid C, sagte er mit bitter verzogenem Mund, Dilaudid C können wir absolut nicht gebrauchen.

Wenn wir nichts anderes hatten, konnten wir Dilaudid ganz gut gebrauchen. Swetis Nörgelei war, medikamentös genommen, nicht ganz unberechtigt, aber in dieser Situation als entscheidende Argumentationshilfe für den Beginn der Verhandlungen gemeint. Als wär's abgesprochen, untersuchte nun jeder von uns die Ware mit spitzen Fingern.

Martin nahm eine kleine Pulle, las langsam das Etikett ab, Elisoxin – und stellte es mit mürrischem Gebrumm wieder zurück.
Die nächste schob Roland nach kurzem Begucken von sich weg – auch nicht das Wahre, sagte er.
Alles Derivate vom Opium, sagte Sweti, halbsynthetisch, vollsynthetisch, nee.

Die beiden Jungs machten verständnislose Gesichter. Jeder von uns vieren spürte, daß sie die Lage noch nicht begriffen hatten. Sie brauchten noch eine Strophe.

Dilaudid, Pethidin, Polamidon.
Barbiturate, Pentobarbiturate.
Dilaudid, Methadon, Polamidon.
Elisoxin, Romilar, na gut, viel Kodein.
Ein Fläschchen Romilar für'n lustigen Freitagabendsuff auf den Rheinwiesen.
Chemiebomben, sagte Martin mit übereifrig übertriebenem Abscheu.
Und wer möchte sich diese Zäpfchen von Polamidon reinschieben, sagte ich und legte die Schachtel wieder zurück.
Sieh mal einer guck, sagte Roland, eine Familienpackung Nembutal. Ist das nicht dieses plumpe Schlafmittel?

Jeder von uns wußte, daß er sich diese kleine Plumpheit als Dämpfer zwischendurch gern einmal in den Kreislauf pumpte. Der Überraschungseffekt dabei war, daß man offenen Auges langsam das Licht ausgehen sah, nur für einen persönlich weggedimmt bis zur Schummrigkeit, ganz nett. Danach saß man eine Weile wie versteckt im toten Winkel, die anderen im Licht.
Eine Kuriosität immerhin, ein Gag fürs nächste Weihnachten.
Toxische Trödelware, sagte ich.
Sweti geriet in Vorahnung eines Triumphs langsam in Fahrt.
Mit Nembutal im Kopf, sagte er in die Runde, fühlst du dich wie eine vom Friedhof heimgekehrte Witwe nach ihrem elften Likör.

Während der Giftzwerg durch den Raum trippelte und mit den Schultern zuckte, zeigten seine Begleiter noch keine klare Reaktion.

Was ging in ihnen vor, fragte ich mich – ob sie wirklich erwartet hatten, daß ein paar Burschen in einem Keller vor einem Haufen Medikamente in Hochrufe ausbrechen würden?
Das meiste gibt's bei uns auf Rezept, sagte Martin, ganz umsonst.
Aber gefälschte Rezepte, erwiderte der Giftzwerg, das kann teuer werden.

Blieb die alles überragende, massive Literflasche.

Sweti nahm sie in beide Hände und schaute sie an wie ein Käufer seltener Weine. Mit Tinte in flüssiger Schönschrift geschrieben standen auf dem kliniküblichen, längst von uns allen gelesenen Etikett die Worte Cocaine liquid.
Hab ich noch nie gesehen, murmelte er, und stellte sie zurück.

Ja und, sagte einer der Jungs.

Das wird nur äußerlich angewendet, meines Wissens bei Augen-operationen.

Wieso äußerlich?

Sie verwenden das Mittel zur Kühlung, sagte Sweti, damit wird vorher die Netzhaut anästhetisiert, praktisch vereist.

Sachen gibt's, sagte der andere – und was jetzt?

Ja, was jetzt? Die Jungs schauten auf ihre Beute wie auf eine fälschlich gelieferte Bestellung. Was sollte mit der Kofferladung geschehen? Auch wir schauten skeptisch auf die ungeborgenen Schätze in unmittelbarer Reichweite. Noch war nichts gewonnen.

Sweti tat den nächsten Schritt in die richtige Richtung. Er ergriff eines der massenhaft aufgestellten Fläschchen und hob es wie eine gewonnene Schachfigur mit zwei Fingern hoch. Die könnt ich nehmen, sagte er, eventuell auch zwei von der Sorte. Da das nicht im mindesten seinem Bedarf entsprach, begriffen wir endgültig, welchen Plan er von Anfang an verfolgt hatte. Jeder von uns zupfte sich zwei, drei Dinger heraus, Martin nahm vier Kleinig-keiten.

Soll das etwa alles sein, was ihr wollt, fragte einer der beiden.

Na ja, das eine oder andere könnten wir noch mitnehmen, sagte Sweti, aber mehr als ein Fünfer pro Stück sind nicht drin.

Wat? Dat jibbet doch jar nicht! Für nen Heiermann?

Der übliche Preis für so was.

Die beiden Jungs brauchten Minuten, bis sie sich nach gegenseiti-gen Vorwürfen wieder einigermaßen beruhigten. Vielleicht sahen sie ein, daß ihre Arbeit nicht so kräfteraubend wie sonst gewesen war und damit auch nicht so ertragreich sein könnte. Außerdem hatte es eine schwer abzuweisende Logik, für zwar rezeptpflich-tige, doch in jeder Apotheke erhältliche Medikamente einen Un-terderhandpreis von fünf Mark anzunehmen.

Während der eine noch mit pulsierenden Gesichtsmuskeln auf der Enttäuschung herumkaute, war der andere anscheinend zum Verzicht auf große Geschäfte bereit. Mit der Fußspitze stieß er ge-gen den Koffer. Was sollen wir denn jetzt mit dem Scheiß anfan-gen, sagte er.

Schwer zu sagen.

Wieder mit nach Hause nehmen.

Das Gelbe vom Ei wär's jedenfalls nicht, sagte Sweti – aber wo ihr schon mal damit hier seid.

Auf dem Boden hockend, hörte ich nur wenig später meinen eigenen Aufschrei, einen sekundenlang lauter werdenden Schrei, der ohne bewußtes Zutun ausgelöst worden war und seinen Grund in einer gerade erfolgten Injektion hatte. Das Kokain tat sofort seine Wirkung, das Blut wühlte sich durch die Adern, das Gift schoß ins Hirn. Es nahm mich ganz in Beschlag und begann augenblicklich, mein Wesen umzukrempeln – unduldsam für Widerspruch, herrisch wie der Blitz. Noch während des Aufschreis warf ich Sweti den Abbindegürtel in den Rücken, als er mit der Spritze in der Hand die zwei, drei Schritte hinüber zum Waschbecken ging. Er wendete sich kurz um, grinste mit hochgezogenen Brauen zu mir herunter und sagte nur, Aha. Niemals zuvor fühlte ich mich vollkommener verstanden als in diesem Moment.

Alles war richtig, das Aufstehen ein Aufstand, der Wille fester Wille, die Schritte federnd. Es lief die längst überfällige Feier der reinen Existenz, ein Gefühl der bedingungslosen Zustimmung, das alles Lebendige und selbst die tote Materie erhellte. Der Zweifel fehlte, und dieses Fehlen hinterließ keine Lücke. Die pure Euphorie war's, sonst nichts, ein Gefühl, das kein Gedanke verderben konnte. Von einer Sekunde zur andcren war jede Regung, jedes Ding, jeder Teppichfussel auf überwältigende Weise recht und gerade dadurch ein Schock, als sei das gesamte Glücksaufkommen des vergangenen und des zukünftigen Lebens in einem einzigen Moment zusammengezogen. Das mußte raus... in gewöhnlichen Worten wie: irre, unglaublich, oh-Mann-oh-Mann, in der hingeschüttelten Gestik wie beim Tanz. Im Ali-shuffle bewegte ich mich zum Fenster und schaute mit einer Begeisterung hinaus, die ich mir nicht zugetraut hatte. Es waren überwache Blicke – auf das in die Nacht greifende, knöcherne Geäst eines Kastanienbaums, auf den scharfen, das Laternenlicht spiegelnden Lack eines einparkenden Autos unten auf der Straße. Es sah wunderschön aus dort unten, perfekt, paradiesisch – das gewohnte Bild hatte sich ins Grandiose gewandelt. Alles war richtig so.

Für diesen schönen Blick aus deinem Fenster hast du ja auch anständig gelöhnt, sagte Sweti.

Fünfhundert Mark für die ganze Chose – die Summe war nicht der Rede wert, der einmalige Coup schon. Sweti schätzte allein den Wert der Literflasche Flüssigkokain auf vierzig- bis fünfzigtausend Mark. In aller Ausführlichkeit wurde das Kellertheater noch einmal nachgespielt: die Ängste vor dem Treffen, die Begriffsstutzigkeiten, bis zumindest bei uns der Groschen gefallen war. Man muß auch jönne könne, schlußfolgerte Martin, dagegen sorgte sich Roland um den Giftzwerg, hoffentlich tun die dem Knaben nichts an. Sein Mitgefühl hielt ihn nicht davon ab, sich zu bedienen, wenn auch als letzter vom Quartett. Bei soviel bewiesenem Geschick gehörte der Gewinn selbstredend allen. Das instinktive Verständnis untereinander war schließlich das Entscheidende gewesen.

Warum fielen wir uns jetzt nicht in die Arme, dachte ich, warum uferte statt dessen dies Gespräch über ... Autobahnen derartig aus? Über ihre herrlich geschwungene Linienführung, die Harmonien der Bewegungen, die unendlichen Horizonte? Weil ich beim Zirkulieren durch die Küche gesagt hatte, morgen nach Stuttgart, da rutsch ich eben mal rüber und werd die Sache in Null Komma nix regeln. Dafür, und für alle anderen Aufgaben in unserem Betrieb, brauchte ich meine enormen Kräfte gar nicht, deren ich mir nun bewußter war denn je. Morgen Stuttgart und übermorgen München! Sweti, intensiv mit den Cocktailmöglichkeiten der Beute beschäftigt, sagte nur, jaja, eins nach dem anderen. Roland begann von seinen Nachtfahrten zu erzählen, von den hochragenden Hintern der LKWs mit ihren bunten Rückleuchten, den holländischen, den dänischen, die ihre wechselnden Muster wie Bühnenbilder in den Himmel hängten, die ein buntes Firmament schüfen, ein einzigartiges Varieté voller Lichter für einen hinterm Steuer klemmenden VW-Fahrer. Vor ein paar Tagen erst hätte ihn ein Lichterspiel so fasziniert, daß er von der Rückfront wie hypnotisiert angesaugt worden wäre und bis zum Ziel hinten drangeblieben sei – dreihundert Kilometer lang, ohne auch nur daran zu denken, den Lastwagen zu überholen. Ein Neoromantiker, unser Roland, kommentierte Sweti die Schwärmerei – der LKW als Führer der Seele durch die Nacht.

Der Moment, in dem die Wirkung nachzulassen begann, konnte nicht trostloser sein. Allein der halbbewußt aufzuckende Verdacht auf ihr Ende genügte, um das Hochgefühl ins Bodenlose abzusenken. Dieses Gefühl vertrug nicht die geringste Trübung und entschwand wie Luft aus einem Loch im Reifen, aus, platt. Warum hatte vorher keiner gesagt, daß sich die Substanz so schnell verflüchtigte? Sich mir nichts, dir nichts verbrauchte, verdunstete, verbaselt wurde im eigenen Stoffwechselsystem? Zwangsläufig blieb ein mittelmäßiger Phlegmatiker zurück, ein gehemmter Nüchternheitsmensch, der nach einem verfehlten Befreiungsversuch wieder mit einem Bein in seiner schrottigen Tristesse stand. Und darüber klagte, daß er vom Koks etwas zurückbehielt, was er vorher gar nicht hatte – die leise Panik eines Betrogenen, den Frust eines Belämmerten. Dabei war der Schnee das Sinnbild für Vergänglichkeit schlechthin.

Dagegen weiß ich nur ein Mittel, sagte Sweti und zog eine neue Spritze auf.

Wiederholung.

Obwohl mir gerade klargeworden war, daß das Ergebnis dieser Wiederholung keine verläßliche Logik besaß, stimmte ich zu. Die Flasche kreiste inzwischen schneller. Das ermöglichte jedem die Feststellung, daß sich der Zyklus des Hochgefühls von Mal zu Mal verkürzte. Es war eine erschreckende Berechnung (ja, ich rechnete bereits!), minus fünf Minuten, minus sieben, minus zwölf. Sweti erzählte dazu diese Burroughssche Frühstücksgeschichte aus Tanger. Die Leute dort befestigten mit Pflastern auf Dauer eine Kanüle am Oberarm, um sich ohne Unterbrechung Flüssigstoffe hineinträufeln zu können.

Wiederholung.

In den folgenden Stunden waren wir nahe daran, den Ablauf der Handlung zu durchschauen, so wie man nach und nach ein Theaterstück kapiert. Immerhin erkannte ich, daß es nicht bloß eine innere Stimme gibt, sondern mindestens zwei – und die konnten einem mit sehr gegensätzlichen Einflüsterungen kommen. So verging die Nacht im Stimmengewirr.

In ein paar Tagen bin ich wieder zurück, sagte ich am nächsten Morgen, und dann Freunde, damit wir uns nicht falsch verstehen, will ich von dieser Flasche unbedingt noch etwas sehen.

14

Was für einen Unterschied ein einziges Jahr machte – im vergangenen Frühling bastelten wir zu dritt an einer riskanten Erfindung, und jetzt konnten wir uns vor Anfragen, Aufträgen und Auftritten kaum retten. Es gab nichts anderes neben dem Leben in der Muße-Gesellschaft, weder am Tage noch in der Nacht. Jeder war in das Geflecht hineingewachsen, eins geworden wie mit dem Organismus eines anderen Geschöpfs und geradezu manisch fixiert auf das Geschehen. Jeder arbeitete unter höchster Anspannung, jeder einzelne schien dabei ein noch nicht klar erkennbares Motiv zu verfolgen. Vor einem Jahr hatten Büdinger und ich noch jeden Schritt tagelang diskutiert, jetzt überstürzten sich die Handlungen, jetzt mieden wir grundsätzliche Fragen und wichen in Floskeln der Geschäftigkeit aus. Wo waren die Prinzipien unserer Gründerzeiten geblieben? Was hatte die Arbeit für Monsanto, Mercedes, *Ma belle*-Textil, für die Ummodelung der zahllosen provinziellen Tanzpaläste mit unseren Ursprüngen zu tun? Wann erreichten wir den Punkt, an dem wir jenen Leuten ähnlich sein würden, deren Verachtung uns am Anfang angetrieben hatte? Wir befanden uns auf einer Gratwanderung. Der Grundwiderspruch der Muße-Gesellschaft, das schizoide Patt, war offenbar nicht aufzulösen.

Die Zeiten, in denen wir das machten, was wir schön fanden, in denen wir idealerweise Produzenten und zugleich Nutzer der eigenen Werke waren, schienen schon vorbei zu sein. Die zweite, die dritte Cola-Show, nur noch abgeschmackt, das Musical ›Hair‹, eine Gaunerei, bei der Schmiddel und unser neuer Suppenkoch, der Exknacki Stolle, mit Bolzenschneidern zwischen den Blumenkindern auf der Bühne herumtanzen mußten, um durch eine angedrohte Stromkappung die uns tagelang vorenthaltene Gage einzutreiben. Die Beuys-Boys hatten sich aus der Werkstatt verabschiedet, für immer, nicht ohne zuvor zigmal Zappas Katzenmusik in den ersten Stock hochschallen zu lassen – we are only in it for the money. Waren wir's? So schnell wie die Umsätze stiegen, konnte – oder wollte – keiner von uns diese Songtexte und ihre Totalkritik am Kommerz genauer übersetzen. In dieser neuralgischen Phase war ich derjenige, der eine schwache Figur abgab.

Nicht Büdinger, sondern ich war der Konfrontation ausgewichen, ich war es, der einknickte und die Dinge weiterlaufen ließ, anstatt die Gesellschaft dorthin zu steuern, wo sie hingehörte. Ein schrecklicher Moment, in den Rumpelkammern des Bewußtseins die eigene Korruptheit zu entdecken, unversehens in die verschwiegenen Grenzbereiche einer Abgezocktheit vorzustoßen, die nur Heuchler als gesunden Selbsterhaltungstrieb ausgaben. Ich geriet mehr und mehr in Erklärungsnot, anderen und auch mir selbst gegenüber.

Dabei ließ sich diese gespaltene Haltung durchaus auf den Begriff bringen. Einen frappierend einfachen Begriff, der sich bestenfalls phasenweise verdrängen ließ. Daß er den nur schwer zerlegbaren Kern meiner Spaltung traf, war durch ein mir erst in späteren, spröden Büromomenten aufgehendes Randereignis klargeworden.

Die schon Wochen zurückliegende Geschichte ging mir aus mehreren Gründen nicht aus dem Kopf. Ich konnte mich genau an den Nachmittag erinnern, als ich für Bekurz in Köln ein paar spezielle Bauteile besorgen wollte – ein zum Vorwand genommener Grund, um der Mansteinstraße für einen halben Tag zu entkommen. Wie noch jedesmal hatte ich mich auf der Kurzstrecke in diese von Düsseldorf aus praktisch unerreichbare Stadt verfahren. Schwer zu sagen, was mich dazu bewog, das Vorhaben einfach abzubrechen und auf einer abseitigen Landstraße herumzuschleichen, fast zum Stillstand zu kommen – der Augenblicksstimmung überlassen, einer Ruhe, die ich ansonsten mied. Die bald vor mir am Straßenrand gehende Frau, oder das Mädchen, schien dem Stillstand ebenso nahe zu sein, vielleicht für Minuten verloren – Kilometer entfernt glänzten Raffinerien, die Nähe der Autobahnen ließ sich ahnen. Später im Auto sagte sie, sie hätte einen magischen Moment lang das Gefühl gehabt, als wäre sie mit jemand anderem völlig allein auf der Welt gewesen. Das stimmte. Für Momente waren wir tatsächlich allein auf dieser Landstraße gewesen – und sofort verbunden durch unsere Orientierungslosigkeit. Sie suchte eine gute Stelle zum Trampen, von Köln nach Paris, eine Studentin aus Amherst, Massachusetts, Anfang Zwanzig, klare, große Augen. Hüftabwärts war sie eher unklar ausladend gebaut, hüftaufwärts, besonders am Busen, allerdings auch – keine Peace-Zeichen oder angenähte Sonnensymbole auf den locker weiten

Jeansklamotten. Ihr Name, Ann Goldstone, verunsicherte mich zusätzlich. Auch sie verunsicherte etwas, der wohnzimmerhafte, blaugepolsterte DS 21, die roten Stiefel, mein hormonelles Übergewicht, keine Ahnung.

What are you doing, hatte sie gefragt.
Ich besorge gerade 96 Rändelmuttern, zwölf Blendringe und einen Kodak-Overhead-Projektor mit Motion Adapter.
Wie schön, sagte sie, Rändelmuttern –
– und gemahlene Kristalle, geschliffene Präzisionsspiegel und so weiter.
Ich mag das Zeug, ich werde nach Versailles gehen, von Paris aus.

Das amerikanische Programm, see Europe in einundzwanzig Tagen, dachte ich, aber unter Umständen wollte sie das gar nicht unbedingt überstürzen.
Was ich denn so tun würde, ›for living‹, wollte sie wissen.
Ich arbeite mit Licht.
O ja, Licht.
Scheinbar wenig erstaunt, räkelte sie sich in den Polstern zurecht, die linke Brust ruhte in Höhe meines Schaltarmes, wir lächelten uns an – Licht, ja.

Laß bloß deine Hände am Steuer, sagte ich mir, keine falsche Bewegung, vielleicht spielt sie bereits selbst mit dem Gedanken, sich hier eine besondere Erinnerung an Europa zu verschaffen. Schon lange her, daß ich allein mit einer Frau im Auto gesessen hatte – eine Mönchszelle war's, ein Mönchsleben im Betrieb und im Nachtbetrieb bei Sweti auch. An Geld war leichter heranzukommen als an die schönen Spaltenkinder, wie Sweti die Frauen nannte, und so viele Love-ins im Grünen hatte es im Winter '68 nicht gegeben, die schwirrten doch bloß als Gerücht durch die Köpfe, als Schlagzeile und in Kommunen gestelltes Foto; in Berlin, im »Sun«, einem strengen, von TU-Wissenschaftlern ausgeklügelten Club, war mir vom Betreiber ein aus der nackten Wand herausgetretenes Loch gezeigt worden, voller Stolz, wie über eine teuflische Devotionalie: von den Leuten der K 1 herausgetreten. Sollte das der Kick der sexuellen Befreiung gewesen sein? Aber in der Richtung hatten die Dutschkes und Rabehls eigentlich keinem was versprochen. Bisher hatte ich mit drei Frauen geschlafen, mit vier, die aus Duisburg mitgerechnet, und ich war schon vierundzwanzig.

You have come a long way, baby.
Unser Begrüßungslächeln wollte nicht aufhören.

Und was genau machst du mit dem Licht, hatte sie gefragt.
Experimentieren, im ästhetischen wie im psychologischen Sinn.

Das Licht sei, ganz ähnlich dem Ton in der Musik, ein einzelnes Element des Bewußtseins, eine Art Urelement, erklärte ich, und es ziele darauf ab, gleichbedeutend mit Rhythmus, Bewegung, der kosmischen Energie in ein allsinnliches Jetzt zu verschmelzen, ein gesamtgeistiger Zustand zu werden, ein Geistesblitz, der real geworden die, die er träfe, befreien würde, es zeige den Weg in den Fluß des Seins, in den Tanz der Verhältnisse im neuen Licht, in ein philosophisch-rebellisches Dancing –.

Sie schaute mit krauser Miene zu mir herüber.
Wie meinst du das genau?

Ich versuchte es noch einmal: der Klang, das Licht, die Bewegung, das Gefühl – das Ziel sollte sein, Körper, Bewußtsein und Psyche ungetrennt voneinander handeln zu lassen.
Wir sind Enthemmungsassistenten, wir helfen Leuten, aus sich herauszukommen, sagte ich, wir treten bei Konzerten auf, mit unseren Stroboskopen, unseren lebenden Leinwänden, den Hallenprojektionen –
– das hab ich einmal gesehen, bei den Grateful Dead, in Boston –
– ja, genau. Unsere Geräte bauen wir selbst, verleihen sie, und wir verkaufen sie auch.

Okay, okay, sagte sie und lachte kurz auf, jetzt weiß ich, was du bist – you are a Hippie-Businessman.
Ein was?
Das hätte sie in keiner Sprache besser ausdrücken können – ein Hippie-Businessman, nicht zu fassen. Nur Amerikaner waren in der Lage, die grausamsten Widersprüche in einem neugebildeten Wort zusammenprallen zu lassen. Sie sagte das so, als wäre es drüben bereits ein Beruf, als könnte die Sprache problemlos all das passend machen, was im Leben nicht zusammenpaßte.

Nein, nein, sagte ich, das schreibe ich nicht in meine Papiere.

Oder? Im ersten Moment hatte mich der Doppelbegriff auch gefreut, peinlicherweise wie ein durch die Supermacht der Subkultur ausgesprochenes Lob, wie ein summa cum laude, mit dem ich fürs Bestehen in gleich zwei amerikanischen Fächern ausgezeichnet wurde, in der rechten Hand ein qualmendes Chillum, in der linken den Aktenkoffer. Doch im Nachklang ließ mich dieses Unwort erschaudern. Es erinnerte an nicht ernstzunehmende Wortschöpfungen wie space-cowboy oder flower power. Und am Ende bekam der Hippie-Businessman den gleichen Beigeschmack wie das Spottwort vom Salonkommunisten, das eine Idee und ihren Verrat in die kürzestmögliche Fassung brachte.

Das tut weh, sagte ich.
Warum?
Ich kann keinen Schlips knoten.

Mir mißfiel dieser Ausdruck immer mehr. Unsere amerikanischen Freunde, dachte ich, die produzieren ständig neue Klischees, und wir müssen sie wieder in ihre ursprünglichen Elemente zerlegen. Der Doppelbegriff stimmte weder vorn noch hinten und hoffentlich auch nicht in seiner perspektivischen Verschmelzung. Die einfachste Deutung war vermutlich die, daß er ausdrücken sollte, jemand wäre in erster Linie ein Hippie und dann erst ein Geschäftsmann. Oder, die zweiteinfachste, er sei je nach Stimmung mal Hippie, mal Businessman, er sei situativ und arbeitszeitabhängig bis siebzehn Uhr das eine, und später das andere. Und schließlich die heimtückischste Deutung – ihr zufolge wäre ein Hippie-Businessman derjenige, der ohne erkennbare Skrupel seinen Nutzen aus der offenbar lohnenden Hippie-Bewegung zog.

Wir treiben kein doppeltes Spiel, sagte ich – wir sind eine Gruppe, wir machen alles zusammen und teilen das, was wir verdienen.

Wie schön, sagte sie, wie die Hippies, beim Forellenfischen dort unten in Kalifornien, dreitausend Meilen von uns im Osten entfernt. Die führen ein schönes Leben, sie kümmern sich einen Dreck um die Realität, sind draußen, lieben die Natur, den ganzen Tag lang, davon habe ich eine Kassette mit Geräuschen, Gesprächen, Bongos in der Dämmerung, rural life, sie tanzen und singen, sie machen Liebe, wann sie wollen. Ich mag diese Idee – yes, I like them.

Aber bei uns ist das ein bißchen anders, sagte ich – wir sind deutsche Hippies, wir arbeiten noch.

Kurz vor einer großen Kreuzung fuhr ich auf die Standspur – links die Straße nach Düsseldorf, rechts die Autobahnauffahrt. Verdammt ernst, unsere Blicke, dachte ich, mein Gott, nun sag doch was. Sie umfaßte ihren Rucksack, schaute zur Auffahrt hinüber und seufzte.

Es hatte sich nicht nach Abschied angefühlt, als wir unsere Oberkörper aneinander drückten und Stirn an Stirn auf die Sekunde warteten, in der sich etwas entschied.

Es gibt Leute, flüsterte ich, die halten Düsseldorf für ein Klein-Paris.

That sounds nice, sagte sie.

15

Ein einziger Satz, eigentlich nur ein darin vorkommendes Wort, hatte damals genügt, um Büdingers tatsächliche Absichten zu entlarven. Ein wie nebenher gesprochener Satz, ein dröhnend leise hingesagter Begriff, führte zum Bruch zwischen uns und beendete zugleich das bis dahin geltende System der Muße-Gesellschaft. Die Unvereinbarkeit unserer Haltungen war zur kritischen Masse geworden, die sich binnen weniger Augenblicke entlud. Soweit ich mich später erinnerte, wurde über diese entscheidende Situation bei unseren weiteren Begegnungen niemals mehr geredet, auch nicht beim letzten Treffen nach meinem unfreiwillig bargeldlosen Zwischenstop in Düsseldorf. Das seinerzeit gefallene Wort, mein daraufhin sofort gefallener Entschluß brauchten keine weiteren Erklärungen.

Ein mitternächtliches Gespräch im Büro machte alles Vorhergegangene zunichte. Wir hatten an jenem Abend über die bevorstehende Arbeit fürs Dürer-Jahr geredet – eine komplizierte Großbildprojektion im Nürnberger Hauptbahnhof –, als Büdinger unvermutet die Bemerkung einfließen ließ, daß laut Anwalt Stratz die Muße-Gesellschaft endlich ins Handelsregister eingetragen worden sei – als unter seinem Namen laufende Firma. Wieso unter deinem Namen, hatte ich irritiert gefragt, bevor der entscheidende Satz herauskam. Er wäre, so seine Feststellung, von Anfang an der Meinung gewesen, daß ich sein Angestellter sei. Ich sein Angestellter? In seiner Firma angestellt von Anfang an? Ich stand da wie angefroren. Was sollte das heißen – sein Angestellter? Büdinger schaute mich abwartend an.

Dann gehe ich, hatte ich gesagt.

Was sonst hätte ich antworten sollen? Überflüssig auch, seine ungeheuerliche Feststellung noch lange zu diskutieren, um sie in ihrem Kern zu verdeutlichen. Wir kannten uns zu gut. Wir wußten beide, daß es binnen Sekunden ums Ganze gegangen war, und das ging nur einmal. Nach so einem Manöver, nach so einem verhuschten Showdown im nächtlichen Büro, zog keine andere Wahrheit mehr. Die Sache war erledigt, die Muße-Gesellschaft oder das, was ich von ihr gehalten hatte, gekippt, vertan die

Chance, alles anders zu machen als die Welt um sie herum. Ein einziger Satz, ein irreversibler Akt, hatte genügt, um mich zu brüskieren und als Enttäuschten monumental allein zurückzulassen. Als den Gedemütigten, der kein Gestalter, kein Macher, kein Gründer dieses Haufens mehr sein sollte, sondern ein verbrauchter, nützlicher Idiot mit ruinierten Träumen, einer, der gestern noch gedacht hatte, den Rest seines Lebens in diesem Düssel-Dorf zu verbringen. Einen größeren Verlust konnte es nicht geben als den, der einem die Vorstellung von Freundschaft, von einer gemeinsamen Idee, von der Arbeit auf einen Schlag weghaute – und die Vorstellung von einem selbst noch dazu.

Ja wenn es so ist, hatte ich mit brüchiger Stimme wiederholt – ja wenn dem wirklich so ist, dann gehe ich.

Eine absurde, eine blödsinnige Antwort, wie ich nur kurz darauf dachte – denn dem war ja nicht so. Das wußte Büdinger, das wußte ich, das wußten die anderen. Offenbar hielt er den Zeitpunkt für gekommen, mit den Abmachungen aus den Gartenlaubenzeiten, mit dem Modell des Kollektivs, den alternativen Vorsätzen insgesamt, zu seinen Gunsten zu brechen. Die Umsätze stiegen, die BELCO-Leute lockten, an manchen Tagen regnete es Schecks. Die Erkenntnis war geradezu lächerlich einfach – er fühlte sich stark genug, den Laden allein in seine Hände zu nehmen. Das große Ego, die verdammte Geldgier, das war's. Bei seinem Vorstoß handelte es sich nicht einmal um eine Provokation mit ungewissem Ausgang. Er zielte ins Zentrum meines Selbstverständnisses, die Reaktion ließ sich im voraus berechnen. Er brauchte nur zu sagen, ›du bist mein Angestellter‹, um das krasse Gegenteil zu erreichen und mich auf die Straße zu jagen.

Noch in derselben Nacht hatte ich meine Sachen gepackt, die Klamotten in den kackbraunen Kunstledersack gestopft – die Stadt verlassen, ein fester Entschluß, bloß weg hier, für immer.

Die Flucht war der einzige Ausweg aus der Misere. Wie sonst hätte ich damit fertig werden sollen? Mit pathetischem Gejammer über eine Wunde, eine Narbe, die mich für alle Zeit verändern und entstellen würde? Mit dem Absturz ins Selbstmitleid? Alles dahin, die Knetmasse aus den Händen entwunden, das Grundvertrauen weg, das Spielgeld auch, eine erhebliche Summe, die zeitlebens fehlen würde, dachte ich, um ein paar Takte danach zum vertrauten Fatalismus zurückzufinden. Es war, wie es war: Büdinger hatte eine Entscheidung erzwungen, und die von mir gezogene Konsequenz war die einzig richtige. Denn das, was wie eine Kurzschlußreaktion mit romanhaftem Abgang ausgesehen haben mochte, geschah in Wahrheit aufgrund einer blitzschnellen Einschätzung der Kräfteverhältnisse. Um zu erkennen, daß sie gegen mich sprachen, genügte ein Blick hinüber zu Bekurz. Er wäre derjenige gewesen, der der Sache eine Wendung hätte geben können. Er tat es nicht, er scheute die Auseinandersetzung. In den Momenten, in denen die perfiden Sätze vom Handelsregister und vom Angestellten verklangen, trippelte er um den Schreibtisch, um mit nervöser Gewalt seine Kippe auszudrücken und weggewendet kaum hörbar zu murmeln, ja, wenn der Andreas das so sieht. Und Sweti? Der hockte auf einem Farbeimer und tauchte ab ins Desinteresse. Seine Meinung wäre ohnehin nicht von Gewicht gewesen. Sie waren alle drei so lange in Schweigen gefallen, bis ich das Büro verlassen hatte.

Auf der Stelle nach Antwerpen, nach Amsterdam, in die Kapitalen des Undergrounds gehen, nicht hinfahren oder verreisen, sondern mit Sack und Pack für immer dorthin gehen. Ein Ortswechsel ins Grandiose war nach dieser fiesen Geschichte das Minimum an Reaktion. Die Neuigkeit würde einschlagen im Haus und sich erst richtig entfalten, wenn Schmiddel, Roland und die anderen von der Baustelle Kiel zurückkehrten, wenn Leute nach mir fragten, wenn mein Platz auf Dauer leer bliebe. Nach meiner Einschätzung wäre Büdinger sogar in der Lage gewesen, selbst daraus noch einen Vorteil zu schinden – ach der, würde er sagen, ja der ist nach Amsterdam gegangen und vertritt dort unsere Interessen. Damit, mein Freund, wär's ein für allemal vorbei. Das Wort WIR galt für uns beide nicht mehr.

Dann gehe ich.

Das Schmerzlichste in dieser Nacht war, ansehen zu müssen, wie die vertrauten Gesichter sich verhärteten, wie innerhalb weniger Augenblicke aus Freunden Leute wurden, die kuschten, weil einer den Ton vorflüsterte. Das ließ mich erstarren. Da stand ich allein und so regungslos, als wäre mein Bewußtsein nach langer Seelenwanderung aus Versehen in einer Wachsfigur gelandet, einer Figur im Kabinett von Madame Tussaud, junger Angestellter,

Westeuropa, zweite Hälfte zwanzigstes Jahrhundert. Vielleicht war es das, was einer wie ich im Leben suchte: die brutalstmögliche Klatsche, um er selbst zu werden und den richtigen Weg für seine Zukunft zu erkennen.

In seiner Konsequenz konnte Büdinger dieser eiskalte Abgang sogar gefallen haben. Vom Gefühl her paßte er zu unserem jahrelangen Freundschaftsspiel. Gegen zu freundliche Deutungen sprach wiederum die Tatsache, daß ich die gesamte Barkasse und ein paar Schecks mitgehen ließ. Das hatte durchaus seine Logik, soviel Logik eben, wie einer innerhalb weniger Stunden nach einem Schockerlebnis auftreiben konnte. Die Tat belastete mich überhaupt nicht – sie war nur das untrügliche Zeichen einer gewissen Irritation.

Doch eines war mir noch in jener Nacht klargeworden: allzu einfach würde ich meinem alten Freund den weiteren Verlauf der Geschichte nicht machen.

16.

Auch Wochen nach meinem Ausscheiden war der Konflikt um die Muße-Gesellschaft längst nicht ausgestanden. Die meiste Zeit hatte ich in Dauergesprächen bei Sweti verbracht, versteckt in seiner warmen Opiumküche. Ich war einigermaßen überzeugt, daß mich die Fixerei nicht in Gefahr bringen könnte, jedenfalls so lange nicht, wie mir das Gefühl der Ernüchterung nach dem Genuß wichtig bleiben würde. In der Skala der Rauschempfindungen kam es mir paradoxerweise auf das spürbare Wiedererstarken der Kräfte beim Abklingen der Wirkung an – auf den Zeitraffereffekt des ›Stirb und werde‹, auf das Vogel-Phönix-Gefühl, das Verluste und verbrannte Sehnsüchte vergessen machte.

Wenn in späteren Jahren in einer aufgekratzten Dinnerrunde das Thema Haschisch auf den Tisch kam und die Erinnerungen an diesen und jenen Joint breit geschildert wurden, erzählte ich – gelegentlich und ohne allzusehr schockieren zu wollen – die eine oder andere Episode aus meiner Fixerzeit. Dann huschte leichtes Entsetzen über die Gesichter, auch manch mitleidiges Lächeln oder stumm vorwurfsvolle Mimik, erstarrt im Banne der Klischees. Wer mit der Nadel hantiert hatte, war für die meisten zu weit gegangen – ein Outcast, dessen vermeintliche Lebensverneinung ihnen ein Schreckensrätsel blieb, egal unter welchen Umständen sie sich vollzog. Ihnen reichten ihre kleinen Fluchten in eine Weltabgewandtheit, in der es sich ein paar schöne Stunden lang aushalten ließ. Sie wollten wissen, was auf dem Ticket steht und lösten die Rückfahrkarte in die Normalität am liebsten gleich mit. Die gab es bei den harten Drogen nicht. Das Harte an den harten Sachen war das Physische, war der Eingriff in den metabolen Prozeß der Organe. Ihn manipuliert zu haben konnte einen nach Jahrzehnten noch einholen – nicht als Phantasie, sondern als knochentrocken gemeldeter, irreversibler Schaden. Blutbilder ließen sich nicht retuschieren. Um mich dieser Erkenntnis wieder einmal zu vergewissern, brauchte ich nur an eine bestimmte Person, an eine bestimmte Nacht zu denken, deren letzte Bedeutung mir erst mit langer Verzögerung aufgehen sollte.

An jenem Frühlingstag hatte ich morgens gegen sieben Swetis Wohnung verlassen. Mein Auto sollte rechtzeitig vor Bürobeginn vom alten Firmenparkplatz im Hof verschwunden sein. Warum jemandem Gelegenheit geben, meine Nächte bei Sweti zu zählen; die halbe Belegschaft wohnte mittlerweile im Vorderhaus. Aus der Toreinfahrt vom Hinterhof zur Straße gelangt, machte mir ein erschreckender Anblick klar, daß weitere Versuche von Geheimhaltung oder wenigstens Diskretion zwecklos wären. Auf dem schmalen Rasenstück direkt vor dem Hauseingang kauerte einer, der Stunden zuvor fast unbemerkt aus unserer Runde gerutscht war und offenbar nicht wieder in die richtige Wohnung zurückfand. Es war Swetis Tauschgeschäftsfreund, der Indien-Gerd, der da im Gras mit aggressiven Gesten die Morgenluft zerschnitt und unentwegt mit der Faust auf den Boden hieb. Er sah phantastisch aus in seiner indischen, vom langen Gebrauch im dortigen Alltag ramponierten, aber um so echter wirkenden Kostümierung, den zu weiten Hosen und dem weißlichen, kragenlosen Hemd – die bestickte, goldfadendurchwirkte Weste und das Perlenmuster seines Käppis leuchteten in der Frühsonne. Bei Tageslicht hatte ich ihn noch nie gesehen. Längst glotzten einige Leute aus den aufgerissenen Fenstern in ihr Vorgärtchen, selbstverständlich auch unser Werkschutzmann Schmiddel aus dem dritten Stock; zur Arbeit aufbrechende Bewohner blieben kurz stehen, vielleicht um zu begreifen, was der im Schneidersitz wippende Mann gegen die Hauswand gerichtet unsichtbaren Kontrahenten zurief.

Wo ist mein Nembutal, preßte er zwischen den Zähnen heraus, um dann unangenehm laut mehrmals zu wiederholen, ich will jetzt endlich mein Nembutal!

Quer auf dem Bürgersteig parkend, zögerte ich für Momente, ehe ich zu ihm hinüberging. Ich haßte es, wenn jemand die Kontrolle verlor und die dreckige Seite der Sucht so offen zeigte wie dieser Indien-Gerd. Er war auch sonst nicht mein Mann, eher einer, der mir seit dem Kennenlernen diffuses Unbehagen verschaffte. Ich tätschelte ihm auf den Rücken und sagte etwas, worauf er nicht reagierte. Er setzte sein Palaver mit der Hauswand fort und sah an mir vorbei, wie er seit Tagen an mir vorbeisah. Wir hatten einfach keinen Draht.

Mehr, als Sweti von zu Hause aus sofort anzurufen, wollte und konnte ich nicht tun; sollte er sich doch um seinen Kumpel kümmern. Soviel ich wußte, kam dieser Indien-Gerd aus Ratingen und lebte seit sechs, sieben Jahren aus narkotischen Gründen in Goa. Ihn bewegten nur zwei Themen, das zweite waren lumpige 700 Mark Schulden beim Konsulat, die er vor der Rückreise unbedingt begleichen müßte. Drei Tage als Kabelträger bei uns, und er hätte das Geld – wenn ich noch im Amt gewesen wäre. Heute abend würde er wie gehabt bei Sweti hocken, mit seiner nach Hindi klingenden Schnatterstimme räsonieren und sich an die Vorgartennummer nicht mehr erinnern. Auch die anderen würden irgendwann auftauchen, Martin sein High zusammengerollt in einer Ecke verdämmern, Roland sein neuestes Wehwehchen beklagen. Ihm war erst durchs Fixen bewußt geworden, mit wie vielen kleinen Krankheiten er sich herumschlug.

Und ich? Nach ein paar Stunden Schlaf würde auch ich wieder dort oben im Segeltuchsessel hängen und weiter über die verlorengegangene Muße-Gesellschaft jammern. Sweti hatte wahrscheinlich recht, wenn er sagte, daß Andreas nicht daran dächte, irgend etwas aus der Streitnacht zurückzunehmen. Auch dessen von mir flehend genannte Anrufe und Gesprächsangebote bedeuteten keinen Sinneswandel, sondern die Bekräftigung der Sichtweise, nach der es sich bei der arbeitenden Gruppe mit allem Drum und Dran um seine Firma handelte, basta. Da mochte ich wegen des Vertrauensbruchs des alten Freundes hadern, soviel ich wollte. Sweti, mit Abstand zum Betriebsgeschehen, sah die Kehrtwende am schärfsten. Er registrierte nur einen kalten Übernahmeversuch Büdingers, an den zu glauben mir immer noch schwerfiel – ein wirksamer Gegenplan fand sich deshalb noch lange nicht. Eines war klar: mit jedem weiteren Tag, an dem einer nicht für die Gesellschaft arbeitete, vergrößerte sich der innere Abstand zu ihr. Aber was bedeutete schon ein einzelner Tag. Wann fand er überhaupt statt? Im Büro längst vorbei, hatte er in Swetis Räumen noch gar nicht begonnen. Und wenn er begann, konnte es bereits der nächste Tag sein.

Swetis – dank Büdinger – neubezogene Firmenwohnung war größer als das nach einer Räumungsklage verlorene Dachatelier. Das Sperrmüllmobiliar wirkte hier noch klappriger als zuvor, auch der Geruch war aus der alten Wohnung mit umgezogen, ein Bukett aus dem erdigen Dunst köchelnder O-Suppe, den kurz in der Nase stechenden Düften aus frisch aufgesägten Ampullen und angebrochenen Medikamentenfläschchen. Sweti begrüßte mich in bester Laune, fit wie Hanne.

Und, fragte ich, hast du ihn die Treppen hochgekriegt?
Den Indien-Gerd? Kein Problem, sagte er, der ist schon den ganzen Tag auf Jobsuche.
Was fürn Job?
Ich hab ihm gesagt, er muß das tun, was er gelernt hat.
Und das wäre?
Fensterputzer, vor acht, neun Jahren, hier in der Stadt.
Hoffentlich trügt ihn da seine Erinnerung nicht.
Er wollte zu seinem alten Betrieb gehen, zu den Leuten, wo er damals gearbeitet hat.
Seitdem ist viel Wasser die Scheiben runtergelaufen, sagte ich.

Wir stellten uns die Reaktionen vor, wenn diese Leute entdecken würden, daß ihr früherer Mitarbeiter Gerd als Indien-Gerd an seinen alten Platz zurückkehrte; in die Fensterputzergondel am Thyssenhochhaus beispielsweise, in Höhe des 18., 19. Stocks. Wir fragten uns, ob sie merken würden, was mit ihm los wäre – Erfahrungen mit solchen Zuständen konnten sie nicht haben. Sie konnten nicht wissen, was Drogengebrauch so alles bedeutete. Sie konnten nicht das Geringste ahnen von der dadurch gesteigerten Hirntätigkeit, die einem massenhaft differenzierende Sätze und Empfindungen auf die Zunge legte und damit einen abzubauenden Satzstau bescherte, eine extreme Redefreude, die praktische Tätigkeiten zweitrangig machte. Bei diesem Indien-Gerd löste sich jener Stau in ein schnarrendes Vor-sich-hin-Gebrabbel auf, oft völlig unverständlich. Er zerstörte mein Bild vom Fixer als dem besonders neugierigen, intellektuellen oder gar künstlerischen Menschen. Ein ständig nuschelnder, kaum vom Boden hochkommender ehemaliger Fensterputzer vertrug sich nicht mit meiner – immer noch – latent vorhandenen Idealisierungsbereitschaft.

Lassen wir uns einfach überraschen, sagte Sweti und schnippte mit dem Mittelfinger gegen die hochgehaltene Kanüle – hier kommen frische Vitamine.

Von seinem Wohnzimmerfenster aus ließen sich die spätabends noch erleuchteten Büros im Hofgebäude beobachten. Hinter Gardinen versteckt, schaute ich hinunter auf die tanzenden Silhouetten Büdingers und Stalinskis, auch auf die Tür zum Labor-trakt, in den Bekurz herein- und nach kurzem, gestikulierendem Gespräch wieder heraushoppelte. Von Roland, meinem letzten U-Boot dort unten, wußte ich sogar, worüber zur Zeit gesprochen wurde. Über die Abwicklung noch von mir besorgter Aufträge, über eine PR-Sache für Renault Deutschland mit sechsstelligem Honorar und über die »WELT«, die eine große Reportage über die einzigartige Undergroundfirma mit Sprüchen und Fotos vom Chef bringen wollte. Ich fragte mich, wer dort drüben jemanden vermißte, wer alles im Ernstfall nicht hinter mir stehen würde. Es waren schmerzliche Blicke, der reinste Masochismus – und gefährlich, nach Swetis Meinung, der davor warnte, ein übertreibendes Verlustgefühl auch noch übertrieben in die Länge zu ziehen. Aber die Erkenntnis der eigenen Austauschbarkeit fiel zu leicht, um sie ohne weiteres sofort hinnehmen zu können.

Ganz so einfach werde ich es denen da drüben nicht machen, sagte ich.
Jaja, ich weiß, sagte er, du hast sie alle durchschaut, du hältst das für eine Inszenierung, ausschließlich gegen dich gerichtet, für Knüppel, die nur dir in den Weg geworfen werden. Dabei sind's normale Fallstricke des Lebens, Ohrfeigen, von denen man wach wird.
Ach Quatsch.
Du willst nur deinen Hintern retten, genauso wie die anderen ihren, das übliche zwanghafte Reflexverhalten, wenn's was zu futtern gibt.

Dieser Vorwurf mußte ausgerechnet von Sweti kommen. Sein Kopf lag fast auf der Tischplatte, wo er Tabletten zerkleinerte für eine, wie er ankündigte, hübsche Überraschung. Er sah noch asketischer aus als vor Monaten, die slawisch hohen Wangenknochen noch markanter, die Schultern stachen spitz ins T-Shirt. Wie ein kleiner Vorhang hingen die Strähnen seiner langen, dunklen Haare über dem Häufchen weißen Pulvers – Ephedrin. Was dort auf der Tischplatte lag, war der Nukleus, aus dem sich sein abgeschiedenes Leben aufbaute. Endgültig zum Fixer geworden, arbeitete er diese Existenz täglich ab wie ein aufgegebenes Pensum. Und genau das trennte uns. Denn mein Interesse an der Wirklichkeit beispielsweise der Muße-Gesellschaft hielt unverändert an.

Während er sich bediente, hatte er eine vor Jahren gelesene chinesische Sage nacherzählt, in der ein Drache herumgeisterte, dem im Kampf der Hals durchtrennt worden war und dessen Kopf nur noch an einem letzten Hautfetzen hing.

Ja und?

Dieser Drache lebte ganz normal weiter mit seinem durchschnittenen Hals. Erst als ihm eines Tages jemand gesagt hatte, daß mit seinem Hals etwas nicht mehr stimmt, fiel der Koloß auf der Stelle tot um.

Der Dino im Ultimo auf der Todesbahn, eine feinfühlige, passend rausgekramte Geschichte, mein Lieber.

Das ist doch das, was du hören wolltest, oder?

Der Drachenkampf ist noch lange nicht entschieden, sagte ich, so weit sind wir noch nicht.

Na komm, entspann dich erst mal, sagte Sweti und bot einen Speed-ball an.

Vor einer Woche hatte ich diese Mixtur aus je zur Hälfte Amphetaminen und Opiaten noch abgelehnt und Sweti vorgehalten, daß sich die aufputschende und die beruhigende Wirkung doch gegenseitig aufheben müßten in den bekannten Normalzustand. Der Tip kam von diesem Burroughs, der uns ansonsten mit seinen sensationell übertreibenden Romanen je nach Stimmung einschüchterte oder amüsierte. Wir nahmen einzig den von ihm erfundenen Serviervorschlag des Speed-balls auf; einen intensiven, höchst angenehmen Cocktail, erst im Abflauen etwas anstrengend, nichts für jeden Tag.

Also gut, sagte ich, ehe ich mich schlagen lasse.

Beim Einschießen der Substanz rüttelte es einen für Sekunden hoch, ein zittriges, rasselndes Beben, als wechselte ein Körper den Orbit; der Flash war wie eine Weiche zwischen Straßenbahn und Schwebebahn. Mit der flachen Hand klopfte ich Momente später auf meine Brust und sagte, der Kopf ist immer noch dran am Rumpf. War eine feine Sache, sich konzentriert und voller Elan im Sessel zurücksinken zu lassen – ein Speed-ball verhalf zum perfekten équilibre mental und sorgte für eine versöhnliche Grundstimmung. So lange, bis das leidige Thema Muße-Gesellschaft wieder die Überhand gewann, jetzt entschieden klarer angegangen, als wäre ein Wahrheitsserum am Werk.

Im Hofgebäude war kein Licht mehr, auch nicht im hinteren Labortrakt. Bekurz hatte neuerdings eine Freundin, keiner im Hause wußte, woher. Er versteckte sie mehr oder weniger unten in seiner Souterrainwohnung – ein niederbayrisches Dorfpummelchen mit dicklichem, wie von Wespenstichen leicht angeschwollenem Gesicht. Die Frau sah insgesamt so aus, daß man sofort mit ihr litt und mit ihm auch – das zeitraubende Elektronikerdasein, unser Arbeitsfanatismus überhaupt, hatte zweifellos seine Kehrseiten. (War erst einige Nächte her, daß sie völlig aufgelöst bei Sweti Sturm geklingelt hatte und uns eine wirre Story hinstotterte. Sie hätte mit ›dem Ochüm‹ unten ›a holben Dripp‹ geschluckt, als Büdinger erschienen wäre und sie mit ansehen mußte, wie die beiden Männer übereinander herfielen – auf dem Boden ›hams glegen‹, hatte sie gesagt, ›sich wüld gewölzt hams, ganz nakkert, ungeniert getrieben hams‹. Wir versuchten sie zu beruhigen und schickten sie wieder runter – wenn dem denn so gewesen sei, dann wär's jetzt wahrscheinlich vorbei. Bis zum frühen Morgen hatten Sweti und ich die akademische Frage diskutiert, ob es sich um eine acidbedingte Halluzination gehandelt hätte – entzündet und aufgeblasen durch die Beobachtung einer warmen Berührung der beiden Männer, durch geflüsterte Vertraulichkeiten – oder ob an der Geschichte mehr dran sein könnte. Falls die Bayrische richtig hingeguckt haben sollte, wäre das natürlich ein neuer Aspekt für die Deutung des Streits um die Muße-Gesellschaft gewesen. Aber letztlich glaubte weder Sweti noch ich an die Darstellung der Frau – war halt ein Horrortrip für sie, mehr nicht.)

Eins ist vollkommen klar, sagte ich, in dieses Büro da drüben werde ich nicht wieder zurückkehren.
Aber die Jungs warten doch auf dich, sagte Sweti.
Freunde, die zusammen Geschäfte machen, sind nur noch Geschäftsfreunde – ihr Verhalten wird früher oder später vom Geschäft bestimmt und nicht mehr von der Freundschaft.
Aber wenn du denkst, aus dem Spiel raus zu sein, ziehen sie dich eben wieder rein.
Büdinger weiß, daß es so nicht läuft, nicht mit mir.
Der Andreas will dich nicht loswerden, sagte Sweti und wischte sich die Flash-Hitze von der Stirn, du hast schließlich alles im Kopf, die Truppe, die seltsamen Kunden, die Zulieferer, den ganzen Laden. Du bist eloquent, kellertauglich und parkettsicher, du

verhältst dich draußen im Geschäftsdschungel knallhart und nach innen integer, das kann keiner besser. Du bist erfahren und gerissen genug für den Job.

Von wegen Job.

Dann eben Aufgabe. Mensch, der Andreas schätzt dich, das weiß ich genau. Gut, du bist jetzt mal schwach geworden, schwach durch die überlebten Ideen von einer Gemeinsamkeit, die kein Schwein organisieren kann, du bist mal kurz abgehauen, hast gekniffen und es fertiggebracht, deine übersteigerte Empfindlichkeit auf einen Fluchtpunkt zu konzentrieren. Klar, daß dich das jetzt lähmt und beunruhigt, dein Dingen, Ungeduld auf der einen, Phlegma auf der anderen Seite. Das mußt du nur ausgleichen, nimm das Speed aus der Ungeduld und leg es aufs Phlegma, dann kannst du mit Geduld und Ruhe handeln, dann ist die Krise vorbei.

Wo ich nicht gutgläubig sein kann, sagte ich, kann ich überhaupt nicht sein.

Die Zeiten in der Nische sind vorbei, sagte Sweti und sprach von kleinen Korrekturen, von Problemen der Anpassung.

Wie oft mußte selbst in unseren Gesprächen daran erinnert werden, daß die Muße-Gesellschaft als ein aus sich selbst bestimmtes Gebilde gedacht war. Keiner für sich, alle für niemand, hieß das Prinzip, Herrschaft sollte nicht stattfinden. Die Vorstellungen aus unseren Gründerzeiten waren doch keine Ideen mit einem Verfallsdatum nach nur wenigen Monaten.

Kleine Korrekturen von größter Bedeutung, sagte ich, danach werden alle in die Taschen eines Bosses hineinarbeiten.

Zu spät, zu spät, kannst du alles vergessen, orakelte Sweti, alles kaputt, ein paar Glassplitter mehr auf dem Scherbenhaufen der Ideen. Das hat sich eine Weile ganz gut angehört. Und jetzt macht der Andreas, was er will. Love it or leave it.

Ende der Diskussion.

Ich schluckte einige Male in den trockenen Hals. Ein Speed-ball hatte seine Nachwirkungen – dem Gehirn wurde so viel Zucker entzogen, daß regelmäßig der große Eishunger über einen kam. In der Nachttankstelle wunderte sich keiner mehr, wenn wir die Kühlbox mit euphorischer Albernheit halb leer räumten.

Als ich mit fünf Familienpackungen zurückkehrte, waren Sweti und Indien-Gerd in ein für mich nicht sofort nachvollziehbares Fachgespräch vertieft. Offenbar hatte sich ein Fensterputzerjob gefunden, ab sofort sogar. Morgen früh um sieben sollte Indien-Gerd zur Arbeit antreten; ein, dem Lamento zufolge, stark gegen seinen Rhythmus gerichteter Termin. Die beiden bemühten sich um eine Lösung des Problems, das hieß, es ging um die Dosierung der Hilfsmittel für die optimale Bewältigung des schwierigen Aktes. Feinabstimmung war gefragt. Aus der Tiefe seines Umhängebeutels förderte Indien-Gerd die nötigen Kleinigkeiten zutage. Er glaubte, vier Stunden Schlaf würden für die auf ihn zukommende Anstrengung ausreichen. Um ganz sicherzugehen, wollte er sich mit einer dreifachen Gabe Nembutal einschläfern, und das noch eigenhändig. Wir wiederum sollten ihn morgen früh aus dem garantierten Tiefschlaf punktgenau herausschießen – mit einer Injektion aus fünf verflüssigten Captagontabletten. Das von ihm bereits vorbereitete Röhrchen stellte er griffbereit auf den Fernseher. Er nuschelte noch etwas von Arbeitsdisziplin, von Korrektheit und den siebenhundert Mäusen, in zehn Tagen siebenhundert, um uns schließlich mit verzerrtem Schmerzgesicht noch mal einzuschärfen, ihn pünktlich um sieben zu wecken, absolut pünktlich sieben Uhr.

Es war kurz vor drei, als er sich mit gekreuzten Beinen auf den Boden setzte, sich bediente und im nächsten Augenblick geräuschlos zur Seite sackte. Der Schlaf kam schneller als eine Ohnmacht. Er hatte nicht einmal die Zeit, sich die Nadel aus dem Arm zu ziehen.

Unfaßbar, sagte ich, so ganz ohne Schlaflied, bei mir dauert's Stunden, um dahin zu kommen.
Überflüssigerweise, wie du siehst, sagte Sweti, alles ist machbar, wenn es sein muß. Und medikamentös völlig unbedenklich, eine der leichtesten Übungen. Auf die Weise unterstehen sogar das Einschlafen und das Aufwachen dem freien Willen, dem sie sonst entzogen sind, ab das Dingen.

Er schaute auf den zusammengekrümmt daliegenden Körper wie auf ein schlummerndes Kind. Während er mit dem Ergebnis zufrieden war, ließ mich der Anblick schaudern. Bewegungslos und ohne erkennbar zu atmen, lag der schmächtige Mann auf dem Boden, als würde er nie mehr für irgend jemanden von Bedeutung sein. Sein Kopf war vom als Kissen gedachten Umhängebeutel geglitten, als letzte Bewegung nach dem Betäubungsruck waren die Füße gespenstisch langsam unter den Couchtisch gerutscht, nahe an meine heran. In seinem künstlichen Schlaf flößte mir dieser Indien-Gerd noch mehr Unbehagen ein als im Wachzustand. In dieser krassen Form widerstrebte der Eingriff in die natürlichen Abläufe jedem Gefühl, er bedrückte, ja, er ekelte mich. Das ging wirklich zu weit. Der angenehmste Gedanke war noch der, Sweti für die nächsten drei, vier Stunden mit niemandem teilen zu müssen.

Während er sich im Schwung des geglückten Augenblicks einen weiteren Speed-ball mixte, haderte ich noch mit der Einschlafmethode.

Ein gruseliges Betthupferl, dieser rigide Pragmatismus.
Aber effektiv.
Abschreckend.
Millionen tun das, in der abgeschwächten Pillen-Form.
Das ist ja das Abschreckende, dies Verdrängen aller Komplikationen, dies sich Fitmachen fürs Ausgebeutetwerden, in der Kolonne, irgendwo um sieben.
Du willst hier doch wohl nicht den großen Befreier spielen, sagte Sweti, du willst doch viel lieber hier nächtelang dein Eis schlabbern, oder? Wir haben jede Menge Möglichkeiten, wie du weißt. Tu M rein, kommt Klarheit ins Hirn, tu O rein, kehrt die ländliche Ruhe vergangener Jahrhunderte zurück, tu Amphetamine rein, dann wird die Wohnung endlich mal aufgeräumt. Und beim Speed-ball passiert das alles gleichzeitig – also, nachschenken?
Nein danke, nicht vor Werktagen.
Ein bescheidener Kostgänger bist du.

Eigentlich wußte Sweti, daß eine Injektion genügte, um mich für Stunden zu beeindrucken und mir die Schwere des Konfliktes zu nehmen, in dem ich seit Wochen stand. Er wußte auch um meine Kämpfe mit den Stoffen, die mich nach wie vor uneins sein ließen, ob der Neugierige in mir zu größerer Neugier getrieben werden sollte oder ob der Moralist mit seinen billigen Ablehnungen aufzurufen sei. Das System war nicht so perfekt, wie Sweti es wieder mal taufrisch darstellte. Keine Substanz konnte die Härten dauerhaft abschleifen. Erst vor ein paar Tagen hatte ich gesagt, trotz der großen Palette gäbe es keine Droge, die den Gerechtigkeitssinn des Menschen anregen oder gar stärken könnte. Er hatte bloß gelacht und gesagt, die Droge brächte nur das heraus, was wirklich da sei. Daß er und die anderen für das Herauskitzeln dessen, was da sei, im Stundentakt Injektionen nachlegten, war irritierend. Ohne auch nur mit der Wimper zu zucken, taten sie das. Dagegen hatte ich auch jetzt das skeptische Gefühl nicht verloren, daß hier etwas Falsches passierte. Sweti akzeptierte das ohne die Arroganz des Kenners oder desjenigen, der wahrhaft ausweglos unter dem Fluch des Giftes leiden mußte. Meine Kritik an Indien-Gerd lief jedoch ins Leere – schließlich wurden durch seine Mitbringsel die Bestände aufgefüllt.

Er lag quer im Raum, in voller Kleidung. Die ganze Zeit hatte er sich nicht ein einziges Mal bewegt. Lag einfach da und hielt seinen künstlichen Schlaf.

Benzedrin wär besser für ihn, meinte Sweti.
Benzedrin?
Für die Maloche nachher. Ein verrücktes Zeug, berühmt-berüchtigt durch die Schlacht im Skagerrak. Das haben die Engländer damals röhrchenweise an ihre Matrosen verfüttert. Derart vollgepengt feuerten sie drei Tage und Nächte pausenlos aus allen Rohren, bis die Deutschen mit ihren Schiffen abgesoffen warn. Ist ein Aufputschmittel, das einem irrwitzige Energien verleiht und die Motorik steigert, und zwar ohne Ende.
Kommunizierende Röhrchen auf hoher See. Ein eindeutiger Fall von Drogenmißbrauch, oder?
Ist inzwischen auch verboten für den Kriegseinsatz, laut Genfer Konvention, sagte Sweti, aber überall leicht zu haben.

Bei allem Witz, mit dem wir die Einsatzmöglichkeiten von Benzedrin im Alltag – auch dem der Firma unten im Hof – durchspielten, war klar, daß er Geschichten wie diese zur Entlastung des eigenen Treibens herbeizitierte. Sweti beherrschte den Dreh, mit dem man dem Paradox der Droge zumindest gesprächsweise entkommen konnte. Wir wußten beide, daß solche Diskussionen im Zentrum der Widersprüche wenig brachten. Für Swetis Philosophie der Manipulierbarkeit jedes Zustandes, jeder Stimmung, war das gerade Geschehene ohnehin eine Bestätigung – wenn auch auf niedrigem Niveau. Der erst halb vollzogene Plan versetzte ihn einmal mehr in gehobene Leibarztlaune. Er hielt Mißstimmungen grundsätzlich für unnötig, Emotionen waren für ihn auf dem Drogenwege regulierbar, geistige und psychische Wunschzustände so sogar aus dem Nichts herstellbar. Gegensteuern ermöglichen, hieß seine oft wiederholte Devise, das Bewußtsein jenseits der gewöhnlichen Erfahrungen stimulieren. Er glaubte wie ein Naturheilkundler, den gewollten Effekt mit den richtigen Mitteln erreichen zu können, nur besser, treffsicherer und – wie eben erlebt – ohne lange Wartezeiten. Gedächtnisschwäche? Okay, dann geben wir Speed, aufs vernünftelnde M gelegt, mit einem Spritzerchen Polamidon. Kurzfristige Willensstärkung nötig? Wenn vorhanden, Kokain, flexibilitätsfördernd abgebogen durch O, ansonsten Benzedrin auf O, aber nur ersatzweise wegen der Gefahr eventuell auftretender Ziellosigkeit. Übers Jahr erkannt hatte er auch den Umschlagspunkt, der in den Stoffen lauerte, die Wende, wenn aus der vermeintlichen Stärkung eine Beschränkung wurde. Solange aus vollen Beständen gelebt werden konnte, ließ sich das auffangen.

Wir hatten uns längst im Labyrinth des Themas festgeredet, als die Morgenhelle, noch verzögert vom Blattwerk der Hinterhofbäume, ins Wohnzimmer einfiel und uns daran erinnerte, die präparierte Dosis für den zu unseren Füßen liegenden Schläfer aufzuziehen.
Jetzt kriegt unser Indien-Gerd Zunder, sagte Sweti, halt du mal den Arm.
Der Arm war schlaff und reaktionslos, als gehörte er nicht zum Körper – auch beim Eindringen der Nadel.

Sekunden später klappte der Rumpf aus der Rückenlage hoch in den aufrechten Sitz, pendelte gymnastisch angespannt einige Male hin und her, als wäre ein Dummy von einer Sprungfeder geschnellt. Die Augenlider plinkerten heftig. Der Indien-Gerd war wach, wacher denn je. Wie gewünscht, Punkt sieben aus dem Schlaf geschossen.

Alles klar, fragte Sweti.
Yes Sir, stehe wie eine Eins.
Dann kann's ja losgehen.

Fünf Minuten später marschierte unser Indien-Gerd ab in die Arbeitswelt, die schütteren Haarreste mit Wasser glattgekämmt. Bei der Sparkasse Hüttenstraße erwarteten ihn tausend Quadratmeter Glas. Kein Problem, hatte er gesagt.

Als wir zwei, drei Stunden später in die Hüttenstraße einbogen, erkannten wir ihn bereits aus einiger Entfernung. Er stand auf den oberen Stufen einer Trittleiter und hielt einen Arm knapp über Kopfhöhe gegen die Scheibe – ein dürres Kerlchen, ein Schmachthaken bloß, dessen indische Klamotten sich markant vom Grau der Sparkassenfront abhoben. Die ersten Kunden betraten und verließen die Filiale, was uns vorsichtshalber zum Wechsel der Straßenseite bewog. Langsam näher gekommen, blieben wir direkt gegenüber stehen und wollten den Indien-Gerd von dort bei der Arbeit beobachten. Viel zu sehen gab es nicht. Er schien eine besonders ökonomische Arbeitstechnik entdeckt zu haben – in bewegungsloser Selbstvergessenheit kauerte er vor der Fensterfläche wie ein Buddhist bei der Morgenmeditation vor der Wand. Erst nach längerem Zuschauen bemerkten wir, daß sich seine Starre durch ein kaum wahrnehmbares Einknicken des Rumpfes hin und wieder so weit lockerte, daß der Wischer zwei, drei Zentimeter herunterrutschte. In der neuen Position verharrte der Indien-Gerd wiederum einige Minuten lang. Wir gingen in die Knie vor Lachen, als wüßten wir nichts über ihn. Mehr geschah nicht. Uns fiel auch kein Mittel ein, um ihm jetzt noch zu zügigerem Putzen zu verhelfen. Wir ließen ihn dort am Fenster hängen.

17

Vor der Fahrt ins neue Büro hatte ich übertrieben langsam gefrühstückt und gehofft, sie würde wenigstens für einen Moment in die Küche kommen. Dann könnte ich das extra aufgehobene halbe Brötchen langsam verkauen, sie dabei angucken, einen lauwarmen Schluck nehmen, sie wieder angucken und das, was damit angedeutet sein sollte, auf sie wirken lassen. Dafür, daß meine Blicke wirkten, sprach bisher nichts. Jedenfalls nicht während der zwei, fast drei Wochen, seit ich hier wohnte und dieser Frau zuschaute, wie sie sich Kaffee holte oder ein Tablett abstellte, um mit einem knappen Lächeln gleich wieder in ihren Räumen zu verschwinden.

Mein Umzug hierher war längst fällig gewesen und am Ende als spontan durchgezogene Gruppenreise verlaufen. Er wurde sogar dokumentiert – die Beuys-Boys hatten während der fünf Stunden langen Fahrt einen ebenso langen Super-acht-Film gedreht, ab Bettkante Düsseldorf an Bettkante Hamburg, mit viel nackter Haut und perfektem Dilettantismus in Schwarzweiß. Sweti hatte mir zum Abschied eine letzte Dosis Benzedrin verpaßt – one for the road, meinte er, der kommenden Strapazen wegen. Das Doping schoß leider weit übers Ziel hinaus – drei Nächte lang stand ich aufrecht im noch fremden Bett und hörte alle Wasserhähne im Haus tropfen. Mit diesem Zeug sollte endgültig Schluß sein. Ein Grund für meinen Wechsel war schließlich der, mich nicht nur der Firma, sondern auch ihrem nächtlichen Schattenbetrieb soweit wie möglich zu entziehen – der Entschluß wegzugehen erschien mir dennoch weniger wichtig als der Wille, hier anzukommen. Per Handschlag hatte mir der dritte Mitbewohner in Alberts WG sein Zimmer und seine, wie er sie nannte, Rammelecke mit Alsterblick überlassen, ein blonder, wie ein Weltkriegsflieger aussehender Hüne, der als norddeutscher Gospelsänger offenbar in Kirchen seine Anhängerinnen fand. Außer dem von ihm schmucklos flachgelegten Zweimalzweimeter-Bett befand sich nichts in meinem neuen Zimmer, dem mit Abstand kargsten der Wohnung, die im dritten Stock eines der unverschämt strahlenden, weißen Patrizierhäuser in der Isestraße lag.

In dieser Küche hatte ich sie vor Monaten das erste Mal gesehen. Eines Tages war sie hereingeweht und hatte in einem Nichts von chinarotem Seidenunterrock, einem von mir noch nie so deutlich gesehenen Nichts, im Raum gestanden – eine rotblonde Morgenfee mit gekonnt verwuschelter Hochsteckfrisur, mädchenschlank bis auf den Monroe-Busen, den vollen und sofort respektierten Busen. Mein Atem war ganz flach geworden – sie sah nach all dem aus, was ich nicht kannte, aber lange schon kennenlernen wollte. Bei jeder Stippvisite als Schlafgast in der Wohnung hatte ich seither das wogende Geklunker zu sehen bekommen, dieses Vielzuviel in Augenhöhe, das einer am Frühstückstisch sitzend verkraften muß, wenn eine Frau im Unterrock summend vor der gurgelnden Kaffeemaschine wartet oder sich zum Kühlschrank hinunterbeugt. Die Frau hieß Regine, für Frankophile auch Régine. Jeden verleiteten andere Vorstellungen bei der Wahl der Aussprache; Régine also.

Sie war ein paar Jahre älter als ich, eine komplette Frau um die Dreißig, schon einmal geschieden, eine Lady, ein Weib mit silbernem Fußkettchen, das mich rätseln ließ. Bei unseren minutenkurzen Begegnungen in der Küche konnte von einem Kennenlernen nicht die Rede sein. Um so mehr hatte sie meine Phantasie beschäftigt – seit Monaten eben, in dieser amourenarmen Zeit, einer reinen Arbeitszeit. Und jetzt wohnten wir unter einem Dach und Wand an Wand, jetzt drängte sich sogar der Gedanke auf, daß sie meine Entscheidung, hierherzugehen, beeinflußt haben könnte. Was zog einen denn in eine andere Stadt? Arbeit, Ärger, Leute gab's überall, aber nicht diese eine, die vielleicht einzige Frau, eine Regina fatal. Auf ihre Winke zu lauern, auf ständiger Suche nach ermutigenden Vorankündigungen zu sein war das Fatale am Fatalismus. Dem Anfang wurde ja ein großer Zauber nachgesagt. Aber was lag vor dem Anfang? Zaudern, Hadern und mein romantischer Hang, ein wer weiß woher geschicktes, untrügliches Zeichen herbeizusehnen, den Blitzschlag des Schicksals sehen zu wollen, der von einem Moment zum anderen das Leben veränderte. Darauf wartete ich hier. Nur sie schien nichts davon zu wissen.

Zur Zeit steht sie so gut wie dauernd unter der Dusche, hatte Albert gestern gesagt – eine Anspielung, die ich nicht sofort verstehen wollte, auch wegen der darin mitschwingenden Abfälligkeit.

Er kannte ihre Angewohnheiten und konnte, womöglich nicht ohne Bedauern, ihre nächtlichen Duschakte zählen; sein Schlafzimmer lag neben dem Bad. Als sie vor ein paar Tagen seine trübe Stimmung nach einem Streit mit mir mitbekam, hatte sie morgens in der Küche gesagt, kein Problem, den mach ich heut nacht wieder flott. Zu meiner Zufriedenheit machte sie ihn weder in dieser noch in einer der folgenden Nächte flott.

Das Büro lag nur fünf Autominuten entfernt in einer parallel zur Binnenalster verlaufenden, leicht abschüssigen Straße. In einem Bürogebäude hatten wir vor einiger Zeit das Souterrain gemietet. Der kantige Fünfzigerjahre-Verwaltungskasten im obligatorischen Rasenviereck, sechs graue Stock mit Praxen und Firmen, gehörte einer Betriebskrankenkasse. Die Gegend galt trotzdem als bekannter Geheimtip für feine, kreative Adressen und, soweit ich wußte, auch für weniger feine und weniger kreative. ›Unser Klondyke‹ nannten sie die Jack-London-Kenner unter den ansässigen Akteuren jetzt schon. So wie Goldwäscher ihre Schüsseln hängten immer mehr Geldsucher die Schilder ihrer obskuren, oft englisch aufgepeppten Firmennamen in den Fluß der Straße – Art Agency, Creation Team oder die Kürbis GmbH. Beim Mittagessen in Smutjes Kellerrestaurant summten sie die Sehnsuchtsmelodie nach satten Etats, rettenden Aufträgen oder einer Idee im Grenzbereich zwischen Seichtigkeit und Dreistigkeit. Nachts, bei härteren Songs, trafen sich manche im »NachAcht«, der einzigen Bar der Straße, wo Papas Söhnlein, einige als Anwälte dilettierende Jungadelige, zur Verzweiflung neigende Markenartikelerben und versoffene Werbeärsche jene lockten, die sich davon angezogen fühlten.

Das Viertel ließ sich schnell begreifen. Offenbar hatte hier das Popzeitalter als eine neue, wachsende Branche bereits begonnen, in Straßen mit seltsam widersprüchlichen Namen wie Mittelweg oder Milchstraße. Womöglich paßte die Muße-Gesellschaft besser hierher, als ich wahrhaben wollte – in diesen Betriebskrankenkassen-Kasten jedoch paßte sie nicht. Der entsprach weder unserem Profil noch unserem äußeren Stil; auch wenn sich unsere sogenannte Filiale im Souterrain mit etwas Optimismus als Kellerstudio bezeichnen ließ. Nach Wochen der Orientierungslosigkeit war ich hier gelandet – eines Abends im Gespräch mit Büdinger hatte ich ein paar Zahlen aufs Papier gemalt, und er hatte mehrmals genickt, was im Ergebnis hieß, mir gewissermaßen als Abfindung die Hamburger Filiale zu überschreiben; war der Glaube an die gemeinsame Sache erst einmal zerstört, blieb alles nur noch eine Frage des Arrangements. Wir beide waren nach wie vor aufeinander eingestellt. Büdinger wußte, daß der Konflikt nicht anders zu lösen war. Und er wußte auch, daß Hamburg enorme Sogwirkung auf mich ausübte, weil diese Stadt meiner inneren Konstellation, diesem Knäuel von Interessen, Sehnsüchten und Motiven, entgegenkam. Mir wiederum versprach der nach Dutzenden von Gesprächen gefundene Kompromiß einen Rest an Einfluß auf das weitere Geschehen in der Muße-Gesellschaft. Das änderte allerdings nichts an dem unangenehmen Gefühl, das sich mir schon beim Betreten des Gebäudes wie ein Valiumschleier aufs Gemüt legte.

Als mir dann im Büro die zwischen uns geschlossenen Verträge wieder in die Finger kamen, sah die Sache nicht mehr nach einem Gentleman's Agreement aus. Diese selbstgemachten Schulbubenverträge, ... Herr B. verpflichtet sich..., ... Herr G. erhält..., ... Dienstleistungen nach Paragraph drei..., solch blamable Formulierungen lösten nicht mal ein überzeugtes Zerknirschtsein aus. Die in der Filiale installierte Technik, das Inventar und eine vage Lizenz gingen an mich über, die weitere Zusammenarbeit sollte sich nach einzeln aufgeführten Provisionssätzen regeln. Eine, wie ich fand, wenig ermutigende Ebene, die unsere jahrelange Freundschaft damit erreicht hatte. Glaubte Büdinger tatsächlich, mich mit fünf Schreibmaschinenseiten zu seinem Handelsposten machen zu können? Für Leistungen in einem Beruf, der von mir selbst mit erfunden worden war? Am Ende hatten wir beide in aller Nüchternheit die Papiere unterschrieben – er mit neuerdings gönnerhaftem Lächeln, ich dagegen mit dem verdammt sicheren Gefühl, daß uns mehr verband als diese Wischiwaschiverträge. Je länger ich sie mir jetzt anschaute, desto mehr verblaßte ihr wörtlicher Ernst, der Zwiespalt zwischen mir auferlegten Pflichten und den davon stark abweichenden Neigungen vertiefte sich. Mit welcher Idee dieser Widerspruch aufzulösen wäre, wußte ich nicht, noch nicht. Mir fehlte zum erstenmal sogar das Interesse an unserer Arbeit, ganz zu schweigen vom dafür nötigen Elan. Alles in allem war es mehr als logisch, wenn ich die Stunden im Büro mit halbherzigen Zahlenspielereien einfach nur verstreichen ließ. Ich wartete auf den Feierabend. Das war neu.

In der weitläufigen Wohnung hielten sich abends mehr Frauen auf, als dort hingehörten. Zwar fehlten jetzt die täglich wechselnden Beischläferinnen des verschwundenen Gospelhünen, dafür schwirrte Régines große Schar Freundinnen ein und aus. Einmal zusammengekommen, verfielen sie augenblicklich in eine Stunden dauernde Kurz-vor-der-Party-Stimmung. Bei ihren Gängen durch Flure, Zimmer und zum Bad swingten sie in Tanzschritten und fingerschnippend zu den überlaut gestellten Supremes, sehr einladend dabei die spitz mitgesungenen ›Baby, Baby‹-Rufe, eine machte sich im Morgenmantel auf den Weg, die nächste im handtuchbreiten Rock und BH, mit taktgenauen Zwischenschritten und dem wiederholten Refraingesang, ›Baby, Baby, Baby don't you leave me‹. Sie kleideten sich für ein immer später werdendes Später an.

Die Küchentür stand offen, während ich am Tisch in der Kachelecke sitzend in einer Illustrierten blätterte, um leidlich beschäftigt zu wirken. Tatsächlich beschäftigte mich nur das häusliche Treiben der Frauen, der Dufthauch beim Vorbeitänzeln im Ausschnitt der Tür, ihr in der Tiefe der Wohnung an- und abschwellendes Gejauchze, dessen spezieller Sinn sich nicht leicht erschließen ließ. Den Kopf voller Spekulationen, irritierte mich ihre offensive Lebenslust, sie verängstigte mich sogar in der Sorge, mit diesen Gute-Laune-Monstern im Ernstfall nicht mithalten zu können. Diese Frauen wirkten überlegen, weil sie offenbar das taten, was sie wollten. Das war gewöhnungsbedürftig für einen, der glaubte, aus dunklerer Welt zu kommen, aus dem Unterholz unvereinbarer Extreme. An diesem Küchentisch, einem der wenigen Fixpunkte meines bisherigen Lebens, hatte ich vor einigen Monaten Sweti und Martin bei der ansonsten unentdeckten Opiumprokelei erwischt, hier war Albert von mir in unzähligen Monologen über die Lichtarbeit vollgequatscht worden, und vom selben Platz aus hatte ich Régine entdeckt.

Aber nicht sie, sondern ihre Freundin Spilly kam im Tanzgang herein und schüttelte ein paar Takte aus der Hüfte und dem mir entgegenwackelnden Oberkörper. Eine an sich schöne, wenn auch teilweise beunruhigende Bewegung, sehr musikalisch wie

Spillys melodischer Umgangston, ein Sprechgesang, der alles Gesagte in Ironie verwandelte. Hier sitzt ja unser Wölfchen im Unternehmerpelz..., singsangte sie und schob ein tonleiterhaft aufsteigendes Oh Oh Oh zwischen die Sätze, so ganz allein..., ja, was machen wir denn da...

»Stern« angucken.

Ich wußte nicht, ob ihr Auftritt aus purer Ausdrucksfreude geschah oder ob er mich in irgendeiner Weise animieren sollte. Aber selbst wenn ich es gewußt hätte, hätte ich nicht gewußt, was dann zu tun gewesen wäre. Sie wußte es. Die drei Freundinnen hatten beschlossen auszugehen. Sie wünschten Begleitung und Transport, wobei unklar blieb, was das Dringendere war. Beim Einsteigen würdigten sie den Citro – was fürn großes Auto, rief Spilly, oh oh oh, damit hatten wir bei dir ja gar nicht gerechnet. Einen Moment lang war ich froh, so ein großes Auto gekauft zu haben. Auf so etwas schienen die drei im Fond ohnehin nur zu warten – ja, sie warteten wie viele Frauen in dieser Stadt auf den einkommenden Geschäftsmann an sich, vielleicht sogar auf einen angeknacksten Hippie-Businessman.

Wo sollte es denn hingehen? Zuerst nach Alsterdorf in die »Tenne«, danach ins »Safari«, ein arm dekoriertes, aber leidenschaftlich belaufenes Lokal auf der Reeperbahn. In der zeitlosen Dämmerung dort glaubten manche, ins Innere Afrikas hineinschnuppern zu können.

Régine machte den Kneipenausflug weder an diesem noch an einem anderen Abend mit.

Sie wäre nicht in der Stimmung, hatte Spilly erklärt, sie quäle noch eine alte Geschichte, eine aussichtslose Geschichte mit einem Griechen.

Ach du Schande, hatte ich gedacht, mit einem ausgewachsenen, echten Griechen aus Griechenland. Das ließ das Schlimmste befürchten, ein Fressen für meinen paranoiden Hunger nach Gram.

Diese Frau ging nicht aus, weil sie nach Abrauschen der Corona lieber in aller Bequemlichkeit jemanden empfing. Durch die dünne Wand zwischen unseren Zimmern, durch die nur provisorisch mit einer Spanplatte zugestellte Schiebetür, drang jedes Gespräch, jedes Geräusch zu mir herüber. Ihre Stimme klang weich, irgendwie reif, ohne alberne Modulationen und bald vertraut; ich mußte mich zwingen, nicht noch genauer hinzuhören. Régine pflegte da drüben eine ganz persönliche Note der Heimkultur – sie wiederholte allabendlich mit verschiedenen Besuchern den schwierigen Balanceakt zwischen verständnisvoller Kummertante und eventuell verständnisvoller Boudoirdame. Gelang einem der Männer erst einmal der Wechsel vom Tee zum Wein, schien vieles möglich zu sein, all ihre Schritte, ihre zimmerlaut gesprochenen Sätze und auch die Spannung hinter der Wand teilten sich mir mit. Dagegen war nichts zu machen. Nur ein paar Nembutal oder Mandraxtabletten hätten dieses Hörerlebnis zu einem fernen, bedeutungslosen Zirpen heruntergedämpft. Aber mit solchen Tricks sollte es ein für allemal vorbei sein.

So war die erste Woche Wand an Wand mit Régine vergangen. In der zweiten war es kein Problem mehr, die Männer drüben an ihren Stimmen zu erkennen. Ihre Motive ließen sich weniger leicht unterscheiden. Von der Liebe geplagte, offenbar gute Freunde holten sich Ratschläge bei meiner Nachbarin und verstanden es doch, irgendwann bei ihr selbst versuchsweise mal vorzufühlen. Verehrer hatten es schwerer, Verehrer haben's immer schwerer. Einer war Psychotherapeut, der leiseste Redner von allen, der bei ihr als Seelenklempner eindeutig ein paar Jahre zu früh aufkreuzte. Ein anderer kam aus dem Hause Baghwan mit seinem gesalbten Ansatz eher zu spät, aber gut hörbar rüber. Zweimal da war ein Papa mit Boutiquenkette, der Höchstrabatte für Pelzmäntel anbot und unermüdlich Komplimente einflocht, was ihn auf Dauer nur ruinieren konnte. Sie alle versagten auf der Suche nach der Zauberformel, der Erkennungsparole für die Erlaubnis zum Passieren der Bettkante. Wenn die Musik vorbei war, endeten diese Männer mit einem geringfügig variierten und immer falschen Satz: Es wäre doch besser, find ich, wenn ich jetzt hierbleiben würde. Stunden einer Marter vergingen, vom ersten Schmus drüben bis zum letzten Angebot, schlaflos in meinem Bett, belehrt und ohne Hoffnung, in absehbarer Zeit näher an die Frau von nebenan herankommen zu können. Denn einer dort drüben hatte es geschafft, von ihr nicht weggeschickt zu werden. Das war nicht zu überhören.

Mir blieb nur der Weg durch die Wand.

Wieder einmal übertönte die angeheiserte Stimme dieser Spilly die anderen. Sie verfiel insbesondere bei Nichtigkeiten in langanhaltende Heiterkeitsausbrüche. Als sie sich spätabends vom Flur her nach Verabschiedung anhörte, wuchtete ich mich aus der Liegeecke hoch, um sie möglichst unverfänglich zu fragen, was für ein Jüngling das sei da hinter der Wand. Ein harmloser, erklärte sie, das hat nichts zu sagen, nur etwas für zwischendurch. Das meinte ich nicht, sagte ich zufrieden über das erhoffte Urteil, ich meinte, was der beruflich so macht. Er zählt den ganzen Tag Scheine in irgendeiner Bank, macht sich aber, wie sie süffisant nachschob, erst nach Feierabend so richtig nützlich. Und dabei würde sie nur stören, jetzt wäre ihr Typ hier nicht mehr gefragt – oder? Sie verpaßte mir einen neckischen Schlag in die Rippen und lachte über mein übertriebenes Zusammenzucken. Unser elektrischer Reiter hat doch ne sturmfreie Bude heute – oder? Schon hatte sie ihren Oberschenkel in meinen Schritt geschoben, schon drückte ich meine Nase in ihren Nacken; das wird was, dachte ich. Aneinandergeklammert rubbelten wir an der Flurwand entlang, rollten, uns um die Achsen drehend, Meter um Meter an ihr weiter, und dann wurde die Bude gestürmt.

Es wurde tatsächlich etwas – und das sogar schneller, als ich je für möglich gehalten hätte. Wie auf Befehl höherer Wesen fielen wir sofort aufs Bett, ein verblüffter, dünner Mann und die launig auflachende Frau, die viel Figur mitbrachte. Sie wußte besser als ich, wie man in der Horizontale vorankam und dabei quietschfidel blieb. Ihr Körper schien nur aus Rundungen zu bestehen, barock auch ihr Gesicht, das rosige Lächelgesicht einer weiblichen Großputte. Die sich, noch immer giggernd, um mich wickelte, die, über mir kniend, mein Gesicht mit ihren Brüsten abschwenkte, eine mir unbekannte, extrem aufmunternde Geste. War mir überhaupt neu, diese bedingungslose Direktheit, diese Leichtigkeit. War mir völlig neu, daß aus dem Gealbere heraus eine Vögelei entstehen konnte, daß es ohne die besonderen Gefühle, ohne jeden Ernst einfach so ginge – wenn nur die höllische Angst vor dem praecox nicht gewesen wäre. Spilly beendete die ihr verborgen bleibenden Sorgen, indem sie sich wie eine Entschädigung für alles auf mich legte und sich so lange passend bewegte, bis ich nicht mehr logisch dachte. Als ich wieder zu mir kam, lachte sie über mein Gebrumm, über die ersten, noch in die Matratze gepreßten Worte, über mein Muttermal am Oberschenkel, das sie ausführlich als Herrschaftsstempel des Weibes befeixte. Den Ausdruck hatte sie bestimmt aus einer Illustrierten. Egal egal, reimte sie, bringst du eine Frau zum Lachen, kannst du alles mit ihr machen. Na schön – aber ob das auch immer reichen würde? Als Strafe für solche Antworten sang sie mir diesen schrecklichen Schlager ins Ohr, … ach wärst du doch in Düsseldorf geblieben…, bis ich ihr den Mund zuhielt, was zum nächsten, erst recht lauten Bettkampf führte. Er war harmlos schön wie das Spielbeißen bei jungen Tieren und könnte noch einige Nächte so weitergehen.

Anderntags glaubte ich, etwas begriffen zu haben wie eine einfache Formel, die nur kurz aufzuleuchten brauchte, um für immer im Gedächtnis zu bleiben; sei alert, hieß die Formel. Es tat gut, es einmal mit einer Frau problemlos hingekriegt zu haben. Es tat vor allem deshalb gut, weil mich als Folge erstmals die musternden Blicke Régines trafen, mit denen der eine oder andere Gedanke verknüpft zu sein schien. Das Interesse müßte sich noch steigern lassen, sagte mir mein Instinkt, der das eigentliche Ziel weniger korrupt weiterverfolgte. In der Schlange der Verehrer hatte ich im Liegen womöglich einen großen Sprung nach vorn gemacht – das bei und mit Spilly erzeugte Vergnügen war bei Régine überraschend gut angekommen; die Wand war auch von ihrer Seite her dünn. Dort drüben war es immer stiller und schließlich still geworden. Der nichtssagende Knabe für zwischendurch und sie hatten sich nichts mehr zu sagen. Das konnte heißen, daß sich Régines Moral gerade erneuerte.

Paß gut auf sie auf, hatte er nur halb im Scherz in der Küche zu mir gesagt – morgen fahre ich für drei Wochen nach Spanien in Urlaub. Wie schön für dich, hatte ich seltsam gerührt geantwortet und ihm das grundsätzlich Unmögliche versprochen – jaja, klar, wird gemacht. Zum Abschied drückte er mir beschwörend lange die Hand.

Allein in der Wohnung, konnte ich es mir nicht verkneifen, für einen kurzen Moment in Régines Zimmer zu sehen. Ihr gehörten zwei salonartige Räume, separiert im Vorderflügel der Wohnung; die drei lebten hier nicht wie eine studentisch in sich verbissene WG, sie teilten nur die Miete. Der Wohnstil gefiel mir, ein Frauenzimmer. Alles war locker hingestellt, leicht anorientalisierte

Sachen in warmen Farbtönen – schwere, dunkelgrüne Chintzvorhänge und bestickte Decken, ein brauner, ovaler Eßtisch mit hochgeschnörkelten Füßen, Stoffsessel, Flokatis auf dunkelrotem Teppich, etwas süßlich, aber in der Witterung eines Streuners sehr angenehm. Auch Goldenes leuchtete matt, Kerzenhalter, Tabletts und diese Tiffanylampen, manche haßten gerade die. Das Kopfende des Bettes grenzte an meine nackte Wand, das wußte ich bereits, vom daneben stehenden Schneewittchensarg, dem weißen Braun-Radio mit oben eingebautem Plattenspieler, kam also die Musik – alles gut abgestimmt, passend, schön gealtert. An der Wand überm Bett rechts eine kleine Traube angenadelter Fotos, der Grieche und sie, der Grieche allein, schwarzgelockt zeitlos, der Grieche mit ihr im Arm. In der Mitte ein schwarzweißer Fotodruck mit einem gehockten Frauenhalbakt, sehr pralle Brüste mit einzelnen prallen Wassertropfen auf der Haut; dorthin fiele zwangsläufig der Blick eines bäuchlings liegenden Mannes, wenn er sich hochstützte und die Augen öffnete. Der größte Blickfang war ein Großposter mit dem Drahthaarkopf von Jimi Hendrix.

18

Ganze Stunden hatte ich am Schreibtisch verbracht, unwillig und unfähig zur Konzentration auf das, worauf es angekommen wäre – zu sehr beschäftigten mich die nach wie vor abstrusen Gedanken an die Frau hinter der Wand. Nichts daran war konkret, nichts, was zu einer Handlung hätte führen können. Ich war verunsichert, auch gewarnt durch die von nebenan erlauschten Selbsttäuschungen. Mir fehlte ein Ratgeber wie Roland. Mir fehlte die naive Direktheit eines Georgi-Baby, der lachend auf irgendein, wie er es nannte, ›chick‹ zuging und sagte, heut ist der Tag, heut bist du dran; kleine Mädchen, klar, und nicht zu vergleichen mit einer Frau wie Régine. Ich suchte unentwegt nach Sätzen, die ich ihr beim nächsten Treffen in der Wohnung, im Flur, in der Tür hätte sagen können – eine raffinierte und doch entspannte Bemerkung, die für den Fall, daß sie zum falschen Zeitpunkt käme, ein Hintertürchen offenließ. Von so einem Satz könnte das ganze Leben abhängen. Als utopisch handelnde, wirklich visionäre Firma müßten wir diejenigen, die sich auch nur ansatzweise verliebt zu haben glaubten, für zwei oder drei Monate von der Arbeit freistellen.

Viermal bereits war ich an diesem Nachmittag in die Wohnung gefahren, um mich für zehn Minuten wie zufällig in die Küche zu setzen und dann wieder ins Büro zurückzukehren; eine kurze Strecke, vorbei an der Binnenalster, an den Kaufmannsvillen unter junigrünen Bäumen im Frauenthal (was für ein Straßenname!), vorbei auch an den seebäderweißen Gründerzeithäusern am Mittelweg, an den in parkähnlichen Gärten versteckten Anwesen. Hier also ruhte das unangefochtene, alte Geld, die einzige Währung, die letztlich zählte, hier zeigte sich die Spitze des Eisbergs Reichtum, dessen Entstehung und Existenz rätselhaft blieb wie ein Traum oder der Tod. Das Viertel faszinierte mich wie kein anderes, um mich zugleich in stille Verzweiflung zu versetzen, weil es die Unabänderlichkeit der Verhältnisse überdeutlich vor Augen führte. Nicht zum erstenmal huschte mir die Erkenntnis durch den Kopf, daß es Büdinger um nichts anderes ging als Besitz und Wohlstand, um eine sichere Existenz fern jeder Arbeitshektik und trivialen Lebendigkeit. Und dieses von mir lange unerkannt gebliebene Ziel wollte er möglichst schnell und möglichst allein erreichen.

Natürlich dachte auch ich an Geld, allein schon deshalb, um irgendwann nicht mehr daran denken zu müssen, um irgendwann später, wenn es auf meinem Konto alt geworden sein würde, an die wichtigeren Sachen denken zu können. In dem Sinne hielt ich mich längst für einen Denker im Wartestand – geschäftliche Handlungen kamen mir trotz eines gewissen Spaßfaktors von Anfang an als Konzession oder lästige Notwendigkeit vor. Sie waren uns aufgezwungen und hatten, wie ich mittlerweile wußte, sogar etwas Zerstörerisches an sich.

Die Halbtagssekretärin war gegangen, Albert würde nicht mehr hier erscheinen. Um mir die unangenehme Aufgabe zu ersparen, hatte Büdinger ihn überzeugt, das Büro zu verlassen – wegen der, wie er es ausdrückte, nötig gewordenen Neuordnung des Gesamtunternehmens. Meine Skrupel, Alberts Ausscheiden nicht verhindert zu haben, hielten sich in Grenzen. Er stand vor einer Millionenerbschaft und brauchte keinen Job. Das Wesen der Muße-Gesellschaft hatte er ohnehin nicht begriffen, den richtigen Ton nicht gefunden, weder bei abgezockten Gastronomen noch bei den Werbefritzen, die ihren Besuch bei uns als Beweis ihrer Kreativität ansahen – und mit den wie Intellektuelle auftretenden Industriemanagern verbrüderte er sich sogar. Das System der Verknüpfung von Freundschaft und Geschäft hielt ich inzwischen für höchst zweifelhaft, der Rohstoff Freundschaft selbst schien fürs erste erschöpft. Albert gelang es, notorisch falschzuliegen, selbst in Kleinigkeiten wie seinem unaufhörlich rhythmischen Kopfnicken bei Konzerten, einem untrüglichen Zeichen für Behäbigkeit wie auch sein nach einem Joint sofort auftretender Heißhunger auf belegte Brote gerade dann, wenn das Redebedürfnis unaufschiebbar war. Einmal, unter größten Bedenken als Gast in Swetis Probierstube mitgenommen, hatte er nach einer Gabe Opium dessen Wirkung damit beschrieben, er habe das Gefühl, durch seine Adern würde die gesamte städtische Warmwasserheizung rieseln. Was für ein Vergleich! Mit solchen Aussagen konnte er meine Meinung über ihn für Wochen vergiften.

Nur zwei Besucher hatten die Büroruhe gestört. Ein Steuerinspektor namens Leitner suchte den vorvorigen Mieter, eine

Filmproduktion, wobei seine Empörung über die ins Nichts verschwundene Firma sich schnell auf mich als steuerlich gleichfalls unbekannte Größe ausdehnte; er notierte meine verworrenen Angaben und verabschiedete sich mit wortreichen Drohungen. Der nächste brachte kaum ein Wort heraus, obwohl er eine halbe Stunde im farbumwaberten, blitzzerissenen Studiogewitter stand, kühl bis in die Haarspitzen seiner gepflegten Mähne, die wie eine blonde Schleppe den Rücken hinunterfiel; der stumme Gast wußte, daß ich wußte, daß er ein bekannter Cover-Fotograf für Popmusik war. Die Arroganz dieser sich seit ein, zwei Jahren aufblasenden Branche mißfiel mir spätestens seit dem Hair-Erlebnis. Aber was täten wir ohne sie?

Für den Rest des Nachmittags schaute ich auf die Beine von Frauen, die vor dem Haus parkten – zarte, in Pumps steckende Füße, die aus der Autotür heraus ins Freie stocherten, für Momente zusammengestellte Waden verschiedenster Formen, die nach kurzen Drehungen in Richtung Eingang verschwanden. Mehr als die unteren dreißig, vierzig Zentimeter gab der Blick aus dem Souterrainfenster nicht her. Alles Weitere bekam der Frauenarzt, ein übelgelaunter Mittfünfziger, im Stockwerk über mir zu sehen. Ich mußte an meine Lieblingstante Alida denken. Sie hatte mir als sechsjährigem Knaben einmal im Schlafzimmer ihre bis zur Hälfte der Oberschenkel entblößten Beine gezeigt, wunderschöne Beine natürlich, die sie unvermittelt hochstreckte wie fürs Strümpfeanziehen, um dann mit den Fingerspitzen vom Fuß bis zum Schritt über die braune Haut zu fahren und mein Spatzenhirn mit einem auf ewig unlösbaren Rätselspruch zu verwirren: Mit diesen Beinen, sagte sie, muß ich mir um meine Zukunft keine Sorgen machen. Demnach könnte die Form der Beine durchaus eine gewisse Aussagekraft haben. Aber die Tatsache, daß bei einer Frau Electric Ladyland auf dem Plattenteller lag, bedeutete wahrscheinlich wesentlich mehr.

Am Abend drang aus dem Nebenzimmer die Quengelstimme von Leonard Cohen herüber, später die nicht minder erregenden Organe einiger Soulsängerinnen – Régines Beimusik für Plaudereien im Kreis ihrer Verehrer. Daß sie nicht drei Wochen lang allein vor dem Fernseher liegen würde, hatte der Zwischendurchknabe richtig vorausgesehen. Ich stellte mir vor, wie er an Stränden und in Restaurants, von Verlustängsten geplagt, keine ruhige

Minute erlebte; ein weiterer Beweis für meine Theorie, daß Urlaub etwas war, das einen verkleinerte. Nur ein einziges Mal hatte ich einen Versuch in diese Richtung gemacht – schon sechs, sieben Jahre her, mit Susanne am Meer in einem dänischen Touristenort, eine in vieler Hinsicht prägende Erfahrung. Wir wohnten in einem Motel, ein Holzbau mit einer langen Reihe Zimmer, wo gegen Mitternacht das Gestöhn und Bettengeknarre in Nummer eins ausbrach, sich dann in einer Kettenreaktion von Zimmer zu Zimmer fortpflanzte, und als wir in Nummer neun dran gewesen wären, hatte Susanne gesagt, nein, jetzt nicht, nicht hier. Das Glück lag immer hinter der nächsten Wand, damals wie heute. Schon den dritten Abend hockte ich in voller Kleidung auf dem Laken, als würde mich jeden Moment jemand zum Essen oder Theater abholen. Tatsächlich starrte ich auf die Szene hinter der Wand, wo Régine seit Stunden Verehrer abarbeitete – bis auf den letzten Mann, den als nicht völlig chancenlos eingeschätzten Sanyassin. Zwischen ihr und mir waren in den vergangenen Tagen nur wenige Worte gefallen, die Blicke aber nach meiner Deutung um Zehntelsekunden länger geworden, und die lustige Putte Spilly – zurückgepfiffen? – kam nicht mehr.

Weit nach Mitternacht saß ich noch immer aufrecht da, bis zur Lächerlichkeit angespannt wie ein ganzes Orchester, das der Dirigent warten läßt. Die Musik spielte drüben weiter, jeder durchklingende Satzfetzen, jedes noch so kurze weibliche Auflachen steigerte meine durch nichts als in sich selbst begründete Ungeduld. Ich lauerte auf das Stichwort, auf dies ›es wär besser, wenn ich jetzt hierbleibe‹ aus dem weinvermüffelten Mund des von mir zum ebenfalls Ungeduldigen erklärten Nebenbuhlers nebenan; ich hoffte auf seinen im wahrsten Wortsinn ent-scheidenden Satz. Der Abgangssatz kam, aber so gefährlich nah in Höhe des Hendrix-Kopfes gesprochen, daß mir der Atem stockte. Der Bhagwan-Mann zeigte sich verdammt hartnäckig – er ignorierte offenbar, daß Sanyassin eigentlich doch der ›Verzichtende‹ bedeutete. Im Glauben an die überzeugende Kraft der Wiederholung bekräftigte er seinen Bleibewillen in verschiedenen Stimmlagen. Ich konnte durch die Wand sehen, wie er die Frau an ihren Oberarmen ergriff und sie an sich zu ziehen versuchte:… doch, doch, ich werde bleiben, aber ja, ja, du findest's doch auch besser, gib's zu. Ich sah, wie sie den Kopf lachend zur Seite drehte:…

nein, nein, mein Lieber, es ist besser, wenn du jetzt gehst ... Das war – mit ihrer Absicht? – auf meiner Seite deutlich zu hören, das nachgeschobene ›ein andermal vielleicht‹ schon schwächer. Schritt für Schritt bugsierte sie ihn dann hinaus, beschwichtigte ihn mit Scherzen und löste seine letzten Bemühungen in einem verspielten Abschiedsgerangel so auf, daß er sich seinen Abgang später halbwegs erträglich zurechtlügen konnte. Das hatte Régine gut hingekriegt. Danach war es still.

Ich stierte auf die Wand und war ganz Ohr – noch das leiseste Parkettknarren mußte jetzt richtig gedeutet werden. Sie zog sich aus und legte sich schlafen. Sie zog sich aus, legte sich hin und konnte nicht schlafen. Oder sie legte sich hin, änderte ihren Sinn und stand wieder auf. Dann klopfte es an meiner Tür, die ich sofort öffnete, und ich stand Régine gegenüber.

Hast du noch eine Zigarette, sagte sie.

Ihre fast ins Tonlose gesenkte Stimme klang ernster, als das Bedürfnis nach einer Zigarette es verlangt hätte. Die einfache Frage in dieser Situation gestellt zu haben machte sie anscheinend verlegen. Das genügte, um mir für den Augenblick Sicherheit zu geben.

Klar hab ich Zigaretten, sagte ich, aber ich fänd's besser, wenn wir die bei dir drüben rauchen.

Die Wand war durchbrochen. Hatte ich es nicht gewußt? Ich hatte es gewußt. Ich wußte es, seit ich Régine das erstemal sah, und als ich das erstemal gesehen hatte, daß sie mich ansah, war ihr Blick nur die Bestätigung meines Wissens. Als vor ihrem Einzug hier einige Geschichten über die mir noch Unbekannte erzählt wurden, ahnte ich schon einen Lichtblitz lang, daß diese Frau eines Tages mit mir zusammenkommen würde. Auch in den letzten zehn Minuten, bevor sie an die Tür klopfte, hatte mir mein Gespür gesagt, daß sie mit bereits vorgefaßtem Willen darüber nachdachte, es zu tun.

Sofort mit Régine ins Bett – da vergaß sich alles Niedagewesene, jetzt wurde Realität, was über Monate bloße Phantasie war. Sie hatte mich abgeholt, den Morgenmantel über den roten Unterrock geworfen, das Richtige getan. Wir brauchten keine Komödie, keine weiteren Fragen und Worte, um Nähe zu schaffen. Sie ergab sich von selbst auf den ersten Schritten im Flur, als wir uns von der Anspannung erschöpft und erleichtert wie Davongekommene einander stützend in ihr Zimmer schleppten. Umarmt vor ihrem Bett innehaltend, schauten wir uns etwas pathetisch in die Augen und erkannten einen Blick lang die Strenge, die in diesem Anfang lag. Das wenige, das wir uns dann noch sagten, wehte als geformter Atem über die Gesichter, ein Vorwand nur für den Drang nach weiteren Zärtlichkeiten, die selbst nur Vorwand waren für die Begierde. Wir folgten nur der gegenseitigen Anziehungskraft, die die Körper erkannt hatten, umschlangen uns, preßten uns aneinander und ließen – endlich nackt – nicht mehr voneinander ab. Ich machte das, von dem ich einigermaßen sicher annahm, daß man es so machte. Sie küssen, wo es nur ging, keinen Fleck vergessen, keine der Stellen auslassen, die in von mir gesehenen Filmen geküßt worden waren. Ich tastete, streichelte, griff fest zu und wurde betastet, gestreichelt und fest gegriffen – keine unserer Berührungen blieb vom anderen unerwidert. Régines Körper paßte zu meinen Händen, die zupackten und die Haut rieben, die Formen nachformten und wie verrückt den Busen attackierten; ans Denken war jetzt nicht mehr zu denken. Unsere Zungen, diese fleischigen Schrittmacher der Lust, trieben uns voran und brachten viel Feuchte mit sich – ich schmeckte das langsame Süßerwerden des Lebens.

Régine hatte es auch gewußt. Von einem bestimmten Moment an, sagte sie. Sie hatte all meine Küchenblicke registriert. Ohne hinzugucken. Es hätte etwas verschämt Forderndes in ihnen gelegen. Aber das macht mir nichts aus, sagte sie. Weil nämlich noch mehr in meinen Augen zu sehen gewesen wäre. Mut, sagte sie, und eine große Traurigkeit.

Jetzt bloß keine großen Reden schwingen und sie gleich korrigieren, dachte ich, besser nur ein kurzes: Ach ja.

Sie lag da wie hingegossen, schlank, fast dünn, die Brüste ruhten breit auf dem schmalen Oberkörper. Ich war ziemlich durcheinander und hatte, besorgt und euphorisiert zugleich, keine Ahnung, mit welchen Gefühlen Régine aus der Umarmung gekommen war. Ich hätte gern etwas gesagt, was den Grund ihrer Seele erreichen würde. Aber vielleicht genügte auch schon der Wunsch, so etwas sagen zu wollen.

Ich soll auf dich aufpassen, sagte ich.

Sie lachte: Ich bin dreißig.

Dann muß man erst recht aufpassen.

Wenn du dazu in der Lage bist.

Und ob, sagte ich und tupfte meine Lippen in den tiefen Winkel zwischen ihrer Nasenwurzel und den Augenlidern; eine aus dem Französischen übernommene Idee.

Na ja, sagte sie, es hat sich hochgeschaukelt, sogar ein bißchen gegen meinen Willen.

Gegen meinen nicht.

Es ist nicht der richtige Zeitpunkt.

Wegen deines Urlaubsknaben?

Nein, nicht deswegen. Vom Gefühl her, verstehst du.

Sie sprach von ihren Plänen und senkte den Blick wie abwesend zur Seite, als hätte sie eine ferne, doch bestimmte Vorstellung vor Augen.

Hier weggehen, sagte sie, eventuell ins Ausland.

O Shit, dachte ich und sagte, woanders hingehen kann man eigentlich nur, wenn man ein anderer geworden ist.

Es gibt viele Gründe.

Es könnte sein, daß es nur einen gibt, sagte ich und erzählte von meiner Odyssee im Westen, von den zwei Jahren dort, ohne eine Frau zu treffen. Also wäre die Wanderschaft in Richtung Norden weitergegangen, und schließlich hätte ich im ›Kinsey-Report‹ – kein Grund, das Gesicht zu verziehen – etwas Frappierendes gelesen, nämlich, daß 95 Prozent aller zusammenkommenden Paare vorher im Umkreis von nur fünfzig Kilometern lebten.

Wäre ich in Düsseldorf geblieben, dann läge ich jetzt nicht hier.

Eine bestechende Logik, sagte sie, und dann noch so gut getroffen, direkt ins Nebenzimmer.

Nah genug, sagte ich und zog sie wieder an mich heran. Das war doch richtig?

Wer weiß, sagte Régine.

Als sie weggeschlummert war, lag ich noch lange hellwach. Erst in der Stille wurde das soeben Vergangene bewußte Gegenwart. Eine Flut von Gedanken überfiel mich, das euphorische Nacherleben einzelner Gesten und Worte, die begriffen werden wollten und die sich zugleich dem Begreifen entzogen. Das vage Gefühl, ihr nahe zu sein, zog wieder und wieder durch mein Hirn, erregend allein der ungewohnte Anblick einer schlafenden Frau – ihre Konturen unterm Laken, der unbedeckte Busen und die Brustwarzen, fast handtellergroß erblüht wie ein ungeahnter Körperteil, der für sich stand. Es dauerte eine Weile, bis ich mich beruhigte. Eine leichte Sommerbrise ließ die Ahornbäume vorm Fenster aufrascheln, ein seit Jahren nicht gehörtes Geräusch, das noch immer nach Erwartung klang; der Wind wehte die Gardinen sachte hin und her. Vielleicht war ja das Schöne am Sex, solange wie möglich nicht zu wissen, um was es ging.

So geht es jedenfalls nicht, sagte Régine am nächsten Morgen.

19

Die Wand trennte uns wieder – Stille auf beiden Seiten, nur Régines kleiner Bettfernseher fiepte durch die Ritzen. Vergiß es, hatte sie gesagt, du bist ein Egoist, ein Ignorant, geh bitte. Und mit ihrem letzten Satz wischte sie die verliebte Nacht weg wie eine schlechte Erinnerung: Das ist nicht die Art, in der ich mich ausdrücke. Entweder gehörte dieser Satz zum Rätselfundus einer Frau und enthielt somit die Spitze an Sinn, oder er machte als Schlußformel jedes weitere Nachdenken sinnlos. Drei Nächte verdampften unter der Decke, drei Nächte versanken in den Delirien der Deutung. In den Jochbeinen vibrierte die schiere Blödheit, die mir zweifellos im Gesicht stand.

Als wir uns am vierten Tag im Flur begegneten – es mußte ja passieren – lächelte Régine in mein totes Gesicht und fragte, Ärger im Büro?
Eher privat, sagte ich.
Komm mit rüber, auf einen Tee.

Wenigstens ein Platz in der Teeklasse, dachte ich, als wir uns in ihre Ecke für eher alltägliche Gespräche setzten.

Um es gleich klarzumachen, sagte sie, das ist nicht das, was ich mir vorstelle. Du kannst hier nicht einfach auftauchen, mich mit Haut und Haar fressen wollen und obendrein denken, das müßte mir auch noch gefallen.
Hätte ja sein können.
Das kannst du mit mir nicht machen, verstehst du. Nicht eine Sekunde denkst du an mich dabei, nicht einmal an das, was bei mir passiert. Du verfolgst immer nur ein Ziel, immer dasselbe Ziel, deine und nur deine Befriedigung.
Das entsteht aus Gefühl, sagte ich.
Was weißt du über Gefühle. Du hast nicht mal Proust gelesen oder Stendhal, den Siddhartha. Was du Gefühl nennst, ist eine Meute Hunde, die du einfach loslaufen läßt.
Der Hund, hab ich irgendwo gelesen, ist der Führer der Seele durch die Nacht.
Meiner nicht, mein Lieber, verstehst du.
Woher soll mir klar sein, was ich will –

– Haben wollen willst du, unterbrach sie mich, haben wollen, haben, haben, haben, möglichst sofort, das willst du, mit deiner Eroberungshaltung von mir Besitz ergreifen und dann verfügen, das willst du.
Wenn es geht, murmelte ich.
So geht es nicht.

Régine schaute herüber wie aus der traurigen Fülle eines größeren Wissens. War sie enttäuscht von unserer ersten Nacht? Tat es ihr leid, auf das durch die Wand geschickte Liebeswerben eingegangen zu sein und es mir so leicht gemacht zu haben? Wäre ihr ein Rendezvous mit Blumen an der Normaluhr lieber gewesen – oder unter der Tür durchgeschobene Zettelchen mit Fragen wie ›Willst du mit mir gehen?‹. Der Tee, nur genippt, schmeckte wie Gift.

Sie hatte ihre Vorwürfe wiederholt und mehrmals erstaunlich wütend gesagt, aber nicht mit mir, verstehst du, nicht mit mir. Allein die aggressive Emphase im Ton verriet, daß an ihrer Entschiedenheit gezweifelt werden durfte – Régine dachte in der Angelegenheit offenbar ernsthaft nach. Wir hatten es geschafft, uns gegenseitig zu irritieren. Der vermeintlich fröhliche Leichtmacher von nebenan war knochentrocken auf eine Vorzugsposition aus, und die vermeintlich hingabebereite Frau von nebenan ließ dem Tanz ihres Schoßes eine enorm kritische Abwehrhaltung folgen.

So kann ich mir jedenfalls gar nichts vorstellen, sagte sie so kühl, als spräche sie von einem hingewürgten Fehlversuch – du bist einfach viel zu schnell, und zwar in jeder Hinsicht.
Ich war schon mal langsamer, bei meiner letzten Freundin, meiner einzigen bisher – sechs Jahre haben wir gebraucht, um herauszufinden, daß sie nichts empfand und eigentlich gar nicht mit mir schlafen wollte.
Dann wußte sie nicht, wie sie einen Orgasmus kriegt, das Gefühl kannte sie gar nicht.

Und ich auch nicht, sagte ich.

Mit nur einem Satz hatte sie mich und meine Erfahrung auf Null gestellt – nicht einmal zu Unrecht. Sie hatte die Schwachstelle meines Lebens erkannt, ein über Jahre glückloser Bettbastler gewesen zu sein. Da nutzten auch die lang und breit gewälzten altklugen Theorien über Susannes mögliche Frigidität wenig. Was hatte ich nicht alles von anderen gehört über Frauen, die sich die Lunge aus dem Leib schreien sollten, die bei der Umarmung Tränen vergossen, die auf der Stelle abhängig wurden oder voller Energie aufsprangen und einen Baum pflanzen wollten. Das alles kannte ich nicht, ich kannte Susanne, die schöne Bremserin. Von der Zeit mit ihr begann ich zu reden wie einer, der sich und andere mit dem Gerede über das nächstliegende Ziel hinwegzutäuschen versuchte. Denn was immer ich erzählte, verlangte unüberhörbar nach Behebung meines Mankos, nach Korrektur der nur moralisch und damit unglücklich verlaufenen Einführung in die Liebe, diesem weißen Fleck in meiner Biographie. Tatsächlich hatte es etwas Naives, Bigottes, sogar Geschäftliches, seine Absichten zu äußern und sogleich wieder zu Süßholz zu verraspeln, das den Verdacht schnöder Besitzergreifung erst gar nicht aufkommen ließ. Ich redete und redete weiter und suchte in Wahrheit nur den Moment, um Régine zu berühren.

Geduld ist nicht deine Stärke, sagte sie.
Mit tiefer gelegter Stimme sagte ich, im Moment nicht.

Warum nennt man das eigentlich ›zusammen schlafen‹, sagte ich später – so wach wie gerade dabei wäre man sonst nie. Wir lagen in den Laken, die Hände nachfühlend auf der feuchten Haut des anderen belassen, und sannen der gerade vergangenen Anstrengung hinterher. So lange wie möglich hatte ich uns beobachtet, von der Umarmung in der Flügeltür, deren Geboller uns rascher aufs Bett fallen ließ, vom schwach blockierenden Widerstand Régines, dessen baldiges Ende der Anfang eines Spannungsbogens war. Ich sah mir zu beim ersten Zupacken in ihre entblößte Rückenmitte, das ihren Kopf um Grade in den Nacken kippen ließ, sah beim Streicheln ihres Körpers, beim Griff in ihre Waden und Oberschenkel, wie sich ihr Gesichtsausdruck veränderte, ihr Mund sich halb öffnete und sie aus mir nicht ganz einsichtigen Gründen stöhnte. Ich sah mir zu bei den kleinen Grobheiten, die wer weiß woher kamen, bei meinem Lendendruck, dem spielerischen Rammen in ihren Leib, das sie mit Seufzern beantwortete, begrüßte? Ich beobachtete uns bei allen Bewegungen, als wär ich ein Dritter, ein bestellter Gutachter, auch beim uneilig begonnenen Akt, bei den sich langsam beschleunigenden Bewegungen. Warte, hatte sie irgendwann geflüstert, warte.

Von Beginn an fragte ich mich, was sie in diesem Bett erlebte, und wenn sie etwas erlebte, was ihr das bedeutete, was es überhaupt bedeutete. Obwohl die Situation kaum Genaueres hergab, dachte ich die ganze Zeit über Régine nach. Daß sie währenddessen sprach, war für mich ungewohnt – kleine Worte nur, ein ja, ja, o ja, weiter, ein kurzes, zustimmendes ja, ja, ja gut. Auch daß sie mehrmals energisch verlangte, fick mich, fick mich, was ja gerade passierte, war verwirrend, weil damit vielleicht etwas anderes gemeint sein könnte – darüber müssen wir noch reden, dachte ich. Schwer herauszufinden, worauf sich ihr Lob im einzelnen bezog, dieser doch gefährlich wirkende Ansporn, der rasch, möglicherweise zu rasch zum Ende führen konnte, das erst beginnen sollte, wenn sie ihren Körper der Länge nach straffte und die Schenkel durchgedrückt liegen ließ, wenn sie sich ganz und gar für Momente angespannt verhärtete und das, was das Ende von etwas sein mochte, mit plötzlich wie entriegeltem Leib heraustöhnte, lauter und zusammenhängender als zuvor, eine Schlußstrophe lang. Ob das alles war, was geschah, wußte ich nicht genau. Ich hatte die Aufmerksamkeit nicht vollkommen durchhalten können. Am Ende fehlten mir zwei, drei Sekunden.

Es gibt kein Ende, sagte Régine – es ist eine unendliche Wellenbewegung, die in mir abläuft, die sich bricht, die sich wiederholt, die immer von neuem kommt.
Aber wann kommt es bei einer unendlichen Wellenbewegung zu einem Höhepunkt?
Dauernd, öfter als nur einmal.
Öfter als einmal?
Ja, sagte sie, die kommen ganz von selbst, und sie kommen wieder.

Das war nicht leicht, sich so eine innere Wellenbewegung und ihre sieben Höhepunkte vorzustellen.
Wir hatten gerade einen Auftritt in Sankt Peter Ording, erzählte ich ihr – da gibt's ein Hallenbad mit Meerwellen, alle zwanzig Minuten machen sie dort per Lautsprecher die Ansage, Achtung Welle!, und dann kommt sie.
Du bist gemein.
Nur mit den besten Absichten.

Es sah sehr danach aus, daß wir ein erstes Thema gefunden hatten – meine endgültig erwachte Wißbegier und Régines Bereitschaft,

Gefühle zu begründen, ergänzten sich. Wir redeten stundenlang über das Zustandekommen eines verschwindend kurzen Ereignisses. Wahrscheinlich konnte man sich zu zweit eine Ewigkeit den Kopf zerbrechen über die Bedeutung von zwei, drei Sekunden, auch der zwei, drei Sekunden, die mir am Ende gefehlt hatten. Dabei ging es mir, was ihr wortreich klargemacht werden mußte, nicht um meinen Orgasmus. Der war nicht der große Unbekannte, sein Stellenwert entsprechend geringer. Wesentlich höher, sogar unermeßlich hoch, schätzte ich den weiblichen Höhepunkt ein. Doch woran erkannte man ihn? Und wenn man ihn erkannt zu haben glaubte, wofür mußte man ihn dann halten? Für eine Körperfunktion? Für den Abschluß eines Zyklus, in dem die Zeit ihren Rhythmus findet? Für ein Geschenk? Einen Beweis? Den Beweis für eine gelungene Verbindung? Régine, noch vorsichtig, tendierte in diese Richtung. Das gefiel mir – auch auf die Gefahr hin, ihre Orgasmen als willkommene Bestätigung für meine Großartigkeit zu nehmen, sie dafür gar zu gebrauchen. Vielleicht wollte sie mir mit Absicht eine Gelegenheit geben, meine Eitelkeit mehr als ein paar Augenblicke lang auszukosten. Die darin liegende Gefahr, beim entsprechenden Gespür der Frau vorsätzlich und gönnerhaft in diesem Sinne bestätigt zu werden, wurde mir in der Hitze des Anfangs nur als kurzer, paranoider Gedankenblitz bewußt. Ansonsten tappte ich im Dunkeln. Das konnte heißen, daß ich an Régines Wellentheorie zu glauben begann. Die wäre auch gar nicht ihre Erfindung, erzählte sie, die Frauen ihrer Familie hätten alle diese enorme sexuelle Spannkraft in sich gehabt, besonders groß sei die Lust ihrer Großmutter gewesen.

Aber wenn ich merke, daß sich einer davon nur mitziehen läßt, hatte sie gesagt, dann ist sofort Schluß.

Ausgerechnet unser Herr Schmidt mußte in diesen Tagen als erster in der Filiale auftauchen. In einem neuen, aufs Massenpublikum abzielenden Tanzlokal stand der Einbau einer Lichtplastik an; von der hallenhohen Decke sollten vier überdimensioniert weintraubenartige Kugellampengehänge atmosphärisch etwas hermachen – ein mehrfarbig aufglühender Kitsch das Ganze. Der Bau bewies einmal mehr eine ästhetische Verkommenheit, die uns mit Hunderttausendmarkaufträgen belohnte und immer tiefer in die Sackgasse führte; sinnlos, mit Schmiddel über dieses Problem zu reden. ›Wo stehn die Klaviere‹, sagte er nur, und dann ging's im Akkordtempo an die Verkabelung der Monstertrauben, auch der Steueranlage vom Typ LSO 3000, einer weiteren Erfindung von Bekurz, einem gemütlichen, aber nicht schlechten Produkt, intern der ›Schweller‹ genannt. Schmiddels stecknadelkopfkleine Pupillen verrieten, daß mittlerweile auch für ihn der Rausch ein inneres Element unseres Geschäftes war; unter Garantie hatte er ein halbes Röhrchen Captagon intus, um so gerüstet in seine gewohnte Installationsekstase zu verfallen. Acht Stunden später leuchtete der Saal wie bestellt auf.

Aber die Arbeit interessierte ihn nur am Rande. Schmiddel wollte unbedingt herausfinden, wie mir das Hickhack der Trennung bekommen war und was mit der Filiale eigentlich geschehen sollte. Sein größtes Vergnügen, sein geradezu detektivischer Ehrgeiz bestand nach wie vor darin, über jeden einzelnen Vorgang in der Gruppe genau Bescheid zu wissen. Je weniger er sich – auch als mein persönlicher Schatten – akzeptiert fühlte, desto hartnäckiger wurde seine Neugier. Dabei gebrauchte er ständig ein provozierendes ›Wir‹, als wäre er durch meinen Weggang in die Führungscrew aufgestiegen und der obskure Ableger ›hier oben‹ ohnehin von den wesentlichen Aktivitäten ausgeschlossen. Er hatte es sogar geschafft, angeblich wegen dringender Telefonate, gegen Abend eine halbe Stunde allein im Büro zu verbringen; äußerst beunruhigend für mich, da dort einige Briefe über geplante und bisher noch niemandem bekanntgegebene Dinge lagen. Erst in der Isestraße fand er zu seinem Grundgefühl der Zerknirschung zurück – Mensch, was für'n Fahrstuhl, poliertes Edelholz, Scherengitter, sagte er in der bei ihm oft zusammenfallenden Wallung aus Staunen und Mißgunst, ein Palast, diese Wohnung. Ausgiebig starrte er auf die ziselierten Messingbeschläge der Türschlösser und die von unzähligen Handgriffen zu Goldglanz polierten Klinken, als versänke er in den Vorstellungen des hier einst und jetzt gelebten Lebens. Und als dann noch Régine auf ein kurzes Hallo in der Küche vorbeischaute und mir einen zarten Patsch auf den Kopf gab, war er auf dem Tiefpunkt angelangt und knibbelte mit Daumen und Zeigefinger hektische Wirbel in sein schütteres Kinnbärtchen.

Was ist das eigentlich für eine Firma, fragte Régine später.
Jedenfalls keine von der üblichen Sorte.
Sondern?
Meine Güte, sagte ich, wo soll ich da anfangen. Heute mittag zum
Beispiel kamen zwei Herren in schwarzen gestapohaften Leder-
mänteln ins Studio, zwei kleinlaute Zuhältertypen, die ziemlich
verunsichert auf die blinkende Elektronik plierten. Die hatten auf
der Reeperbahn nachts einen Nachtclub gekauft und mußten
morgens feststellen, daß vom Vorbesitzer die sündhaft teure, ihrer
Meinung nach an sie verkaufte Bühnentechnik in derselben
Nacht noch ausgebaut worden war. Alles Geräte, die aus unserer
Produktion stammten.
Ja und?
Die neuen Nachtclubbesitzer steckten mir zwanzig Riesen oben
ins Reverstäschchen, damit abends zur Eröffnung alles wieder in
Ordnung ist. Kein Problem. Der nächste bitte – ein Werbefritze,
der im Bremer Parkhotel eine blitzsaubere Hundefutter-Revue
sehen möchte. Von den Anrufern ganz zu schweigen.
There's no business like showbizbizbiz, sagte Régine – aber wie
seid ihr darauf gekommen?

Ja wie, wie – wie die Jungfrau zum Kind, sagte ich, eine unbe-
fleckte Empfängnis... kaum zwei Jahre her, in einer Gartenlaube... eigentlich hatten wir nichts Böses vor, nichts Kommer-
zielles wie Massenproduktion oder Werbeshows, wir wollten
etwas völlig anderes, die radikale permanente Veränderung, jedenfalls keinen bürgerlich profitorientierten Laden, Teil von etwas Neuem sein, dafür wollten wir das passende Licht machen,
ursprünglich war das Ganze revolutionär gedacht, nach außen
und nach innen – eine Undergroundfirma, wenn du so willst.

Und wo war der Haken?
In uns selbst, in der Verführbarkeit, im Handgelenk, das die Raff-
kralle steuert. Die war in der Kürze der Zeit nicht mitrevolutio-
niert worden. Dabei lief der Laden, ohne je Kapital oder Verträge
oder Besitzer gehabt zu haben. Als die ersten großen Schecks kamen, dachten wir noch, okay, wir können nen Haufen Kohle für
unsere Sache herausholen und trotzdem sauber bleiben – alles in
einen Topf, Cooperative, Teilemann und Söhne. Als das erste
ganz große Geld kam, kam auch der große Knall. Mein Freund
Büdinger hat sich den Laden unter den Nagel gerissen, als wär's

ein Goldhamster. Er und seine Freundin halten jetzt die Muße-Gesellschaft m. b. H., prima. So sieht es jedenfalls aus.

Wie geht denn so was? Es muß doch irgend etwas Verbindliches geben.

Ja, wie geht so was. Durch eine plötzlich auftretende Meinungsverschiedenheit. Für mich war die Freundschaft verbindlich, jedenfalls bis vor einem Vierteljahr. Ich bin aus allen Wolken gefallen, als die Gesellschaft kippte und mein Freund Büdinger sich allein an die Kasse setzte. Ich wurde überstimmt in der Führung und damit in der Besitzfrage, mit einfacher Mehrheit, ganz simpel, das Kollektiv, seine Prinzipien waren binnen einer Minute dahin.

Eine Revolution macht man ganz oder gar nicht, sagte Régine, sonst schaufelt man sich sein eigenes Grab.

In dem Grab werde ich mich noch einige Male ganz rasant umdrehen, sagte ich, da komm ich noch mal raus, und sei es für nix aus der Asche.

Man muß lernen, bei einem Spiel auch verlieren zu können.

Verlieren lernen, das sagen Leute gern, die oben sind. Nein nein, noch ist die Geschichte nicht zu Ende, die Köpfe rauchen noch, das Entstehen, Zerfallen und dann Aufgehen ins Normale sind keine zwingenden Kausalitäten. Auch wenn Mister Büdinger für die alten Ideen nicht mehr zu haben ist, muß er mit mir rechnen. Wenn er den großen Unternehmer markiert, dann sollte er auch wissen, daß jedes Unternehmen sich darauf vorbereiten muß, alle seine Tätigkeiten aufzugeben. Verstehst du? Die Gerechtigkeit wiederherstellen, darum wird es gehen, um nichts anderes. Daß ich jetzt hier bin, ist ein vorübergehender Waffenstillstand, ein Kompromiß.

Guck an, ein Kompromiß – das hast du vor ein paar Tagen schon mal schöner ausgedrückt.

Und das war auch die wahre Wahrheit, sagte ich.

Sie warf den Kopf in den Nacken und lachte auf – kurz vorm Kuß.

Ob die Beschreibung der Firmenkonflikte Régine beeindruckt hatte und ob sie meine schizoide Haltung verstand, ließ sich nicht ohne weiteres erkennen. Sie erzählte von ihrem Vater, einem bankrotten Bauunternehmer, der in der Familie niemals über Geschäfte sprach; der wird schon wissen, was er tut, hätte ihre Mutter immer gesagt, auch kurz vor der Pleite noch. Über ihre Kieler

Zeiten redete Régine nicht viel, über ihre ein Jahr dauernde Ehe mit einem lokalprominenten Maler verlor sie nur wenige Sätze. Eine Jugendsünde, der Hals über Kopf begangene Irrtum einer Zwanzigjährigen sollte das gewesen sein, ein erster Versuch, um der provinziellen Schickimickiwelt der besseren Söhne und Töchter zu entkommen. Doch die Clique, in der sie sich jetzt bewegte, konnte gar nicht so weit entfernt sein von dem, was sie früher kannte. Régines Leute zogen jeden Abend in der »Tenne« ihre Show ab – briskfrisierte Galane, Luftnummernverkäufer, posierende Anwälte, ein veritabler Prinz dabei, dessen Briefkopf Albert nicht ohne Stolz aus den Aktenordnern gezupft hatte. Er hatte genug über diese wenig zerquälten Nichtstuer erzählt; junge, vom alten Geld gesalbte Herren, die ihr Selbstbewußtsein wie eine eingefettete Außenhaut trugen, die hier in ihrer Stammdisko unterklassige Frauen um die Schampuskübel tanzen und danach in kleine, rote Sportwagen klettern ließen. Söhne eben, wie dieser dickliche Maxl, Erbe eines Markenartikels und tatenloser Mitverdiener an Millionen kleiner Schlucke eines deutschen Magenbitters, eines grauenvollen Gesöffs. Was ich dachte und machte, stand in jeder Hinsicht im Gegensatz zu dieser Jeunesse dorée. An diesen schwererziehbaren Leuten war wieder mal eine Revolution spurlos vorbeigegangen.

Taschensoziologie, hatte Régine dazu gesagt.

Flaschensoziologie.

Denn was zum Beispiel sollte so ein Blödsinn wie diese Rotgelb-Party bedeuten?

Daß du mit mir dorthin gehst, sagte sie – und zwar in phantasievoller, ausschließlich rotgelber Kleidung, so wie es auf Maxls Einladung steht.

Mit dir geh ich überallhin – aber angezogen wie immer, in Grüngrau und einem Spritzer Violett.

Ein Beweis für die Einfallslosigkeit dieser Leute, wie ich fand, und obendrein noch getarnt in Form einer Idee. Alles bei dieser Party würde in den beiden Farben gehalten sein – mit Ausnahme meiner, unserer Klamotten, nicht wahr? Régines Kleiderschrank hätte Rotgelbes problemlos hergegeben, aber mit skeptisch geschürzten Lippen willigte sie schließlich ein.

Nein, nein, nein, sagte die Blondine an Maxls Tür, so kommt ihr hier auf keinen Fall herein.

Die Frau lächelte nicht so frühstücksmild wie auf den Margarine-
seiten der Illustrierten; einem Fotomodell traute ich sowieso
nicht über den Weg. Seine Freundin Gabi, wie Régine mir im letzten Moment zuflüsterte – sie hat immer Angst davor, ich würde
ihren Maxl in die Kiste ziehen. Die Sorge schien mir nachvollzieh-
bar.

Ihr solltet wieder nach Hause fahren, sagte das Model, und in
schönen, rotgelben Sachen zurückkehren.
Ihr Blick verriet, daß sie auf unsere Rückkehr keinen großen Wert
legte.
Fahrt zur Hölle, sagte ich und zog Régine an der Hand weg – die
sollen verschmoren in ihrem rotgelben Partyfeuer.

Kurz entschlossen fuhren wir auf die Reeperbahn und gingen in
die Nachtvorstellung der »Oase«, in einen wüsten Western voller
phantastischer Rotgelbtöne. Anfangs lästerte ich noch und mimte
den Django im Kampf gegen den Magenbitterclan, auch weil ich
gemerkt hatte, daß Régine mit dem banalen Vorschlag des Kino-
besuchs zufrieden war. Der Verzicht auf die Party schien sie sogar
zu erleichtern, als wäre von uns dadurch eine grundlegende Entscheidung gefällt worden. Wir drehten noch eine Runde über die
Amüsiermeile, alberten vor den hyperrealistisch gemalten Frau-
enakten der Stripläden herum und fühlten uns dennoch von diesen naiven Bildern angeregt; die Massen, das Licht, die frivole
Bombastik machten den Kitzel des Reeperbahngangs aus, eine
Straße als Vorspiel für den Rest der Nacht, nicht feinsinnig, aber
herzhaft. Zu Hause angelangt, wollten wir ohne weitere Zutaten
sofort schlafen gehen. Wie wir mittlerweile wußten, würde das
Stunden dauern.

Von der Nacht an verbrachten wir jede Nacht ganz selbstverständlich zusammen. Die alten Verehrer, die sogenannten Freunde, erkannten schnell, daß etwas geschehen war, was weitere Be-
suche zwecklos machte. Auch die Magenbitterclique spielte bei
den Abendplanungen keine Rolle mehr – Régine wirkte sogar er-
freut, als hätte ich sie von lästigen Verpflichtungen befreit. Vielleicht ging ich mit der Feststellung zu weit, daß sie sich lange genug im Reflex auf diese Herren verhalten hätte und daß diese Art
des Entgegenkommens ein Ende haben müßte. Das war natürlich
naiv provozierender Blödsinn. Denn ihren souveränen Umgang

mit Männern, ihre kokette Überlegenheit und ein scharf im Raum stehendes Dekolleté konnte keiner als weibliche Selbstverleugnung umdeuten.

Trotzdem machte mir Régines Vergangenheit zu schaffen. Lieber hätte ich noch mehr bereinigt, sie gewissermaßen zurückversetzt in den Zustand vor ihrer Erfahrung, ein paradoxer Vorsatz, da es mir ja auch auf diese Erfahrung ankam. Ich entwickelte einen Vorgängerhaß, eine Abart des Ödipalen und zugleich der Keim für einen gelinden Sadomasochismus. Genug Verdachtsmomente gab es immer. Was bedeutete denn weibliche Erfahrung? Die Klaviatur der gelernten Anpassung, jeweils das herauszurücken, was ein Geliebter sich vorstellte und brauchte? Und wofür sollte der beispielsweise einen mit neuen Klamotten berstend vollen Kleiderschrank halten? Für Handwerkszeug einer jungen Dame auf der Pirsch nach Erben von Markenartikeln? Für eine verräterisch glitzernde Spur dankbarer Männer, Vorgänger eben? Mythische Stilisierung, Empörung und Paranoia wurden im überhitzten Hirn zu Säulen der Leidenschaft. Der Gedanke, von einer kurtisanigen Frau eingefangen zu werden, gefiel einem noch nicht ganz ausgewachsenen Mann wenig. Oder wäre gerade so eine Lady genau die Richtige für ihn? Sie wäre es, hatte Roland bei einem Kurzbesuch gesagt und die Verdächtigungen weggewischt – du alter Kathole.

Am Nachmittag fürs Nötigste im Büro, stöberte mich der Sohn einer ihrer Freundinnen auf. Der Kleine berichtete, Régine sei urplötzlich erkrankt und erwarte mich dringend zu Hause. Sie lag auf dem Bett, in ihrer Lieblingshaltung auf der rechten Seite, den Schlummerdaumen im Mund. Was war los? Es ginge schon wieder, alles ein paar Stunden her, der Tee wäre wohl zu stark gewesen. Welcher Tee? Sie hatte sich an meinen Utensilien vergriffen, dem achtlos von mir neben dem Schneewittchensarg abgelegten Tascheninhalt, darunter ein Stückchen Shit – ein eher symbolischer Rest, fast vergessen, für den Notfall eines Jeepers nach anderem gedacht. Ohne Kenntnisse und Erfahrung, in Tee aufgelöst, konnte das Zeug jemanden vom Hocker hauen.

Es war furchtbar, sagte sie in meinen Armen liegend – ich war wie ausgelöscht, ohne Halt und Orientierung, als wär eine Welt zusammengebrochen.

Halb so schlimm, sagte ich, das könnte nur die Welt der Magen-bitter gewesen sein.

Bisher war mir nicht in den Sinn gekommen, ihr das Stückchen Shit anzubieten – ohne ausdrücklichen Wunsch hätte ich es auch nicht getan. Aber ihre Neugier und der Mut, es aus eigenem An-trieb einmal auszuprobieren, gefielen mir. Und noch besser gefiel mir, sie nach diesem Seelenrutsch trösten zu können – im Gefühl, ihr wenigstens in einer Erfahrung voraus zu sein. Für einige Mo-mente genoß ich ihre kleine Schwäche sogar. Wie alles, was in den letzten Wochen passiert war, brachte uns auch der Tee der Er-schütterung einander näher.

Als Régines Allzweckknabe nach seinem Urlaub an den Platz un-term Hendrixkopf zurückkehren wollte, drückte ich ihm lange die Hand – tut mir leid, es war wirklich nichts dagegen zu machen.

Besser du als ein anderer, sagte er.

20

Wieder unterwegs auf der Hausstrecke gen Westen, wieder vorbeigeschlichen an der verfluchten Unfallstelle – auch Monate nach dem Crash wurde mir in dieser scheinbar harmlosen Senke jedesmal mulmig zumute. War nichts zu machen gegen den Zusammenstoß mit einem Vierzigtonner, die ungewollte Probebohrung in dessen Weichteile mit zweihundert Sachen – vom Blitzeis aufs Kreuz gelegt. Die Bremsen hatten versagt, die Rückfront des Lastwagens schob sich größer werdend auf uns zu, rundum von Lichtern umkränzt wie ein Sprungring im Zirkus, bis zum Durchbruch waren nur zwanzig, dreißig Sekunden für unsere Schreie geblieben. Ging schlecht aus für den platt auf der Überholspur verendeten Citro, ohne Dach und die weit in ein Weizenfeld geflogenen Türen. Die zweite Geburt, hatte Roland gesagt, als wir uns mit blutigen Gesichtern den Haufen Schrott anguckten, daneben das halbe Dutzend aus dem Fond herausgeschleuderter, für immer verlorener Blitze. Das war der dritte Totalschaden in drei Jahren, drei Lichtjahren auf der Autobahn. Vierzehn Tage nach dem Schock kaufte ich den gleichen DS 21 – das wiederholte Herausklettern aus so einem Wrack macht einen anhänglich an die Marke. Meine Routinefahrten nach Düsseldorf dauerten seither fast eine Stunde länger. Das ließ noch mehr Zeit für Gedankenspiele.

Es muß weitergehen, hatte Roland an jenem Winterabend gesagt und auf das in der Ölpfütze schillernde Pfauengefieder gestiert – bloß nicht aufgeben jetzt. Es ging ja auch weiter, bald sogar – mit dem Zusammenstoß zwischen mir und Büdinger, unserer plötzlichen Scheidung, deren Ergebnis ich, nach langer Krise im Norden aufgeklart, korrigieren wollte. Nicht wie einer, dem die Felle davonschwammen, nicht mit den Rachegelüsten eines Enttäuschten, der sich um seine Ideale betrogen fühlte – die konnte mir keiner nehmen. Sie mußten nur wieder ins Spiel gebracht werden, wenn die Muße-Gesellschaft ein Gegenentwurf zum bürgerlichen Geschäftsverkehr bleiben sollte. Aber auf welche Weise könnte das geschehen? Mit erneuten Beschwörungen des Kollektivgedankens, mit apostolischem Gerede von gemeinsamer Kasse, mit Intrigen aus dem Hinterhalt? Schließlich handelte es sich nicht um den Theoriestreit einer studentischen Gruppe, der keine konkreten Konsequenzen nach sich zog – unser Richtungsstreit hatte reale Folgen für zwei Dutzend Menschen, für die vorhandenen Mittel und Gelder. Auch gegen Ende des Geschäftsjahres 1968/69 glaubte ich noch an die Möglichkeit einer in sich gerechten Gesellschaft. Um die scheinbar verlorengegangenen Prinzipien wiederzubeleben, brauchte es eine Idee – und Mitstreiter im Hause, die ähnlich dachten.

Es hatte etwas Frustrierendes, in sein ehemaliges Büro zu kommen, den einst eigenhändig aufgebauten Schreibtisch von anderen besetzt zu sehen und – nach mehr oder weniger klammer Begrüßung – in den weißen Quadern der Besuchercouch zu versinken.

Die Tour wird immer stressiger, sagte ich zu Büdinger, der, heruntergerutscht bis zur Kante, in seinem Chefsessel eher lag als saß.

Wer fährt, verdient, sagte er.
Wer fährt, denkt, sagte ich, wer viel fährt, denkt viel.
In der Hektik hier kommen wir leider gar nicht mehr zum Denken.
Schade eigentlich, sagte ich und legte ihm eine Klarsichthülle mit Aufträgen auf den Tisch – wie üblich, Lieferung am besten gestern.

Scheinbar mäßig interessiert blätterte er in den Papieren und kommentierte sie kurz – terminlich wird's eng, aber wir tun unser Bestes.
Die Hülle selbst drückte er einem Mann in die Hand, der zögernd den Raum betreten hatte; ein auf den ersten Blick kaum beeindruckender Mittzwanziger im grauen Bürozwirn. Büdinger stellte uns vor, ihn als Herrn Thomasius, den neuen Geschäftsführer, frisch von der Uni, ein Jungvolkswirt im Ersteinsatz, aber unserem Haus aus der Ferne seit Jahren verbunden. Büdingers wie gewohnt gespreizte Formulierung ließ einem die Wahl, sie ernst oder weniger ernst zu nehmen. Während ich noch dachte, was sollte so ein Volkswirt hier tun, sagte der, daß er einiges wolle, sich einarbeiten in die Verträge, in die Distribution bei zunehmender Diversifikation der Produkte, mit dem Schwerpunkt der innerbetrieblichen Effizienzkontrolle.

Verstehe, sagte ich.

Daß er nicht zu weiteren Erklärungen kam, lag an einem der zyklischen Massenaufläufe im ersten Stock. Stalinski erschien und drehte sofort wieder ab, Hiltrud trug mit Andacht ein Blatt Papier an uns vorbei – im Grunde kontrollierte jeder für sich das Büro auf möglicherweise gerade aufflackernde Entscheidungen. Auch der Architekt Popo steckte sein notorisch grienendes Gesicht zur Tür herein – der hatte sich tatsächlich in der Firma festgebissen –, der einlaufende Schmiddel unterbrach die Runde mit seinem ›Wir müssen jetzt aber, Andreas‹, und Büdinger sagte zum einen ›Momentchen noch‹, und dann zum anderen, ›Wir nehmen das zweite Auto‹. Ihm gefiel es, im Zentrum aller Fragen zu stehen, der entscheidende Mann zu sein. Er hatte jegliche Unsicherheit verloren. Die Mimik eines leicht Gequälten, der den Erfordernissen des Betriebs bestenfalls widerstrebend nachkam, war nur Camouflage, die seine Führungsrolle durch Jovialität abschwächen sollte. Büdinger, der unvital wirkende Schlaks mit dick aufgetragener Geistesblässe, schien mittlerweile die gesamte Truppe im Sack zu haben.

Du erinnerst dich doch an die Geschichte mit Thomasius, sagte er, als wir für Momente allein im Raum waren.
Der Fremde im Zug?
Ja, der BWL-Student, von dem ich mal erzählt habe.

Thomasius, genau, Thomasius war der Name. Diesen Studenten hatte Büdinger auf einer Bahnfahrt kennengelernt und sich als Unternehmer dermaßen hochvisioniert, daß er – um sein Gesicht nicht zu verlieren – dem begeistert zuhörenden Mitreisenden am Ende eine leitende Position versprechen mußte. Bekurz und mich hatte das, noch in der Gartenlaube, sehr amüsiert – typisch Andreas, nix auf der Tasche und schon die Führungskräfte für morgen einkaufen.

Nicht unbedingt ein Joker, dein Herr Thomasius, sagte ich, vielleicht ein guter Vorzimmermann.
Aber ein graduierter. Und er war nicht im SDS.
Na dann.

Büdingers weißliche, unproportional kleinen Hände durchzuckten ungnädig die Luft, um die Zwecklosigkeit weiterer Anspielungen klarzumachen. Er wollte keine ausufernden Diskussionen mehr. Auch beim wie üblich aufs große Ganze zielenden Lagebericht machte er es kurz: Die Gesellschaft steht auf zwei gesunden Beinen – zum einen die Produktion von Anlagen im Industriestandard, zuverlässig durchgeführt von Bekurz und Geyer, zum anderen die einmaligen Großprojekte für Werbung und PR, unter baulicher Leitung von Popo, technisch problemlos, und wenn alle mitziehen, trägt das Konzept, dann wird sich der Betrieb auch mit Hilfe von Leuten wie Thomasius weiterentwickeln.

Für unser Programm braucht man bestenfalls ein Gauklerdiplom, sagte ich, für das Geschäft brauchen wir so einen Geschäftsführer wirklich nicht.
Du überschätzt deinen Einfluß, sagte Büdinger.
Er stand auf, etwas rückensteif, und zupfte sein altes Fischgrätensakko von der Stuhllehne.
Wir müssen los, eine größere Sache auf der Messe in Köln, und die Firma pour-elle hofft bei fünfzigtausend Gage mit Recht auf unser pünktliches Erscheinen.
Diese pour-elle-Leute werden eines Tages pleite gehen.
Dann kaufen wir den Laden auf.
Zwei links, zwei rechts, sagte ich, mit dem neuen Personal hier lassen sich auch eine Million Strickkleider problemlos verkaufen.
Alles eine Frage des Marketings, sagte er.
Oder des Instinkts.
Marketing plus Instinkt.
Und nicht zu vergessen, die heimliche Leidenschaft für Fehlschläge.
Keine Sorge – unser Herr Thomasius hat die »Harvard Business Review« abonniert.
Ein revolutionäres Blatt.
Genau das Richtige für eine aus dem Underground aufstrebende Firma.

Wieder eins dieser banalen, halbironischen Geplänkel zwischen Tür und Angel, dachte ich – Büdinger hatte offenbar ausreichend Klarheit, ohne mein Zutun. Allzulange konnte er mir nicht in die Augen schauen, oder er wollte es nicht. Vielleicht verschonte uns das vor dem jederzeit möglichen Überschreiten der Schmerzgrenze, an der auch die süffisantesten Anspielungen in letzter Zeit haltmachten. Wir waren uns nach wie vor nah, unüberwindbar nah – selbst bei diesem Abschied auf Raten. Mich ärgerte nur mein Bemühen, in diesen raren Situationen noch schlagfertig sein zu wollen. Das könnte den Verdacht einer Unterlegenheit aufkommen lassen.

Also dann, sagte er und sah mich beim Hinausgehen mit kaltem Blick an – wir rechnen weiterhin mit dir.

Unten im Hof klappten die Türen, die Autos fuhren zur Straße hoch; im engen Tunnel hallten die überlauten Echos des Motorenlärms, denen ich mit geradezu lächerlicher Wehmut nachhorchte. Der Betrieb lief, ohne daß mein Ausscheren eine Lücke erkennen ließ. Er lief sogar prächtig, wenn auch mit einem im Wirbel der Ereignisse kaum spürbaren, aber wesentlichen Unterschied – sie alle arbeiteten nicht mehr für eine verbindende Idee, auch nicht mehr für ein gemeinschaftliches Konto, sie arbeiteten für die Firma eines Herrn Büdinger. Er hatte es anscheinend geschafft, die Fähigkeiten und Energien jedes einzelnen so zu kanalisieren, daß das komplexe Gebilde funktionierte und ihm die Erträge zuflossen. Daß mir der neue Umgangston im ersten Stock mißfiel, daß ich dies ökonomische Kauderwelsch für zu hoch gegriffen hielt, war realistisch betrachtet bedeutungslos. Büdinger und ich wußten doch von Anfang an, daß wir im mikrokosmischen Zentrum eines Jahrhundertkonflikts standen und daß der Spagat zwischen dem Kapitalismus und seinen Alternativen kaum durchzuhalten sein würde. Das Konzept der Muße-Gesellschaft hatte von vornherein kapitalistische Züge, selbst wenn es gelegentlich anders ausgesehen haben sollte. Für Büdinger gab es keinen Weg zurück in die seligen Trip-to-Asnidi-Zeiten, zurück in ein mehrwertfreies Paradies. Nur eine Weltsekunde lang hatten wir alle zusammengearbeitet und alles miteinander geteilt. Für diese Art der Gewinnverteilung war Büdinger nicht mehr zu haben. Sollte ich hier als der einzige Sozialromantiker übrigbleiben? Als einer, der das ausgedroschene Ideengestrüpp noch mal heranzieht und sich dabei dem Verdacht aussetzt, damit selbst wieder dichter an den Trog herankommen zu wollen? Ein scheinheiliger Gerechtigkeitsfanatiker, der insgeheim bereits gegen die gemütsvereisende Krankheit ankämpfte, dieser Hamburger Krankheit, um jeden Preis seinen Schnitt machen zu wollen? Mit diesem heillosen Chaos im Kopf ging ich hinunter in die Werkstätten zu Bekurz und Geyer, den alten Garanten für eine gewisse Entspannung.

Bekurz saß an seiner Arbeitsplatte, Geyer stand daneben, als ich mit einem albern vorfreudigen ›Hallihallo, wie geht's denn so‹ hereinkam, worauf beide mit ebenso übertriebenem Grußgejohle antworteten. Ja, da isser ja, dä liebe Jong, sagte Bekurz, und Geyer, mit den Armen rudernd, fügte hinzu, der Meister kommt, der Meister aller Klassen.

Ich wollte hier unten mal ein bißchen herumevaluieren.
Er hat mit Thomasius gesprochen, sagte Geyer, mit unserem Herrn Thomasius.
Die Firma besteht nur noch aus Topleuten, sagte ich.
Aus mehr oder weniger unerfahrenen Topleuten.
Dieser Mann wird in aller Kürze für uns den Weltmarkt erobern.
Der ist jedenfalls schwer beschäftigt da oben, er rationalisiert gerade unser Postwesen, entwirft neue Aufkleber, Swetis psychedelische Sternzeichen auf den Paketen gefallen dem Herrn nicht, sagte Geyer – und Rechnungen werden jetzt auf vierfarbigem Briefpapier geschrieben, von zwei eigenhändig eingestellten Sekretärinnen im Wechsel.
Zwei Blitzmädels, sagte Bekurz.
Watt mutt, datt mutt, sagte ich.
Du sprichst aber schon gut Hamburgisch, sagte er, du solltest unseren Herrn Thomasius mal mitnehmen an die Verkaufsfront im Norden.
Zu unserer Kundschaft auf die Reeperbahn.
Vielleicht in die Hinterzimmer zum Zielpinkeln der Frolleins.
Ein gutes Gedächtnis hast du.
Irgendwo muß er ja mal anfangen mit dem Sammeln von Erfahrung.
Ganz meine Meinung, sagte Geyer.
Ich seh schon, sagte ich, ihr seid nach wie vor glücklich hier unten.
Nur daß mein Hintern sich anfühlt, als wär ein Melkschemel dran gewachsen, sagte Bekurz – aber dank Herrn Thomasius kennen wir jetzt wenigstens die Arbeitszeiten genau. Der hat nämlich ausgerechnet, daß wir laut Refa für die Herstellung eines Stroboskops Modell EK 100 nicht länger als 422 Minuten brauchen.
Aber ohne Rückenwind, sagte Geyer.
Die Frage ist, wer hier gemolken wird, sagte ich.
Rabotti, Rabotti, Rabotti.
Laßt uns die Muße-Gesellschaft zu einmaliger Größe entwickeln.

Laßt uns gemeinsam mit dem Management in die Kontingenz einsteigen und die Umsätze blitzartig hochziehen.
Laßt uns das Wohl aller dabei im Auge behalten.
Aber genau weiß keiner, wie es weitergehen soll, sagte ich.

Hier unten roch es nach Arbeit – das vertraute Werkstattbouquet aus verbranntem Zinn, Zigarettenrauch und frisch gefrästem Metall, das in silbrigen Löckchen den Boden übersäte. Auf den Tischen standen ein knappes Dutzend Gehäuse und etliche Chip-Platinen, mehr oder minder funktionsbereit. Die Skalen der zwei- und dreistöckig dort aufgebauten Meßgeräte leuchteten, die Oszillographen schimmerten wie ein sakrales, immergrünes Licht; es suggerierte das angenehm verläßliche Gefühl, die Gesellschaft würde uns auf ewig ernähren. Bekurz checkte ein Gerät, während wir weiterredeten, auch über seine neue Firmenwohnung im Souterrain des Vorderhauses, ein Zimmer nur?, ja, ein Einzimmerloch!, na herzlichen Glückwunsch, Herr Chefingenieur.
Trotz der Querelen hatte unser beider Verhältnis nicht gelitten – unmöglich, ihm seine Parteinahme in jener entscheidenden Streitnacht nachzutragen. Bekurz' zustimmendes Gemurmel kam damals aus dem Bauch wie ein Augurenspruch, der unsere verzwickte, emotionale Verflechtung aufgelöst und auf eine andere Basis gestellt hatte.

Und was macht Hamburg, fragte er.
Hamburg sieht gut aus, wie gemalt für uns, tagsüber ein großer Tanker und nachts ein Kreuzfahrtschiff. Morgens pfeifen die Bootsmänner das Volk zum Schrubben an Deck, am Abend spielt Jimi Hendrix für die Leute. Die Nordlichter glauben von Haus aus an Leuchtnebel und Multivisionen aller Art, und der »Golem« läuft und läuft, er läuft tatsächlich als blitzbehängtes Hippie-Mannequin allen voraus, stilbildend bis in die kleinste Kleinstadt.
Und keinen Ärger mit den Leuten?
Ach was, im letzten halben Jahr nur einmal mit nem Provinzirren. Das reine Licht, sag ich immer wieder, streut Sternenstaub in euer Haar, darauf kommt's an. Und diese Clubbesitzer, auch die Kerle von der Reeperbahn, irritiert so was, die halten mich im geschäftlichen Sinn für unschuldig –
– was vielleicht gar nicht mal so verkehrt ist –
– die sehen uns nicht als irgendeine x-beliebige Lieferfirma. Wenn jemand mit rätselhafter, naiver Arroganz, sozusagen als geschäft-

liche Fehlfarbe, bei ihnen auftaucht, rührt das an ihren Anstand, so einer erinnert sie an die Zeit, als sie selbst noch Ideale hatten und nicht so abgebrüht waren. So einen blonden Engel würden die nie verdächtigen, sie hinters Licht führen zu wollen, den würden sie auch selbst nie betrügen. Das sind absolut korrekte Leute, die machen keinen Ärger.

Wir hören hier jede Menge Theorien, sagte Geyer, und wie geht's sonst?
Wir haben eine neue Wohnung, sagte ich, großer Altbau, drei Balkons, ein zwischendurch mal ruhiges Leben – so ruhig, wie es mit einer Frau, zwei Katzen und einem launischen Roland im Kinderzimmer eben sein kann.

Die Erwähnung Rolands machte ihnen zu schaffen. Trotz aller Sympathie für ihn sträubte sich bei beiden einiges dagegen, weitere Suchtgeschichten anhören zu müssen, was doch nur mit hilflosem Schulterzucken enden würde. Geyer, ansonsten verständig für das Entlegenste, hatte sich oft genug über die ungesunden Experimente aufgeregt, um nach Abflauen der Wut seine bechterewsche Verkrampfung aus dem Nacken zu schütteln und sich umständlich für die Angriffe zu entschuldigen. In der jetzigen Zusammensetzung der Gesellschaft waren Drogen kein Thema mehr.

Tja, sagte Bekurz nur, da mußt du durch.

Über die Tischplatte gebeugt, hatte er während der Unterhaltung an den Schaltungen weitergearbeitet, sie wiederholt mit glühender Kolbenspitze betupft und nach flinken Griffen an leise knakkenden Meßschaltern überprüft. Jenseits aller Routine schien die Arbeit ihm pures Vergnügen zu sein – es sah aus, als lächelte er in die nur eine Handbreit vor seinem Gesicht liegenden Chip-Platinen hinein und beseelte sie mit seinem Atem. Die Prozesse, um die es ging, verstand hier nach wie vor kein anderer außer ihm. Auch Geyer nicht, der, die Hände in den Taschen seines grauen Kittels, ihm mit in langer Zweisamkeit gewachsener Bewunderung über die Schulter schaute und physisch praktischen Beistand leistete. Bekurz brauchte diese Geselligkeit. Er liebte es, bei der Arbeit einen, wie er es nannte, sympathischen Halbkreis um sich zu haben und den Stand der Dinge im Haus ausführlich zu bequatschen. Nach einer guten Stunde glaubten wir einmal mehr zu wissen, woran wir mit der Muße-Gesellschaft waren.

Dabei war Bekurz derjenige, den die jüngsten Entwicklungen am wenigsten aufregten. Ihn hatte es kaum beunruhigt, wenn die Rede auf die Wertsteigerung des Betriebs und die darin versikkernden Gewinne kam, wenn die Klarheit darüber ausblieb, wer woran in welchem Ausmaß profitierte. Daß die Gesellschaft zu einer tumultuarischen Verdachtsorganisation geworden war, belustigte ihn wie ein Crumb-Comic, dessen beste Szenen er nacherzählend ausmalte – die Grabenkämpfe und diversen Fehltritte derer in der oberen Etage verstand er ausschließlich als höheren Jux. Demzufolge hatte der flotte Popo offenbar seinen ersten Betrugsversuch als Bauleiter durchgezogen, indem er bei der großen Renault-Show statt der vertragsgemäß hochwertigen Projektionsleinwände in der Halle schlichte Bettücher aufhängte – was den Autobauern aufgefallen war. Auch Schmiddel ließ sich kaum noch kontrollieren. Er entpuppte sich zunehmend als der deutsche Erwerbsmensch schlechthin und hatte es – wie Geyer ergänzte, durch hündisches Reinspeicheln beim Chef – mittlerweile zu Sondertarifen gebracht. Thomasius' Gehalt blieb im dunkeln wie die Summe, die Stalinski – keiner wußte, wie – abgezweigt und auf einer Urlaubsreise in Brasilien in eine Fleischfabrik investiert hatte. Und Büdinger? War womöglich daran beteiligt, weil er Stalinski vielleicht insgeheim an der Muße-Gesellschaft beteiligt hatte. Er ließ alles mögliche geschehen, solange er sich davon langfristig Nutzen versprach.

Was für eine Brut, sagte ich schließlich.
Das sind doch nur Gerüchte, sagte Bekurz, nix Genaues weiß man nicht.

Er wollte Büdinger schonen und seine spaßeshalber hochfrisierten Geschichten lieber abgeschwächt als die üblichen Hausmärchen verstanden wissen. Ein Fatalist wie Bekurz verknüpfte damit nicht die geringste Forderung. Im Grunde lebte er im Einklang mit der Firma und ihrer Führung – er sprach von einer unsichtbaren Hand, die auch einen bunten Haufen wie den unseren ordnen würde.

Und wieviel – nur mal gerüchtweise – zahlt euch die unsichtbare Hand in diesen goldenen Zeiten?

Die Blicke der beiden kreuzten sich, bevor ihre Mienen ernst wurden, als erforderte die Berechnung höchste Konzentration. In meiner Frage steckten zu viele weitere Fragen, um mit einer simplen, auch durch nachdenkliches Schweigen nicht mehr steigerbaren Zahl beantwortet werden zu können. Bekurz, die Hand am Schlipsknoten, rang bereits mit dem inzwischen begriffenen Angriff auf seine Loyalität – Geyer tupfte zwei-, dreimal auf den Nasenbügel seiner Brille, ein Zeichen seiner Anspannung.

Wir kriegen das Gehalt, sagte er, das in den Laubenzeiten ausgemacht wurde.
Das war vor fast zwei Jahren, sagte ich.
Bekurz ahnte, was jetzt kommen würde – Nö, sagte er, nicht schon wieder.

Wir drei kannten nicht nur die Höhe des jetzt erneut diskutierten Monatsgehalts, wir kannten auch die enorm gesteigerten Umsätze der Gesellschaft. Jeder von uns wußte, daß sich die Relationen verändert hatten und daß seit meinem Weggang die Vereinbarung, allen wesentlich Beteiligten das gleiche zu zahlen, nicht mehr galt. Nur hier unten galt der alte Lohn noch, hier bei den wesentlich beteiligten Herren Bekurz und Geyer, bei ihnen, die die gesamte Produktion termingenau schmissen, immer neue Hilfskräfte schulten und die technischen Kosten auf fernöstliches Niveau gesenkt hatten. Sie, die kurzsichtig und unfair Abgespeisten, waren die unbestreitbar zuverlässigsten und stabilsten Größen der Gesellschaft. Jeder in der oberen Etage wußte das, allen voran Büdinger. Und sie selbst wußten es auch.

Verlaßt ihn, sagte ich zu Geyer, als wir beide im Hof mein Auto mit einem soeben endmontierten Gerät beluden.
Was, sagte er, wie verlassen, wen, was?
Er blieb stehen und ließ das Steuerpult in seinen Händen langsam bis zu den Knien herunterrutschen. Wie meinst du das, fragte er.
Tu nicht so, als wäre dir der Gedanke noch nie gekommen.
Was für ein Gedanke?
Den Laden zu verlassen, abzuhauen, sich selbständig machen, du und Bekurz. Ihr seid doch eingespielt wie niemand sonst. Ihr könntet ohne viel Aufwand etwas Kleines mieten und dort alleinverantwortlich produzieren, was immer ihr wollt.
Das würde hier aber großen Ärger geben.
Ist nur ein kleiner Schritt, das wissen wir doch.
Ich weiß es nicht, sagte er, und der Achim, der weiß es bestimmt auch nicht.

Hier bedient sie die Firma Bekurz und Geyer Electronics, Punkt, fertig. Eine freie Firma unter freien Firmen, eine, die etwas herstellt und an andere verkauft, an die Muße-Gesellschaft zum Beispiel oder an das, was davon übrig ist, an Stalinski meinetwegen, der sofort auf eigene Rechnung arbeiten würde, an die Filiale in Hamburg natürlich auch. Ihr könntet vollkommen frei in euren Entscheidungen sein und trotzdem mehr verdienen als zuvor, viel mehr.

Die drehen durch hier, wenn wir mit so einer Idee ankommen sollten.

Du kennst doch meine Maxime, sagte ich.

Jaja, hast du ja oft genug propagiert, deinen dritten Weg, niemanden beherrschen zu wollen und selbst nicht beherrscht zu werden, Ausbeutung nicht zuzulassen und so weiter. Dein Traum, einen dritten Raum zwischen Kunst und Kommerz zu schaffen, alles Theorie –

– alles machbar, das entscheiden wir selbst oder ihr, ob es diesen Raum gibt oder nicht, eine Frage der Denkhaltung –

– jaja, ich weiß, Mitbestimmung –

– keine Mitbestimmung, sondern Bestimmung, Selbstbestimmung!

Leicht gesagt. Du hast doch beim ersten großen Krach den Schwanz eingezogen und bist Knall auf Fall abgehauen.

Quatsch, ich hab ihn nur woanders hingebracht. Und von dort aus wird die Erneuerung der Muße-Gesellschaft kommen, eine Harmonie, die eigentlich die alte ist.

Also ich weiß nicht.

Überleg's dir, sagte ich, ihr könntet ganz höflich kündigen, fristgerecht per Einschreiben, zu Händen Herrn Thomasius.

Daß du weggegangen bist, war ein Fehler, sagte Geyer und lehnte seinen Arm auf die Fahrertür, während ich startbereit am Steuer saß. Er wackelte noch immer mit dem Kopf, als schüttele er zu dicke Gedankensplitter durchs Sieb der Vernunft. Über kurz oder lang müßte ihm die reizvolle Logik meines Vorschlags jedoch aufgehen.

Wenn du Bekurz zufällig nachher im Hausflur treffen solltest, sagte ich zum Abschied, dann kannst du ihn ja mal auf seine Meinung in der Sache ansprechen.

21

Die genauen Umstände von Martins Erkrankung waren nach einigen Tagen und etlichen Ferngesprächen klarer geworden. Beim ersten, mich leicht schockierenden Anruf hatte Hiltrud mit fachlichem Geraune von einem totalen Zusammenbruch gesprochen, von psychiatrischer Unterbringung und der Einlieferung ins Krankenhaus wegen des Verlustes mehrerer Finger. Angeblich waren Silvesterböller von Kindern in seiner bereitwillig hingehaltenen Hand entzündet worden. ›Halt mal schön fest‹, sollen sie zu dem wie harmlos irre wirkenden Martin gesagt haben, was Hiltrud sich bei seinem Zustand vorstellen konnte – obwohl ihn seit Monaten keiner von uns gesehen hatte. Laut Swetis letzter Nachricht lag er mit Gelbsucht in einer Heidelberger Spezialklinik in Quarantäne. Der Befund der schweren Hepatitis war definitiv. Über den Ansteckungsweg mußte nicht länger spekuliert werden – den rätselhaften Virus, der mit ihm den körperlich Kräftigsten als ersten fällte, hatte sich Martin zweifellos im Hause Kurowa eingefangen. Spätestens jetzt wußten Roland, die anderen und ich, daß auch wir infiziert waren und die Krankheit unausweichlich auf jeden von uns zukäme – im Grunde warteten wir nur noch auf sie wie Verurteilte aufs Abgeführtwerden. Über das, was danach und darüber hinaus alles geschehen mochte, hauten die Buschtrommeln ständig neue Horrorbotschaften heraus – beängstigende Geschichten, gestern rot, heute knallgelb, morgen mausetot.

Na ja, der Gilb, hatte Sweti am Telefon gesagt und den Fall gleich tiefer gehängt – der Gilb, der kommt und geht, wie der Bulle an der Ecke steht.

Wieder eine dieser für ihn typischen Verniedlichungen – der Gilb, das beliebte Männchen aus der Fernsehwerbung, das täglich mehrmals krächzte, ›Die Gardinen sind gelb!‹, was für die Bundesbürger ja die schlimmste aller Bedrohungen darstellte. Und mit dem aus der Waschmittelwelt entliehenen Wörtchen Gilb versuchte Sweti, die große Unbekannte Hepatitis kleinzureden und mögliche Vorwürfe gegen ihn im vorhinein herunterzuspielen. Wem wir den Virus verdankten, war das leichtere Rätsel.

Ja natürlich, dem Indien-Gerd.
Dem buddhistischen Fensterputzer, der ein paar Wochen dabeigehockt und dauernd geknurrt hatte, wo ist mein Nembutal, wo, wo. Dieser Hobo, der zu achtzig Prozent aus Sucht bestand wie andere aus Wasser, war unser Viruswirt.

Sweti hatte ihm von Martins Einlieferung erzählt. Daß wir alle die Gelbsucht kriegen würden, hätte er uns gleich sagen können, wäre Indien-Gerds unsinnig empört tönender Kommentar gewesen, schließlich schleppte er den Virus seit Jahren mit sich herum. Aber das Tierchen täte einem nicht viel, hätte er noch gesagt und sich selbst als lebendiges Beispiel für dessen Harmlosigkeit gepriesen – das reiste halt mit zwischen Indien und Ratingen und Heidelberg und wieder zurück.

Jede weitere Diskussion der Schuldfrage war überflüssig. Wir hatten einen Fehler gemacht. Die Infektion bewies die Vergeblichkeit aller aufgewendeten Sorgfalt – das Benutzen des eigenen Bestecks, die akkuraten Spülungen, das Auskochen in frischem Wasser, diese dauernde Aufpasserei, alles umsonst. Jetzt fraßen sich mikroskopisch kleine, indische Viecher durch unsere Leberzellen, jetzt schlug der Gilb zu, die Rache der Natur, die sintflutartige Strafe, der gelbe Tod durch milliliterweise entzündetes Blut.
Der erste Virus meines Lebens.
Und der erste echte Gegner, hatte Sweti mit ironischem Hüsteln gesagt und alles Gerede zur Panikmache von Behörden und Ärzten erklärt – außerdem haste doch genug Kohle und ne prima Krankenversicherung.

Noch im vergangenen Winter hatten wir vereinzelte Todesfälle wie ferne Unglücke betrachtet, so als sei jegliche Gefahr dank der großen Vorsicht in unserem Kreis völlig ausgeschlossen. Seit dem ersten Toten, einem Schlagzeuger in Antwerpen, versuchten wir, die kleinen entscheidenden Fehler aus dem uns jeweils nie genau bekannten Vorfall herauszudeuten und bildeten – in aller Ahnungslosigkeit – Theorien. Sweti und ich glaubten damals feststellen zu müssen, zwei so enorme Erregungszustände zugleich vertrüge der Organismus nicht, die toxische und die musizierbedingte Belastung könnten zum Kollaps, zu Erbrechen und Ersticken führen. Und bei gleichzeitiger, ebenfalls drogenbedingt sinkender Aufmerksamkeit der Begleiter eben auch in die Gosse, in der man den Schlagzeuger fand. Am Vorabend dieses nahesten aller fernen Tode hatten wir uns noch lustig gemacht über diese deutsche Jazzgruppe, weil ihr Boß im Konzert die Hose runterließ und in vollem Ernst schrie, Freedom now – in einer Ruine am Hafen, vor fünfzig vollgepengten Leuten brüllte dieser Hampler, time is now.

Régine reagierte erstaunlich gelassen auf die Neuigkeit.

Ein bißchen Gelb im Teint steht dir bestimmt, sagte sie.

Vielleicht hielt sie den Gilb für die zu mir passende Berufskrankheit, die zwangsläufig kommen mußte – so wie andere vom Streß zermürbte Männer Magengeschwüre als Beweis für ihre Aufopferung nach Hause brachten. Auch die Erklärung, daß sich der Virus beim Vögeln übertrug und sie selbst nicht verschont bleiben würde, hatte sie kaum beunruhigt. Erst nach meinem Gejammer, durch die Krankheit für Monate nicht arbeiten zu können, mir gar einen Defekt fürs Leben eingehandelt zu haben, kamen ihr Bedenken.

So richtig verstanden hab ich die Sache noch nie, sagte sie.
Heute versteh ich's auch nicht mehr.
Und damals? Wie hat es denn angefangen?
So brav kann man nicht fragen.
Ich kann auch böse fragen, sagte sie – warst du ein Idiot? Ein postpubertärer Schlaumeier, der bei jeder Mutprobe mitmachte, um nur nicht als Langweiler zu gelten? Und der jetzt irgendeinem Sweti oder klapprigen Gerd aus Ratingen-Goa die Schuld an den Folgen geben will?
Nein, will er nicht. Wenn überhaupt etwas schuld gewesen sein könnte, dann war es Weihnachten.
Hört sich ziemlich albern an, sagte Régine, sollten die Glocken etwas heller klingen, oder was? Vielleicht kannst du mir das erklären.
Schwierig. Das sind oder das waren innere Zustände, die genauso verwehen wie andere auch.
Offenbar verwehen sie nicht so wie andere.

Es war nicht der günstigste Augenblick für eine Lobrede auf die Narkotika. Régine saß in Dessous am Teetisch, ganz Bürgerin wie die Prachtfrauen in italienischen Filmen, während ich im Zimmer umhertaperte und Schatten an die Wand warf. Mit matt erhobenem Finger zeigte ich auf das Poster über ihrem Bett – der war mit von der Partie, auch er, der gute Hendrix.

Wir haben nicht russisches Roulett gespielt, sagte ich.

Was war's dann?

Neugier, Not, die Lust, ein anderer zu sein, eine spezielle Empfänglichkeit und vieles mehr, worüber keiner Genaueres weiß.

Ich erzählte ihr von diesem deprimierenden Weihnachtsabend bei Büdinger und seiner Hiltrud im vorigen Jahr, von den dunklen Ahnungen, den Zweifeln an unserer Freundschaft und davon, wie am selben Abend zum ersten Mal ein einziger Schuß meinen Weltekel in prompte Zufriedenheit verwandelt hatte. Wie ich später aus Enttäuschung über die tatsächlich aufgebrochene Krise, über die absurden, unsere Gruppe spaltenden Kämpfe öfter zu dieser Methode griff, zu den Mittelchen, die die unangenehmen Nebenwirkungen des Lebens mehr als nur neutralisieren konnten und die je nach Gabe und Wahl im Hirn dort ansetzten, wo – vereinfacht gesagt – das Träumen ins Denken übergeht oder das Denken ins Träumen. Ich erzählte ihr, wie mich Swetis geschärfte Empfindung beeindruckt hatte und wie mir seine auch gegen sich selbst gewendete Radikalität half, aus der Niedergeschlagenheit wieder herauszufinden. Wie überzeugt wir davon gewesen waren, mit Hilfe der Opiate auf der Stelle den absoluten Vollbesitz aller Kräfte, die höchstmögliche geistige Konzentration zu erlangen und so all die Taten und Vorkommnisse, die nur noch peinlich verlogenen Verhaltensmuster innerhalb der Muße-Gesellschaft zu durchschauen glaubten. Welches Vergnügen uns diese nächtlichen Sitzungen machten, in denen jeder und alles zur Sprache kam, und welch gelegentlich auch schlampiger Spaß darin lag, wenn man wie wir Genuß und Erkenntnis in einem Arbeitsgang suchte.

Das hast du schon mal ganz anders erzählt, sagte Régine, klinisch wär's zugegangen.

Manchmal war das laufende Gespräch wichtiger, wollte ein komplexer Gedankengang noch vollendet werden, da hat der Gesundheitsinspektor, der das Auskochen in der Küche überwachte, vielleicht ein Auge zugedrückt. Eine einzige Unaufmerksamkeit

hätte sowieso gereicht für diese überflüssige, gelbe Quittung jetzt.
Aber seit wir uns kennen, hast du doch nichts mehr damit zu tun?
Nein, wie du weißt, und ja, wie du siehst, sagte ich, aber eigentlich brauchte ich keine Katastrophe, um gerettet zu werden – es sei denn, du hältst dich selbst für die mich rettende Katastrophe.
Seit vier, fünf Monaten nicht mehr, oder?
So lang kann die Inkubationszeit dauern. Verstehst du das Perverse? Die Sause ist bis auf einen leichten Nachgeschmack vorbei, auch im Kopf halbwegs erledigt, denkste. Als wäre Lichtjahre zuvor ein Pfeil auf dich abgeschossen worden, der unbeirrt in deine Richtung fliegt und dich früher oder später treffen wird. Die Sache wird nie erledigt sein.

Régine war auf ihrer Schlafseite fast in den Kissen verschwunden, den linken Daumen als Beruhigungslutscher im Mund. Sie wollte der Sache ungestört nachsinnen und schlummerte bald weg, während ich, über die Bettkante gebeugt, mit stier gesenktem Blick den Zigarettenrauch in die grauen Flocken des Teppichs blies: was hast du angerichtet, verdammter Kippenquäler.

Ein neues Leben anfangen, endlich ins Gleichgewicht kommen, hatte ich vor Monaten gedacht – und jetzt zeigte sich, daß das alte Leben tief in den Zellen steckte und dort weiterwirkte. Einen Strich unter die Vergangenheit zu ziehen und sich einfach davonzumachen war nicht drin. Denn es gab weder ein neues noch ein altes Leben, sondern nur ein einziges, nur dieses eine Leben, und in meinem würde von nun an bis zum letzten Tag ein gelber Dämon durch die Blutbahnen geistern. Er würde als Königsparasit im Organismus hausen, jede Geste, jeden Gedanken beeinflussen, mich vielleicht sogar steuern, mit seinem Millionenheer jagen, wer weiß, wohin, mich ermatten lassen, wer weiß wie schlimm, mich früher oder später selbst zum Dämon machen. Er würde jedem Menschen, der mir begegnete, aus meinen Augen zublinzeln, sieh her, ich bin's, Virus, der Giftige, der Yellowman, halte dich besser fern, mach keine Geschäfte mit mir, keine Kinder, keine Gemeinsamkeiten. Von den Klugen, Gesunden und Unzerstörbaren intuitiv empfunden, würde der warnende Hauch dieses Stigmas seine abschreckende Wirkung niemals mehr verfehlen.

Eine neue Runde im Kampf ums Firmengeschick, die Ungereimt-heiten korrigieren, hatte ich gedacht – und jetzt fiel mir nicht mal jemand ein, der mich eine Zeit vertreten könnte. Übersichtliche Charaktere zusammenbringen, zur Gemeinschaft entschlossene und keine mittelpfiffigen Kerle, die auf fahrende Züge aufsprin-gen wollten, hatte ich gedacht und statt dessen eine unberechen-bare Combo um mich versammelt – junge Herren, die dreimal täglich den heißen Löffel brauchten oder während der Arbeitszeit die »Peking-Rundschau« lasen, dieses Kampfblatt auf hauchdün-nem Papier. In unserem Keller prallten sehr unterschiedliche Weltentwürfe aufeinander, und in jedem spiegelte sich ein Splitter meiner abgelegten oder gerade wachsenden Bewußtseine. Wie aber sollte es hier weitergehen? Unter wessen, na ja, hoffentlich nur vorübergehenden Führung? Roland kam aus gegebenem Anlaß nicht in Frage, der vor kurzem aus Düsseldorf eingetru-delte Franz Dichgens auch nicht – ein glänzender Organisator, wie Büdinger ihn angepriesen hatte, ein entsafteter Fleischberg in meinen Augen, der am liebsten im Liegen arbeitete und nicht um-sonst Franz Gans genannt wurde.

Und die beiden Hamburger Jungs? Denen fehlte die wahre Licht-begeisterung. Moog war dafür einfach zu intelligent, ein abgebro-chener Zahnmediziner und hartlinker Segler, der vom Recht eines jeden auf die eigene Yacht träumte – montags erschien er mit aufgefrischtem, rötlichem Ostseeteint auf dem breiten Gesicht. Dieser blonde Sitzriese konnte den Sack nicht mal bei blindver-zückt hereinstolpernden Tausendmarkskunden alleine zubinden – Bootsmannsflossen ja, aber kein Händchen für den feinen Handkantenschlag. Wie oft hatte ich ihn beobachtet, wenn er seine Chancen versabbelte, wie oft mußte ihm gesagt werden, be-achte dies und jenes Signal der Zustimmung, höre auf das Kni-stern in den Synapsen der Interessentenbirne, zeig dich ein biß-chen ungehalten, wenn eine Sumpfblüte sich nicht sofort bestäuben lassen will, dreh dich leicht ab und gib eine letzte, hu-mane Frist fürs Begreifen der Botschaft. Moog verstand es nicht. In den Verhandlungen relativierte er die unwichtigsten Einzelhei-ten so lange, bis der Besucher nicht mehr wußte, was er bei uns ei-gentlich gewollt hatte. Seine Stärke lag eher in der Aufarbeitung. Bei der Analyse des betrieblichen Alltags kam er richtig in Fahrt – den Kapitalismus hielt er für eine Jugendsünde der Mensch-heit, bewußtseinsmäßig schon überwunden. Sagte er. Was seinem

Wunsch nach mehr Geld nicht widersprach. Immerhin löste er mit seiner täglichen Kapitalismuskritik manchen Ärger über die zunehmend profaner werdende Kundschaft auf, befreite uns quasi therapeutisch von den ständig hochschießenden Empörungsenergien. Erst am Nachmittag hatten wir wieder stundenlang über die Aufhebung des klassenantagonistischen Widerspruchs gequatscht, über das Verhältnis von Produktionsmitteln, Arbeit und Profit, das verändert gehörte – die Unterhaltungen mit ihm präzisierten die Theorien der schönen Denkmodelle, die seit Gründung der Muße-Gesellschaft diskutiert worden waren. Wir wären quasi von Natur aus Kommunisten gewesen, eine traumhafte Situation, hatte Moog gesagt, wenn alle gleichberechtigt bei gleichem Lohn im Kollektiv mitwirkten, habt ihr den Urwiderspruch zwischen Herrschenden und Abhängigen eliminiert, dann wurde von euch der Gegensatz zwischen Besitzenden und Besitzlosen zum Verschwinden gebracht.

Nicht ganz, hatte ich gesagt.

Aber wir kriegen sie wieder hin, unsere ursprüngliche Gerechtigkeit, dachte ich, auch wenn es im Moment nach neuen Schwierigkeiten aussah. Dieser Virus war den Ärzten nicht einmal genau bekannt. Sie wußten noch nicht, daß er auf Staatskosten in den Adern heimwehkranker Fensterputzer aus Goa einreiste. Einstweilen nannten sie das Rätselwesen ›Nicht A/Nicht B‹. Wie unentschlossen, wie hilflos, nicht zu fassen – eine das aussichtslos Unentschiedene festlegende Negativbestimmung, die Mediziner spielten auf Zeit. Was meinem Hang zu falschen Analogien durchaus entgegenkam, nicht A, nicht B sein, ganz klar, nicht Ausbeuter, nicht Beuteopfer sein. Sondern was? Ein Eiertänzer, der von einem Fastabsturz zum nächsten taumelte. Noch unvergessen das Bundesbahndesaster, als von uns die Werbespots falsch eingelegt wurden – vor zehntausend Leuten fuhren in der Ostseehalle die Züge auf den Kopf gestellt über die Leinwände. Jetzt Lüneburg, wieder so ein ungeliebter, aber dringend nötiger Auftrag von einer Sparkasse, natürlich ein Inferno mit Blitz und Donner, reichlich Strom in der Schalterhalle, piepeinfache Sache. Und doch hatte heute morgen ein ziemlich ungehaltener Bankdirektor angerufen: Einige Ihrer Mitarbeiter standen gestern ganz offensichtlich unter Drogeneinfluß. Da war mir das Blut in die Ohren geschossen und die Stimme schwach geworden: unter dem Einfluß von Erkältungsmitteln vielleicht, bei der Grippewelle gerade wüßte man das nicht so genau. Er wußte es genauer. In der Pause des Showprogramms hätte er seinen Augen nicht getraut, als er drei Herren in der Toilette auf dem Boden hockend vorfand – mit Spritzen und Löffeln in einer so eindeutigen Situation, daß er, ohne zu pinkeln, gleich wieder hinausgegangen sei. Das war aber nett von Ihnen, hatte ich etwas konfus zu ihm gesagt, vorstellen könnt ich mir so eine Szene allerdings überhaupt nicht. Vielleicht können Sie sich trotzdem vorstellen, daß wir für Ihre Dienste nur die Hälfte des Rechnungsbetrages überweisen, Wiederhörn.

Eine perfekte, ohne jede Beanstandung absurrende Multimedia-Arbeit, ein Ereignis für Lüneburg – abgesehen vom Fauxpas des Bautrupps, der sich ausgerechnet in der Toilette des Bankchefs zwischendurch frisch machen mußte.

Dieses Schwein, hatte Roland gesagt.
Für ihn war es kein Unterschied, ob er und seine Helfer die Pause mit einem Schuß oder mit einem Bier verbringen würden. Eine Frage der persönlichen Freiheit, der Selbstverantwortung, wie er glaubte. Schwer zu entscheiden, worüber man sich mehr ärgern sollte – über sein Verhalten oder über das der Bank. Völlig absurd auch der Diskussionsbeitrag von Franz Gans, dem meist leicht beleidigten, mit abstrusen Forderungen daherkommenden Ex-gewerkschaftler: Wir müßten uns mit allen juristischen Mitteln gegen die Halbierung der Gage wehren. Welche Rechtswege er in diesem interessanten Fall denn vorschlagen möchte, hatte ich ihn gefragt. Da lächelten die anderen still vor sich hin.
Auch Rudi Schulz, der neue Elektroniker mit der strähnigen Dutschkefrisur, war dabei – der stillste aller Lächler, der seine schwarze, halblange Lederjacke niemals ablegte und meistens im Studio herumstand wie ein dauerverstörter Kiffer am falschen Ort. Vielleicht hing er noch an seinen alten Mitstreitern vom SALZ, dem sozialistischen Arbeiter- und Lehrlingszentrum. Die hatte er mir vor ein paar Tagen in der Kneipe gezeigt und geflü-stert – die Jungs am Ecktisch dort hätten gerade ihren ersten Banküberfall hinter sich und diskutierten seitdem verzweifelt, welchen Kampf sie mit den fünfzig Mille unterstützen sollten. Seit diesem Kneipenabend verstand ich ihn besser. Seine Ver-schlossenheit, sein unsicheres, manchmal wie konspirativ-ver-schleierndes Verhalten machten aufgrund seiner Vergangenheit

Sinn, auch seine selbstlos erscheinende Devotheit. An Rudi nagte das Renegatentum. Von der SALZ-Fahne gegangen zu sein beschämte ihn und ließ nur unter schwerster Skepsis zu, sich woanders zu engagieren. Kleine Elektronikkästen für die bourgeoise Unterhaltungsindustrie zu reparieren kostete ihn bestimmt Überwindung – von Rudi konnte nur der etwas erwarten, der ihn in seinem unter Skrupeln geleisteten Radikalitätsverzicht verstand, und das überzeugter als im Fall des nur den Unidebattierclubs entlaufenen Moog. Aber am Ende machte weder die eine noch die andere Art Arbeit in Banken einen glücklich.

Als nachts gegen drei die Wohnungstür klappte, lag ich noch immer hellwach und lauschte Rolands Schritten nach. Wenn er so spät nach Hause kam, hatte er sich unterwegs versorgt – in letzter Zeit bei Leuten in einer ominösen Giftvilla an der Alster. Daß er heute wieder dorthin gegangen war, brachte mich noch mehr auf als an anderen Tagen. Ich schlüpfte aus dem Bett, zog Régines Morgenmantel an und schlich auf Zehenspitzen über die am wenigsten knarrende Route im Parkett hinaus; sie hatte die Gewohnheit, Sorgen und Probleme in aller Ruhe kleinzuschlafen. Ich mußte jetzt mit Roland sprechen, auch wenn mir die eigene Nörgelei einmal mehr auf die Nerven gehen würde. Zu oft schon hatten wir uns in die Sackgasse geredet, jeder für sich der Aussichtslosigkeit dieser Gespräche aufs quälendste bewußt. Zu oft auch hatte ich schon mit dem Gedanken gespielt, ihn aufzugeben, um nicht zu befürchten, daß dies in jedem Moment tatsächlich geschehen könnte.

Roland saß in Schreibhaltung am Küchentisch, als hätte er die ganze Nacht über den Papieren gesessen. Aus den Sakkotaschen kramte er mehr oder weniger zerknüllte Zettelchen, sortierte sie glättend und notierte die Angaben auf ein großes Blatt. Unsere Blicke kreuzten sich nur kurz.

Mein Besorgungszettel für morgen, sagte er.
Fleißig, fleißig, sagte ich.

In dem Moment störte mich alles an ihm – sein beflissenes Getue, seine verdammte Zufriedenheit, seine weiche, noch opiumbesänftigte Stimme. Diese Büroarbeit in nächtlicher Küche war doch reine Symbolik, eine bloße Loyalitätsposse, die bestenfalls als Friedensangebot durchging. Am Fenster stehend, schaute ich in das schummrige Grau des Innenhofs – tagsüber sah es da unten wie in einem italienischen Garten aus.

Aber immer, sagte er.

Immer ist gut.

Immer und drei Tage.

Vielleicht auch minus drei Tage – ich hab heut viel telefoniert, auch abends noch mit Doktor Pawel-Remmingen.

Ja, ich weiß Bescheid, sagte er, und jetzt willst du mir klarmachen, daß sofort Schluß zu sein habe, daß dies ein von der Natur gefälltes Urteil ist, das ich als ein Zeichen begreifen müßte, endgültig auszusteigen und so weiter. So funktionierst du doch, rechthaberisch, du hast es ja immer schon gewußt, klar.

Wann sonst, wenn nicht jetzt, sagte ich, wann denn sonst sollte etwas Grundsätzliches passieren? Das mußt du doch als einen Schnitt begreifen, als Chance, das mußt du verflucht noch mal kapieren, Mensch.

Das eine hat mit dem anderen gar nichts zu tun. Diese Infektion kann man sich überall holen, in einer Absteige in Indien oder zu Hause drüben in deinem Bett. Außerdem ist überhaupt nicht klar, daß der Virus in uns steckt. Nichts Genaues weiß man nicht.

Mir reicht schon, was ich weiß. Der Lack ist ab, mein Lieber, heute rot, morgen Gilb, übermorgen tot. Vielleicht irre ich mich da um ein paar Tage.

Du verfällst andauernd in Panik, beim kleinsten Verdacht, du übertreibst.

Ja natürlich – es sind ja nur 95 Prozent, die es ganz bestimmt erwischt. Ein Experiment also nach deinem Geschmack, die Gefahr suchen, um zu beweisen, wie stark man ist, den Gilb als Gelegenheit nehmen, weil du damit wieder mal deine mystischen Widerstandskräfte testen kannst. In Wahrheit spielst du Lotto mit der Nadel. Guck dich doch an, deine tausend Wehwehchen, deine mit tausend Cremes beschmierte Pockenbirne. Allein deine Haut zeigt, daß du die Stoffe nicht verträgst.

Das Problem hatte ich früher auch, sagte er, das weißt du doch.

Das nächste dürfte dir neu sein. Und du verschlimmerst alles nur, wenn du weitermachst.

Opium heilt alles.

Nur sich selbst nicht, sagte ich.

Ich brauche es eben.

Jaja, ich weiß, du brauchst es vor der Arbeit, nach der Arbeit, unterwegs und zu Hause, auch vorm, nach und beim Vögeln, wenn du überhaupt dazu kommst, zu deinem berühmten Doppelflash – ein Blödsinn, du wolltest mit der Nummer neulich doch nur dieser »Spiegel«-Tante imponieren, mit der Nadel in deinem Po, mit dem Schwanz in ihrem Po, und dann ab das Dingen. Eine akrobatische Leistung, mein Lieber, doch, doch. Aber du kannst nirgends mehr rausholen, als drin ist. Eine ausgeschlafne Frau steckt das sowieso weg als kleinen Aufreger, ne Story für den übernächsten Kaffeeklatsch, Mohn ist auch nur eine Blume.

Du weißt nicht, was schön ist, sagte Roland.

Er nahm die Brille ab und rieb etwas fahrig mit einem Tempo an den Gläsern. Auf seinem geröteten Gesicht lag ein feiner Schweißfilm. Nach einigem Kopfschütteln schaute er mich mit ironisch gemeinter Mitleidsmiene an.

Du bist spießig geworden, sagte er.

Noch nicht, mein Lieber, noch nicht ganz.

Im Grunde deines Wesens bist du ein Spießer, einer von denen, die eine absolute Meinung zu relativen Dingen haben, die sich eine Extratour gönnen und am nächsten Tag ihren Kater bejammern. Die das, was sie vor kurzem noch getan haben, wenig später schon bedauern und verachten.

Ach bedauern, was heißt das. Bedauern tue ich etwas ganz anderes, uns bedaure ich, unser dahingegangenes Verständnis. Acht, sogar neun Jahre wollten wir im wesentlichen dasselbe und waren uns meistens einig. Und jetzt? Was jetzt ist, bedaure ich. Eine Seefahrt, die ist lustig – aber dauernd auf See, nee. Ich weiß, daß jeder Schuß für sich genommen durchaus schön sein kann, schön wie ein Orgasmus meinetwegen, aber das Schießen auf Dauer ist Scheiße, basta. Hör auf damit, mach endlich Schluß, und mach es diesmal vernünftig. Nicht wie beim letzten Mal mir das Besteck an den Kopf werfen und dich drei Tage jaulend hinlegen, nicht wieder die Tapeten herunterreißen und den Mörtel zwischen den Ziegeln herauskratzen. Ich hab es satt, verstehst du?

Aber beim Kokain drückst du doch gerne mal ein Auge zu.

Ach, Roland, halt die Klappe.

Ohne einander anzusehen, saßen wir schweigend am Tisch, jeder ins Labyrinth seiner Gedanken abgeirrt. Wir wußten beide, daß diese nächtlichen Küchengespräche keine neuen Einsichten brachten. Ich war es leid, seine Ausreden weiterhin zu ertragen, ihn zu decken, wo es nur ging, ihm in irgendeinem speak easy Nachschub zu kaufen und auch dann noch stillzuhalten, wenn die Schnüffler vom R-Dezernat in unserem Büro auftauchten und von mir verlangten, ihnen meine entblößten Arme zu zeigen; eine Unverschämtheit, die ich hinnehmen mußte, um Roland vor Schlimmerem zu schützen.

So kann es doch nicht weitergehen, sagte ich, die Fixerei frißt dich auf, deine ganze Energie setzt du ausschließlich dafür ein.
Und du, sagte er, du setzt deine ganze Energie ausschließlich für den Betrieb ein, unerbittlich, trickreich und besessen vom Fimmel einer nicht mal zwischen uns beiden existenten Gerechtigkeit.

Die Chemie stimmte nicht mehr, ein Stoffwechselproblem – sie konnte nicht mehr stimmen, wenn einer das Zeugs abgesetzt hatte und der andere nicht. Gegen Vorwürfe oder Provokationen war Roland längst immun. Ihn beleidigte schon, daß jemand das nicht wahrhaben wollte und wider beßren Wissens mit moralischen Platitüden versuchte, ihm beizukommen.

Entschuldige, sagte ich nach einer Weile, so knapp wie unglaubwürdig. Er nickte nur.

Wenn es hart auf hart gegangen wäre, würde er ohnehin das letzte Wort behalten, das letzte, jeden sprachlos machende Argument auf den Tisch legen. Es hing an einem dünnen Lederband an seinem Hals, wie dezenter Schmuck. In einer kleinen Silberkapsel verwahrte er sein Ticket ins Jenseits – eine Dosis Zyankali. Nur für den Fall, daß er wirklich nicht mehr weiterwüßte, hatte er bei einem der letzten Streitgespräche gesagt.

Trotzdem wär's ganz nett gewesen, sagte ich nach längerem Schweigen, wenn du mich wegen dieser Toilettenszene wenigstens vorgewarnt hättest.
Tut mir leid, sagte er, aber wer konnte ahnen, daß der Herr Direktor ausgerechnet in diesem Moment pinkeln mußte.
Ganz schlechtes Timing.
Typisch für diese Leute, die holen sich eine Hippietruppe in ihre Bank und tun so, als würden sie aus allen Wolken fallen über das, was dann auf sie zukommt.

Damit konnten sie nicht rechnen. Die wollten nur ein bißchen flott sein, dabeisein, vorneweg, an die Jungen ran. Du hättest in der Pause lieber ein Konto eröffnen sollen.

So etwas knallhart auszunutzen, sagte er.

So geht's nun mal zu in der Großstadt, sagte ich, na ja, egal, wir werden schon eine Lösung finden. Im Grunde ist diese Geschäftsarie so etwas Ähnliches wie die Fixerei – jeder einzelne Abschluß mag höchst befriedigend sein, aber auf die Dauer ist das Ganze eher grauenvoll. Und dazu jetzt noch mit diesem netten Gefühl, auf der Rasierklinge zu sitzen und in selbstdiagnostischer Verzweiflung in sich hineinhorchen zu müssen.

Fehlt dir denn irgend etwas?

Eigentlich nicht – nur die zehntausend aus Lüneburg, die hätten uns ein, zwei Monate ernährt.

Auch Roland spürte keinerlei Anzeichen für den Ausbruch der Entzündung.

Nichts zu machen – wie in den Nächten zuvor hockten wir am Ende in der Küche, taub und unbeholfen wie zwei Lehmklumpen. Roland würde sich von nichts und niemandem in seinem Tun abhalten lassen. Da hätte ich weiterreden können, soviel ich wollte – in meiner, wie er es nannte, schizoiden Übersteigerung meines ureigenen Konflikts, entweder den Betrieb halbwegs ordentlich zu führen oder sich konsequent auszuleben und dabei zu verbrennen. Ihm selbst nahm die Droge jede Entscheidung ab. Fraglich, ob er aus der höllischen Pseudorevolte jemals wieder herausfände, ob seine Willenskraft dafür ausreichen würde. Wie dreckig mußte es ihm gehen, wenn er seinem Freund die Zyankalikapsel vor die Nase hielt, ihn mit einem letzten Druckmittel erpreßte und damit eigentlich die Freundschaft aufgab. Ich wußte nicht, was mich mehr aufwühlte – die Angst, selbst wieder in den Sog des Gifts gerissen zu werden, oder die wachsende Abneigung, zwangsläufig seinen ihn jeden Tag aufs neue quälenden Zustand miterleben zu müssen.

Das zweite Jahr an der Nadel hatte ihn verändert, einige seiner Charakterzüge schienen in ihr Gegenteil verkehrt; das bewies die Schludrigkeit von Lüneburg und auch die mit zynischem Grinsen gemachte Bemerkung über den Gilb, der mich in den längst verlassenen Kreis zurückholen würde. Aber war es nicht falsch, die

Ursache seines veränderten Verhaltens allein in der Droge sehen zu wollen und auf ihr Absetzen zu hoffen? Sollte ich also warten auf die Wiederfindung seines alten Selbst? Warten auf ihn, den Verläßlichen, der alles über mich wußte, den letzten Vertrauten, der meine Worte und Taten stets gutgeheißen hatte und dem ich jetzt mit Härte begegnete? Für ihn, den Sehnsüchtigen, war es schon hart genug, sich meine Rückkehr ins Schlafzimmer vorzustellen, den kurzen Augenaufschlag, den leisen Seufzer der Frau zu ahnen, die mich dort ihre Nähe fühlen ließe, während er allein im fahlen Küchenlicht zurückblieb.

Dich wird's schon nicht erwischen, sagte er schließlich, der Betrieb muß doch weiterlaufen.

Das muß er – morgen früh bereits.

In jenen Sommertagen, als die Gilbwarnung durch die Telefone fegte, hatte keiner von uns auch nur den blassesten Schimmer von den tatsächlichen Vorgängen im Organismus. Erst dreißig Jahre danach und ebenso lange abstinent, sollte ich mehr darüber erfahren, in einer hepatologischen Schwerpunktpraxis – beim ersten Besuch bereits unsanft gemahnt von der dekorativen Vitrine im Wartezimmer, voll mit musealen Injektionsbestecken und Arzneiwaagen, arglos hingestreut wie auf dem Flohmarkt. Wenn ich es nicht schon gewußt hätte, wäre es mir spätestens durch die Untersuchungsergebnisse klargeworden: Der Underground war kein Kindergeburtstag – selbst wenn es manchmal danach ausgesehen hatte. Die Spiele, die Experimente von gestern waren längst vergessen, die Theorien der Achtundsechziger kompostiert oder zu Schimären geworden – der Körper aber vergißt nichts. Letztendlich mußt du für all das bezahlen, dachte ich, am meisten für deine Jugend – die frühen Fehler verfolgen dich ein Leben lang. Und dafür mußt du zahlen und zahlen, auch wenn nichts mehr in dir steckt, was noch einen Kredit wert wäre; der geforderte Preis, Dummerchen, bist jetzt du selbst. So gesehen, blieb alles nur eine Frage der Zeit.

Auf dem Wecker, der damals neben dem Bett stand, ließ sich das Zifferblatt nur ahnen. Sweti hatte auf die innere Seite des Sichtglases eine dichte Lage Ölfarbe aufgetragen – sein Abschiedsgeschenk bei meinem Wegzug aus Düsseldorf. Die millimeterdicke Schicht wie aus geronnenen Tropfen Blut verhinderte den Blick auf die Uhrzeit. Régine konnte sich an den blinden Wecker nur schwer gewöhnen. Sie hatte das Ding auseinandergenommen und ein pfenniggroßes Guckloch in die Rotschicht des Glases gekratzt.

22

Sich tagtäglich im Verwaltungsgebäude einer Krankenversicherung aufzuhalten hatte auf die Dauer etwas Kränkendes – hier gelandet zu sein mußte den Verdacht nahelegen, daß mit der Muße-Gesellschaft einiges falsch gelaufen war. Die beschämend nackten Flure, die in den Ecken lauernden Gummibäume, das nervig verzögernd anspringende Neonlicht ließen wehmütige Erinnerungen an die Zeiten in der Gartenlaube aufkommen, kaum zwei Jahre her. Die Haare waren länger, die Klamotten bizarrer geworden – das mindeste, was man solchen Bürohäusern antun konnte –, der Gegensatz zwischen der im Keller tätigen Gruppe und den Versicherungsleuten der oberen Etagen hätte größer nicht sein können; nicht nur der Frauenarzt schaute bei jeder Begegnung demonstrativ in die andere Richtung.

(Nur einmal, aufgrund einer Fehleinschätzung, gab es sympathisierende Blicke, weil es so aussah, als würde ich unseren bunten VW-Käfer durch die Polizei vom Parkplatz entfernen lassen – tatsächlich wurde er als Beweismittel beschlagnahmt; Roland und der überraschende Besucher Sweti waren damit in einen Vorort gefahren, um dort im Stechschritt durch die Tür einer geschlossenen Apotheke zu treten, sich zu versorgen und wieder in den davor geparkten Käfer einzusteigen. Nur meine zu Protokoll gegebene Aussage, die Schlüssel seien vor Tagen verschwunden und der Firmenwagen von uns seither unbenutzt, bewahrte die beiden vor der Verhaftung – in so einem Fall von Erklärungsnotstand mußte man auch mal ein Auto springen lassen, zurückgebracht wurde es nicht, die Sache verlief im Sande.)

Die schöne Gegend an Milchstraße und Klondyke sollte sich in späteren Zeiten stark verändern, das Bürogebäude der Hannoverschen Betriebskrankenkasse nicht. In seiner Nachbarschaft war der Natur des Schürfens gemäß nach und nach ein Viertel des gehobenen Konsums entstanden, mit Boutiquen, Einkaufspassagen und sanierten Prachtbauten. Auf jedem meiner im Lauf der Jahre gemachten Spaziergänge entdeckte ich etwas Neues, um dann doch wieder vor meinem persönlichen Mahnmal stehenzubleiben, diesem neutralen, glatten Bürokasten, unverändert bis ins Detail, als hätte er allen Wandel unter einer Schutzfolie überdauert. Von der linken Seite fiel mittlerweile der Schatten eines neuen und höheren Appartementhauses, gebaut auf dem Grundstück der Kioskbude, in der ich morgens meine Milch und Zigaretten gekauft hatte; auf der unverändert im Eingang hängenden Hinweistafel, wo einst weiß auf grau »Die Muße-Gesellschaft – Souterrain« gesteckt war, stand jetzt mit derselben Buchstabentype gesetzt »Archiv«. Dort unten also hatte ich gesessen, vor mehr als dreißig Jahren, die Beine auf den billigen Schreibtisch hochgelegt, und mir den Kopf zerbrochen. Auf dem Boden welcher Tatsachen eigentlich? Hatte es im Underground überhaupt einen Boden gegeben? Offenbar einen weniger festen als bei einer aus Hannover aufgestiegenen Krankenversicherung, die inzwischen auf ein paar Tausender an Miete verzichten konnte. Was also wäre das verborgene Motiv im Geschäftsjahr 1968/69 gewesen? Den Blitz der Erkenntnis in diese Sphäre zu bringen? Oder an Grund und Boden und Geld zu gelangen? Waren wir wirklich *only in it for the money*? In diesem Keller hatte ich damals über die Gesellschaft nachgedacht und nachgedacht und geglaubt, durch bloßes Nachdenken die meisten Probleme zum Verschwinden bringen zu können. Noch immer schwebte mir eine lose Gruppierung, eine Firma im Schwebezustand vor, ein improvisierter, spielerischer Betrieb, ähnlich dem einer Band als der Höchstform für Teams und aus der Lamäng hingeschlackert – eine Firma als Tarnkappe auch bei der Suche nach besseren Lebenszwecken. Nach wie vor wartete ich darauf, daß die anderen das kapierten. Ich wartete auf einen Einfall, auf einen Engel, der den von uns selbst geknüpften gordischen Knoten zerschlagen würde, auf den entscheidenden Anruf von Bekurz und Geyer wartete ich damals auch. Und wochenlang hatte ich hier unten auf noch etwas gewartet – auf den Gilb.

Nach Feierabend, von allen Beschäftigten verlassen, war es in dem tagsüber stillen Bau immer totenstill geworden. Allein im Keller zurückgeblieben, hörte ich dann das leise Trommeln der Autoreifen auf dem Kopfsteinpflaster der Straße und ließ die Zeit in meditativ verschleppter Langsamkeit einfach vergehen; insoweit dem Leben am Schreibtisch schon angepaßt. Unentwegt umkreisten die Gedanken das Personal des Augenblicks, Büdinger, Roland, auch Moog entschwanden in die Unschärfe und zuckten wieder auf wie angestochene Zellen unterm Mikroskop. Auch von Régine Gesagtes ging mir durch den Kopf; in der ruhigeren Phase der Verliebtheit rundeten sich ihre Rundungen immer stärker, so als wüchse sie von einem inneren Zentrum nach außen – Glücksspeck, meinte Roland. Doch in einer der vorigen Nächte war ein Satz gefallen, der bei mir einen noch andauernden, seltsamen Taumel erzeugte. Das letzte Geschenk, das ich für einen Mann habe, geht an dich, hatte sie gesagt – meine Zuverlässigkeit. Es war schon weit nach Büroschluß, als jemand leise an der Tür klopfte.

Der Becker, vermutete ich, wer sonst so spät, der Telex-Becker, ein börsianischer Stadtstreicher und Tresenbroker aus dem »NachAcht«, der mit seiner in permanenter Prügelerwartung geduckten Statur und verschlagenen Mimik an Polanski erinnerte. Aus mir unklaren Gründen tapste er manchmal mit unter der Achsel klemmendem FAZ-Wirtschaftsteil hier herein, um seine wütenden Deutungsmonologe über die im Text versteckten, ihn selbst auf ewig ausschließenden Geschäftshinweise abzulassen. Aber nicht Becker, sondern ein mir unbekannter Endfünfziger im Fischgrätensakko betrat zögernd den Raum – mein Name ist Kracht, sagte er, von der Unternehmensberatung Doktor Kracht und Partner. Sein rechtes Knie schwenkte bei jedem Schritt wie mechanisch betrieben im Halbkreis nach außen, so als müßte er sich mühevoll, aber forsch voranbohren. Sie sind der leitende Herr hier, richtig, fragte er, auf seinen schwarzen Gehstock gestützt – habe von Ihrer Gesellschaft gelesen, in einem Zeitungsartikel.

Ach ja, sagte ich, die Reportage in der WELT, schon eine Weile her.

Ein früherer Wehrmachtsoffizier, kriegsversehrt, Typ gemütlicher Haudegen, einer, wie ich sofort dachte, der aus den alten Verbindungen heraus mit größerem Gepäck reist.

Wir vertreten einen Klienten, sagte er, der sich nach langer Abstinenz wieder einmal öffentlich darstellen möchte – bis jetzt wäre nur ein Vertrag mit einem TV-Komiker abgeschlossen.
Er schaute sich im mager dekorierten Studioraum um, wo Projektoren und drei, vier dickrippige Filmscheinwerfer Möglichkeiten andeuteten. Dieser Kracht wirkte erfreulich unorientiert und unsicher, aber auch seriös und schien nicht wie andere Interessenten nach dem erstbesten Sensationseffekt zu suchen.

Ein Interessenverband, sagte er, der Verband der deutschen Futtermittelindustrie.

Der was?

Der Verband der Futtermittelindustrie, wiederholte er leise.

Das darf nicht wahr sein, dachte ich und ließ ihn in Ruhe die Bedeutung des mir unvertrauten Verbandes erklären, nickte öfter wegen der leichten Verständlichkeit des Gesagten. Diese Lobbyisten wollten sich ihren landauf, landab Tierfutter herstellenden Mitgliedern erkenntlich zeigen, mit Blick auch auf die Politik, die Medien und so weiter.

Für einen durchschlagenden Moment positiv ins öffentliche Bewußtsein geraten, erklärte Herr Kracht, und zwar nächstes Jahr in Köln, auf der Anuga '70, der Landwirtschaftsmesse.

Er holte die Hallenpläne heraus, wies auf den Ort der Handlung, zwanzig Meter lang, nicht ganz so breit, sechs, sieben Meter hoch – keine Kleinigkeit. Sie haben dort alle Möglichkeiten, sagte er und sah mich mit einer für jede Beratung offenen Miene an. Der Mann erwartete dringend Hilfe, ganz klar. Mein anfänglich abwehrendes Sträuben schwächte sich ab, auch wenn mir das Gelächter der anderen bereits in den Ohren klang – der Verband der Futtermittelindustrie, allein die Namensnennung dieses Kunden würde ihnen genügen.

Der Etat liegt etwa bei einer knappen Million, sagte Herr Kracht, noch spezifizierbar natürlich durch Art und Umfang der auf Sie zukommenden Aufgaben.

Einen Augenblick lang war ich schockiert. Seine Futtermittelgeschichte war nur bedingt auf unseren Keller zugeschnitten – die Höhe der Summe paßte nicht so recht zum Mobiliar, auch nicht zum weißen Plastikfummel, dem Raumteiler fürs Studio, auf dessen ausrangierten Kinositzen noch nie jemand im Ernst von etwa einer knappen Million gesprochen hatte.

Ja gut, sagte ich und schlug ein Bein über das andere.

Mein rasengrüner, hochhackiger Lederstiefel wippte Kracht als Zeichen einsetzender Gedankentätigkeit entgegen. Daß diese Summe enorme mentale, biochemische Wirbel auslöste, war mir nicht anzumerken – meine einzig nennenswerte Ausbildung für unsere Arbeit, die über Jahre gelernte Beherrschung des Mienenspiels.

Wir brauchen dort ein bißchen Action, sagte Herr Kracht und zog die Augenbrauen so hoch wie möglich.

Action, wünschte sich dieser alte Krieger, ein bißchen *Action*.
Zu lange dürfte ich jetzt nicht schweigen und mich darüber wundern, wo wir, die Pioniere der Ekstase, angekommen waren. Nur zwei, drei Jahre brauchte es also, um von den Traumtänzen im Nirwana in die drögen Hallen einer Landwirtschaftsausstellung zu gelangen, nur Lichtsekundentausendstel auf der Autobahn mußten vergehen, um vom Zappa-Konzert zum Einsatz für die deutsche Futtermittelindustrie abkommandiert zu werden. Herr Kracht lächelte, als würde er gerade eine Biedermeierkommode kaufen und nicht die letzten Zuckungen einer Revolution.

Das, was Sie sonst auch so machen, sagte er.

Um irgend etwas zu machen, knippste ich einen Schalter an – augenblicklich wallten ineinander zerlaufende, farbige Emulsionsbilder an der Wand auf, ein öliger Hit unserer Produktion und schon älterer Hut. Die Überbleibsel eines Bühnenbildes, erklärte ich, für eine Oper aus London, die Story eines Sängers. Dieser junge Musiker hätte Antikriegslieder und Vietnamprotestsongs gesungen, in bösen Refrains so etwas wie *kill, kill, Dschi-Ai, kill,* –
– verstehe, sagte Herr Kracht, aber das bewirkt ja nichts –
– doch, der Junge wurde bekannt, und zwar so bekannt, daß ihn die politisch gesteuerte Musikindustrie in Gestalt einer Frau kirre gemacht hat und ihm nach einer Gehirnwäsche die richtige Karrierezeile diktierte, *kiss, kiss, soldier, kiss.*
Und was passierte dann, fragte Kracht.
Während seiner ersten großen Kiss-kiss-Glitzershow in Las Vegas erschlugen ihn seine alten Fans aus den Slums.
Eine überholte britische Klassenkampfphantasie.
Eine zu grob gestrickte Story von Korrumpierung, sagte ich, zu Recht vor Monaten in Kassel ausgebuht. Peinlicherweise hatten sie uns in erster Linie für den Las-Vegas-Akt der Oper engagiert.
Über die Höhe des Etats können wir noch reden, sagte Herr Kracht, schließlich kommen zum ersten Mal elektronische Popeffekte auf eine Landwirtschaftsmesse. Er sagte das ohne jede Ironie. Das Industrieberaterleben erlaubte keine Doppeldeutigkeiten.

Ein Kino, sagte ich und formte mit den Händen eine imaginäre Kugel vor meiner Brust – ich sehe dort ein Kino, ein Durchlaufkino, mit einem sich ständig wiederholenden Programm.

Ein Kino?
Herr Kracht stieß mit unmerklichem Ruck den Kopf in den Nakken und kniff sekundenlang die Augen zusammen. Im selben Moment wußte ich, Volltreffer, ganz klar, der Mann wollte ein Kino. Die Gedankenübertragung war gelungen, die Sache entschieden, der Mann hatte unhörbar laut ›Ja‹ gesagt. Jeder Mensch möchte gern ein Kino haben, wenigstens für einen Moment.
In der ersten Befriedigung skizzierte ich seines ruck, zuck auf ein Blatt. In der Draufsicht ähnelte es dem Grundriß eines Frachters, eines Fährschiffs eher, mit zwei Öffnungen für Zuschauerströme, rechts und links an den Wänden die Projektionsflächen für Filme, Dias, Effekte. Der TV-Komiker im Weißkittel, Großbilder, wie er Labortische streichelt, wogende Getreidefelder, energisch schöngefilmte Endlosbatterien von Reagenzgläsern – eine plausible Collage, sagte ich, die den Betrachter zum Thema führt.
Der neue Kunde legte sein lädiertes O-Bein auf einen zweiten Stuhl. Eine letzte Bedenkzeit vortäuschend, schaute er abwechselnd auf mich oder in die Tiefe des Raums, wie prüfend auch auf die sechs immer als feierabendlich verlassen getarnten Arbeitsplätze. Dann sagte er: Ich werde den Verband unterrichten, daß Sie und Ihr Team in mit uns geteilter Verantwortung den Auftrag übernehmen. Als er beim Weggehen um eine baldige schriftliche Kalkulation bat, pendelte sich in meinem Kopf wie von selbst die Endsumme des Angebots ein – etwa bei 896, 897 000 Mark.

Gar nicht mal so schlecht, sagte Becker im »NachAcht« – aber warum das Gejaule?

Weil das Ganze am Ende auf einen Verrat hinausläuft.

Er schüttelte den Kopf und nuschelte hinter seinem stets hochgestellten Mantelkragen – so'n Quatsch, Verrat, Blödsinn.

Becker, diskret angesoffen, hatte nicht gelacht, als ich ihm an der Bar die Futtermittelgeschichte erzählte. Ihm, dem quasi Fremden, auf das umständlichste die sich daraus ergebenden Konflikte zu erklären war ein absurder Entlastungsversuch – doch die Erklärungen gegenüber den Beteiligten würden mir wahrscheinlich noch schwerer fallen. Der Besuch des Herrn Kracht hatte mich in eine gefährlich ambivalente Stimmung versetzt, in eine kalte, egozentrische Euphorie, die so wenig mitteilbar war wie der in ihrem Kern verborgene Selbstekel. Dieses emotionale Knäuel ließ sich nicht ohne weiteres auflösen.

Deine Gefühle kannst du sonstwo ausleben, sagte Becker, aber nicht im Geschäft – wenn du dort den Sensiblen machst, bist du morgen ein armes Schwein.
Die Verhältnisse sind nun mal kompliziert.
Ach was. Wenn so ein Hirsch vor deiner Flinte steht, dann brauchst du nicht zu fragen, wem das Tier gehört. Nach dem Abschuß kannst du den anderen die Beute präsentieren, aber die widersprüchlichen Empfindungen beim Töten gehen keinen etwas an.
Und was käme bei dieser Jagd am Ende heraus?
Nichts, wenig, nur Geld, ihr treibt sowieso viel zu viel Aufwand, psychisch vor allem, sagte Becker und wischte mein skrupulöses Gerede mit einer Armgeste weg – kiss, kiss, mein Freund, oder gib auf.

Das alles entfernt mich von mir selbst, sagte ich.

Wie andere auch hielt mich dieser Becker für einen Hippie-Businessman und daher nur für bedingt geschäftsfähig. Dabei betrieb er selbst nach gerüchtweise großer Vergangenheit mittlerweile ein ambulantes Gewerbe als sogenannter Telex-Gangster, eine in Hamburgs Grauzonen agierende Berufsgruppe, die von illegalen Anzeigengeschäften lebte; das machte ihn zum scheuen Wanderer des Viertels, ohne feste Adresse oder engere Beziehungen – was er wirklich trieb, würde eines Tages in der Zeitung stehen. Bei aller spätjugendlichen Sympathie für mysteriöse Galgenvögel hatte es wenig Zweck, mit ihm allzulange meine Problematik zu erörtern. Komplexe Modelle wie das der Muße-Gesellschaft, ihre genossenschaftlichen Prinzipien und der dazugehörige Wille zur Veränderung machten für ihn keinen Sinn.

Fahr nach Haus, köpf ne Buddel Schampus mit deiner Frau, und dann kannst du bei ihr heut abend noch nen Kleinen verstecken, sagte er zum Abschied – wenn wir uns schon die Nase vergolden lassen, müssen wir nicht überall herumposaunen, daß es auch ein bißchen weh tut.

Aber wo lag die Schmerzgrenze? Strenggenommen schon in dieser Bar, wo defizitäre Herren auf heiße Tips oder die nächste, irgendwo in Ungnade gefallene Frau warteten und bis dahin ihre Drinks schlürften; im Schein ältlicher Tischlampen mit weiß paspelierten Troddeln am roten Schirm. Erst später sollte mir klarwerden, daß dieser Becker zu jenen Menschen gehörte, die in neuralgischen Situationen für kurze Zeit in unseren Gesichtskreis geraten – als Reflex noch unbewußter oder unterdrückter Ambivalenzen, als blinder Splitter des eigenen Spiegelbildes. Er haßte die gewöhnliche Geschäftswelt, das war's. Sie hatte seine Ambitionen zerstört und ihn in die Selbstzerstörung getrieben. Und dieser Haß, pathetisch gesagt, war der Punkt, über den ich mich hinwegzutäuschen versuchte – sich wieder und wieder bereitwillig in die Fangarme dieser Wirklichkeit zu stürzen war so verlogen wie die seelenverkäuferische Bereitschaft, sich verführen zu lassen von den Werbeärschen, vom Luden-Geld, von den Banken und jetzt von den Versprechungen eines streng nach Adenauerzeit riechenden Herrn Dr. Kracht. In diesen Sphären verloren die einstigen Programme, unsere ursprünglichen Produkte ihren Sinn. Hineingemischt in die bestehenden Techniken waren sie dort auf dem Weg zur alltäglichen Nutzung. Sie transportierten offensichtlich keine andere Botschaft mehr außer der, für die sie angeheuert wurden – auch der profanste Kunde konnte sich mit ihrer Hilfe den dringend erwünschten Anschein von Progressivität geben. Das war die Erkenntnis, für die Dr. Kracht sorgte wie kein anderer. Zwar hatte ich bisher nicht ausdrücklich gegen die Futtermittelindustrie angekämpft, aber genausowenig angestrebt, eines Tages für sie zu arbeiten.

Andererseits: Irgend etwas mußte aus diesem Angebot gemacht werden.

An Sommerabenden sah es so aus, als führe der Klondyke durch ein mit großbürgerlichen Anwesen bestücktes Waldgebiet. Manche Villen waren fast vollständig vom Grün umhüllt, vor allem im unteren Teil der Straße, der Frauenthal hieß; im Wintergarten eines der Häuser wartete Régine.

Wie so oft hatte sie den Abend bei ihrer besten Freundin verbracht, einer Mittvierzigerin der unheimlichen Art, mit slawisch hohen Wangenknochen und der bis zum Hintern reichenden

Haarpracht einer Seelenexhibitionistin – dazu passend zwei Dutzend Katzen und ein Ehemann. In seiner Ecke wurde Schach gespielt, in der anderen machten die Freunde der Frau ihren Openend-Haschischklatsch; ihre Manöver im Halbdunkel, die silbern ziselierten Drachenkopfpfeifchen und das herbeigerauchte Geblödel waren im Moment nicht das Richtige für mich. Vielleicht spielte dabei auch die Verachtung eines Vorkämpfers hinein, der nicht sehen wollte, wie der alte, nur radikal als Prozeß durchzuziehende Dreisatz des turn on, tune in, drop out von diesen bürgerlichen Hascherln in seine Einzelteile zerlegt wurde: das Antörnen beherrschten sie, das tune in, das Einstimmen in die Harmonie mit dem kosmischen Bewußtsein schon weniger, und die härteste Aufforderung, das drop out, die Befreiung von gesellschaftlichen Zwängen, gelang in den Sesseln des Wintergartens nur sehr begrenzt.

Und wo ist das Problem?
Régine schüttelte den Kopf und plinkerte provozierend mit den Augen. Ihre Stimme konnte schneidend sein. Während der kurz entschlossen von mir vorgeschlagenen Fahrt ins »Peking« hatte sie sich die Kracht-Geschichte angehört, zunehmend irritiert von meiner Angewohnheit, Neuigkeiten in einen Schwall von widersprüchlichen Relativierungen zu verpacken.

Dabeisein und Dagegensein ist das Problem.
Ist doch ein toller Auftrag.
Wir haben die Gesellschaft nicht gegründet, um einen Sack Weizen oder Kleie anzupreisen.
Gefallen dir die Geister nicht, die ihr selbst gerufen habt? Ist das etwa unter eurer Würde? Deine Idee ist doch gut, und Auftrag ist Auftrag.

Ein traumhafter sogar, ja klar, dem Landvolk dienen mit Blitz und Dia, ein Bauernkino bauen, als Stars holsteinische Schwarzbunte und eine Herde bildschöner Schafe mit langen Korkenzieherlocken – wie diese Schauspielerin neulich, diese Sydney Rome.

Du bist doch selbst ein Landei, du hast doch so geschwärmt von schlachtfrischen Schweinenierchen im Dorf, von der Ziegenbutter, von dem Liebesnest aus Stroh, das du für deine kleine Freundin auf dem Stoppelfeld gebaut hast –
– als Kind war ich sogar ein berühmter Hammelreiter, mindestens

fünf Minuten hielt ich mich da oben, festgekrallt im Fell, dafür gab's einen Apfel.
Dann reitest du jetzt für ein bißchen mehr eben noch mal über Land.

Meine vertrackte Dialektik verwirrte Régine nach wie vor – na ja, sie war dreißig, und das einzig Unbürgerliche an ihr war ich. Es störte ihr Harmoniebedürfnis, wenn ich sagte, leben hieße, verneinen zu können, sich abwenden zu können, wann und wo auch immer. Erst vor wenigen Tagen, kurz vor dem Einschlafen in meinen Armen, versuchte sie, die mich bedrängenden Widersprüche mit einem Satz aufzulösen: Geh hinaus, hatte sie gesagt, mach soviel gute Geschäfte wie möglich, und komm so schnell wie möglich wieder nach Hause zu mir. Eine Einflüsterung im schönsten Moment und damit von der härteren Art, die mir noch immer durch den Kopf ging. Bei aller Schlichtheit lag auch etwas Entlastendes darin, eine Befreiung womöglich vom Ruch rein egoistischen Handelns, unter dem ich oft genug litt.

Beim Aussteigen legte ich den Arm um ihre Hüften, stupste die Nase in ihre Schlüsselbeinkuhle, sog Duft. Wo wäre einer näher am Leben dran? Eine Natur, die außerhalb der weiblichen lag, interessierte mich weniger.

Bis jetzt hat die Kulturrevolution unser »Peking« verschont, sagte ich.
Vielleicht bleibt es heute auch von deinen Lästereien über sein Publikum verschont, sagte sie.

Das »Peking« lag in einem Eckgebäude, eine haushohe Coca-Cola-Leuchtreklame auf dessen Dach übertraf alles andere Licht der Straße – an der tiefstgelegenen Stelle der Reeperbahn errichtet, erstrahlte sie wie eine glühendrote Leinwand in der Schwärze des Nachthimmels. Nirgendwo sonst im Land war diese metropolenhafte, mit wechselnden Schriftzügen blinkende Neonwerbung gesetzlich erlaubt. Im Restaurant selbst saßen Spätesser an einfachen Tischen mit Papierdecken, auf die sie wirre Muster ihres Unbewußten malten, um sich das Gekritzel danach gegenseitig äußerst geistreich zu deuten.

Diese Chinesen, sagte ich.
Was ist denn mit denen?

Die verfolgen mich. Die Jungs im Büro lesen jeden Tag die »Peking Rundschau«, Roland hängt an ihrem alten Opium, und wir lutschen jede Woche hier das süßsaure Gemüse.
Die gelbe Gefahr, sagte Régine und ahnte wahrscheinlich, daß auch dieses Essen mit mir ein Arbeitsessen sein würde.

Sie hörte geduldig zu, als ich ihr den Kracht-Besuch noch mal in all seinen Facetten und Konsequenzen auf das ausführlichste schilderte – jedes Detail, jede erkennbare Eventualität wurde ausgesprochen, jeder denkbar mögliche Verlauf durchgespielt und in einem nächsten Ansatz von neuem abgehandelt. Régine war die hemmungslos ausufernden Erzählanfälle mittlerweile gewohnt. Sie hatte schnell begriffen, daß mein Dauerkonflikt mit der von ihr längst als chaotisch empfundenen Muße-Gesellschaft einem weiteren Höhepunkt entgegenstrebte und daß ich die monologischen Redeschübe brauchte, um zu einem Minimum an Klarheit zu finden. An manchen Stellen hakte sie ein, was, soweit von mir überhaupt wahrgenommen, die Richtung des Redeflusses nicht wesentlich veränderte. Ein Ziel war auch nach der dritten und vierten Version nicht zu erkennen – für einen Skeptiker blieb das Fällen einer Entscheidung das schwerste aller Dinge.
So wußte ich auch nicht zu sagen, wann und woher schließlich doch eine Idee aufkam, wie mit dem Krachtschen Auftrag unter den gegebenen Umständen umzugehen sei; vielleicht angeregt durch Régines Vorschlag: Sprich in einer Sprache, die dein Freund Büdinger versteht. Trotz der Besorgnis, endgültig aus der Gesellschaft ausgeschlossen und allein auf einem Sonderweg zu sein, kam es zu einer fast irrationalen Wendung, zu einer überraschenden Rolle vorwärts. Was mich während des Gesprächs im Keller bereits bewegt hatte und was offenbar seit längerem angelegt war, führte am Tisch des »Peking« zu dem grundlegenden Entschluß, mit allen bestehenden Abmachungen zu brechen und einen Akt der Befreiung anzustreben. Als ich diese Lösung von Satz zu Satz klarer werdend herausbrachte, wurde Régines Miene immer ernster. Sie wunderte sich über die Absicht, mich keinesfalls mit Büdinger, Thomasius oder sonstwem abstimmen zu wollen und statt dessen die Sache auf irgendeine andere Weise durchzuziehen.

Etwa an denen vorbei, fragte sie.
Nicht wirklich.

Ja was willst du dann?

Sie zum Nachdenken anregen.

Régine lachte kurz auf: Bei der Summe werden sie bestimmt nachdenklich.

Sollen sie. Sie sollen sich Gedanken machen über den Zustand der Gesellschaft beziehungsweise über das, was sie neuerdings daraus gemacht haben, vor allem Büdinger, der liebe Andreas braucht schon lange einen Denkzettel.

Du meinst eine Quittung über eine knappe Million.

Ich will, daß er sich besinnt, daß die Muße-Gesellschaft zurückkehrt zu ihren alten Formen, zu ihrem früheren Geist, daß Schluß ist mit dem kommerziellen Flitter, mit der betriebswirtschaftlichen Anpassung, der Zementierung der Herrschaftsverhältnisse, das Gegenteil wäre gut, Altruismus statt Selbstbereicherung.

Beides zusammen wäre besser.

Ja klar. Wir können, wir müssen ja Geld machen. Aber es muß in das uns allen gehörende Projekt gesteckt werden und nicht in die Tasche eines einzelnen Herrn. Das ist keine Frage der Definition oder illusorischen Lehre, das ist eine Frage des Charakters.

Das hast du alles schon hundertmal gesagt.

Aber jetzt kann ich es noch einmal und mit Nachdruck sagen, jetzt habe ich dank der Futtermittelindustrie ein Pfund in der Hand, ein tonnenschweres Druckmittel, das sie in die Knie zwingen wird.

Eine glatte Erpressung, sagte Régine – du bist erpresserisch wie in der Liebe auch, ohne es nötig zu haben.

Das ist Liebe, zumindest eine liebevolle Mahnung für Büdinger. Rechtlich liegt sowieso alles im Unklaren, der Kracht erteilt mir den Auftrag persönlich, den bringe ich ein oder eben nicht. Das Futtermittelgeld könnte beispielsweise Bekurz und Geyer leicht überzeugen, ihrem Wunsch nach Unabhängigkeit nachzugeben, es könnte die Wegzehrung für andere Partisanen der wiedergeborenen Lichtrevolution sein. Eine Korrektur muß jedenfalls her, es ist ein letzter Versuch, die Gesellschaft zu retten.

Du bist verdammt hart.

Höchstens leicht gehärtet, von den zwei, drei Jahren im Monkey-Business, das hat Folgen für Hirn und Seele, das verhärtet einen, schuldlos im Grunde –

– jung und unschuldig.

Ich bin nicht jung, sagte ich, ich bin Geschäftsmann, im Moment, und im Kampf.

Wie alle.

Ständig die Faust der anderen im Genick.

Wie alle.

Wir wollten uns von gesellschaftlichen Zwängen befreien, und jetzt stecken wir jeden Tag in derselben Zwangsjacke.

Wie alle.

Da altert man von Minute zu Minute.

Régine seufzte ironisch und schob mir ihr Lächelgesicht entgegen.

Hoffentlich schaffen wir's noch rechtzeitig vor deiner Vergreisung bis nach Hause.

Sie nahm diesen Restaurantgesang als das, was er auch war – eine spröde Sublimierung längst ausbruchsbereiter Lust. Die verbale Anstrengung, das Gejammer und Gewüte, die kleinen Triumphe vermeintlicher Einfälle – all das spielte insgeheim Régine zu. Während ich noch über die zerstörerische Gier, den Egoismus und die daraus folgenden Verheerungen in der Gesellschaft redete, wußte sie bereits, daß die Erregtheit das sein würde, was am Ende davon übrigbliebe. Also tupfte ich den Zeigefinger in ihre nadelpieksartigen Wangengrübchen und drückte meine Lippen dahin und dorthin. Das war vielleicht phantasielos, aber es summierte sich.

Später zu Hause, umschlungen auf der Flucht aus dem überfüllten Tag, hatten wir ohne viel Worte den Anfang der Nacht im Bett gefunden. Wir brauchten nur wenige Küsse, die Berührungen gingen rasch über in sichere Griffe, um dort hinzukommen, wo wir hinwollten – sie hatte mir inzwischen beigebogen, in diesem irrealen Zwischenreich so lange wie irgend möglich zu bleiben. Dort mußte sie offenbar phasenweise einiges durchmachen und mit viel Energie mir nicht erkennbare Hindernisse überwinden, was ihr jedoch in kurzer Folge mehrmals zu glücken schien. Warum auch nicht?

Es paßt einfach, sagte sie beinahe beiläufig – ja, alles paßt: Wir sind die Größten.

Sie rappelte sich in die Sitzhaltung hoch und lehnte den Rücken an die Wand. Ihre Brüste lagen nun breit und ruhig, die Spitzen links und rechts nach außen gerichtet – der Busen schien in der letzten Stunde unterderhand wieder ein wenig gewachsen zu sein. Sie lächelte zu mir herunter, alles war gut, wir rauchten, soso, die Größten, sagte ich – ist das keine Erpressung? Du hattest doch gefragt, sagte Régine, wie es war, wie es ist. Sie streifte ihr Unterkleid über, schraubte sich unter die Bettdecke und steckte ihren Schlummer-Daumen in den Mund – nur ihr Po blieb schmollend an meiner Hüfte haften.

Eine Dummheit, dachte ich, den Grad der Befriedigung einer Frau zu ergründen, die Unterschiede zu dem zu erforschen, was sie früher erlebt hatte. Wozu brauchte es eine Bestätigung? Was wollte ich, eindeutig am Ziel angekommen, darüber hinaus noch herausholen? Die Größten hatte sie gesagt, mit demselben klaren, ja objektiven Ernst, mit dem sie eines Morgens, von mir abgewandt auf der Bettkante sitzend, festgestellt hatte – ich glaube, ich habe mich verliebt. Das war sie wieder, Régines Stimme für besondere Momente, der in sich zurückgenommene, fast tonlose Ton, als spräche nicht sie, sondern ihre Seele aus ihr – dieser Schlafkammerton traf in mein Innerstes. Und für einige Augenblicke war eine Ahnung in meinem Kopf stehengeblieben: Was auch immer mir später widerfahren sollte, davor werde ich einmal im Glück gewesen sein. Besser ging es nicht. Régines auch mit Erleichterung getroffene Feststellung schwebte überm Bett wie ein Spruchband am Himmel – die Größten.

Zur Seite gebeugt, rauchte ich noch eine Zigarette. Im Staub unter dem Radio lag ein dorthin gerolltes, vergessenes Opium-Kügelchen, so groß wie eine Liebesperle. Der Blick darauf beruhigte mich, die Gedanken verloren sich im Dunkel.

23

Am Morgen hatte Büdinger angerufen und gesagt, es gäbe jetzt doch einigen Klärungsbedarf – wir kommen noch heute zu euch hoch, wahrscheinlich gegen Abend. Seit der ominösen Einweihung vor acht, neun Monaten war er selbst nicht mehr in Hamburg aufgetaucht; gewöhnlich folgten seinen Ankündigungen die Verschiebung und Absage von Terminen, um zunächst guten Willen zu zeigen und danach mit gespieltem Bedauern etwas Wichtigerem den Vorrang zu geben – eine selbstgenießerische Machtgeste, klar. An seinem gequälten Tonfall war jedoch zu erkennen, daß er es diesmal mit dem Besuch ernst meinte. Nach einigen flauen Scherzen über die Strapazen einer so langen Autobahnfahrt hatte ich schließlich na-dann-mal-los gesagt – das Büro hier ist durchgehend vierundzwanzig Stunden geöffnet.

Der Nachmittag verging mit dem Wegarbeiten von Kleinigkeiten; auf dem Tisch lagen die griffbereit für das Gespräch vorsortierten Aufträge und Abrechnungen aus den letzten Monaten. In der langsam fließenden Gegenwart des Büros durchlebte ich noch einmal die ihnen vorangegangenen realen Situationen, für Momente beunruhigt von einem Anflug beginnender Hellsicht, in der die eigene Durchtriebenheit kurz aufschien und sogleich als notwendig entschärft wurde. Das Mißtrauen zwischen mir und Büdinger war so oder so beträchtlich. Wir würden, wie seit Jahren schon, wieder über Anteile reden, über die Zukunft der Gesellschaft, taktierend, zähneknirschend und in der für gewöhnlich von beiden Seiten pathetisch hervorgekehrten Unentschiedenheit. Auf die Weise wahrten wir wahrscheinlich die letzte verbleibende Möglichkeit gegenseitiger Schonung. Daß es eine unsichtbare Hand gab, die den Betrieb ordnete, glaubten wir beide nicht; die Muße-Gesellschaft oszillierte, das war's, mehr einem schaukelnden Boot gleichend als einer funktionierenden Sinnmaschine. Mit diesen Erkenntnissen und den relevanten Unterlagen gewappnet, sah ich dem Besuch mit gespannter Erwartung entgegen.

Am frühen Abend, längst allein im Büro, überkam mich eine rätselhafte, ins Träumerische abdriftende Mattigkeit, sekundenlang huschte ein Schwindelgefühl als grauer Schatten übers Gesicht –

nach einem mich heftig durchschüttelnden Übermüdungsruck wäre ich beinahe über den Papieren eingenickt. Irritiert war ich aufgestanden und zur Toilette im Obergeschoß gegangen, hin noch mit kaum merklichen Taumelschlenkern auf der Treppe, zurück schon mit den einknickenden Knien eines Betrunkenen. Das im Spiegel gesehene Gesicht war blaß und schweißfeucht.

So sah das also aus, wenn der Gilb kommt.

Es war nur ein erster Anhauch. Zurück am Schreibtisch, wiederholten sich binnen weniger Minuten aufsteigende Wärmewallungen, wüste Hitzeschübe bald, eine heiße, stetig zunehmende Flut lief im Körper auf. Es schien, als versagten gleich mehrere Organe den Dienst, weil die gewohnte, lebenswichtige Atmosphäre gegen eine anders zusammengesetzte ausgetauscht worden war – der jetzigen fehlte ein stabilisierendes Element. Unter der Haut kribbelte es zunehmend stärker, als tupften Tausende und Abertausende mikroskopisch kleine Tausendfüßler ihre Laufspur in die Blutbahnen. Der vorhin noch als Kleinigkeit abgetane Schwindelwischer im Oberstübchen hatte den Ausbruch der Krankheit angezeigt – exakt wie das Umlegen eines Schalters, punktgenau wie für die Minute des Todes. Um 18 Uhr 37 oder 18 Uhr 39 begann die Galle überzufließen und schwemmte ihn sintflutartig ein, den Gilb – jetzt war er da.

In den letzten Wochen und Monaten hatte es einen nach dem anderen erwischt, erst Martin, dann Sweti und seine Frau, seit vierzehn Tagen lag auch Roland unter Verschluß. Warum hätte der Gilb auch einen von uns verschonen sollen. Warum sollte er sich vom – zugegebenermaßen gelegentlich auftauchenden – Glauben an eine Sonderrolle als Glückskind oder unverwundbar durch jeden Scheiß marschierenden Helden abschrecken lassen. Mit dieser naiven Vorstellung war's ein für allemal vorbei. Ein Fehler hatte genügt – mein Immunsystem, Durchschnitt bloß, patzte beim ersten wichtigen Einsatz. Jetzt fraßen sich die Viren millionenfach voran, Lappen um Lappen, Zelle um Zelle ein Mordkommando wie die Adler, die es bei Prometheus taten, diesem frühen, finsteren Kollegen im Lichtgeschäft, eine im Augenblick frappierende, mythische Duplizität und doch lächerlich. Mich hatten sie hier unten angekettet, bewegungsunfähig in einem dämmrigen Keller voller irrwitzig potenter Elektronik, an einen Schreibtisch geklammert, auf dem meine Hände nur langsam trocknende Abdrücke von feuchtem Dunst zurückließen. Ich war müde, unendlich müde. Aber nicht einmal das interessierte mich.

Der Splitt knirschte, als der alte Jaguar auf den vorderen Parkplatz rollte, nur schwach angeleuchtet vom Lichtschein aus den Bürofenstern. Sie stiegen nicht sofort aus. Sie wechselten noch einige Worte und warfen kurze Blicke hinunter in das Souterrain, auch auf die dort zusammengesunken sitzende, schmale Gestalt. Vielleicht sahen sie den Versuch, aufzustehen, der mißlang – die Gestalt, mühevoll und gekrümmt erhoben, sackte sogleich in den Stuhl zurück. Zwei Stunden mit brennenden Augenhöhlen, zwei Stunden verzweifelter Selbstdiagnose, zwei Stunden im Wechsel zwischen Panik und Stupor schwächten einen vom Gilb Befallenen, löschten nach und nach seine Funktionen. Ein weiterer, verwackelter Aufstehversuch, an der Wand entlang ertastet, endete mit dem Hineinrutschen in einen der Kinoklappsitze in der Nähe der Tür.

Sie kamen zu dritt – der lange Büdinger, Stalinski und der Schnüffler Schmiddel. Während Büdinger nach einem konzilianten ›Hallo, ist doch ganz gemütlich hier‹, abwartend im Eingang stehenblieb, liefen die beiden anderen wie hereinplatzende Hunde ihre erste Orientierungsrunde durchs Büro und den dunkleren Studioteil. Was ist denn hier los, wohl nichts zu tun, war zu hören, und auch – nach Tritten gegen leer über den Boden scheuernde Kartons –, was ist das für ein Empfang im eigenen Hause. Schmiddel ließ einen meterlangen Bolzenschneider wie eine Keule im Handgelenk schlenkern und stocherte damit in den Deckenleitungen einiger Geräte.

Das geht ganz fix, preßte er zwischen den schmalen Lippen hervor, wir falten den ganzen Laden zusammen und tragen ihn weg.

Stalinski hastete von Schreibtisch zu Schreibtisch. Sein schwarzer Ledermantel – einer der gröberen Sorte – war halb geöffnet. Unter lautem Geraschel grabschte er nach dort liegenden Papieren und hieb sie nach kurzem Draufblick wieder auf die Tischplatte zurück.

Das ist doch wie im Film, sagte Büdinger mit einem zur Grimasse verkommenen Lächeln.

Aber keiner nach meinem Geschmack, sagte ich – vielleicht gibst du deinen drittklassigen Kampfaffen mal die Anweisung, sich irgendwo ruhig hinzusetzen.

Die zwei sind loyale Mitarbeiter.

Ich weiß, ich hab sie dir selbst besorgt. Ohne mich säßen die noch immer in der Barackenstadt vor Kabelbäumen an einer Schrottpresse.

Dafür sind dir die beiden ja auch dankbar, sagte er ironisch gedehnt – sie schauen sich doch nur einmal um, ob etwas fehlt oder etwas zuviel ist hier in unserer Zweigstelle.

Die ersten mich aus dem Dämmer reißenden Bemerkungen dieses nur unwillig begriffenen Auftritts ließen vermuten, auf welche Art die bestehenden Differenzen geklärt werden sollten. Stalinski und Schmiddel spielten immer noch ihr verbissenes Räuber-und-Gendarmspiel wie damals in den Wäldern. Sie inspizierten die Etage weiterhin, der Vorhang wurde brachial gerafft, das masochistische Holzmonstrum von Raumteiler so weggerollt, daß die gesamte Filiale wie zur Disposition offen sichtbar dastand.

Wir sind doch verwundert über verschiedene Dinge in der letzten Zeit, sagte Büdinger.

Ich auch, sagte ich, besonders in diesem Augenblick.

Die billige Wucht des Trios, die haßerfüllten Blicke von Schmiddel und Stalinski hatten mich tiefer in den Kinostuhl rutschen lassen. Die fast fühllos schlappen Beine ausgestreckt, den Kopf in den Nacken gelegt, saß ich wie im Rasiersitz und ahnte, noch ungläubig, den nahenden Schlußakt der mich jahrelang beherrschenden Geschichte. Eine kranke, seltsam gespaltene Empfindung blieb zurück – unerträglich angespannt und zugleich so gut wie unbeteiligt zu sein.

Eine knappe Million ist nun mal kein Fliegenschiß, sagte Büdinger.

Das will ich hoffen, sagte ich.

Büdinger machte einen seiner kreisenden, bei Auseinandersetzungen stets aufreizend bedächtigen Spaziergänge im Raum. Er beherrschte diesen rhetorischen Trick vorausgeschickter Stille, der ihm gesteigerte Aufmerksamkeit sicherte. Hie und da stupste er den Zeigefinger auf reale oder imaginäre Farbtröpfchen oder Fusseln an den Wänden und demonstrierte ein heuchlerisches Zartgefühl, bevor er seine Anklage herausließ. Kaum mehr zur Konzentration fähig, erreichten mich nur Halbsätze, einzelne, obendrein schallgedämmt gehörte Worte – der Name Kracht fiel mehrmals, Worte wie Unding, Frechheit, unverzeihliche Eigenmächtigkeit, und so weiter.

Ich habe diesem Doktor Kracht einen Brief geschrieben, sagte er, und ihn gewarnt – du allein seist keinesfalls in der Lage, weder technisch noch ästhetisch, seinen anspruchsvollen Auftrag ordentlich auszuführen –

– das wollen wir erst mal sehen, unterbrach ich ihn.

Die perfide Idee eines derart heimtückischen Briefes hatte mir den Atem genommen, als Herr Kracht mir vor drei Tagen davon erzählte – ein Dolchstoß aus den eigenen Reihen, dessen Schockwirkung noch immer in meinen Knochen vibrierte. Verständlicherweise war der Mann durch Büdingers Schreiben irritiert, was mir wiederum einen nervlich ungeheuer aufwendigen, schauspielerischen Kraftakt aufzwang. Nur mit Mühe hatte ich meine Zerknirschung verbergen können und einige gläserne Konferenzminuten lang in tiefster Betrübnis stillgehalten, bis dieser Kracht die Situation zu meinen Gunsten auflöste – die unternehmerische Sensibilität erforderte manchmal eine Art Totstellreflex.

Mach dir nichts vor, sagte Büdinger, wir werden diese Sache nicht zulassen.

Unsere Verträge erlauben die selbständige Erbringung von solchen Dienstleistungen.

Du hast diesen Auftrag unter Vorspiegelung falscher Tatsachen und nur aufgrund unseres guten Namens gekriegt.

Das ist doch lächerlich. Was heißt hier unser guter Name. Soweit ich mich erinnere, ist er die schlichte Übersetzung eines englischen Buchtitels. Und soweit ich mich weiter erinnere, haben wir unter diesem Namen zusammen die Muße-Gesellschaft gegründet, aufgebaut – mit meinem Blut, hätt ich fast gesagt –, und für die Zweigstelle, meine Abfindung, wie du weißt, haben wir Verträge gemacht.

Wir wollen es aber so nicht, nicht mehr.

Alles einwandfrei, sagte ich, rechtlich in Ordnung.

Alles Quatsch, das war einmal, sagte Stalinski, das war vorm Krieg, vergiß es. Die Verträge werden heute abend annulliert, die neuen haben wir schon dabei.

Meine lieben Freunde, dachte ich, es gibt keine Freunde. Es war aussichtslos, einem blind in die Umlaufbahn geschossenen Energiebolzen wie Stalinski komplexe Vorgänge auch nur annähernd verständlich zu machen. Warum durfte der hier überhaupt mitreden – dieser verschlagene Sturmbannführersohn. Der sollte nach Brasilien verschwinden, in die Pampa, wo schon sein Vater als Bulettenhändler untergetaucht war. Entweder merkte Büdinger noch immer nicht, mit wem er es zu tun hatte, oder er wollte es nicht merken.

Das hast du dir selbst zuzuschreiben, meinte Stalinski.

Wir haben auch ein paar Verzichtserklärungen mitgebracht, ergänzte Büdinger.

Verzicht – worauf?

Auf die Verwendung des Namens, auf bestimmte Aktivitäten deinerseits, alles bestens anwaltlich vorbereitet, um unserer Zusammenarbeit eine neue, vernünftige Grundlage zu geben.

Wieder durchfuhr mich einer dieser seit Stunden andauernden Hitzeschübe. Der Raum begann sich sanft um die Achse zu drehen wie ein anfahrendes Karussell mit komischen Figuren. Dunkle Punkte, tennisballgroße, springende Punkte sprenkelten die weißen Wände.

Was ist denn mit dem los, sagte Schmiddel, der sich zu mir heruntergebeugt hatte, um mein Gesicht genauer zu betrachten. Die Blicke seiner übereifrig aufgerissenen Captagon-Augen ertragen zu müssen widerte mich an.

Der ist ja ganz gelb geworden, sagte er.

Wieso gelb, fragte Stalinski.

Ein ganz ungesundes, schmutziges Gelb, sagte Schmiddel, und die Haare kleben patschnaß am Kopf. Der will uns doch hier nicht abnippeln.

Ach du lieber Gott, Hepatitis, sagte Büdinger – da hat der Virus wieder mal zugeschlagen.

Er schaute, die dicken Lippen hervorgewölbt, mit resignierendem Kopfnicken zu mir, als wollte er sagen – das hast du nun von deinen bekloppten Experimenten.

Die drei wußten genug, um länger als nur einige Momente verlegen zu sein. Wie bei einer Visite umstanden sie meinen Sessel und kommentierten meinen Zustand. Sie machten dabei nicht den Eindruck, sich deswegen von ihrem Vorhaben abbringen zu lassen.

Solange er uns noch hören kann, sagte Schmiddel, sind wir auch nicht umsonst hier.

Wir müßten vielleicht seine Frau anrufen, meinte Büdinger.

Kann er später selbst tun.

Die Frage ist doch, ob er noch kooperiert oder nicht, sagte Stalinski.

Um sich zu vergewissern, bückte er sich zu mir und ließ den erwartungsvoll halb geöffneten Mund über meinem Gesicht hängen. Der Anblick weckte meine Lebensgeister. Aus dem Rachen heraus fauchte ich in seine Richtung und rappelte mich hoch.

Die Veränderungen seit dem letzten Gang in den ersten Stock waren erschreckend. Aus dem Toilettenspiegel schaute jetzt ein nach hundert Überstunden abgekämpfter deutscher Büroinsasse mit einem wie angeschminkt indischen Teint unterm blonden Lokkenkopf. Die feuchte Gesichtshaut, der Hals schimmerten altgold, die Skleren vollgelaufen in der Farbe kräftigen Morgenurins, auch die Handoberflächen und Unterarme dunkelten bereits nach – eine geglückte Metamorphose hin zu der Schönheit einer anderen Rasse. Wie lange so ein Ausbruch dauerte, war unklar wie das, was an seinem Ende passieren würde. Selbst wenn kein Zusammenbruch, Kollaps oder sonstige Abgangsart herauskäme, wäre es allerhöchste Zeit für ein schonendes Zubettlegen gewesen.

Aber die Besprechung war noch nicht zu Ende.

Als ich minimal erfrischt und neu gereizt von der Morbidität des Abends an meinen Platz zurückschlurfte, stand Büdinger schon wartend in der Mitte des Raums und begann zu reden. Im Handelskammerton sprach er von den Anfängen der Gesellschaft, die ohne Mittel nur mit dem Enthusiasmus für eine Idee vor sich gegangen seien, von den schwer erarbeiteten Investitionen, die sich dem unbedingten Einsatz aller Beteiligten verdankten, von der langsamen Vergrößerung des Betriebs, die von jedem einzelnen eine höhere Verantwortungsbereitschaft erforderte.

Und dann, sagte er und hob die Klagearme gegen die Decke, und dann, nachdem all dies von uns gemeistert wurde, nachdem die Dinge endlich zufriedenstellend liefen, macht sich einer der Mitarbeiter auf und versucht im Namen irgendeiner verblasenen, hippiehaften Gerechtigkeitsformel die anderen und damit die Ordnung der gesamten Firma durcheinanderzubringen.

Damit wir uns richtig verstehen, sagte Stalinski, du sollst deine unegalen Finger von Bekurz und Geyer lassen und endlich aufhören, den beiden irgendwelche Flusen in den Kopf zu sabbeln.

Das erfüllt den Tatbestand der Untreue, sagte Schmiddel.
Untreue ist ein schwammiger Begriff, sagte ich, da brauch ich nur dich anzugucken.

Wir wollen solche Einmischungen jedenfalls für die Zukunft unterbinden, sagte Büdinger.

Also eine Flucht nach vorn.

Bei den letzten Telefonaten mit Bekurz und Geyer war herausgekommen, daß sie eigene Arbeitsräume gefunden hatten. Ihr Gang in die Selbständigkeit stand demnach unmittelbar bevor – der Ausstieg der gesamten Produktionsabteilung. Daß sich Büdinger zu diesem hysterischen Überfall hier durchgerungen hatte, war ein letzter Abwehrversuch und – so gesehen – eine tröstliche Aufhellung meines Dämmers. Denn es ging nicht um meine Person, auch nicht um irgendwelche Anteile – es ging bereits ums Ganze.

Wir sind Freie unter Freien, sagte ich, alles ist erlaubt.

Aber nicht mehr lange, sagte Stalinski und wedelte mit einem Papierstoß vor meinem Gesicht – du wirst nämlich freiwillig den Verzicht erklären, weiterhin geschäftliche Kontakte zu Mitarbeitern aufzunehmen, die den Interessen der Firma Muße-Gesellschaft Büdinger m. b. H. schaden könnten.

Lächerlich, murmelte ich und lachte lautlos in mich hinein, wie lächerlich.

Ein neuer Hitzeschub mit heftigen, wie von Stricknadeln im Bauch geführten Stichattacken ließ mich erzittern. Der Kopf schmerzte, als drückten winzige Kieselsteine gegen die Hirnhaut. Durch die halbgeschlossenen Lider fielen nur schemenhafte Bilder. Doch selbst jetzt war mir Büdingers Anwesenheit nicht unangenehm. Sein nervöses Umherwandern, der Klang seiner Stimme, die Gesten, mit denen er verlegen und etwas feminin seine Haare verwuschelte, all das sagte mir, daß auch er mit einer der meinen ähnlichen Ungläubigkeit unter dem Streit litt. Selbst jetzt kam mir nicht in den Sinn, ihm niedere Gründe für sein Handeln zu unterstellen und ihn deshalb zu verabscheuen oder gar zu hassen. Das alte Gefühl für ihn war auch in diesem verfaulten, aufs magerste reduzierten Moment noch da. Es rührte aus den guten Zeiten, in denen wir füreinander alles Nötige getan hatten – als ich den braven Zweitersten spielte, den vielzüngigen Trickser und con man hinlegte, der spüleimerweise Geld heimbrachte und er sich zum Nutzen aller entfalten konnte. Das lag in unseren Blikken, wenn wir uns quer durch das lebensfeindliche Büro anblinzelten. Jenseits des hier ablaufenden, traurigen Aktes verband uns eine letztlich nicht zu schmälernde Gemeinsamkeit. Auch wenn das, was wir einst hatten machen wollen, etwas ganz anderes war als das, was jetzt geschah.

Alles unterschreiben, sagte Stalinski, die Verzichtserklärungen und deinen neuen Vertrag mit gutem Festgehalt und drei Prozent Umsatzbeteiligung.

Wir wollen hier keine verbrannte Erde hinterlassen, sagte Büdinger.

Natürlich nicht.

Die Verträge zu lesen war wegen des gelbstichigen Schleiers vor den Augen nicht möglich. Wozu auch? Es war alles gesagt. Im unsicheren Stand, die beleuchtete Stellwand als Halt und Unterlage benutzend, malte ich vier-, fünfmal meinen Namen auf die Blätter.

Es geht doch, sagte Stalinski und klaubte die heruntergefallenen Papiere vom Boden auf – dann laßt uns vor der Rückfahrt hier irgendwo noch was essen.

24

Als der Tag der Entlassung kam, lagen zwei zähe Monate in der Isolierstation des Tropenkrankenhauses hinter mir – erträglich nur durch die viele im Schlaf oder schlafähnlichen Dämmer verbrachte Zeit. An die Umstände der nächtlichen Einlieferung hier, auch an die der darauffolgenden Woche, fehlte mir wegen einer partiellen Amnesie jede Erinnerung. Bei der Visite nach dem ersten Aufwachen hatte sich herausgestellt, daß die Blutentzündungswerte dramatisch hoch angestiegen waren. Ehe ich, wenig überrascht, wieder wegschlummerte, bohrte sich noch eine erschreckende Bemerkung der Medizinerrunde in mein Bewußtsein. Wenn Sie an Ihrem letzten Abend draußen ein Eisbein gegessen hätten, hatte einer der Weißbekittelten gesagt, dann wären Sie jetzt tot. Gott sei Dank hatte ich das aus mehreren Gründen nicht getan; zwei meiner Besucher an jenem letzten Abend galten als große Eisbeinesser.

Abgesehen davon, langsam wieder ein weißer Mann zu werden, verlief das Leben in Quarantäne ohne Höhepunkte. Nur an Wochenenden gab es gelegentlich Aufregung, wenn sich meine Zimmergenossen über ein vom Himmel der Oberlichter gefallenes, weißes Tütchen hermachten und anschließend vor Erregung ihre Magenschläuche auskotzten – unter erschütternden Schmerzensschreien wurden ihnen die roten Gummidinger von den Ärzten als Schnelljustizverfahren durch die Nase wieder reingewürgt. Mich hatten sie gestern von allem befreit – weg mit dem Stahlgalgen am Bett, den Schläuchen im Bauch, den angeklebten Kanülen, dem Tropf, aus dem eine Traubenzuckerlösung alle zehn Sekunden in meinen Arm geträufelt wurde. Von all dem unnützen Zeug hatten sie mich gestern ein für allemal abgenabelt.

Régine erwartete mich unten im Erdgeschoß. Jetzt gab es keine Trennscheibe mehr, die uns so lange den Atem und Geruch des anderen genommen hatte. Wir fielen uns sofort in die Arme, drückten und schoben uns eng umschlungen hinaus ins Freie. Vor lauter Zärtlichkeit kamen wir kaum voran. Draußen konnte ich gar nicht anders, als meine Hand in ihre Mantelöffnung gleiten zu lassen, um mit tastenden Griffen der Erinnerung wieder aufzuhelfen – nach so vielen Nächten der Sehnsuchtsmalerei an der weißen Zimmerdecke. Der plötzliche Ernst des Glücksgefühls ließ meine Knie weich werden.

Auf dem Weg zum Parkplatz waren wir für einen Moment stehengeblieben. Régine, das Gesicht voller Sonne, schaute mich an und sagte:

Wurde langsam Zeit, daß du nach Hause kommst.

*

Worüber hatten wir sonst noch gesprochen in Büdingers Büro? Schnell verflogen, die zwei Stunden bis zu meiner Weiterfahrt nach Hamburg. Über Sweti hatten wir gesprochen, den alten Spezi, der zu Verabredungen schon ewig exakt vierundzwanzig Stunden zu spät käme und sich dann rundum beschwerte, daß der andere nicht erschienen sei. Er und alle aus seinem Kreis waren nach ziemlich genau fünf Jahren von der Nadel abgekommen und lebten seither wer weiß wie weiter; Roland, mit dreißig zurück zu seiner Mutter gezogen, hatte sich noch eine Zeitlang mit schüchternen Postkarten gemeldet, dann nicht mehr. Über die Beuys-Boys sprachen wir kurz, Chris arbeitete als Anwalt in New York, spezialisiert, wie Büdinger süffisant ergänzte, auf die Feinheiten des Mietrechts für Künstlerlofts in alten Fabrikgebäuden. Wir hatten über Geyer geredet, der drei oder vier solide Kneipen in der Altstadt besaß, und am längsten über den guten Achim, unseren Magier – er ließ das Pfeifchen nicht ausgehen und wühlte seit zwanzig Jahren in den elektronischen Gedärmen bekannter Düsseldorfer Bands, *the chip goes on*, was sonst. Bekurz hätte mir genau erklären können, warum mich die Erinnerung einmal mehr dermaßen mitnahm – eine enorme körperliche Anstrengung, würde er sagen, durch die gesteigerte Anzahl elektrischer Schaltungen und biochemischer Prozesse im Hirn.

Und worüber hatten wir nicht gesprochen in Büdingers Büro? Über seinen kaputten Rücken, den er alle paar Jahre in Amerika behandeln ließ, über das Unglück in meinem Bauch, das nirgends zu behandeln war. Über meine Arbeit für den Rundfunk, die er wahrscheinlich mit einem milden Lächeln bedacht hätte. Über das damals in seinem Auftrag handelnde Idiotenduo, dessen Namen nicht fielen – der eine verschwand per Schiff als Holzhändler nach Brasilien und soll beim Abschiedwinken oben an Deck stehend zufrieden gegrient haben, während sein mit Millionenkrediten erschwindeltes Sägewerk in den Schiffsbauch verladen wurde; der andere betrieb mit den Restbeständen der Muße-Gesellschaft eine Show-Firma, die bundesweit Parteitage ins rechte Licht setzte, ein extrem ironischer Schlußpunkt. Auch über den alles entscheidenden Fall Kracht war von uns nicht mehr gesprochen worden. Mein Alleingang hatte seinerzeit die anderen Mitglieder ermutigt, selbständig frei miteinander zu kooperieren und damit das Ende der von Büdinger vereinnahmten Muße-Gesellschaft herbeigeführt. Danach atmete ich auf und fuhr zweimal um die Welt, während er daheim seine Häuser sammelte. Er konnte sich denken, daß mir sein Finanzsolo heute erst recht mißfiel und daß meine Überzeugungen im wesentlichen weiterbestanden, weniger Business, mehr Muße, Mensch. Nur an einer Stelle des Gesprächs reagierte er darauf – dieses Achtundsechzig sei schon eine großartige, ja geniale PR-Aktion gewesen, hatte er gesagt, und das für so wenig, für nichts eigentlich. So redete einer, der auf den langen Marsch durch die Institutionen gegangen war, durch die geschäftlichen Institutionen.

Nichts zu machen gegen die durch das Gespräch in Gang gesetzten Schübe – während der Fahrt auf der alten Hausstrecke, vorbei an mir längst gegenwartslosen Orten, überkamen mich mehr und mehr Erinnerungen an weit zurückliegende Zeiten. Immer wieder erschien eines der vielen Gesichter Régines vor meinem geistigen Auge, weit hergeholte, empfindungslos gedachte Abbilder, die zu schnell verblassenden Nebelflecken wurden, zu Gesichtern ohne Gesicht. Alles mögliche fiel mir ein – auch das einmal gegebene Versprechen, als ich im Rausch das Panorama eines Palastes auf die Kacheln unseres Badezimmers halluzinierte und zu ihr gesagt hatte: Eines Tages bau ich dir ein Tadj Mahal in Blankenese, hoch über der Elbe. Dazu kam es nicht mehr. Am Ende hatten wir unsere Liebe tröpfchenweise in LSD und anderen Mißverständnissen aufgelöst und waren nach fünf Jahren auseinandergegangen. Der übersteigerte Glückszustand, in dem die Differenz zwischen dem Du und dem Ich vollkommen aufgehoben war, machte die Rückkehr in einen Alltag zu zweit unmöglich. Régine hatte sich für überschaubare Illusionen entschieden und lebte in einer Kleinstadt in der Lüneburger Heide – verheiratet mit einem Kinobesitzer.

Nach Hause zurückzukommen, allein in die alleingelassene Wohnung, war selbst nach kurzen Reisen ernüchternd. Unvermeidbar, dieser Moment der Wahrheit, mit noch fremdelnden Augen die Bedingungen der eigenen Existenz bis auf den Grund erkennen und wieder akzeptieren zu müssen. In den Räumen müffelte es von unten her, der Anhauch des fast vergessenen, wenig schmeichelhaften Laubengeruchs – nicht rauszukriegen aus diesem schlichten Gartenhaus, einem einst als Notquartier errichteten Bau, versteckt im Hinterhof von schönsanierten Gründerzeitbauten der Hoheluftchaussee. Anspruchslos zu wohnen und zu leben war nur konsequent nach dem in langer Vorzeit gefällten Entschluß, sich von der Geschäftswelt so fern wie möglich zu halten. Mich störten nicht mal die alten Apfelkisten, die bei genauem Hinsehen aus verschiedenen Ecken hervorlugten.

Spät in der Nacht saß ich an meinem Schreibtisch und sah die Post durch, nur unpersönliche Briefe. Nach wie vor sauste mir die Geschichte der Muße-Gesellschaft durch den Kopf, so präsent wie lange nicht. Damals hatten wir es in der Hand, das Bessere, das Richtige zu machen: Wir haben es vermasselt. Und trotzdem gab es nichts zu bedauern – denn letztlich war etwas Brauchbares dabei herausgekommen. Vor mir auf dem Tisch stand das kleine Ding, der stählerne Würfel mit dem silbrigen Geflecht, das Proustsche Blitzchen der Subversion. Dieses wilde Licht verlieh uns die Kraft für zahllose Verwandlungen, es knüpfte und löste unsere Bündnisse, es erinnerte an die unvergängliche Sehnsucht nach der großen gemeinschaftlichen Tat. Der Blitz funktionierte noch immer. Er hat alles überdauert.